U0115218

文學研究叢書・現代文學叢刊

自覺、探索與開拓

——少年小說論集

許建崑　著

自序
尋找兒童、文學和深邃的心

　　一九八三年，東海大學中文系嘗試推出實用課程之際，因為我在系上年紀較輕，正好家裡有個三歲的孩子，可以做為實驗的對象，因此受命開發「兒童文學」課程。給孩子看的文學作品，就叫做兒童文學嗎？經歷這麼多年的琢磨，總算有了體會。

　　從傳統教育觀點來看，兒童文學包括兒童的、文學的和教育的三個元素。所謂「兒童的」，早期教育學者主張「童心說」，認為兒童天真無邪，宛如白紙無染，容易塑造；但如果從蒙特梭利、皮亞傑、布魯納的教育心理學入手，可以發現孩子善變、求變、渴望成長的特質，便知道教導孩子要注意適齡、適性、適境，而不是成就教育者的理想而已。從兒童自身的觀點，遊戲、模仿與扮演，才是他們的重要課題。但這些認知理論，還無法包括創作者的心理機制；書寫兒童文學作品，要喚醒個人「心中的孩子」，以同理心與今日的兒童「對話」，才能夠達成寫作的使命。

　　有關「文學的」議題，傳統的觀念重視「文化傳承」或「品德培養」；但在升學主義掛帥的現實社會來看，緩不濟急，教學者和家長們寧可把「文學」當作「語文表達能力訓練」的一環，為了有好的考試成績，進入重點學校，有買櫝還珠之憾。兒童透過文字或影像閱讀，思考人生的問題，傳承人類的智慧，應該是學習的核心。了解文體類型，閱讀文本，分享人生經驗，才是兒童文學閱讀學習的樂趣。

　　有關「教育的」議題，不會侷限在孩子的品德、語文或社會規範等單向的填塞，而是以「啟發」手段，讓孩子自覺的豐富生活經驗，

並獲取圓滿處理人生際遇的能力；期盼孩子能在安全而快樂的生活中，掌握學習與成長的契機。兒童文學的概念會隨著時代腳步、學科發展，或者個人閱歷，而有所改變；因此我願保有一個「進步的兒童文學觀」，隨時可以修正改善。

隨著系上課程調動，個人職務升等的需要，我也涉入文學史、古典小說、現代文學的範疇，但仍以「小說」類型為研究主體。一九九○年因為交換教學，到過美國麻州州立大學，孩子跟著進入當地小學，看見有趣而有效的教學安排，又重燃兒童文學教育的熱情。返國以後，開始參與兒童文學各項活動，閱讀兩岸少年小說與童話，不知不覺寫了二、三十篇文章。原先在二○○二年，結了部分的稿子，因事蹉跎而未果。此次喜獲上海少兒社周晴社長的邀約，前往上海參加第三屆陳伯吹國際兒童文學獎的評審，動了重新整理舊作的念頭。

在這本論文集中，我只選出有關討論兩岸少年小說的文章。

甲編分為綜合評述，包含兩類。第一類是小說發展史、文學獎與選集的探討。首先，概述中國少年小說的發展史，接著觀察臺灣六○年代中長篇少年小說作品的出版，以及探討歷屆洪建全文學獎少年小說得獎出版作品的形式技巧與主題內容。同時，關注大陸少年小說選集的編選，而把焦點放在周曉、沈碧娟主編，又由臺灣民生報社出版的《中國大陸少年小說選》，標題為「自覺、探索與開拓」，幫助臺灣的讀者理解大陸少年小說發展的概況。第二類以小說題材區分，包含抗日、校園與父子親情書寫等三篇。選取十一部有關抗日戰爭的少年小說為研究對象，提出在「對抗、復仇」之後，以「寬恕與悲憫」的態度，或許才是為戰爭止痛療傷最佳的方法。探索校園生活小說中師生與同儕的關係。除了權威式的順從，或者擴大衝突的叛變之外，希望能找出互相體諒的模式來。而談論父子親情的建立，取個〈減枷成佳家〉的題目，好像在唸誦「加加減減」。有史以來，父子之間的衝

突無法逃避，就請天下的父母子女加加減減做個參考。

　　乙編為作家作品論述。首篇敘述北京大學中文系教授曹文軒為孩子營建的文學世界，他關注的焦點不在「當下」，而在「永恆」的經驗傳述，作品中表現〈成長的苦澀與瑰麗〉，給孩子很好的啟發。次篇探討北京中國電影集團一級編劇張之路的作品特質與寫作意圖。張之路以校園、科幻題材，搭配電影表現技巧，是專門為孩子寫作的名家，稱作〈孩子的守望者〉，名副其實。第三篇論述廣州師範學院班馬的兒童文學理論與作品，取名〈展開夢幻飛行的翅膀〉，試圖理解班馬「朦朧、象徵與兒童心理」的理論，如何在作品中實踐？

　　第四、五篇是關於動物小說家沈石溪及其作品。在臺灣出版大陸作家作品，以沈石溪為第一，深受讀者的喜愛。沈石溪作品的主題，試圖〈在野性與人性之間的拔河〉，來表達他的人生觀。儘管他所描述的動物世界未必合乎現實世界的法則，而讀者卻有一套彈性詮釋的方法，來欣賞他所刻畫的動物世界，真有「郢書燕說」的功效。第六篇為臺灣作家劉克襄的作品探析，他有詩人的氣質，卻擅於生態觀察與描寫。劉克襄並非為孩童寫作，但生動的動物角色，吸引了眾多小孩的關注。以〈尋找X點，或者孤獨向前〉為名，說明劉克襄的定點觀察，又能一個人不斷的向前開創。把沈石溪與劉克襄的動物小說放在一起比較，有完全不同的滋味。

　　第七篇，探討臺灣女性作家陳素宜的作品，強調以其女性特質，可以帶給文壇作品一種新的氣象。海峽兩岸的兒童文學作家早期還是以男性為主，近年來女性作家的崛起，讓人刮目相看。第八篇，以屢次獲得九歌文學佳作獎的王文華、林音因、王晶的作品為探討對象，希望有一天他們可以獲得文壇更進一步的肯定。

　　最後一篇，探討李潼「臺灣的兒女」系列作品的成就與困境。上海作家洪汛濤曾讚美李潼為「臺灣少年小說第一人」；李潼與曹文軒

在同年分別獲得宋慶齡兒童文學獎一、二名。我也曾撰文將李潼、曹文軒、張之路與沈石溪等四人，稱作「少年小說中的四大天王」，獲得臺灣兒童文學界的共識。題名為〈陷圍的旗手〉，說明李潼高舉標幟鮮明的旗幟，衝鋒向前，卻無人可以跟上，宛如陷入重圍的旗手。李潼豪爽熱情，結識兩岸許多兒童文學界的好友，英年早逝，令人唏噓。

作為少年小說學術理論的建構，這本書肯定不夠資格。可是忠實記錄了我個人閱讀、筆記，與抒發感想的過程，對於一個嘗試閱讀少年小說，或者準備提筆寫作的朋友而言，順著小說文本入手，分析作品情節、人物、主題與文筆風格，可以減少獨自摸索的時間，輕鬆地窺探兩岸少年小說的堂奧，也會有作用。可惜的是，因為時間限制，許多作家的近作未能列入討論；對於近日主盟文壇的作家作品，也無法一一寫入。請容我在未來的日子裡，能有細細品味各家大作的機會，好補救我的疏懶，以及這本書的缺失。

許建崑寫於東海苦李齋

2016年10月11日

目次

奔向大海的溪流
——中國少年小說的發展

一　溪谷源頭

　　爬山的時候，看見淙淙流水，總想要去探尋源頭，看看有什麼驚奇的發現？要瞭解中國少年小說的發展，當然也要去探源！

　　不論中外，文學的發展，都從民謠、詩歌開始。說故事的習慣雖然早有，所留存的作品多半混雜在說唱、論說、敘述或者傳記文體之中，要發展到懂得虛構故事、捏塑人物的「小說」形式，恐怕距今只有幾百年的時光。中國小說的發展，粗略可以分為筆記、傳奇、擬話本、章回、語體等階段。筆記是一種簡單的記事散文，只能算是「小說」的胚胎。從唐代傳奇開始，注重了故事、人物的虛構性，接近現在所謂的短篇小說了。宋代的話本，只是個說故事的「底稿本」，尚未出版發行，嚴格地說，不可以稱為「小說」；但故事的敘述語言開始「白話」，也講求故事的懸疑與巧合性，使得說故事的技巧大大提高。明代以後，話本被一些通俗作家改寫成短篇可讀的故事，並且刻板發行，我們稱它「擬話本」，算是短篇小說；而《水滸傳》、《三國演義》、《西遊記》等作，融合了許多民間故事變成巨幅的長篇小說，出版流行。這以後，小說變成「過江之鯽」，多得不可勝數。

　　為兒童寫小說的觀念，從什麼時候開始有呢？元朝郭居敬編《二十四孝》、明朝王罃編《群書類編故事》；前者標舉孝行傳記供孩童效法，後者分二十四類收輯孩童故事，都稱不上小說。古代的孩子要看

小說，跟著大人看《水滸傳》等書就是了，不會有特別「剪裁」的作品。

真正「中國少年小說」的發展，恰與「新中國」的發軔同時。清光緒二十四年（1898）梁啟超寫〈譯印政治小說序〉，強調：「小說為國民之魂」，希望童孺、婦女也能接受小說的陶冶[1]。有識之士也跟著鼓吹小說，並注重教育功能。「中國少年小說」之始，像個小小噴泉，冒出了地面。從晚清到五四；從五四到對日抗戰；黯然流過兩岸分裂分立的時期；柳暗花明，又轉出了兩岸交流交會時期，已成為蔚然大河；不久之後，會不會奔向浩瀚的大海呢？

二　淙淙流水：晚清到五四時代

梁啟超之後，筆名東海覺我的徐念慈說：「今後著譯家所當留意，宜專出一種小說，足備學生之觀摩[2]。」在革新政治、開啟民智的迫切需要下，小說文體隨著西譯作品正式登場。梁啟超身體力行，率先翻譯法國少年小說《法蘭西十五小豪傑》，於《新民叢報》開始連載；並在日本橫濱成立了「新小說社」，發行《新小說》月刊，撰寫《小說與群治之關係》，重申小說教育之重要。此時直接標示小說為刊名的雜誌有《小說林》、《月月小說》、《小說時報》、《小說叢報》、《中華小說界》等等，大量刊登小說作品。為了要宣揚愛國思想，要從年輕的孩子開始，所以標舉「愛國」主題的小說，如林紓譯

1　此文梁啟超最早發表於一八九八年日本橫濱的《清議報》，收入阿英主編：《晚清文學叢鈔：小說戲曲研究卷》（臺北市：新文豐出版社，1989年）。參見胡從經：〈倡導者‧實踐者‧評騭者：梁啟超的兒童文學理論與創作〉，收入氏著：《晚清兒童文學鉤沉》（上海市：少年兒童出版社，1982年4月），頁9-15。

2　此文最早發表於一九〇八年《小說林》，亦收入阿英主編：《晚清文學叢鈔：小說戲曲研究卷》。

作《愛國二童子傳》、大陸少年譯作《雲中燕》、中國軒轅正裔的《瓜分慘禍預言記》、包天笑的《愛國幼年會》，都有為孩子撰寫、翻譯的意圖。除了愛國題材，提倡政治改革的，如楊銓《喬治兒童共和國記》、陸龍朔譯《瑞西獨立警史》；描繪科學幻想的，如獨嘯子譯作的《空中飛艇》、盧藉東譯《海底兩萬浬》；鼓舞冒險精神的，如浣白子譯《二勇士》、沈祖芬譯《魯賓遜漂流記》；關懷教育的，如包天笑譯《馨兒就學記》、羅振玉譯《愛彌兒》等等。翻譯出版的數量很大，當時的譯筆雖試圖語體化，仍不脫文言與章回形式；大部分作品是從日文轉譯而來，而非原作直譯，其中尚有從他人口述內容而改寫，或甚至混入了譯者「神來」的創作之筆。仔細瞧瞧，這些譯作、改寫，甚至是創作的小說，無論在題材或主題的選取，都指向了少年。

三　穿越亂石的急湍：五四到抗戰時代

　　五四運動開啟國人普遍的文化自覺，為了要普及教育，推行白話文運動成為首要任務。刊物漸趨多面化，民國初年僅見《少年》雜誌，陸續增加了《新青年》、《小學生》、《兒童世界》等等；上海商務印書館有系統的翻譯外國童書，開明書店也出版《世界少年文學叢刊》；一般報刊雜誌增加少年讀物的篇幅，如《大眾文藝》新增闢《少年大眾副刊》。初期倡導的人物，以魯迅和弟弟周作人最著名。魯迅以「甘為孺子牛」自許，翻譯法人凡爾納的《地底旅行》等作；在個人創作中，也塑造了閏土、雙喜、阿發等少年兒童角色。周作人最早從事兒童文學理論的探討，寫過《童話略論》、《兒歌之研究》等書，他把神話傳說、童話、兒歌等文類當作「小說之童年」，研究範圍頗廣，而小說的研究反而止於「科學小說」。

　　理論兼創作者有茅盾（本名沈德鴻），以中篇的《少年印刷工》

著名；王統照作品，專寫少年疾苦及不幸，有《湖畔兒語》，滲著強烈的「苦味」[3]；冰心（本名謝婉瑩）寫了《最後的安息》，被譽為中國首篇創作的兒童小說；沈從文寫了《往事》、《玫瑰和九妹》、《代狗》等作；其他，尚有徐玉諾《在搖籃裡》、《到何處去》，趙景深《紅腫的手》、《阿美》等作品[4]，都是以兒童生活為內容。此期作品以寫實見長，反映了貧窮的社會以及孩子的童真，為了鼓舞孩子，早日走出艱難困苦的環境，成為「小大人」。稍後的作品在題目上都加個「小」字，如老舍〈小鈴兒〉、馮鏗〈小阿強〉、杜志成（本名鍾望陽）〈小頑童〉、蕭紅〈小六〉、石零〈小立子的悲哀〉等等。創作量不多，一般的作者比較傾向童詩、童話，以及清新散文的寫作。翻譯的作品，重點也集中在童話上，尤其是安徒生作品；較像小說的，有夏丏尊重譯的《愛的教育》。

對日抗戰，全民總動員。為兒童辦理刊物，充實精神食糧，成為要事。漢口有葉紹鈞等主編《少年先鋒》；延安有董純才等《邊區兒童》；上海有杜志成主編《每日譯報兒童周刊》，陸蠡主編《少年讀物》；廣州有陳原創立《少年戰線》；重慶、長沙各有《抗戰兒童》[5]。此後廣東、廣西桂林、福建永安各有刊物發行。

作品以抗日戰爭為主題，蘇蘇（鍾望陽另一個筆名）《小癲痢》及《漢奸的兒子》、賀宜《野小鬼》、呂漠野《假定的敵人》《三鈕兒的洋兵操》《跛足馬》、韓作黎《小胖子》、黃慶雲《兩個汽笛》、《埋葬了的陽光》。作品以激勵士氣為主，在時代的悲劇下，孩子無奈地

---

3 張香還：《中國兒童文學史（現代部分）》（杭州市：浙江少年兒童出版社，1988年4月），頁114-116。

4 王泉根：〈王統照等的兒童小說〉，收入蔣風等：《中國現代兒童文學史》（石家莊市：河北少年兒童出版社，1986年6月）第一編第三章第四節，頁90-93。

5 張之偉：〈在抗日戰爭中發展的兒童文學〉，收入氏著：《中國現代兒童文學史稿》（上海市：華東師範大學出版社，1993年6月）第十二章，頁200-215。

被要求快速成長，分擔大人的重擔，以保國衛民。小說的創作量仍然有限，一般的創作形式仍以兒歌、童詩、報告文學、話劇為主。

四　在長滿蘆葦的沙洲旁分流而前：兩岸分裂期

勝利復原期，許多刊物復刊或遷回上海出版，如陸蠡的《少年讀物》，葉聖陶的《開明少年》月刊，陳伯吹的《小朋友》週刊。陳伯吹、陳鶴琴成立了「中國兒童讀物作者聯誼會」，後來改名為「上海兒童文學工作者聯誼會」，糾結同志，一展鴻圖。而臺灣光復以後，亟需國語文教學，游彌堅等創立「東方出版社」，刊行「古典小說精選系列」；夏承楹等創刊《國語日報》，提供良好的兒童讀物。

有些激勵人心的創作作品。比如葉君健《它們飛向南方》、仇重《稻田裡的小故事》、徐蔚南長篇《小河鰍奮鬥記》、黃谷柳《蝦球傳》、胡愈之《少年航空兵──祖國夢遊記》。這一切美景，彷彿剛流入平原的河水，水面寬廣，平緩優美，不料橫陳的沙洲、濃密的蘆葦阻斷了視野，分流的江水嗚咽的走在自己的河道上。

一九五四年，大陸舉辦第一次全國少年兒童文藝創作評獎，包含一九四九至一九五三年間的作品，獲獎的作品有：張天翼《羅文應的故事》、高士其《我們的土壤媽媽》、馮雪峰《魯迅和他少年時代的朋友》、秦兆陽《小燕子萬里飛行記》、郭墟《楊司令的少先隊》。另有胡奇《小馬槍》、任大霖《我們都愛毛主席》、邱勛《大剛與小蘭》、韓作黎《二千里行軍》等作，內容多半對「革命」的禮讚，我們也能「諒解」這種情形。當時也有人重視科學教育，如高士其、董純才等人，取材自科學知識，但非主流。緊接著發生文革動盪的十年，或有一、二作品出現，但仍不免有「歌德派」之嫌。

風暴過後，上海少年兒童出版社復社，《兒童文學研究叢刊》復

刊，各地的少兒社一一成立；高校重新編定了兒童文學教科書，列入
課程；北京師範成立第一個「兒童文學教育研究室」；人民出版社編
選一九一四至一九七九年間《兒童短篇文選》；許多新作家，如雨後
春筍般的嶄露頭角。

　　一九八〇年，舉辦了第二次全國少年兒童文藝創作評獎，距離第
一次給獎，已有二十六年了。葉聖陶、冰心等十三人獲榮譽獎。在小
說獲獎部份，有蕭平、任大星等十一人獲一等獎，郭錦文、王若望等
二十二人獲得二等獎，徐慎、謝璞等三十五人獲得三等獎。其餘的童
詩、散文、電影、劇本、科學文藝、低幼文學、美術、音樂各項，受
獎人甚多。除了獎勵新人作家，也有肯定老作家們過去的努力。許多
中輟的創作者，又重新拾筆，參與寫作的行列。雜誌復刊，學校的課
程恢復，成立專門研究室，編選詩文集，增多文學獎項目，使得文學
創作的質量大增。出版社樂意編選兒童讀物，學術界人士也參與評選
的工作。雜誌社編輯同時也是作家，使得出版、創作容易溝通。專門
寫小說的作者漸漸增多，如夏有志、沈石溪、秦文君、劉健屏、詹岱
爾、金曾豪、李建樹等等，有豐富的著作問世。作者寫作題材增廣許
多，主題的關切也較往昔加寬。通過了傷痕、反思與尋根的過程，懷
舊、勵志的作品不再是主流，「革命」的題材也不再醒目；科學幻
想、學校生活、動物世界諸多題材，都有人涉獵。

　　臺灣方面，也有自己的成績。臺北的學友書局創辦《學友》，東
方出版社出版《東方少年》，在雜誌中刊載小說故事來教育學童。一
九六二年鍾肇政寫《魯冰花》，在林海音主編的聯合報副刊發表，開
鄉土長篇的先例。一九六四年十二月林鍾隆《阿輝的心》開始在《小
學生雜誌》連載，次年發行單行本。陸續有謝冰瑩《小冬流浪記》、
林良《懷念》、張彥勳《兩根草》、施翠峰《歸燕》等。這些作品多半
從鄉土懷舊的題材，走向城鎮生活。作品數量不多，沒有高深的小說

技巧，作者們多半是寫下生平的第一篇，但寫作的真誠態度，對於小說技巧的不斷揣摩，表現了溫馨樸質的風格。

七〇年代，臺灣省教育廳編定《中華兒童叢書》，設金書獎，逐步提出出版計畫。一九七五年，洪建全教育文化基金會成立，開辦兒童文學創作獎；而馬景賢主編《國語日報・兒童文學周刊》，前後十年，並且編成《兒童文學論著索引》，使兒童文學評論邁開了一大步。不久，教育部在文藝創作獎小說類中，增設了「兒童少年文學」類，並鼓勵師範生創作。在這段時間內，獲獎國內少年小說獎項的作家有林玉敏、尤美松、曾妙容、陳玉珠、黃郁文、張彥勳、林方舟、朱秀芳、陳肇宜、許細妹、毛威麟、黃海、李潼等人。一九八四年十二月，「中華民國兒童文學學會」成立，按期出版《會訊》及《兒童文學研究叢刊》，凝聚創作者的共識，也累積了創作及研究的成績。

翻譯國外少年小說，以增廣孩童文學視野，東方書局《東方少年文庫》為最早，其中摻雜著中國古典小說的改寫。而國語日報出版的《世界文學傑作選》，選書良好，譯筆整齊，帶給許多人美好的童年閱讀回憶。臺南大眾書局在藍祥雲、李英茂的努力下，出版《世界兒童文學選集》，引進了歐洲各國的小說名作，並有《少男少女科學幻想叢書》、《少男少女世界大探險》，提供了冒險、刺激與想像的世界。臺南王家出版社印行《少年少女叢書──世界童話名作集》，內容包羅萬象，有童話、莎士比亞戲劇改寫、中國古典小說改寫、泰山故事、福爾摩斯偵探小說等等，通俗而價廉，流傳影響頗廣；臺北水牛出版社《牧童文庫》，出版五十餘種故事集，偏重頑童流浪與偵探冒險小說；臺北成文出版社出版《金獎少年文學專輯》、《百傑少年叢書》，以及星光出版社《人格工程文學系列》，以得過國際性的紐伯瑞、安徒生獎作品為翻譯對象；純文學《純美家庭文庫》則以幻想小說為主；照明出版社發行《照耀明日的書》，收集世界各國的科幻小

說及模擬想像的外太空世界、外星人與飛行器的各種圖片,黃海擔任總編輯,也因此激發了他個人創作科幻小說的意圖。而臺北光復書局出版《彩色世界兒童文學全集》,其中也收《金銀島》、《愛的教育》等小說,不零售,彩色精裝,開臺灣套書販售之先河。光復書局還向日本購買《世界偉人傳記小說全集》的版權,該集共收有五十部偉人小說,更換了其中十人,使合乎本國讀者的需要。這些翻譯小說,部分附有原作者、譯者、原書書名及內容簡介,但多半殘缺不全;有些翻譯工作者任意割裂內容,有縮減、改寫的現象,因此有些書本中不標舉譯者本名。

五 江水奔騰:兩岸交流期

江水匯集,奔流而下,擋也擋不了,是時間自然的軌跡,小說文體的必然發展,也屬於人性的自覺與成長。洪汛濤主編《中國兒童文學十年:1976至1986》,陳子典主編《兒童文學大全》,書後附有重要事錄及索引;浙江師範大學蔣風等主編《中國兒童文學大系》,共十五大冊,小說佔有二冊。江蘇少兒社陸續出版了方衛平《中國兒童文學理論批評史》,以及孫建江《二十世紀中國兒童文學導論》,對小說文體的討論,深入而中肯。上海任大霖發表《兒童小說創作論》,指出小說創作文體的獨特性。各地少年兒童出版社也注意到小說出版事宜,尤以江蘇少兒社的主編劉健屏,編選了《中華當代少年文學叢書》二十餘種;鄭州海燕出版社程逸如、汪習麟、樊發稼等人編輯《兒童小說十家》、《科幻小說十家》。創作題材寬廣很多:如鄭文光、劉興詩擅於科學幻想題材;詹岱爾、秦文君、程瑋、劉心武、張之路喜愛學校生活題材;沉迷於海洋題材的張錦江;獨愛動物題材的沈石溪、金曾豪;葛冰成功的完成了少年武俠小說;劉保法、劉健

屏、黃修紀另闢蹊徑於報導文學。從這些現象，可以看出理論家、作家與編輯的努力，展示了小說創作的亮麗成績。

無獨有偶，臺北幼獅文化公司出版《兒童文學選集》，少年小說部份由臺東師院洪文珍擔任。而「大陸兒童文學研究會」、「臺灣省兒童文學協會」陸續成立，使創作者得以交換寫作心得。《兒童日報》創刊，洪文瓊將創辦策劃費一百萬元捐出，交給中華民國兒童文學學會，設立「大專院校兒童文學研究獎學金」，來鼓勵在校生參與兒童文學研究。學會並與東方出版社合辦《少年小說研習班》，由林良等人擔任講師，會期首次長達十週。而三度獲得洪建全小說獎的李潼，繼續以《大聲公》獲中山文藝獎，以《再見天人菊》獲金龍獎、楊喚兒童文學獎、臺北市政府優良讀物推薦獎，以《帶爺爺回家》獲臺灣省兒童文學創作獎，以《博士·布都與我》獲國家文藝獎，以《少年噶瑪蘭》獲得大陸宋慶齡兒童文學銀牌獎。李潼喜歡開拓寫作新形式，本質上又有歷史觀照意識，也能包容鄉土情懷，能獨樹一幟，風格常新。

李潼之後，獲得洪建全少年小說獎的尚有駱梵《乘飛碟來的訪客》、邱傑《智慧鳥》、吳俊人《遠方人》等作。東方出版社也設立「少年小說獎」，陸續頒給了黃海《地球逃亡》、木子（本名李麗申）《阿黃的尾巴》、朱秀芳《童年二六》、邱傑（本名邱晞傑）《地球人與魚》；有個十二歲的孩子李迺皓以《朱邦龍探案》參加比賽，得到鼓勵獎。黃海、邱傑兩人，擅長科學幻想題材，提供孩子許多想像的空間。天衛出版周姚萍《日落臺北城》、《臺灣小兵造飛機》，先後獲獎，寫出臺灣鄉土與日據時代的生活經驗。馬景賢《小英雄與老郵差》、管家琪《小婉心》，描寫內地對日抗戰的故事。

早期以《玻璃鳥》獲洪建全小說獎的陳玉珠，以環保、家庭生活為主材，發表了《美麗的家園》、《百安大廈》，又以照顧腎臟病童為

題，寫了親情與醫藥小說《無鹽歲月》。宗教題材也出現了，法鼓文化公司邀集馬景賢、吳燈山、陳啟淦等人撰寫《高僧傳記小說》。關切少年成長的煩惱，有管家琪《珍珠奶茶的誘惑》。投注心力出版少年小說作品的出版社增多了，如民生報《中學生書房》、天衛《小魯兒童小說》、九歌《兒童書房》、國際少年村、富春《親子圖書館》、業強《青少年圖書館》、皇冠《童書鋪》。翻譯改寫國外作品，如智茂《美國紐伯瑞文學獎得獎作品》四輯、《加拿大得獎作品》，天衛《青春經典》，東華《國際安徒生獎作家作品集》，對於原書版權、作者、改寫者、修文者都有詳細紀錄，給予相當的尊重。

對於少年小說，兩岸的作家、讀者以及出版家同時有了明顯的進步，非常巧合，發動的時間都在一九八八年。隨著開放的腳步，兩岸兒童文學家正式接觸。富春文化公司發行人邱各容前往上海，拜會兒童文學的前輩洪汛濤；次年，海峽兩岸兒童文學研究會成員林煥彰、謝武彰等人首次組團參加「安徽兒童文學交流會」，開啟了兩岸作家交流互訪的大門。一九九三年兒研會組團訪問成都的四川少兒社，一九九六年派員參加浙江師範大學「海峽兩岸兒童文學研討會」。

海峽兩岸的兒童文學作品相互刊載，經過評審委員或讀者投票，選出許多優秀的得獎作家。大陸少年小說作家在臺灣獲獎有：周銳、沈石溪、秦文君、曹文軒、張之路、張修彥、常星兒、陳曙光、張永琛、戎林、盧振中、馮傑等人。而臺灣少年小說在大陸得獎者僅見李潼、黃海、管家琪、陳素宜等人。從數量上來看，臺灣的童話、散文、童詩成就，較為出色；而少年小說的發展，大陸則佔優勢。

大陸小說作品進入臺灣市場，十年之間有國際少年村出版張之路《第三軍團》、《帶電的貝貝（霹靂貝貝）》，沈石溪《老鹿王哈克》、《一隻獵鵰的遭遇》、《盲童與狗》，曹文軒《埋在雪下的小屋》，董宏

猷《十四歲的森林》，並央請班馬、張秋林主編《飛行船之夢》五冊，搜羅大陸作家名作，依照題材分類，再區分低、中、高年級的程度整理，期望能提供孩童賞讀、習作時的參考。民生報出版了曹文軒《山羊不吃天堂草》、《紅葫蘆》，張之路《空箱子》、《懲罰》，沈石溪《狼王夢》、《第七條獵狗》、《再被狐狸騙一次》、《保母蟒》、《成丁禮》，魯兵《狗洞》、《包公趕驢》，葛冰《吃爺》。天衛小魯出版了朱效文《竹鳳凰》、張之路《魔錶》、《傻鴨子歐巴爾》，劉慧軍《烏翎狐傳奇》，劉興詩《蛇寶石》，秦文君《男生賈里》，谷應《從滇池飛出的旋律》，孫幼軍《好兵帥克奇遇記》，戎林《采石大戰》。臺灣東方少年出版了周銳《千年夢》。光復書局出版沈石溪《牧羊犬阿甲》、《愛情鳥》。九歌出版秦文君《家有小丑》，陳曙光《重返家園》、《雪地菠蘿》等等。在大陸方面也出版李潼《再見天人菊》，桂文亞、李潼主編《臺灣兒童小說選》等書。一九九八年以後，兩岸出版互動更多，張之路、曹文軒、沈石溪、班馬、韋伶、葛冰、秦文君、梅子涵等人的小說作品，在電腦網路上已經被廣泛的討論。兩岸互相出版對岸作品，增加出版銷行的空間，閱讀與購書漸漸成為人民日常生活中的一個項目。作家專業化，寫作的文類、文體也專門化，看來少年小說的發展會有更好的成績。

　　兩岸共同經營創作的，還有幾件事值得一記。一九八九年北京《兒童文學》、上海《少年文藝》與臺北《小鷹日報》合辦「中華兒童文學創作獎」[6]。一九九二年臺北《民生報》、北京《東方少年》以及河南海燕出版社三個單位合辦了「海峽兩岸小說、童話徵文比賽」，共頒少年小說獎優選五名、佳作十名。得獎作家有北京曹文

6　王泉根：〈近十年海峽兩岸兒童文學的交流〉，氏著：《中國兒童文學現象研究》（長沙市：湖南少年兒童出版社，1992年10月），頁140-148。

軒、葛冰、宗磊、趙金九、畢淑敏等五人，雲南沈石溪、吳天兩人，山東盧振中、河北武振東、浙江李建樹、安徽金茂各一人，臺灣有李潼、陳昇群、王淑芬、張圓笙（在美）四人[7]。作品素材多樣化，包含了仁愛、諒解、競爭、寬納、救贖各種主題，也關懷孩童情竇初開、成長勇氣與自信。

　　而一九九五年臺北時報文化公司出版《時報全語文經典──大史詩》，共二十種，由海峽兩岸的作家、插畫家三十餘人聯合改寫創作。一九九七年上海巨人雜誌、臺北民生報和研究會合辦「海峽兩岸中篇少年小說徵文」。此期間，大陸少年小說作家來訪，如曹文軒、張之路、梅子涵、班馬、韋伶、劉興詩等人來訪，舉行了許多場的作家作品研討會。幾位大陸學者也獲邀至臺東師院兒童文學研究所授課，如班馬、韋伶、梅子涵、方衛平、朱自強、馬力等人，給予學生許多啟發。臺東師院組成師生訪問團，前後幾年訪問了北京師大、長春東北、瀋陽師院、廣州師院、浙江師大、上海師大等六所大專院校，了解兩岸在「兒童文學」教學與創作上的努力。他山之石可以攻錯，相互合作、鼓勵、觀摩、研討，肯定對兩岸兒童文學的教育與創作，有良性刺激與健全的發展。

六　海洋的呼喚：未來少年小說寫作的方向

　　從上述的文獻資料可知，歷經九十年，中國少年小說的發展經過幾個階段：

　　（一）從晚清到五四，接受世界各國的少年小說作品，大部分是

7　林文寶：〈海峽兩岸兒童文學交流活動記事〉，收入林煥彰編：《兩岸兒童文學交流回顧與展望專輯（1987-1998）》（臺北市：中華民國兒童文學學會，1998年10月），頁151。

輾轉譯自日本，譯者有時候情不自禁，加入了「自創」的文字。
（二）五四到抗戰，為開啟民智，倡導白話文教育，著墨孩子頑皮的
個性與奮鬥的精神。抗戰起，則為「保國衛民、抵禦外侮」的題材所
替代。（三）抗戰勝利後，兩岸分裂，各有各的發展。大陸在「革
命」的狂潮中，多為「歌德」與禮讚。文革後，從傷痕、反思到尋根
的努力過程中，開始關切孩子的精神生活層面。臺灣少年小說萌芽，
從「鄉土懷舊」的題材走向「城鎮生活」，講求溫馨而樸質的情調。
（四）一九八八年兩岸兒童文學交流開始，作品交互出版，提供兩岸
讀者更廣闊的閱讀視角。

　　未來的少年小說，當然可以向歷史、傳記、民間傳說等處繼續借
取題材，但還是要琢磨「小說」的寫作技巧，加入現代意識，才能賦
予作品新生命。許多具有現代文學意識的學者，提供小說創作理論，
如金燕玉、班馬、曹文軒、孫建江等人，對於創作者有絕對的助益。
用散文故事敘述的文體來寫「少年小說」，方法較為陳舊，雜誌刊物
的編輯多半也能接受，但總是少了開闢「少年小說」新風貌的機會。

　　近年上海二十一世紀出版社提出「大幻想」系列構想，鼓勵作家
跳出寫實的框框，希望能開拓局幅。而北京少兒社鼓勵在校中學生寫
作，邀請曹文軒、張之路等人一對一創作指導，作品集為《自畫青
春》系列，寫出校園心聲。也有留學在外，寫出佳作者，有郁秀《花
季・雨季》、《太陽鳥》，黃思路《十六歲到美國》、《第四節是物理
課》，開創留學生作品的路線。在臺灣新興作家，如鄭宗弦、王文華、
侯維玲等人，多半從生活的領域中尋找題材。而成名作家李潼則選擇
了本土議題，完成「台灣的兒女」十六部，對臺灣的歷史、地理環
境，以及人文現象、人性的焠鍊，多方著墨，開啟深沉的思考空間。

　　西洋文學作品的翻譯與改寫，是兩塊不同領域的工作。翻譯要忠
於原著，明確標示原故事的名稱、作者，如果能討論原作的創作精

神、介紹原作者的寫作動機、翻譯者選譯動機與過程等等，使譯介的工作能有可信度，也給予讀者良好的閱讀導引。改寫，則應讓改寫者有更寬闊的空間自由發揮，也要離開原著，成為自立自存的文學作品，否則只是「長書短寫」，不忠於原著，也無創造性，只作為短暫的書市商品，豈不可惜？如果不清楚地辨認翻譯和改寫的異同，相信不容易做好。

而少年小說創作者，書寫少年小說，不是為了保存個人的記憶，或試圖教育孩子成為現實界「有用的人」。為教育、知識而寫的小說作品，是另一個範疇的創作，要是能回歸文學美感的陶冶與生命的啟示性，或許才是少年兒童小說創作的正點。

滔滔江水，奔騰不絕，是不是聽信了海洋的呼喚？蘇偉康等人撰寫《河殤》，蘇東坡閱歷了「大江東去」的景致，莊子的河伯終要面臨北海阿若……，他們都看到河流的走向。在世界變成「地球村」的時刻，文化的撞擊、融合，不可以簡單的二分為黃色、藍色，或者本土、外國，或者黃土、海洋了！世界文化的趨勢如此，少年小說的創作、出版與分享，亦復如此！不論兩岸的政局如何詭譎，兩岸作家的心血結晶，應該是子孫們共有的財富！

——原刊於馬景賢主編：《認識少年小說》（臺北市：天衛文化圖書公司，1996年11月），頁174-193。

六〇年代臺灣中長篇少年小說作品評析

一　六〇年代臺灣少年小說創作出版情形

什麼叫作少年小說？在二次大戰結束之際，臺灣人民面臨語言使用的轉換，能從事文學閱讀與創作，困難多多。然而，擔任小學教育的老師，如施翠峰、葉石濤、林鍾隆、張彥勳等人，以及當時正在受教育的學生，如陳千武、趙天儀等人，他們率先跨過語言的門檻，走入中文文學領域，成為「跨越語言的一代」[1]，特別是開發了兒童文學的世界，值得喝采。

為了要加強語文學習，光復初期，首任臺北市市長游彌堅則創辦「東方出版社」，開始出版兒童讀物。何容等人奉命來臺執掌「國語推行委員會」[2]，一九四八年創立了《國語日報》，推出「兒童版」；次年《中央日報》開闢了《兒童周刊》版，臺中市教育局也創刊了

1　李麗玲《五〇年代國家文藝體制下台籍作家的處境及其創作初探》，第三章第二節〈跨越語言的一代〉，一九九五年清華大學中文所碩士論文。

2　何容先生在一九三一年擔任「教育部國語統一籌備委員會」編輯，一九三五年仍然擔任改組的「國語推行委員會」編輯，為無給職；一九四五年奉派來臺，協助長官公署推行國語；次年四月，成立「台灣省國語推行委員會」，魏建功擔任主任委員，先生擔任副主任委員。一九四七年七月，魏先生返平，先生繼任為主任委員。一九五九年六月，單位遭裁撤，由教育廳長出任「國語推行委員會」主任，先生獲聘副主任委員，為無給職。見〈何容年譜〉，洪炎秋等：《何容這個人》（臺北市：國語日報社，1992年7月），頁286-290。

《臺灣兒童月刊》；一九五一年，省教育廳創刊了《小學生半月刊》，提供了兒童文學寫作最早的園地。由於受到發表園地篇幅的限制，最初的作品多半為詩歌和短篇故事。故事內容包括生活、歷史、寓言、成語，或者是西洋與中國古典小說的縮編短寫。在那個時候，臺灣應該還沒有少年小說的概念。

一九五三年，「東方出版社」陸續推出了「少年文庫」五十種，以介紹世界文學名著為主。從這年開始，為兒童和修習中文的讀者服務的刊物有《學友月刊》、《小學生畫刊》、《良友月刊》、《正聲兒童》、《學伴》、《新生兒童》陸續創刊。一九五六年，施翠峰在《良友月刊》創刊號發表的第一篇長篇小說《愛恨交響曲》。一九五九年，施翠峰又在《學伴》第十期開始連載第二篇長篇小說《歸燕》。《歸燕》的完結篇在一九六〇年十二月。然而，這年的三月鍾肇政長篇小說《魯冰花》，也在《聯合報副刊》開始連載。

根據收集到的資料，六〇年代發表的中長篇少年小說還有十一部，依序為林鍾隆《阿輝的心》（1964）、謝冰瑩《小冬流浪記》（1965）、謝冰瑩《林琳》（1966）、琦君《賣牛記》（1966）、張彥勳《兩根草》（1967）、畢璞《難忘的假期》（1967）、黃得時《臺灣遊記》（1967）、邵僩《在陽光下》（1967）、張彥勳《友情》（1968）、張劍鳴《從黑暗到天明》（1968）、林鍾隆《好夢成真》（1969）。這些作品之外，加上施翠峰先發的《愛恨交響曲》，共有十四部。這些作品是不是臺灣早期中長篇少年小說的作品呢？

二 臺灣少年小說理念的提出

臺灣有誰最早提出少年小說的理念呢？施翠峰的《愛恨交響曲》於一九四六年九月《良友雜誌》刊登完畢，已經引起許多文友討論。

李榮春拿國外小說《愛的教育》、《小婦人》來比較，肯定施氏的作品描寫「兒童心理和生活」，有顯著的價值。陳火泉則提出「兒童文學之創作更為困難」的見解。楊紫江則以《孤兒奮鬥記》、《乞丐王子》來對比，讚美施作「以兒童為主角的小說」有濃郁的鄉土氣味。許山木則批評「主角茂生、曼麗缺乏個性；——好多章節運用短篇小說手法，顯出矯揉造作」。廖清秀批評施作「缺乏描寫，沒有鬥爭、沒有糾葛，平坦直敘，只在說故事，不像小說」。鍾理和對施作人物個性兩極化頗有微詞，他還特別說：「不過這是一篇寫給少年讀者讀的作品，不知道是否應該用普通一般的看法去看。」[3]這幾個文友有許多睿見，也試圖為「兒童小說」找出批評的尺度，只不過欲言又止，到後來「欲辯已忘言」。

　　根據資料所見，一九六二年十一月《國教之友》首次刊出林宜有〈兒童小說的構成〉一文[4]；一九六三年三月三十日《中央日報副刊》，曾刊載陳孟堅翻譯美國作家李溫德罕（Lee Wyndham）女士的作品〈如何寫少年小說〉。文中暢談衝突、懸疑與神秘，並且交代故事開端的四要件。《兒童讀物研究：小學生雜誌十四週年紀念特輯》之中，特別轉載了這篇文章，另外還央請童尚經撰寫〈論兒童讀物中角色的個性〉、林鍾隆撰寫〈談兒童小說的創作〉，對於兒童小說的兒童性、心理需求、人物表現、主題闡釋，都有較深入的分析。林鍾隆先生在文章中還特別呼籲：「國人所寫的兒童小說、童話，也有人批評說是『洋罐頭改裝』……中國人『只知道羨慕外國』的歷史夠長

3　《文友通訊》第十回，1957年12月25日。《文友通訊》原件係油印本，鍾肇政提供並附序言，正式發表於高雄《文學界》5期（1983年1月），頁117-193。

4　林宜有：〈兒童小說的構成〉，《國教之友》12卷19期（1962年11月），頁10-11。轉引自國立中央圖書館臺灣分館採編組主編：《兒童讀物研究目錄》（臺北市：國立中央圖書館臺灣分館），頁44。

了，這種時代應該結束了。」[5]林氏指出當年兒童讀物寫作的困境，也展現了個人超越時代的自覺。

同年稍前，臺南師專林守為教授編寫《兒童文學》教材，談論兒童文學作品的結構特徵；也試圖在散文類中，區分兒童故事、童話、傳記與兒童小說的異同。[6]他特別強調兒童故事的作者是站在旁觀者地位，寫作重點在於事件的敘述，平鋪直敘，不甚注意結構，係因故事本身的價值和興味而寫，不注重人物的描寫，不加入對作品中人物的感情因素；而兒童小說則反是。童話講求「趣味感」，誇張多變，而兒童小說則注重「真實感」，必須合乎「人情物理」。傳記強調歷史事實，小說則藉人物和故事，說出作者對社會的某種感覺或見解。至於成人小說擅長描寫異性之愛，主題多高深哲理，結局多悲劇或也些悲涼之感；而兒童小說則須依照兒童生活經驗、心理需求，運用兒童語彙而寫，雖然在寫作技巧方面（如故事結構、人物描寫、高潮設計等）和成人小說是相差無幾的。稍後政治大學吳鼎教授《兒童文學研究》出版。他引述歐西學術界對小說的定義，「通稱為Fiction，指一部或全部出於想像的故事，不一定含有教訓的意義在內，和Novel極相似，但形式上Novel通常是指長篇小說，而Fiction則指短篇小說；而且Novel最顯著的是含有感情成分，Fiction則沒有那麼顯著罷了。」[7]他借取了歐西小說的理念，注重小說分類，還列舉中國章回小說、國外文學名著為例。

從這兩本教科書對少年小說的討論，已經注意了人物、情節安

5　林鍾隆：〈談兒童小說的創作〉，在《兒童讀物研究》（臺北市：小學生雜誌畫刊社，1965年4月），十四週年紀念特輯，頁141-151。

6　林守為以三章的篇幅討論兒童故事、兒童小說、傳記與遊記，《兒童文學》（臺北市：五南圖書出版公司，1988年7月），頁117-198。

7　吳鼎：《兒童文學研究》（臺北市：遠流出版公司，1980年10月），頁285。

排、主題、背景，以及「虛構性」等議題，大大跨越了「兒童故事」的書寫領域。國人對少年小說的寫作，顯然有了初步的認識。

三　六〇年代臺灣少年小說作家及作品簡介

有關臺灣少年小說作家及作品的介紹，趙天儀、馬景賢兩位先生曾經撰文敘述，今年年初臺東師院兒研所碩士畢業生劉敬洲也有詳細的述說。[8]為了行文討論方便，我還是將作家生平及文本大要，簡略敘述一遍。

（一）施翠峰（1525-），本名施振樞，彰化鹿港人。臺中一中、臺北師大美術系畢業，歷任臺北師專美術教師、國立藝專美工科主任、文化大學美術系主任等職。一九五六年完成《愛恨交響曲》，青文出版社再版時改名《養子淚》。描述林茂生父親徵召南洋作戰未歸，母親將他過繼給阿姨。阿姨病死，姨丈續娶，繼母虐待茂生。茂生逃出，在火車上認識少年陳吉雄，卻因此陷入竊盜集團。茂生找到母親之際，竊盜集團正預謀搶劫貿易商陳國龍，茂生卻巧遇自日本歸來的父親。在父親與陳國龍的幫助下，茂生協助警方大破賊窟，重返學校求學。

一九五九年完成的《歸燕》，也是個「尋母」故事，女孩許月霞父亡，母親不知下落，與祖母相依為命。祖母死後，新竹張老師收養，與張女明玉共同學習鋼琴演奏。被他人誤為偷錢，在音樂比賽前

---

8 討論早期臺灣少年小說的論文如下：趙天儀：〈少年小說的現實性與鄉土性：以戰後早期臺灣少年小說創作為例〉，《兒童文學與美感教育》（臺北市：富春文化事業公司，1999年1月），頁106-125；馬景賢：〈少年小說在台灣：談少年小說的出版與展望〉，《認識少年小說》（臺北市：天衛文化圖書公司，1996年11月），頁194-207；劉敬洲《六〇年代臺灣少年小說作品初探》（臺東市：國立臺東師院兒童文學研究所碩士論文，2002年12月）。

夕離開張家，前往臺北尋找母親。她無意發現竊賊偷竊學校鋼琴，追
蹤過程中受了傷。在新聞記者王東洲的幫忙下，見到張老師，找到母
親，也幫林美津老師在音樂會中伴奏《歸燕》一曲。

綜合這兩個故事，有尋親、盜竊、誤解、偵查、發現、重逢等情
節，也有「後母酷毒前人子」、「賊窟風雲」等民間故事模式，有點
「通俗小說」的影子。

（二）鍾肇政（1925-），桃園龍潭人。淡水中學畢業，擔任代課
老師一年。考入彰化青年師範學校，開始接觸世界文學名著。畢業
後，至龍潭國小任職三十餘年曾經兼職副刊、刊物主編。他寫了《魯
冰花》，美術老師郭雲天到校代課，認識茶農子女古茶妹、古阿明兩
人。他負責甄選三年級同學參加美術比賽，屬意古阿明為代表，而同
事徐大木蓄意拉拔議員之子林志鴻，橫加阻攔。郭雲天將古阿明的畫
作寄往南美參加國際比賽，自己離開學校，還託付同事林雪芬照料古
阿明。不久古阿明因為肺炎而去世，畫作獲得國際大獎的消息才遲遲
到來。

故事中涉及校園行政、美術教育、才子早夭等議題，甚至還有一
段兩男兩女的「四角戀愛」，因為郭雲天的離開，而歸於淡淡的哀傷。

（三）林鍾隆（1930-2008），桃園楊梅人。臺北師範普通科畢
業，擔任小學教師六年。因為職務需要，開始琢磨寫作教學，在報刊
上發表作品，或者透過日文翻譯本再改譯成適合小學生閱讀的西洋文
學作品。通過高等考試及中學教師甄試，轉任中學教師二十餘年，同
時改譯多種外國文學名著。一九六四年應林良的邀請，發表了《阿輝
的心》。故事中主角李阿輝父親已死，母親前往臺北幫傭，寄居舅舅
家中，與長工石金頭同房間。舅舅要他放學返家工作，不准參加補
習，幸好表弟大海同情他，暗中給予幫忙。班上有個名叫水牛的同
學，處處與阿輝爭勝，增加許多困惱。最後在舅母與鄰居互毆，要求

阿輝到警局做偽證，阿輝決定離家前往臺北尋母。一九六九年，林鍾隆另外寫了《好夢成真》，以石門水庫未興修前的農村生活為背景。父親趙天林守著祖產，對於孩子人豪、人傑決定背離故鄉，到城裡工作，感到憤怒而絕裂。多年以後，石門水庫動工興建，人豪擔任電機工，人傑為車子修理工，都回來參加建設。完工以後，兄弟們決定留下來陪伴父親。

《阿輝的心》跑不出苦兒、尋母、遭欺、受誣等題材的限制，然而生動的人物描寫與心理刻畫，使得阿輝及其悲慘遭遇，贏得諸多讀者的同情。再加上描寫小學生在校園中的爭勝風雲，現實社會生活的描述，得到了讀者的喝采。至於初讀《好夢成真》，總覺得是為「宣揚地方建設」而寫作；但細讀之下，文中對父子兩代的價值衝突，以及最後的妥協，都有強烈的張力可尋。

（四）謝冰瑩（1906-2000），本名謝鳴岡，湖南新化人。曾就讀湖南省立第一女子師範，兩度前往東京早稻田大學研究。擔任副刊主編、大學教授。一九四八年來臺，擔任臺灣省立師範學院教授。一九六四年應《新生兒童》主編童尚經先生之邀，開始撰述《小冬流浪記》。七歲的汪小冬，因為偷吃兩顆糖，被繼母鞭打。他決定離家出走，在臺北植物園遊蕩，收留了一隻小貓，也做了幾場大夢。小冬得到三輪車伕的燒餅油條，以及老太太給的五塊錢，他沿著廣州街走過醫院，看見病人進入，也看見棺木抬出，有很多感傷。走過戲院，他想跟著大人溜進去白看戲，卻被當作扒手送進警察局。被釋放後，小冬跑到火車站，被一位自稱舅舅的人口販子誘騙到新竹。憑著機智，小冬被警察救出，安置在少年輔育院，學習認字、讀書和繪畫，也得到撫育院學長方小牛的啟發。爸爸將小冬領回，仍然受到繼母虐待。他逃躲到師大宿舍，被言太太家人發現。言太太的幫忙，送小冬進入北投薇閣育幼院。後來繼母與人打架，被押進警察局，言太太知道

了，趁機前往勸解，改變繼母的想法，接小冬回家。小冬繼續在育幼院上完初中課程，到金門當兵去了。這篇作品的枝節頗多，以小說結構的觀點來看，不夠嚴謹。然而他把小冬擺在當時的臺北，對於公園、植物園、臺大醫院、師大宿舍、火車站、北投育幼院等場景，以及人來人往的情境，都有詳細的描寫。

一九六六年，謝冰瑩接受省府教育廳「中華兒童叢書」的邀稿，為小學五年級學生繼續寫了中篇作品《林琳》。小主角林琳父親車禍死亡，母親癌症去世。林琳以拾荒為業，奉養氣喘多病的祖母。她被同學李美美誣告偷了五十元，幸好真相大白。她拒絕姚媽媽的介紹，不願意投入色情服務業中，但因為生活所困，動了腦筋要去醫院賣血。報社記者沈強採訪此事之後，獅子會周先生願意提供贊助，直到林琳高中畢業。這個故事有點像「社會新聞」，主角的辛勤努力，如出一轍，但能夠間接暴露了世俗的價值觀，善心人士有能力伸出援手，也反映了社會的蛻化與轉型。

（五）琦君（1917-2006），本名潘希真，浙江永嘉人。杭州之江大學中文系畢業，曾任司法院行政部編審科科長，兼任臺北德明專校、中國文化學院（今文化大學）副教授、中央及中興大學教授，目前旅居美國，專職寫作。一九六六年，她也受省府教育廳「中華兒童叢書」之邀，為小學六年級學生寫了《賣牛記》。故事的小主角是十二、三歲的小主角劉聰聰，家住江南農村，父親早逝，與母親兩人靠家中黃牛幫鄰居工作而得生活資源。為了修墳與聰聰入學所需，劉母賣了黃牛。聰聰不捨，追到城裡尋找，遇見江湖賣藝的張藥膏幫忙，贖回了老黃牛。劉母擔心著要還張藥膏墊付的贖金。

故事以江南農村生活為背景，加上賣老黃牛、尋找黃牛、得江湖賣藝者資助等情節，鄉野傳奇的意味就重了。江南農村生活與臺灣的情形大抵無異，然而特別標幟著「江南」，也反映了大陸流徙人士的思鄉之情。

　　（六）張彥勳（1925-1995），臺中縣后里人。臺中一中畢業，擔任國小教師四十二年。日治時代曾組詩社「銀鈴會」，出版過詩刊《緣草》，光復後改名《潮流》。學習漢文，一九六七年一月起以迄三月，在《國語日報》少年版發表少年小說《兩根草》。據他說，此作是從聽到的日本故事《吊鐘草》（現稱時鐘果、百香果）改寫而成。故事發生在日治時代一九四〇年前後，前半部為王黎明母親生病，耽誤了投考師範學校的機會。下半部，從母親死後，將弟弟寄託舅舅家中，自己考入師範，以抄寫工作換取十元金錢。結果被同學誤會偷竊。真相大白之後，黎明為弟弟買了玩具槍，返家探視，弟弟卻被車子撞傷。舅媽同情這對苦情姊弟，改悔從善。苦難、受虐、親情、遭誣，素材仍多悲苦。

　　一九六八年一月至三月，仍在《國語日報》發表小說作品《友情》，後來改寫為《小草悲歡》，重新在《兒童月刊》連載，並獲得教育部兒童文學小說佳作獎。[9]故事的主角是國小五年級生白鎮龍，父親死後，母親罹患肝炎，弟弟得了肺癆。除了努力讀書以外，家中生活所需得靠他張羅。他拒絕鄉公所民政課將他們家列入三級貧戶。最後得到班長張清富發動全校自由樂捐，校長、導師大家鼓勵，還頒給他們班上書寫著「高貴的友誼」匾額。升國中的暑假，白鎮龍撿拾舊物，販售給古物商慶雲叔。母親的病漸漸好轉，弟弟卻回天乏術。宋老師幫他找到抄寫的工作，使他能維持自己和母親的生活。

　　這個故事融合了張彥勳寫過的短篇作品〈賣豆腐的小孩〉、〈余明的飯盒〉、〈溫暖的太陽〉，也拂不去長篇《兩根草》的影子。

9　《張彥勳集》（臺北市：前衛出版社，1991年7月）後附〈年表〉：張彥勳曾於一九
　　六八年一至三月中創作《友情》，於《國語日報》連載，日後不再提及；疑《友情》
　　單行本可能改名為《小草悲歡》。就劉敬洲論文中引述《小草悲歡》的內容，與《友
　　情》有相同的主題。

（七）畢璞（1922-2016），本名周素珊，廣東中山人。嶺南大學中文系畢業，歷任電臺編輯主任、月刊主編、《中國時報》秘書，以擔任《婦女月刊》總編輯為最久。她從事文藝創作達四十年以上。一九六七年她寫了《難忘的假期》，收在省教育廳「中華兒童叢書」之中。小主角王平趁著暑假到同學陳天石的舅舅家中度假，與天石的表妹高小眉等三人一同在鄉間遊戲。他們聽小眉說有個「怪人的花園」，決心前往探險。小眉跌跤，被怪人抓住，並沒有受到傷害。怪人拒絕兩個男孩拜訪，卻希望小眉常去陪他。有一天，怪人心臟病發，傭人徐公公前來求助，始說出怪人的身世背景。怪人姓李，妻子兒女都留滯大陸受害，所以他嫉妒所有的幸福家庭。怪人獲救後，感謝陳天石適時指引醫生到來，也因此接受孩子們常來走動。假期結束，兩個男孩重新回返都市，他們確實過了一個難忘的假期。

這本書頗有少年偵探小說的架勢，也讓都市孩子透過作品體驗鄉村生活的滋味，然而情節的安排仍不免傳奇化，有些不自然。

（八）黃得時（1914-1999），臺北樹林人。臺北帝國大學東洋文學科畢業，任教於臺灣大學，歷任教授、教務長。他曾經發起「臺灣文藝協會」組織活動，擔任「臺灣文藝協會」北部聯絡人，也曾經兼職《臺灣新民報》副刊主編，創辦《臺灣文學季刊》。他擅長臺灣文學、日本文學、歷史文化考述、詩歌、戲劇。

一九六七年四月，他以報導文學兼小說體的混合方式，寫成《臺灣遊記》，描寫成功國小五年級學生林光雄與父親敏中、姊姊瑞華利用暑假時間環島旅遊，並介紹臺灣史蹟風物。全書分五小冊，自臺北出發，南抵屏東，再經花東返回。

這本書為了介紹寶島風光，用小說的手段，虛擬三個家庭成員前往參觀訪問，缺乏事件的衝突、頓挫與高潮，對話設計也無法凸顯人物性格。但如果把這本書當作臺灣最早的「報導文學」，就有討論的意義。

（九）邵僩（1934-），江蘇南通人。新竹師專畢業後，任職新竹東門國小三十年。業餘從事編劇、國立編譯館編審委員。十六歲開始寫小說，一九六六年出版第一本短篇小說集《小齒輪》。次年，撰寫少年小說《在陽光下》，主角國小生張彥平喜歡讀書，不喜歡運動。舅舅來訪一個多月，帶著彥平四處參觀訪問，改變了許多觀念。家中貧窮的同學羅立文對待賣報老人的態度，也給了他啟發。利用假期到鄉下李伯伯家，讓他體驗了農村生活。經過整個暑假，彥平徹底改變，他得好好謝謝舅舅的開導。

這本書屬於生活體驗小說，對小主角內心的感受、鄉村生活的描寫，以及情節複線結構，與畢璞《難忘的假期》相比較，有相當進步的表現。

（十）張劍鳴（1926-1996），河北安國人。曾任《國語日報》編輯組長、少年版主編，七十年十二月開始接掌《臺童文學周刊》主編，也開使大量改譯世界文學名著，以及家庭心理學叢書。一九六八年，他寫了《從黑暗到天明》。故事從一九四二年四月十八日王立勤自夢中醒來寫起，遠方傳來飛機轟炸的聲音。王立勤回想起三年前自河北避難陳家莊，與父母分離，幸得老醫生趙濟民收留，學習醫術和英文，並與村長之子陳明哲結為金蘭。第二天早上外出，救助了飛機失事的美國人。經由村民協助，將美國飛行員送往後方。

這是個具有時代性的歷史故事，描寫二次大戰末期中國戰場的「實況剪影」，部分素材可能是作者親身經歷或口耳聽聞，因為篇幅架構較短，採取「一天一夜」的時間限制，就表現技巧而言，頗為成功。但因為發生事件的時間點，並未落在主角最艱困的時候，不免有「隔岸觀火」的疑慮。

四 六〇年代臺灣少年小說的基本模式

加強人物描寫的技巧，應該是脫離「散文體故事模式」最重要的因素。就上述十四篇作品，以故事的主角、家庭結構、迫害或對抗者、協助者四項，來加以檢查。

	作者	書名	故事主角	家庭結構	迫害或阻礙或對抗者	協助者
1	施翠峰	愛恨	林茂生	父失蹤、母失聯	姨丈繼妻雪華	阿姨、商人陳國龍
2	施翠峰	歸燕	許月霞	父死、母失聯、張老師收養	同學（誤會）	張老師、明玉、林老師、記者王東洲
3	鍾肇政	魯冰	郭雲天、古阿明	茶農	林縣議員、徐老師、翁老師、校長、同學林志鴻	林雪芬老師
4	林鍾隆	阿輝	李阿輝	父亡、母幫傭	舅舅、舅媽、同學水牛	長工石金頭、表弟大海
5	謝冰瑩	小冬	小　冬	母亡、爸爸、哥哥、繼母	繼母王玉香、人口販子	言老師及家人
6	謝冰瑩	林琳	林　琳	父母雙亡、祖母病	鄰居姚太太、祖母	記者沈強、獅子會周先生
7	琦　君	賣牛	劉聰聰	父亡、寡母	牛販	長根公公、女孩花生米、賣藝人張伯伯
8	張彥勳	兩根	王黎明	父亡、母病死、弟受傷	舅媽、同學	伍老師

	作者	書名	故事主角	家庭結構	迫害或阻礙或對抗者	協助者
9	畢 璞	難忘	王平 陳天石	良好	怪人李爺爺	舅舅高先生、高小眉
10	黃得時	臺灣	林光雄	良好	無	父親敏中、姊瑞華
11	邵 僩	陽光	張彥平	良好	無（改善生活態度）	舅舅、羅立文同學、李伯伯
12	張彥勳	小草	白鎮龍	父亡、母病、弟病死	（貧窮）	班長張清富、宋老師、校長
13	張劍鳴	黑暗	王立勸	與父母走失	（抗日戰爭）	趙醫生、陳村長、陳哲民
14	林鍾隆	好夢	趙天材	子人豪、人傑	（價值觀點）	

　　從上表得知，絕大多數的故事主角都屬小學五、六級小孩，少年小說既設定閱讀者為「少年」，選擇以他們同年齡的孩子為主角，容易得到認同。超越這樣限制的作品有三。

　　（一）鍾肇政的《魯冰花》採取雙線結構，作者以代課老師郭雲天來水成國小代課寫起，用他來觀察在定型的社會結構中，無權無勢的家庭，像古阿明這樣的小孩不會被發掘、被鼓勵，他違反傳統權勢的規約，希望能為古阿明爭取一片繪畫的天空。然而作者對郭雲天引起的「四角戀愛」關係，表現了更多的樂趣，只有在倉促的故事結局中，讓讀者感傷阿明的早夭而已。

　　（二）謝冰瑩筆下的小冬只有七歲，七歲的孩子會因為繼母的虐待而離家出走？或許作者潛意識中要為小冬「不成熟」的舉動開罪，所以把小冬的年齡設在七歲。十歲以上的孩子，或許才會動念去看霸王戲、被抓進警局接受審訊、掙脫人口販子的魔掌等等事情。但也可能在貧苦受虐待的環境下，小孩較早成熟，也未為可知。

（三）林鍾隆的《好夢成真》，把故事的焦點集中在父子價值觀的衝突，給成長中的孩子一面良好的借鏡，它還脫離一般少年小說將主角限定為少年、孩童的企圖，使作品因為主角的成熟與智慧，得到強而有力的表現機會。

這十四篇作品小主角的「家庭」，能夠提供生活的奧援嗎？有九篇之多，是父母親死亡或失聯，無法提供孩子溫暖的居家環境。生病的弟弟或者是臥床的祖母，更增加孩子的負擔。只有五篇，父母俱在。古阿明生長在茶農之家，雖然二弟死、祖母死、大弟生病，家中貧窮，卻也自在。《難忘的假期》裡的王平、陳天石，《臺灣遊記》裡的林光雄、瑞華，《在陽光下》的張彥平，都是快樂、外向，而努力學習的孩子。

誰是迫害或阻礙者呢？來自於親人，最為不幸。小冬的繼母，以及林茂生姨丈的繼室折磨孩子，然而她們在故事結局處，都得到「閔子騫對待後母」式的諒解。舅舅、舅母是母親的親人，為什麼會變成折磨孩子的人？人口販子會冒用舅舅的身分，來騙取孩子的信任。鄰居呢，會不會疼惜孩子？在貧窮的環境底下，親情何等礆薄！即連家中的長輩，也未必能照顧晚輩；如果以繼母或親戚代管的姿態出現，更不可能善心相待。無怪乎傳統的童話或民間故事，常有「後母虐待前人子」的情節出現。幸好六〇年代稍後的小說作品，出現了許多學校老師、記者、獅子會員、賣藝老人等角色，特別是前兩類型的人物，他們願意幫孩子解決問題。更有專門描寫「好舅舅」，如《難忘的假期》、《在陽光下》中的舅舅，像智慧老人一般，幫助姪子脫離慵懶的生活困境，迎向嶄新的明天。也等於洗刷了「舅舅」的既定形象。

在校園中的對抗者、競爭者，自然是最具野蠻力或影響力的同學了。《魯冰花》的古阿明與林志鴻在繪畫比賽甄選的過程，必須分出高下；然而「甄選活動」是大人的角力場，他們兩人並沒有真正感受

到。《阿輝的心》的同學水牛本是班上眾目所歸的領導者，阿輝的到來，開啟了兩人爭鬥。講求義氣的阿輝，最後還是贏得了水牛的尊敬。《林琳》的採訪活動中，李美美嫉妒林琳的表現，因而反唇相譏。儘管曾經有過衝突摩擦，事情過後，「友誼」反而越加醇厚。

描寫「友誼」的情節很多。《歸燕》中，許月霞與張老師的女兒明玉是金蘭之交。《賣牛記》的劉聰聰與女孩花生米是對青梅竹馬。《阿輝的心》中，阿輝與表弟大海也是交情匪淺。《小冬流浪記》中，言老師的兩個女兒小湘、小蓉非常愛護小冬。《在陽光下》，同學羅立文做了好榜樣，讓張彥平敬佩不已。《小草》中的班長張清富，發起幫助同學白鎮龍的行動。《從黑暗到天明》，失去父母的王立勤得到村長公子陳哲民的鼓勵。

屬於小說情節的描述，一般都會從觀點設計和表述程序入手。然而這十四部作品全部使用第三人稱全知觀點，表示作者們不放心故事角色的「單獨行動」，希望自己能夠停留在故事場邊，隨時可以「入門候教」。這也是從「故事」脫胎轉型為「小說」的痕跡吧！除了《歸燕》、《從黑暗到天明》以外，都是順時序觀點，表示作者在意於「述說故事」。《歸燕》的倒敘，也可以說是採用「遲開進點」，使故事的敘述時間放在「記者王東洲採訪林美津老師一週後音樂發表會的準備情形」；《從黑暗到天明》則將開進點置於美軍轟炸的時刻，主角王立勤夢中醒來，先倒敘三年前主角逃難的情形，再寫主角雨中外出，拯救美國飛行員。倒敘法的好處，使小說中的「時間」壓縮在短短幾天之內，對於中短篇小說的敘述，可以免去漫長時序流水帳般的乏味。

如果我們觀察這十四篇作品的故事場景、題材選擇、高潮或結局，以及主題的闡發，或許也有其他的收穫。先列表如下：

	書名	場景	題材	結局	主題闡發
1	愛恨	臺南→臺北	尋母、陷入竊盜集團、綁票、獲賊	父子重逢、母子重逢、破賊	親情、機智勇敢
2	歸燕	臺北→新竹→臺北	音樂會、尋母、受誣、捉賊	逮獲大賊、音樂會前見到養母和母親	友誼、機智勇敢
3	魯冰	桃園水城鄉	茶園工作、甄選選手、美術比賽	古阿明獲國際美術比賽優勝惜已肺炎身亡	師生情誼、友誼、美術教育、社會人際傾軋
4	阿輝	南部→臺北	貧窮、寄養受虐、偽證、尋母	到警察局述說舅母行徑，請求諒解後，赴臺北尋得母親	親情、勇敢、正義、努力
5	小冬	臺北→新竹→臺北→北投	貧窮、街頭流浪、受誣、誘騙、撫育院	繼母與鄰居互毆，送進警察局，言太太勸導而悔過	歷練、愛心同情、社會救濟
6	林琳	城市（不明顯）	貧窮、疾病、賣血、拾荒	新聞報導後得到社會各方人士幫忙	志氣、勇敢努力、同情、社會救濟
7	賣牛	江南鄉下→城裡→鄉下	貧窮、農村工作、愛護動物、受誣、助人	得到賣藝人張爺爺幫忙，買回母牛	善良、愛心同情、動物之愛、忘年之交、回報
8	兩根	鄉下→臺南→鄉下	貧窮、求學、抄寫工作、受誣、車禍	弟弟車禍，舅媽悔悟	自立、勇敢努力、善心
9	難忘	都市→鄉下	鄉下冒險	李爺爺獲救，接納小主角來訪	善良、助人、反共意識
10	臺灣	都市→鄉下	環島旅遊	增廣見聞後，回到自己的家	認識鄉土

	書名	場景	題材	結局	主題闡發
11	陽光	都市→鄉下	生活教育、社會體驗	經過生活學習與旅遊經驗主角自覺成長	生活學習、觀察自然、了解社會
12	小草	鄉下	貧窮、疾病、拾荒、救濟、抄寫工作	新聞報導後，得到社會各方人士幫忙	志氣、友誼、讚美人間善心、諷刺社會救濟制度
13	黑暗	河北→陳家莊	父母走失、戰爭逃難、拯救他人	掩護美國飛行員逃過日兵追捕	抗日經驗、歷史意識
14	好夢	桃園→臺北→桃園	子人豪、人傑離鄉就業與返鄉服務	孩子在石門水庫完工後，告知不再離家	父子親情、鄉土意識、時代變遷

　　從上表，這十四篇作品在故事場景處理上，明顯地做了城鄉的對比。早期作品似乎憧憬著繁華臺北，可以舉行音樂演唱會，破獲盜竊或綁票集團，甚至可以找到失聯的母親。中段以後，從都市來的孩子經過鄉間探險活動，了解了生活的目的與生命的意義；而從鄉下出來的孩子，在「完成使命」後，樂於回到自己的故鄉。這也透露了作者對於鄉土的認同與回歸。

　　故事中採用哪些素材呢？從整理的資料可見：貧窮家庭、苦兒流浪、追尋母愛、拾荒、受虐、受誣、陷入賊窟、巧破盜賊、愛護動物、協助老人、生活體驗等等，都是被舖寫的素材。「貧窮」一直是描述的主軸，然而「苦兒受虐」的情節，漸漸轉向「頑童歷險」的形式。刻苦自勵的議題，也漸漸轉往對環境與他人的關注。大陸學者劉緒源曾歸納兒童文學中的三大「母題」，分別是：愛、頑童與自然。[10]以這十四篇作品來佐證，頗能吻合。對於愛的追求，母愛、友誼似乎

---

10 劉緒源：《兒童文學的三大母題》（上海市：上海少年兒童出版社，1995年7月）。

勝過了父愛，或許可以解釋為在傳統威權社會的解放下，對父親的蓄意漠視。頑童的形象，調皮搗蛋、機智勇敢、努力學習，刻畫少年世界無窮的未來與希望。

如果要談論故事的高潮設計，恐怕沒有好成績。故事本身缺乏驚濤駭浪的情節安排，甚至無法超越馬克吐溫的《湯姆歷險記》、《哈克流浪記》；有許多事情的發展，也是以傳奇和巧合構成，如果能夠收束於合情合理的結局，也可以稍稍告慰了。

我們把討論的焦點轉回主題的闡釋。除了小主角追求母愛、友誼，憑藉個人勇敢努力、機智奮鬥，克服貧窮的困境以外，小說中也反映出社會的現象與人際互動。因為社會資源普遍貧乏，生活困頓，人們爭逐金錢的緣故，引發各種罪行，偷竊、鬥毆、綁票勒贖，或者誣告他人偷竊犯行，不難見著；親友間人情澆薄，甚至把主角的母親，也就是自己的親妹妹寄來的金錢，中飽私囊，不曾公開，更不可能交給姪子。我們也無法苛責！超越人際的傾軋，校長徇私，老師阿諛，議員賄賂，四角戀愛，譴責社會的混亂秩序，鍾肇政的《魯冰花》，顯然超越了與孩子對談的議題。

等到臺灣社會經濟力漸漸復甦，秩序較為穩定，人際間的互動，有了顯著改善。經由警察、記者、教師，乃至於獅子會員等賢達人士伸出了援手，人的互動與互信，也就漸漸加強。對生活週遭環境的關心與描寫，謝冰瑩《小冬流浪記》，已經開啟了這樣的特質。畢璞《難忘的假期》、邵僩《在陽光下》，讓孩子從都市到鄉下去冒險、學習、旅遊，有了具體的描繪。黃得時的《臺灣遊記》，更帶著孩子四下遊歷，來了解寶島臺灣。這種風氣，從國內國臺語電影片的製作，或許可以得到佐證。一九五九年李行拍了《王哥柳哥遊臺灣》，一九六三年以後又拍了《街頭巷尾》、《蚵女》、《養鴨人家》，梁哲夫拍了《臺北發的早班車》、《高雄發的尾班車》，稍後又有吳劍飛拍攝《康

丁遊臺北》，白景瑞拍攝《家在臺北》，許峰鍾《再見臺北》等等。[11]
試圖以本土城鄉題材拍攝電影，讓觀眾可以臥遊臺灣，其實也可以解
釋為國人對於「臺灣」的種種事物，有更多的關心與了解。黃得時在
書中自序也說：「近年來，本省觀光事業非常發達，這是可喜的現
象。但觀光事業不應單單以外國人為對象，也應多多考慮本國人興趣
之所在。這本小小的著作，對於本省觀光事業，相信不無貢獻。」[12]

　　對故事中鄉里城鎮的描述，其實也標幟著文化的覺醒與鄉土認
同。謝冰瑩的《小冬》，無形中已呈現了「臺北意識」；黃得時《遊
記》中除了自然風光的介紹，更活潑設問的方式來凸顯歷史人物，如
新公園的「大木亭」、「大潛亭」是紀念誰？為什麼會有劍潭「再春游
泳池」的設立，是為了紀念誰？對於全省各地的七所大學、專校，他
也著墨許多。他似乎特關心孩子的學習，所以在介紹東海大學圖書館
時，寫道：「雖說是暑假，但留校的學生仍孜孜地在埋頭研讀。當林
家一行進入參觀時，那些研讀的學生，沒有一個抬起頭來望他們一
眼，用功的程度可知。」（第三冊頁66）至於林鍾隆的《美夢》，他能
以石門水庫的興建為背景，寫父子之間價值觀點的衝突，最終又歸於
和諧，讓美夢成真。充分表現了自我的認知與自信。

　　從以上的討論，六〇年代少年小說的素材多樣化，走出成人小說
罪犯、愛情或政治的議題，開始關心社會的正義、文化的覺醒、鄉土
認同以及小主人翁的勇敢與抉擇。而故事的衝突點也從早期的貧窮、
犯行、受虐等外在因素，轉入個人的自覺與學習，並且協助他人，顯
然已經掌握了少年小說闡述的特質。

---

11 參見李永泉：《台灣電影閱覽》（臺北市：玉山社，1998年8月），頁21-23。
12 黃得時：《臺灣遊記》（臺北市：臺灣商務印書館，1967年4月），書前序文。

五　影響六〇年代臺灣少年小說寫作的因素

是怎麼樣的創作背景，影響了臺灣六〇年代少年小說的形貌？當時的社會生活環境，無論政治、經濟與文化結構，都有深遠的影響。我們只把焦點集中在人口成長與教育人口來觀察。依據《中華民國統計月報》及相關資料所載：

> 三十五年的人口數為六百零九萬零八百六十人，到五十三年增為一千二百二十五萬六千六百八十二人，增加六百一十六萬五千八百二十二人，增加了一倍；至五十八年，有一千四百三十一萬人有餘，有二點二倍。台北人口三十四年年底只有三十三點五萬人，五十四年底有一百十三萬八千餘人，增加將近四倍；至五十八年底有一百六十八萬九千餘人，超過五倍。受教育的人口也大大增加，以台灣的大專學生數為例，三十五年在學生數有二千零二十二人；至五十三年度增至六萬四千零十人，增加了三十一倍有餘。[13]

都市人口集中，教育人口大增，對於語文教材、月刊、雜誌、字典，以及各科讀物的要求也大增。早期的少年小說作品，都是因應雜誌刊載的需要而寫作，連載之後才結集出版。中期以後，臺灣省府教

13 以上數據引自行政院主計處《中華民國統計月報》、省政府民政廳《臺灣省人口統計資料》、臺北市警察局《臺北市戶籍人口統計》、臺灣省教育廳主計室《臺灣省教育統計》。黃得時在《遊記》中所載，三十四年的人口數為一千一百五十萬人，到五十三年增為一千二百八十七萬二千四百九十人，增加一百三十萬人；臺北人口三十四年十月只有三十五萬人，二十年後增至一百十六萬六千人，增加將近四倍；受教育的人口也大大增加，以臺灣大學的學生數為例，光復第二年為五百八十五人，到五十三年度增至九千六百七十一人，增加了十六倍。參見黃得時：《臺灣遊記》第一冊，頁13、頁16、頁69。與官方統計數字頗有出入，未悉黃得時當時所根據的資料。

育廳接受聯合國兒童基金會資助五十萬美金，成立「兒童讀物編輯小組」，執行兒童讀物出版計畫[14]，邀請成名作家參與寫作，其中也為小學五六年級學生撰寫少年小說。因為消除文盲、提昇識字率的需求，語文教育蓬勃發展，也帶給文學創作者發揮的空間。然則，當時的少年小說寫作，有沒有受到當時代或者西方的文藝思潮所影響？

（一）受到當時流行的文藝理念與社會文化所影響

如前所述，在小學生雜誌社出版《兒童讀物研究》之前，探討少年小說的寫作並不多見。有情節性、虛構性、故事性、主題性的小說作品，對孩子而言，是否較難閱讀？較小的孩子能夠閱讀童話、神話、寓言、民間、校園、生活故事，似乎就能滿足教育當局或家長的意圖。或許這就是不統稱為「兒童小說」，而以「少年小說」命名的緣故吧？少年小說僅適合小學高年級以上學童閱讀，便成了國內作者寫作時一條不成文的「鐵律」。

因為時局動亂方平，政治壓力大，文藝風氣不盛。五〇年代穆中南在艱苦的環境下創辦文壇社，發行《文壇月刊》及叢書，稍後又增設文壇函授學校，提振寫作風氣[15]。六〇年代寫作技巧書籍增多，討論小說寫作的文字漸增。如署名川東無名氏所編《寫作的藝術》一書，以小說性質與題材分為歷史與現世小說兩類。介紹中國古典小說的特點，往往負面表列居多；談論西洋近代小說，則起於傳奇、浪漫，而止於寫實派，對寫實主義與自然主義的作品推崇備至。[16]

---

14 邱各容：〈四十年來台灣地區兒童文學發展概況〉，《文學界》28期，1988年冬季號，頁164；另見邱著：《兒童文學史料初稿（1945-1989）》（臺北市：富春文化事業公司，1990年8月），頁35-36。

15 參見陳秀美：〈五〇年代的穆中南與文壇〉，《空大人文學報》11期（2002年12月），頁39-62。

16 川東無名氏編：《寫作的藝術》（新竹市：重光書店，1967年2月），頁4-17。

六○年代的少年小說自然受到那個時代的文藝思潮影響，在寫作技巧上傾向寫實，十四篇作品都試圖模擬現實的時空與人物，缺乏幻想或超現實的素材。而主題的選擇，多半接貼社會人倫的議題，如親情磽薄、重富欺貧、升學壓力、小學補習教育等等的反映。

（二）受到西洋翻譯小說的影響

既然文壇上都受到西洋文藝思想所左右，西洋翻譯小說的引入自然成為風氣。早期施翠峰為東方出版社擔任改寫世界文學名著的工作，計畫將一百部作品濃縮為十二部袖珍本。[17]這個計畫可能生變，社長游彌堅仍邀請林鍾隆、黃得時、洪炎秋等人，陸續出版「東方少年文庫」等一百種。林鍾隆改寫了英國柯南道爾《福爾摩斯探案》中的三本，施翠峰翻譯法國卡謬的《異鄉人》，在《聯合報》上連載[18]。黃得時在《遊記》中也提到當時臺灣商務印書館發行「漢譯世界名著」，計有《天方夜譚》、《俠隱記》、《魯濱遜飄流記》等書（第一冊頁40）。不過直接影響少年小說創作的，應屬亞米契斯《愛的教育》、魏克特馬洛《苦兒流浪記》（以上臺灣開明書店）、夏羅德布綸忒《孤女飄零記》（臺灣商務）、馬克吐溫《湯姆歷險記》、《哈克流浪記》（以上香港今日世界），無論題材或人物刻畫，都是少年小說作家們常常襲用的對象。鍾肇政的《魯冰花》，據林鍾隆的說法，借取了《富蘭達士（法蘭德思）的義犬》的素材與靈感。[19]謝冰瑩《林琳》

---

17 見呂天行撰序，施翠峰：《風土與生活》（臺中市：中央書局，1966年6月），頁1。

18 施翠峰曾翻譯卡繆《異鄉人》，從一九五八年三月十日到五月二日在《聯合報副刊》連載；林鍾隆一九六二年曾經為東方出版社翻譯柯南道爾《福爾摩斯探案》中《盜馬記》、《魔術師的傳奇》、《土人的毒箭》三書。

19 林鍾隆二○○○年三月二十四至二十六日在臺北市立圖書館「1945-1998台灣兒童文學一百研討會」上的口頭敘述。《富蘭達士的義犬》，洪炎秋一九五五年翻譯，收在「東方少年文庫」中。

故事中，林琳被誤會偷取五十元；張彥勳《兩根草》中王黎明被疑偷盜同學十元；這些情節似乎與《富蘭達士的義犬》，或者與以維也納兒童合唱團為背景的電影《野玫瑰》，在「被疑為小偷」的情節上，有許多雷同。畢璞《難忘的假期》中「鄉下花園裡的怪人」，與王爾德〈自私的巨人〉裡的巨人造型，有異曲同工之處。張劍鳴《從黑暗到天明》與他在四年後翻譯出版美國邁爾特迪楊的《六十個父親》（國語日報社），在情節與故事背景上有雷同之處，顯然也有模仿的痕跡。

六　結論：六〇年代臺灣中長篇少年小說的發展與意義

回到本文開端的議題，誰是臺灣最早的少年小說呢？施翠峰以「尋母傳奇」和「罪行故事」建構了《愛恨交響曲》和《歸燕》兩部情節小說，顯然從大眾通俗閱讀文本脫胎而來。這兩部作品都有小主角的參與，《愛恨交響曲》再版時也改名為《養子淚》，凸顯小主角的悲苦來博得讀者同情，然而就情節的鋪排，與成人世界的言情小說、社會小說、黑幕小說相關。《歸燕》採用遲開進點，結構緊湊，小主角內心世界的刻畫，表現出堅忍不屈的個性，已經貼近了少年小說的要求。鍾肇政《魯冰花》雖然也以小學五年級古阿明繪畫才能的發掘為主題，終究把焦點放在大人世界情愛與權利的鬥爭，教育理念的貧乏無知。古阿明在故事中只是個「配角」，或僅僅是「議題」，他因為肺炎致死，在倉促的情節中閃現，實屬作者對小主角的「謀殺」，自不能將此作視為少年小說。

真正率先寫出孩子精神的少年小說，自然屬於林鍾隆《阿輝的心》。在貧窮無依的環境下，阿輝能夠隱忍吞聲活在舅媽的陰影底，還是堅持正直、勇敢而努力，表現出陽光亮麗的性格。歷經了三十多

年來歲月的汰洗，對讀者而言，阿輝的形象依然是清新可喜。繼之以
張彥勳的《兩根草》，女主角黎明與阿輝的遭遇有類近之處，而奮鬥
不歇的個性，持續發亮。《小冬流浪記》裡七歲的小冬，是謝冰瑩蘊
含在心中的影像，行諸筆下，不免有「超齡」而失真的表現；不過，
失之東隅而收之桑榆，她成功地保留了老臺北的市井形象。

　　一九六六年以後，社會環境與經濟能力明顯地改善，作家們選擇
小說的素材，不再以貧窮奮鬥、尋母等議題為主軸，而能走出窠臼，
以描寫生活，分享人生經驗為主題。以寫小說最有自信的的林鍾隆，
曾經標示「兒童小說以兒童為主角」[20]的觀念，也率先放棄了這項
限制。

　　整體而言，六〇年代臺灣少年小說作品的成績未必亮眼，然而絕
大部分的作者也跨足於成人文學領域，在五〇、六〇年代的文壇中，
佔有重要的地位。我們只能說少年小說的創作理念，在萌芽的階段；
作者未能有意識的耕耘。

　　緊接著七〇年代的到來，臺灣文壇似乎繼承了五四的寫實精
神，更加強調鄉土文學的寫實精神，著墨於窮困、苦命女、政治的悲
情[21]。這樣的文壇風氣，除了尖銳的政治氛圍以外，也間接反映在少
年小說中。一九七四年，洪建全文化基金會設立了「兒童文學創作
獎」，參加少年小說創作的人數從個位數漸漸增加，作品表現上仍然
對六〇年代的素材與人物多所模仿，也是從貧窮、苦命與努力的孩子
故事，漸漸描述能思考、講團結、助他人的「利他」少年與社會，卻
也無法超越六〇年代前輩作家嘗試過的努力。

　　國人纂述文學史時，比較容易忽略兒童文學領域的探討；直到近

---

20 林鍾隆：〈談兒童小說的創作〉，在《兒童讀物研究》（臺北市：小學生雜誌畫刊社，
　　1965年4月），十四週年紀念特輯，頁143。
21 李漢偉：《台灣小說的三種悲情》（臺南市：臺南市立文化中心，1996年5月）。

年成功大學應鳳凰、陳萬益兩位教授主持的《臺灣文學辭典》，才將
「兒童文學」納入編纂範圍。以讀者年齡而言，「少年小說」處於
「兒童文學」的最高階，又與「成人文學」最接近，自然容易受到重
視。本文所以重述六〇年代國人創作的中長篇少年小說，希望能補述
少年小說發展的歷史軌跡，也希望幫助創作者鑑往知來，走出自己嶄
新而貼切的寫作路線。

——原刊於《戰後初期臺灣文學與思潮國際學術研討會論文集》
（臺中市：東海大學中文系，2003年11月），頁291-313

檢視國內少年小說的一塊里程碑
——試析歷屆洪建全文學獎少年小說得獎出版作品

一 前言

　　為了鼓舞國人為兒童寫作的熱情，從民國六十三年起，「洪建全文化基金會」設立了「兒童文學創作獎」，他們的辛勤努力，有目共睹。誠如七十八年第十六屆的頒獎典禮中，基金會董事楊紹憲先生說：「這十九年來，我們洪建全教育文化基金會投下了很多財力、物力、時間、精神。雖然我們不敢說這些投資對於中華民國[1]的兒童文學界有很大的貢獻，但是我們站在一個教育文化工作者的立場，我們多少盡了些棉薄的力量。」儘管董事會決定調整經營方向，「把重點放在企業人才的培育與訓練」，楊先生願意把這根棒子交給了中華民國兒童文學學會。這根「棒子」傳了兩屆，還是掉在地上[2]。

　　但無論如何，前後十八屆的「洪建全兒童文學創作獎」，在臺灣兒童文學發展史上，確實有相當的影響力。對「少年小說」的發展，更具特出的意義。在林良先生歷屆的評審報告中可知，「少年小說」初期投稿並不踴躍，第三、四屆都只有十一篇稿件。第六屆以後，採取不分文類的比賽辦法，「少年小說」的作品便脫穎而出，囊括首獎。這種文類，遂引起了創作者極大的注意。第十屆以後，許多專業

1　見《中華民國兒童文學會會訊》（以下簡稱會訊）5卷6期，1989年12月。
2　倪小介：〈民國八十年兒童文學發展大事記〉，《會訊》8卷1期，1991年1月。

作家如黃海、李潼、邱傑的參加,使得盛況空前。或許為了冷卻這種白熱化的競賽,也可能是彥棻文教基金會提供「中華兒童文學獎」文學、美術兩類的比賽,讓「少年小說」重新在不甚平等的比賽中,輕易的拔得頭籌;再加上東方出版社舉辦小說、報導兩類徵文,提供更多得獎的機會。僧多飯少,為了它類文學作品亦需獎勵的前提下,「少年小說獎」的「終結」,較其它各類提前了三屆。

這些得獎的少年小說作品,並沒有全然受到眷愛!先是前幾屆的佳作作品,未能出版,連作者姓名都付諸闕如。如第一屆的兩部佳作,《那一年夏天》跟《路》;第二屆的《愛的旋律》;第三屆的《老屋》;第四屆的《風雨同舟》和《希望在明天》;第五屆的《養魚的孩子》[3]。爾後雖然刊布了得獎作者姓名,而未能出版者,有:蒙永麗《一家人》、張文哲《最快樂的歌》、朱秀芳《尋寶》、黃素華《暑假作業》、陳玉珠《美麗的家園》、駱梵《乘飛碟來的訪客》、黃榮光《阿吉傳奇》、賴金葉《我們都是這樣長大的》、陳月文《神投小童》、邱傑《智慧鳥》、吳俊傑《遠方人》[4]。有兩本書:陳玉珠《玻璃鳥》、林方舟《寒梅》,由於七十一年重新精裝印行時,未能收錄,成為罕本。精裝發行者共十三部,分為六冊,去年洪建全清倉大拍賣

---

3 馬景賢〈少年小說在台灣〉,指出第一屆的佳作《那一年夏天》作者為陳啟淦、《路》的作者為黃玉蓮;第二屆《愛的旋律》作者林敏惠,係與尤美松平分第一名,何以未見出版?第三屆《老屋》的作者鄭石棟,第四屆《風雨同舟》作者傅林統、《希望在明天》作者柯貴美;第五屆《養魚的孩子》作者黃玉幸。文見《認識少年小說》(臺北市:天衛文化圖書公司,1996年11月),頁198-201。《老屋》、《風雨同舟》後來都由成文出版社在一九八二年出版,書底註明「洪建全兒童文學創作獎少年小說佳作獎」。

4 蒙永麗《一家人》為第八屆第二名作品,似未出版,理由不詳。第十屆佳作陳玉珠《美麗的家園》,聯經文化一九八八年四月出版;第十二屆佳作張文哲《最快樂的歌》收在天衛《童話花園》中,一九九一年出版;第十五屆佳作邱傑《智慧鳥》,時報文化一九八八年四月出版。其餘各書出版情形,待考。

之後，相信也很難同時讀到這些得獎作品了。

　　本文試圖就洪建全得獎出版的十五部少年小說，分析其故事的取材、作者關切的主題、寫作的技巧，歸納出一部「好的」少年小說所須具備的條件，以累積寫作經驗，提供初學者一個較佳的學習途徑。並從各部作品的異同，勾勒出一個演變中的時代社會背景，和一個文學寫作流風的演進。

　　這十五部作品作者及名稱如下：

編號	作者	書名	屆次	年次	簡稱	備註
一	林立	山裡的日子	（一）	1974	山裡	含續集：到了城裡
二	尤美松	金寶流浪記	（二）	1975	金寶	
三	曾妙容	飛向藍天	（三）	1976	藍天	
四	林敏惠	團圞月	（三）	1976	團月	
五	陳玉珠	玻璃鳥	（四）	1977	玻鳥	
六	曾妙容	春天來到嘉和鎮	（五）	1978	嘉和	
七	林方舟	寒梅	（六）	1979	寒梅	
八	陳亞南	綠色的雲	（七）	1980	綠雲	
九	陳肇宜	跑道	（八）	1981	跑道	
十	許細妹	天使的歌聲	（八）	1981	天使	
十一	毛威麟	珊瑚潭畔的夏天	（八）	1981	珊潭	
十二	黃海	奇異的航行	（九）	1983	異航	
十三	李潼	天鷹翱翔	（十一）	1984	天鷹	
十四	李潼	順風耳的新香爐	（十二）	1985	順風	
十五	李潼	再見天人菊	（十三）	1986	天菊	

二 得獎出版作品簡述

　　茲將十五部作品大概的內容，略述於下。如篇幅分節過長，或故事易於整理的，改寫成短文，以節省篇幅，並利閱讀。其他仍照原作分節論述，或可以更客觀的呈顯作品本貌，方便於故事情節的分析。

(一)《山裡的日子》、《到了城裡（續集）》

　　國小六年級的何建三，生活快樂，每天忙著釣蝦、捕魚、抓鳥、挖竹筍、蜜薯、燒土窯，雖然有時不免因父親的使喚而懊惱，或者無意間破壞了鄰人田園的莊稼，但知過必改，不會無理取鬧。爸爸生病了，他焦慮、哭泣，奔忙於買藥，流露赤子之情。爸爸病癒時，也是阿三畢業時。他們全家度過了七夕、中元、中秋等節慶，極富情趣。多半同學畢業後，即幫忙營生，獨爸爸希望阿三到城裡繼續升學。動身前，友伴相送，不勝依依。

　　爸爸帶他到城裡，寄住在盛家，與中學生怡仁、五年級怡祈同住。另有一個五、六歲大的忻忻，常纏著玩或說故事。進入市立城東國民小學，重讀六年級。經歷許多新鮮事，如第一次見到電燈、火車，及睡前聽隆隆卡車聲。在校中，受同學陳之明欺負，但也獲曾有慶的幫助。怡仁的舅舅來，搭火車去臺南沙卡里巴玩，在赤崁戲院看電影，夜市中嚐了土虱魚羹等美味。學期結束，功課紅字，爸爸沒有責備，阿三則自省悔改。過年，留盛家，幫盛伯伯磨墨寫春聯。除夕午後洗澡、換新衣、圍爐、發壓歲錢、吃長年菜、放鞭炮。大年初四開學，發升學調查表。爸鼓勵阿三報考雄南中學，並與同學曾有慶相約，努力用功，以考上中學為目標。考前，爸帶來媽媽託咐的媽祖香火袋。放榜，兩人皆考取。怡仁的舅舅又來，請吃生魚片及看電影。假中，帶城市朋友回鄉玩。雄南開學後，阿三適應不良，爸帶往村落

墳間，講述童年憾事，希望「父死姊離」的悲劇不再發生。鼓舞阿三認真求學，瞭解家人的期望。

（二）《金寶流浪記》

1. 主人搬家，黃狗媽媽要金寶停止嬉鬧，幫忙看物。金寶認真執行，卻咬了搬家工人，又被責備，生氣地逃離家園。

2. 走在街旁，遇北京狗奇奇，暫住歌星莎莎家，但不堪管家阿珠之虐待。決定離開，去找媽媽。

3. 是夜，適兩小偷來。奮戰之後，小偷逃逸中，被警察逮獲。金寶藉機上路！

4. 天亮，登交通指揮臺，吃了少女給的土司。晚上，到自助餐廳求食，為黑狗所阻，只得挨餓。

5. 為拾荒老人所拾，喚名來福，繫了銅鈴，相依為命。打敗大花狗，折殺花狗主人的氣燄。有人出兩萬元買狗，老人不受。老人病重，金寶呼號，引鄰人來救助，送往醫院，為時晚矣。金寶續奔前程！

6. 寒冬，終於回到故鄉，狼狗看門，不容進入。鄰居黃狗媽媽的二小姐指點，只有繼續尋找。

7. 遇群狗攻擊。寒雨中，繼續流浪，再遇群狗。危急中，出面解圍的大黃狗，竟然是媽媽。金寶終於回到自己的家園。

（三）《飛向藍天》

1. 林老師到霧裡國小報到，在校中遇一洗衣女孩。

2. 上課點名，白麗荷未到。同學們解釋，麗荷因工作之故，開學前幾天不能來上課。

3. 開學已三天，麗荷趕牛到蔗園放牧，趴在石頭邊寫字做功課。

4. 白麗荷到課，林老師特別觀照。

5. 紫宸代林老師送運動衣褲，麗荷託紫宸帶芋頭乾及信內含五十元給老師，不接受同情救濟。運動會接力賽中，麗荷跌跤失敗。

6. 冬，涂氏基金會戴先生來，支助六年級全部女生。經老師解釋，麗荷才接受。

7. 學期結束，麗荷偷聽涂太太孟女士即生母，向白先生、太太要帶麗荷回城市。母子相認。好友秀枝送洋娃娃。

8. 麗荷請求母親讓她再回霧裡上課。

9. 孟女士來見林老師。林老師提起麗荷還有一位妹妹的事。

10. 麗荷和秀枝到林老師海邊的家玩，幫忙漁夫拉罟捕魚。

11. 開學了，春花挑釁麗荷和秀枝的情感，林老師講故事勸和，並偽造兩人筆跡，來約見雙方，使誤會冰釋。

12. 到老七佳炊事比賽。麗荷看鳥飛行，渴望飛上雲層。

13. 畢業典禮，媽坐臺上，並帶妹妹麗玲來。始知媽媽是基金創辦人。媽媽告訴林老師找到麗玲的經過。麗荷典禮中唱海鷗。林老師望著窗外蒼鷹飛翔。

（四）《團圞月》

1. 爸爸病癒，決定受僱於朱維昌，上中興號船當電訊員。媽媽、安安和五歲的堯堯，都捨不得。

2. 鄰村的朱永川，即朱維昌之子，約三月十二日（星期日）下午三點比賽拔河。地點：海灘石船。勇達暗中幫助永川，送泡泡糖找選手。比賽中，東村選手輸了，啦啦隊撒沙子。風勢卻把沙子吹到反方向，害了東村選手。

3. 永川用鋼筆賄賂勇達，希望他能使西村人不服從安安。勇達不願意，永川懊惱。父勸之無效。鄰居田伯伯摔跤，上石膏，沒開

店。孩子們幫忙開互助商店，只有永川礙於顏面，不願受安安指揮，不肯參與。經田伯伯勸導，大家都同情永川的寂寞。

4. 暑假將到，安安要畢業，爸爸中秋節前可回家。為了慶祝雙喜，大家合力捕蝴蝶做鏡框裝飾。不久，颱風來，「中興號」失去音訊，大家焦慮。永川見安安父親有難，反而幸災樂禍。等到父親工廠被迫停工，債務人登門，田伯伯找警察來和解。永川嚐到了家境的困難，因而悔改，向安安道歉，並成為好朋友。中秋節前一天，消息傳來，「中興號」脫險。中秋夜，進港歸來。

(五)《玻璃鳥》

1. 暑假開始，王伯卿打算學八段錦、書法、游泳、溜冰，因為伙計辭職，父親命令幫忙。忙亂中，將湯麵翻倒，受斥責。阿媽呵護，憶起小時受阿公疼愛，誤信阿嬤說：「前生不知做了什麼壞事，你媽媽跟我一樣不會生孩子呀！」

2. 下午三點多，來了個小伙計，伯卿外出找永泰哥。泳褲還沒買，生氣。一切不如意，更確定是被撿回來的。打算去臺南找舊時鄰居參童，訪求親生父母。找游泳歸來的永泰打定主意。

3. 早上打拳、寫毛筆字，受到鄰居黃晴晴騷擾。永泰心知伯卿之母四十五歲生子，但不知如何告明。兩人到中山公園學泳，晴晴和表姊佳文又來。三人為他設計到臺南尋訪生母。

4. 永泰以露營之名邀伯卿去臺南。伯卿以為方巾和玻璃鳥是他被認養時的信物，要求能帶出門，母親為難，但仍允其攜出。其實，玻璃鳥係外祖父生前吹玻璃維生時的傑作；方巾是過時的舊物，只有留作紀念。

5. 到了臺南，找不到參童，佳文建議刊報等候消息。是晚，逛中正路、民族路。約定次日到烏山頭水庫露營。搭營後，取綽號以便

相互認識。下午划船後，野炊、營火晚會。半夜蚊子叮咬而醒來，聽永泰和阿馬談天，也加入其中。阿馬自述為舊時鄰居，詳知伯卿出生前後的事，一掃伯卿疑慮。並論及王父脾氣暴躁，為街坊有名。伯卿始能跳脫自己的成見，深一層了解了父母之愛。決定天亮後趕快回家。

（六）《春天來到嘉和鎮》

1. 貴基伯把嘉和鎮的一塊山坡地賣給林氏企業公司董事長林左君，建造「春暉園」，鄰人景南伯非常抱怨。

2. 哲基答應照顧林叔叔雙目失明的女兒芬黎。

3. 哲基爸爸辭去船務，到林班工作。哲基送狗到「春暉園」，離開時遇景南伯之子金吉的挑撥，以及不敢公開承認拾荒父親的鄭奮求。

4. 景南伯任南極大帝廟建醮籌備主任，收全村每大口五十元，準備大肆鋪張。

5. 廟慶當日，乩童作法，竟是鄭奮求之父。

6. 鄭父生病，奮求求救，父子親情再復。

7. 「福祿船」受困蘇朗島，景南伯不肯花錢救人，村人拜拜時花用過度而無積蓄，爸爸則捐出五千元襄助。幸有鎮上無名氏已匯款搭救。

8. 金吉等人欺負奮求，哲基義助，雙方都受傷。哲基媽媽代付醫藥費。金吉慚悔。

9. 有人送伯勞鳥來加菜，媽建議放了。妮娜颱風，大水浸屋，奮求父子來求助。搶修海堤，眾人救景南家船，景南嬸悔改。景南伯和林先生願捐款修建水壩。

10. 哲基訪芬黎，始知「春暉園」係一孤兒院，而芬黎已去大醫院就醫。

（七）《寒梅》

　　蘆溝橋戰事爆發後，住在陳縣的周冬梅與同學共同參加抗敵宣傳。但因為戰事迫近，父親德彰要叔叔德明送冬梅一起到南陽就讀。途經清澈見底的小河，有灰、白、綠各色小石，非常開心。但好景不常，有一夜投宿客棧時，為土匪洗劫，叔叔還被打傷。到了南陽，這個五年級的小朋友沒有錢入小學，也考不上公費的中學，叔叔把她安置在兒童劇團。劇團共有二十二個孩子，相處融洽，每天忙著勞軍公演。經過河南鎮平，借住孤兒院。孤兒鐵牛以偷竊罪嫌被管理員毒打，令人鼻酸。再經浙川，團員陳文惠修理煤氣燈，摔下致死。重回南陽，參加元旦大公演，叔叔來，告知爸爸出任維持會會長，當了漢奸，悲痛之餘生了重病。同伴拿火爐到床上烤火，冬梅接過手，嬉鬧中，煤屑掉在被窩，把借住的草屋燒光。禍首冬梅和小陸各自逃亡，被柳大哥一一尋回。二十八年春天，南陽告急，遷往洛陽。無意間，遇見爸爸，柳大哥委婉解釋，始知父親係忍辱負重，扮演反間的工作。兩個月後，劇團解散，孩子們被送往西安，重回學校就讀。

（八）《綠色的雲》

1. 我是卡發，十二歲；卡哈，八歲；卡洛，六歲；卡娃，兩歲；隨爸媽到田裡採收玉米。爸獨自上山獵兔、採香菇。

2. 回到家，大雨傾盆。夜間，山洪暴發，逃至山頂小洞。

3. 山洞中，呆了兩天，以小米餅充饑。山洪退後，回家探視，只剩四支角柱，所有東西都流失了。媽決心在爸回來前重建屋子，自己翻過梅山，下樟山村、復興村，去挑磚塊。我則清污泥、備樹幹、照顧弟妹。爸媽陸續歸來，努力重建。

4. 八月初，梅山老邱伯來邀爸爸一塊去捕鹿。林中所見特景甚多。巡視陷阱，差點迷路。

5. 秋天，入樟山中學，要走三個鐘頭才到。天雨時，山東老兵張老闆開**蹦蹦**車，順道搭載。

6. 三年後，初中畢業，進霧社農校就讀。九月，村裡舉行運動會，有馬拉松比賽，第一名獎金五仟元。我、爸爸、卡哈、堂哥祖金，組成一隊，加緊練習。比賽共有三天，三十幾隊參加，經過辛苦的競爭，獲得勝利。

7. 一夜狂歡飲宴，次晨領了獎金回家，爸爸卻意外墜入山谷。救起爸爸，送往醫院。想起初中二年級同學谷秋鳳感冒致病，來不及送醫，中途死亡，非常害怕。幸好只有左臂、左腳骨折。

8. 由於山路不便，爸爸看病很累。學期末返家，與弟弟卡哈種樹苗。自覺努力，可以為全家帶來新觀念和幸福，也可以使山地村落進步、富足。返家時，見張老闆帶陌生人離去，爸爸胃口也好了，覺得奇怪？

9. 爸爸、虎雄、郭少傑、阿山和我，在陳工程師的指揮下，組成公路探勘隊。

10. 隨著工程師和測量員出發，翻越關山、卑南山，為開闢道路而奔忙。

（九）《跑道》

1. 李政彬在六年級男生百米決賽平了和平國小校運紀錄，但又輸給了去年轉學來的陳名揚。賴老師說，陳名揚的百米、跳高，李政彬的跳遠，可以打敗仁愛國小，贏得團體總冠軍。

2. 組校隊，陳名揚當選隊長，李政彬是副隊長。李政彬懊惱、失望，但更擔心割番薯葉、餵豬仔的家事沒做完。

3. 新雜貨店的開設，搶走大半生意，加上父親車禍傷腿，脾氣更壞，使李家陷於困境。

4. 集訓第七天，陳名揚穿了新釘鞋，跑起來如虎添翼。而李政彬練習成績不進反退，受老師的責備。

5. 集訓第八天，興德國中楊老師來，指導跳遠，更有成效。

6. 李政彬受鼓勵，專心練習，成績進步。

7. 第三週，楊老師受聘鎮運會裁判組長，不能來指導。但李政彬已摸索出跳遠空中挺腰的技巧。陳名揚父親適來慰勞選手。模擬比賽，仍是陳名揚獲勝。

8. 五月早晨，李政彬兄弟忙著市場的生計，阻止弟弟與晨跑的陳名揚打招呼。

9. 賴老師要求「早安晨跑」；李政彬受家計之累，獨自「晚安晚跑」。

10. 晚跑到公園西側的神社，遇南榮中學中等學校運動會五項運動金牌得主王運生，得其指導，練習更勤。

11. 體累晚起，受父親責備，決定退出集訓和比賽。校長、賴老師、莊老師和家長會長陳名揚父親夜裡來訪，請求讓政彬參加比賽。才了解政彬的堅忍個性。

12. 次晨，母親備米漿沖蛋。到校練習，全體隊員都恢復鬥志。黃昏，回到店裡，見到父親，也決定翻修店面，重新振作。

13. 晚飯時，父親談他的窮苦童年。夜晚，再到神社旁找王大哥指導短跑要領。

14. 六月一日，集訓最後一天，校長鼓勵要團結合作。

15. 鎮運會前一晚，王大哥剖析自我，說高中以前太在乎表現，卻未有成績。上了高中，不在意得勝，反而發揮了潛力。「只要你能在自己的跑道上，遵守一切比賽規則，而全力以赴的跑到終點，那你就是勝利者了。」

16. 六月三日，比賽當天，母親代替上市場載貨。

17. 仁愛鎮第十屆國民小學運動大會典禮，各校代表陸續進場。

18. 比賽開始，百米預賽政彬、名揚雙雙入圍。跳遠政彬奪魁。百米
    決賽，政彬放開心情，竟為第一；名揚第二，絆跤受傷。

19. 跳高，陳家坤第三，陳名揚因傷得第四。四百接力，陳名揚拚死
    跑末棒，終於獲勝。政彬奔前擁抱名揚，前嫌盡釋。

20. 夕陽西下時，運動會頒獎落幕。

（十）《天使的歌聲》

1. 五年甲班方柏宏得了惡性骨癌，爸媽細心照顧，姊姊則百般刁
   難。早晨，同學何台生和溫嘉華陪伴上學。

2. 音樂課，李老師讓柏宏獨唱〈西風的話〉。體育課，打躲避球，
   同學爭著要柏宏加入啦啦隊。週末下午，姊姊不肯帶柏宏去學校
   佈置園遊會場，怕被譏笑。

3. 暑假中，媽為柏宏爭取與台生、嘉華加入社教館兒童合唱團。得
   陳其偉老師教唱〈光明的路上〉，並特別關注。

4. 同學「大頭」嫉妒老師偏愛「跛腳仔」，絆倒柏宏。柏宏全不記
   恨，贏得同學的敬愛。合唱團結業時，獲全勤獎。

5. 開學時，老師彈著老舊風琴，讓柏宏獨唱暑假中所學歌曲。班上
   同學流行「寫遺書」的遊戲，沒想到柏宏也在寫他自己的遺書
   了。社教館決定在十月三十一日，為育幼院舉辦義演會。而柏宏
   病情轉劇，抱病練唱。

6. 十月三十一日義演當晚，姊姊吵著要過農曆生日，爸媽則以柏宏
   參加義演為先。姊姊一人在家大鬧，無意間看見柏宏作文簿，寫
   〈我的姊姊〉，稱她美麗多藝。又見遺書，始知弟弟得絕症，乃
   大大覺悟。七點半，中興堂準時開演，節目進行順利。柏宏唱
   完，在後台昏倒，送入醫院。姊姊來道歉。陳老師帶來義演當天

的錄音。一個下著細雨的晚上，柏宏永遠變成一個可愛的小天使了。爸、媽為達成他的心願，把親友送來的奠儀，買了一架鋼琴送給學校，一架冷氣機送給社教館。他天使般的歌聲，永遠在大家的心中迴盪。

（十一）《珊瑚潭畔的夏天》

暑假，亦傑帶著棒球、球套、暑假作業和四盒太陽餅，去珊瑚潭畔訪問二叔家。次晨，二叔帶往湖中設網捕魚，抓魚當早餐。等到下午收網時，每道網都捕到六、七條，但逃走了一條約二十五、六斤重的大魚。

下雨，關家中寫作業。放晴，與堂妹阿珠練接投球。黑肚雄為弟弟藏了球，與亦傑打架。晚上，二叔告知黑肚雄父親賭博欠債，母親在高雄幫傭，他得照顧弟弟。

另一天，艾山福（矮虎）自烏山嶺蓋烘焙龍眼乾的龍眼寮回來，相約打球。黑肚雄和弟弟亦來加入。四男孩相約到上游小瑞士露營。行前，黑肚雄以抓竹雞，籌錢分攤費用；矮虎要割足兩天份牛草。出發時，黑肚雄的弟弟才看過醫生，有些生病。到了小瑞士，借了帳篷，經過藍色多瑙河、維也納森林，找到露營地。小黃狗幫助抓野兔當晚餐。第二夜，亦傑肚痛，矮虎扭傷腳，黑弟發高燒，兩個在逃嫌犯來搶食物。為了拯救黑弟，綽號「老大」自首，以換取警察車輛的支援，趕到醫院求治。

另一天早上，二叔帶往捕松鼠。夜裡捕魚，亦傑獨自護網，拚了命留住了一尾三十斤的大頭鰱。快樂的暑假結束了，期待來年。

（十二）《奇異的航行》

二十二世紀中，地球上的人們利用反引力裝置，將無法解決的垃

圾壓縮成小衛星，放在太空軌道運行。他們在這顆「美麗星」上，種植花草樹木，並由機器人和電腦管理。不幸裝置失靈，星球失去聯絡。先前受輻射感染的老鼠，隨星球飄入外太空，因而建立了老鼠文化。

地球人以為「美麗星」和「火鳥號」的失蹤，全係老鼠搞的鬼，派前鋒號到太空搜尋。田博士之女晶晶、船長之子阿英被機器人大阿三帶往老鼠王國，見了老鼠王，看到老鼠進化後的文明生活，也瞭解了老鼠並不曾殺害人類。晶晶、阿英回到「前鋒號」，就成了最好的見證人。當夜，老鼠特使又來喚醒啊英，要船長、晶晶同往，解除老鼠國受炸彈機器人的威脅。他們的勇敢，也贏得了老鼠國人的敬重。

「前鋒號」達成使命，使地球上的人們和「美麗星」上老鼠們和平相處。

(十三)《天鷹翔翔》

秋天，阿龍和彬彬扛著他們辛勤送報賺來的遙控飛機「神勇號」，去參加天鷹俱樂部，目的在贏取獎品「天鷹號」。陳教練要求會員要練好飛機起降動作，可是對技術還不錯的阿龍和彬彬，就顯得太無趣了。

賽前一日，陳教練不在，會員練習中遇大風沙，傷損嚴重。

比賽當天，外地選手示範，阿龍不甘示弱，也讓「神勇號」升空亮相，但因油料不足而摔機。紅衣少年把自己摔壞的飛機螺旋槳、尾翼拆下，以助受傷的「神勇號」。

比賽開始，所有的選手都試圖拖時間，以利「神勇號」修理完畢，但裁判宣布結束，要趕火車離去。在阿龍的請求下，陳教練同意讓「天鷹」、「自強」、「神勇」同時升空，表演精彩的技巧搭配。外地裁判因而邀請他們明夏去參加表演賽。

阿龍和彬彬要求重行宣誓，誠心地入會。

（十四）《順風耳的新香爐》

盛夏溽暑，順風耳試圖脫衣消暑。適有來媽祖廟拜拜的年輕人到，找不著順風耳和千里眼的香爐好插香。順風耳動了念，要為自己另立門戶。出了門，脫了盔甲。過馬路，差點給轎車撞上，非常生氣。神勇的去擋車子，幫助孩子們過馬路。得到交通警察的指引，在公園找個戲台和丟棄的大香爐。但被歌仔戲班的人趕離，腳底扎了玻璃片，瘸腿而逃。走出公園，到了小鎮熱鬧的夜市。善心的小販讓他賒買耳扒子、鐵夾、穿針機。在陰暗的腳落，遇見算命老人，爭搶香爐失敗，老人免費幫他算命，要他多多隱忍。漁港小鎮，去看東方馬戲團表演，幫忙推車入場。認識小丑沈福，看見團裡祖師神田都元帥小香爐，不覺傷心。看小丑、小矮人臺上賣命的表演，回到後臺顯得疲憊無奈，無法領會。離開馬戲團，坐在碼頭附近茄冬樹下，想起往事。從棋盤山上被楊戩收伏，到奉派湄州，擔任媽祖的左右手，往事歷歷，不勝感慨。一睡天明，發現身旁一個土地公廟。土地公曾經是順風耳的導師，勸他有志氣、理想之外，還得配合能力，務實去做。順風耳回家，穿上戰袍，發現臺基前已設了一座小香爐，是媽祖婆婆要千里眼去準備的。

（十五）《再見天人菊》

1. 二十年前離開澎湖的陳亦雄，回鄉赴約。
2. 林賓帶著孩子在馬公港接陳亦雄。
3. 停車校園前，陳亦雄觀賞天人菊。
4. 陳亦雄回憶和林賓被地理老師趕出教室的事。
5. 憶起與隔班高大粗暴的葉英三交友經過。
6. 憶起陶老師找他、吳春華、林賓、林罔惜、潘定國、葉英三、陳湘貞七人加入陶藝工作室捏陶。

7. 開工典禮，七個人在林賓的指揮下拌水泥、砌磚，把煙囪架起來。葉英三挑完陶土，便要離開。

8. 第二天傍晚，陳湘貞拖葉英三來上課。泥中有玻璃，葉英三性情急切，揉黏土時受了傷。

9. 大家鬧著不學。適「姊姊」老師退回「姊夫」陶老師的鏤空筆筒，大家搶奪之際摔破，只得藏起。「姊夫」陶老師預告考古專家要來。

10. 大家搶轆轤拉坯，陶老師指示，要先想好自己的造型。

11. 林賓用強力膠黏補破碎的筆筒，差點被陶老師發現。陶老師告知星期六要去吉貝會見考古隊並露營。塑陶時，葉英三塑造了一個野蠻面目的自己，被陶老師痛責，林賓趕忙毀了他自己捏塑的孫悟空。

12. 星期六，搭葉英三爸爸的船，到吉貝。是罔惜的老家，遇功夫小弟帶路。

13. 在木魚灘找到考古隊，協助撿拾陶片。夜裡營火旁，林賓請教膠黏破片的方法。

14. 破筆筒不見了。看陶老師再做一個，不小心竹片戳了眉梢，血漬滲入陶筒。

15. 父親臺北回來，決定搬家臺北，還要移民加拿大。此時大夥的陶藝作品完成，準備素燒陶作。

16. 上釉。歡送會。「姊姊」沒來參加。約定二十年後再相聚。陶老師送給每個人一張字，上面寫著：「努力愛春華。」

17. 穿過銀合歡，一群十三四歲的少年少女在陶藝工作室後的營火旁。看見陶老的七歲小孩以德。葉英三當縣議員，和陳湘貞結婚了；林罔惜有三個小孩了；「姊姊」老師的大孩子十八歲，小女兒也已七歲。而春華十年前到佛光山剃度出家。

18. 缺席的阿潘在電視節目中,為老友的聚會唱一首〈再見天人
菊〉。陶老師送給每人一朵陶磁天人菊。葉英三為阿潘收下;春
華的,亦雄為她送去佛光山。

(尾聲)亦雄搭波音七三七離開,帶著治療思鄉病的天人菊離開。

三 故事取材與主題選擇

一個善於御廚的師傅,利用一般的材料,便能做出香噴噴的美食
來!但是要在烹飪大賽中獲得大獎,就得看這位大廚師採用什麼特殊
材料,拿出「家學獨傳」的調理方法了。同樣的,任何的故事材料,
在高明的創作者手上,都可以成為好的作品,但是要參加創作比賽,
獲得成功,除了選取具有特色的題材,表現出作者獨具的慧眼,就變
得非常重要了!

這十五部少年小說中,所涉及的故事題材並不廣闊。生活背景多
集中在山林、漁村、城鄉,主角悠游於山野、學校,沒有「嚴重」的
冒險經歷。關切的主題,多半是生活與努力,其次是人與人間的瞭
解、互助與友愛。對於生命的探求、教育的渴望、宗教信仰的探討,
只有少數的作品觸及。為了要使討論的「焦點」更加清楚,整理各篇
作品「故事取材與主題選擇」的異同,列表於下:

項目 篇目	主角	背景	特定 地點	故事取材	主題關切
山裡	何建山	山裡 城裡	城東 雄南	山村生活與民俗活動記趣。 鄉人療病方式與父親生病孩童之 憂。 鄉下孩子到城裡求學與見聞。	生活 生命 學習

項目 篇目	主角	背景	特定 地點	故事取材	主題關切
金寶	金寶	城鄉		少年動則得咎的不安。 城鄉剪影：影星家庭、小偷登堂。 老人孤獨生活、地痞群聚。	教養 歷險 溝通
藍天	白麗荷	鄉下	霧裡 老七佳	養女清貧生活與骨氣。 學生師生關係與同學間的情誼。 海邊漁人牽罟寫景。 失散的母女團圓。	堅忍 友愛
團月	邢安安	漁村		漁村孩童生活集景。 村民生活情形與相互照應。 家長生命危難或事業危機時的嚴重 影響。	自立 助人 友愛
玻鳥	王伯卿	城鄉	臺南 烏山頭	忙碌工作的父母與盲動的孩子溝通 不良。 孩童假期生活情景。 露營、野炊的團體活動。 孩童尋找真愛的歷程。	溝通 關愛
嘉和	李哲基	濱海 小鎮		鄉人對外地人入居的不同反映。 鄉間孩童的生活、遊戲與爭紛。 南極大帝建醮活動與乩童作法情 景。 鄉人對船難事件的情緒反應與救濟 方式。	友愛互相消 除迷信
寒梅	周春梅	城鄉	陳縣 南陽	抗日戰爭中主角參與抗敵宣傳。 主角隨叔叔前往南陽的一段經歷。 參加兒童劇團的見聞。 父親為任務關係背上漢奸的罪名。	愛國 堅忍 同情

項目 篇目	主角	背景	特定 地點	故事取材	主題關切
綠雲	邱卡發	山裡	梅山 樟山村	洪水沖毀山地同胞辛勤耕耘的莊稼。 鎮上舉行馬拉松越野賽跑情形。 父親受傷後家中生活情景。 開發公路與外出學習是山地同胞的出路。	生活 努力
跑道	李政彬	鄉鎮		操場競技。 正確的心情與訓練才可以帶來勝利 生活上的艱苦可以克服。	競賽 生活 學習
天使	方柏宏	鄉鎮		病童走完人生的最後旅程。 父母的關愛與手足的嫉妒相互滋生。 校園中同學的互助和惡作劇。	生命 友愛
珊潭	亦傑	鄉下	珊瑚潭	孩童暑假鄉間生活記趣。 依賴漁獵耕作的二叔和缺乏父母照顧的黑肚雄都有一套自己的生活法則。	生活
異航	劉阿英	太空		「前鋒號」前往太空尋找失蹤的星球與船艦。 進化後的老鼠過著文明的日子。 人鼠之間透過溝通瞭解而和平相處。 垃圾和原子輻射塵是人類生活的大憂。	環保 溝通 包容
天鷹	阿龍	堤岸	宜蘭	描述遙控飛機的飛行與操縱方法。 孩子為了獲得飛機所作的一切努力。	努力 謙讓

項目 篇目	主角	背景	特定 地點	故事取材	主題關切
				奪獎之外或許還有更重要的事情存在。	合作
順風	順風耳	濱海 小鎮	臺灣 東北角	鄉鎮廟宇、夜市、算命攤、馬戲團、交通情形的描述。 動念出遊的主角難以適應複雜的環境。 媽祖民間神話的再創。	忍耐 盡責
天菊	陳亦雄	海島	澎湖	描述澎湖的風光與古蹟發掘。 主角返鄉赴二十年前的約定。 童年學校生活與陶藝教學的回憶。 二十年後每個同學不同的際遇。	

　　山林生活是大部份作者的共同喜好。所以在《山裡》，寫孩子釣蝦、抓鳥、燒土窯、挖竹筍種種樂趣；《珊潭》中，黑肚雄抓竹雞、野兔，二叔捕松鼠，大夥兒潭畔露營，亦傑在夜間拼著老命捕獲了大魚；《玻鳥》也選擇了珊瑚潭畔的露營、野炊；《綠雲》的爸爸獵兔、採香菇，渴望開一家山產店，答應公路探勘隊的請求，進入熟悉的山中，當一個稱職的嚮導員；《藍天》的麗荷，要求母親讓她再回霧裡國小就讀；《天鷹》在蒼莽的河谷地試飛、降落；《天菊》的咾咕石牆下，孩子們用牛大便埋藏他們的秘密。這種田園山林之事，揚溢著無數的歡樂！

　　海邊即景，是另一個熱門的題材。《團月》的兩村孩子們，在海灘上比賽拔河；《藍天》時，麗荷和秀枝幫漁人牽罟捕魚；《順風》中，順風耳跌在碼頭旁的灘地，盯著黑暗中唯一光明的燈塔，追想過去的日子。《天菊》的澎湖島是最美的描繪，吉貝島沙灘上的營火露營與考古，是件迷人的事。當飛機飛上雲端，鳥瞰海上「六十四個島

嶼，像一串文石項鍊，鋪在藍色的絨布上」。但悲愁的畫面，也是不免！《團月》和《嘉和》，都有漁船出海未歸的等待，讓村人為不明的生死而悲傷不已。

城鄉小鎮的描寫也不少。《金寶》流浪於街道，兩旁的住宅有鐵柵、花園，還種了榕樹，一群鴿子在旁散步，顯然是個小鎮。《山裡》的阿三到了城裡，雖熱鬧許多，但還得搭火車去臺南玩。《寒梅》雖自山東陳縣走到河南南陽，其間所經多為村落小鎮。從故事中發生地點的設定，多偏向於南部地區，尤其是臺南一帶，這個現象是否說明作者們關切南方的事物，還是南方才有關切兒童的作家？

既然鄉村生活為作者懷想追味的目標，繁華的都市生活便不容易出現筆下。「夜市」成了都市象徵的唯一縮影。臺南市的描繪，僅止於「沙卡里巴」、生魚片、土虱魚羹的美味罷了。

《天鷹》飛出了南方的界域，《天菊》長在海隅一樂園，使宜蘭、澎湖成為兒童作家「收復」的新版幅，實在是令人快慰！《異航》把故事寫上了太空，也開闊寫作者的眼界！

除了在題材上費心之外，作者所關懷的課題，也是值得探討。

「校園情」是每個孩子都須經歷的一課。《藍天》裡的麗荷、秀枝感情很好，遭到同學的猜妒與破壞，等到誤會冰釋，兩人情感益篤。《山裡》的阿三，在校中受到同學陳之明的欺負，但也得到曾有慶的協助。《跑道》寫出了同學間的相互競爭，也道出了相互扶持、相互合作的重要！將「校園情」表現得最高境界的，算是《天菊》了。作者讓同學們在二十年後如約相聚，真摯之情，不言而喻。

走出校園，更需要講求人與人間的瞭解、互助與友愛，所有的誤會、衝突、矛盾，都可以因同情、諒解而歸於烏有。《團月》、《嘉和》、《天使》、《珊潭》、《異航》、《天鷹》，都有相近的經驗。

作品中，表現出生活的艱辛與努力，是最多的了。《藍天》中，

麗荷需要放牛，無法準時到校上課，同學幫她帶回功課，她只能趴在
蔗園的石頭邊來寫。《嘉和》裡，鄭奮求的父親拾荒為生，充任廟會
乩童，受傷生病，颱風天時茅屋浸入洪水中，生活的窘困，可想而
知。《綠雲》也是在山洪中失去家產，父親又在意外中跌傷。因為父
親受傷生病，以至於影響家計，還有《跑道》的李政彬、《團月》的
邢安安；失去父親而生活困苦的有《藍天》的麗荷、《天菊》的林
賓。另外，跌斷腳無法開店《團團月》的田伯伯，窮病而終《金寶》
的拾荒老人。這些事例，構成一個貧窮困難的社會面貌！

　　靠個人努力，可以改善際遇。所有的故事都是這麼說的。但是，
得了惡性骨癌的方柏宏，可就沒有這樣的機會。《天使》中，歌喉嘹
亮、用心學習、善體人意的柏宏，他無法離開命運的捉弄。《綠雲》
的谷秋鳳，因感冒延遲送醫而致命；卡發，聯想及父親的重傷垂危。
《山裡》的阿三為父親尋藥的時候，也害怕父親的去世。這些觸及生
命的問題，作者都是欲言又止！

　　宗教信仰的探討，也是比較缺乏的。《山裡》的爸爸生病，水吉
嫂幫忙到角宿媽祖廟請願。結果接受了指示，到西南方的李鎮，找西
醫來治療。《順風》則以媽祖身旁的順風耳為主角，寫身為部屬企圖脫
離老板自立門戶，嘮叨的土地公、慈悲的媽祖婆婆、情同手足的千里
眼，都很高興看到順風耳的歸來。這個故事把民間信仰「童話」了。
用輕鬆頑皮的手法，把老百姓與眾神的關係拉近了。《嘉和》的南極
大帝建醮活動，蒙上迷信、浪費金錢的影子，算是宗教信仰的負面訴
求。嚴格說來，這三篇作品還是沒有觸及宗教與心靈活動的奧秘。

四　故事中所呈現的社會背景與傳導啟示

　　這十五篇故事所呈顯的社會背景，不管是作者有意的塑造，還是
無意中的表現，都可以提供我們一個新的觀察角度。在這故事中所釋

出的經驗傳導與認知啟示，如果加以分析討論，相信可以幫助閱讀者讀後的自我省察。

主角與父母、手足、同學、鄰人的溝通良窳，可以看出他的人際關係好壞，處世態度的健康與否。而他所塑造出成功或失敗的人生，家庭、教育的影響是無可避免的。可以從變動的因素中，來觀察主角的人生歷鍊，也可以檢討作者創作的意圖與手法的高下。

茲將各項討論項目，排列如下：

項目 / 篇目	主角與她人的溝通				家庭環境		教育環境		經驗	認知
	父母	手足	同學	鄰人	經濟	家長職責	良窳	導師	傳導	啟示
山裡	☆	☆	□	☆	□	☆	□	N	☆	□
金寶	+	N	☆	□	N	☆	×	N	□	□
藍天	□	N	□	N	+	×	□	□	×	□
團月	N	□	+	+	×	N	N	N	×	□
玻鳥	+	N	□	☆	☆	□	×	×	×	□
嘉和	☆	N	□	□	□	☆	N	N	□	□
寒梅	□	☆	☆	□	☆	×	×	×	□	×
綠雲	☆	☆	N	☆	×	□	×	□	□	☆
跑道	□	☆	+	N	×	□	□	☆	☆	×
天使	☆	+	□	N	☆	□	□	□	×	×
珊潭	□	□	□	+	□	N	□	□	□	□
異航	☆	N	☆	+	N	N	N	N	×	☆
天鷹	N	N	☆	+	×	N	×	☆	☆	☆
順風	□	N	☆	□	☆	□	×	□	□	☆
天菊	□	N	+	☆	☆	N	☆	☆	☆	☆

☆ 代表優良， □ 代表普通或優劣條件均具，
× 代表不良， N 代表無影響力， + 代表極有進步。

　　由上表可見，故事中的主角均具善良本質。《金寶》與《玻鳥》兩篇，主角與父母溝通不良，事後能一改前態。但《玻鳥》的轉折太硬。《天使》中，那個善妒的姊姊，等到她偷看了弟弟的日記、作文和遺書，才幡然改悔，轉折過僵。《團月》村中朱永川的卑鄙個性，在設計上已有問題，後來的改悔，更少信服力。《跑道》和《天菊》的同學情感，因長期相處或競爭，而培養出來，愈覺珍貴。

　　家庭中的家長如能盡責，是孩子的福氣。《山裡》、《金寶》是好榜樣。而《寒梅》中的父親，雖為國犧牲，擔任偽職，但何以送女兒到後方？何以讓家人受害、自殺、死亡？為了要「忠奸二分」，設計出來的故事，實有大病。教育環境的不良，反映了鄉下地方教育資源的不足。至於導師是否盡職，影響亦大。《寒梅》裡的二叔，劇團的柳大哥，並未提供春梅較佳狀態的學習機會。

　　知識傳導，以《山裡》、《跑道》、《天鷹》、《天菊》為佳。《山裡》詳述鄉間生活，在遊戲或田野的耕作中，提供了許多基本常識。《跑道》上，提供了運動場競技與訓練的方法。《天鷹》飛上天，也是孩子們渴望知道的秘密吧！《天菊》裡，對於陶土的捏塑，有明晰的步驟可循。而《藍天》、《團月》、《玻鳥》、《嘉和》、《天使》、《異航》較為缺乏。或許在文中能著墨於：生活經驗、漁港和航海的知識、經營事業和玻璃燒製的技巧、解決漁船被扣留的法律途徑、癌症的發作與治療、太空飛行器的結構與使用，只要能提供孩童一點點的知識，接觸一些特有職業或經驗，讓他們更容易掌握一個想像的空間，相信對孩子的認知行為有很大的幫助！

　　有認知啟迪作用，以《綠雲》、《跑道》、《異航》、《天鷹》、《順風》、《天菊》為佳。《綠雲》以居住的簡陋、耕作的困難、傷病的無助、交通的不便，來說出接受教育、迎接文明的必要。《跑道》表面上是競技故事，其實「它的主題是向上努力，但卻不是要打敗別人，

而是要考驗自己[5]。」《異航》透過科幻的手法，凸顯異類之間的溝通；環保意識的提出，稍嫌僵硬，但在二十二世紀處理垃圾及輻射污染的問題，總是怵目驚心。《天鷹》承認孩子的自覺與努力，再進一步尋求自律與犧牲，它「不勉強說教和填鴨，卻也能自然流露出榮譽、合作和友愛的價值觀[6]。」《順風》的角色，有點像頗具聰明才智卻處處受限的「小大人」，很容易引發讀者的自我投射，它告訴我們「夢與現實是有一大段距離的；世界上沒有完全屬於自己的東西[7]。」《天菊》的空間是最大的，它重現生動的澎湖景色，也寫活了七個度過尷尬少年期的同學，使更多的少年讀者在故事中找到自己的影子。「作者以泥土、天人菊，兩個意象貫串全書。……凡是看過這本書的少年朋友，一定可以從作者細膩優美的文字中得到陶冶；從人物的互動中，得到友誼；從故事的精神中獲得啟示和提昇[8]。」

　　《寒梅》、《天使》兩篇，認知啟示的作用待榷。《寒梅》處理一個廣大的歷史背景，主題正確、材料豐富、片斷描寫感人、題材不居學校教室，但是對讀者對象的掌握較差[9]，它想告訴孩子「忠奸之辨」，卻無法付諸理性的辯解；它想要告訴孩子流浪兒和孤兒的生活之苦，卻缺乏伸張正義、解救孤苦的手段。將此書看作抗戰記實或可，當作啟示孩童的小說，則稍有距離。《天使》的歌聲，的確是表現了主人翁純真、善良、勇敢、樂觀的美德，讀來令人掬把同情之

5　馬景賢：〈照亮少年的眼睛〉，收入《少年小說1：洪建全兒童文學獎作品集》（臺北市：書評書目出版社，1982年5月），前序。

6　張水金：〈蘭陽平原的天空〉，收入李潼：《天鷹翔翔》（臺北市：書評書目出版社，1986年4月），前序。

7　馬景賢：〈富有童話精神的小說〉，收入李潼：《順風耳的新香爐》（臺北市：書評書目出版社，1986年4月），前序。

8　陳木城：〈七十七年金龍獎故事體類得獎作品評語〉，《會訊》5卷2期，1989年4月。

9　知愚：〈獎──第六屆洪建全兒童文學創作獎評審記實〉，《國語日報·兒童文學周刊》408期，1980年3月2日。

淚。但主人翁面對刁蠻無理的姊姊和無可藥救的死亡威脅，儘管有呵護的父母、慈愛的師長、同情的同學在旁鼓勵，小讀者無法在這個故事中感受「人生困境」的消除方法。「死亡」的題目，是一定要探討的，但要用更多的智慧。

　　還有三篇作品，《藍天》、《珊潭》、《嘉和》，在認知啟示上可以談談。《藍天》的「主題是人間的愛與同情，奮鬥與奉獻[10]」；故事主人翁「莊敬」自持，但她生母的出現、妹妹的尋獲、從「灰姑娘」變成千金小姐，實在不是出自個人「努力」而獲至。它闡釋出一個很像《基督山恩仇記》的主題：「等待和希望是人類最大的智慧」，這樣的啟示並無不可，尤其是對等待「蛻羽」的「醜小鴨」們；但這樣的故事不免跌落傳奇、言情的窠臼。《珊潭》應該是少男所喜歡的故事，書中充滿生活的野趣，有點像馬克吐溫筆下的湯姆、哈克，盜漁、抓竹雞、抓松鼠、砍山竹，只是在「環保意識」抬頭的今日，如何得到「合理、合法」的鼓勵呢？可能有人認為孩童會分辨事實與故事，不會有模仿學習的負效用。可是當一個孩子把一條無毒蛇帶進了教室去嚇女生，我們是選擇下課通通去抓蛇，還是把肇事者毒打一頓呢？《嘉和》提供一個理想世界的藍圖，在好美好美的鎮上，「善人無一失志，壞人個個變好」，有評論者建言：「思想不宜八股、避免教訓口氣、寫實勝過一廂情願的虛擬[11]」；雖然「烏托邦文學」有它存在的意義，但小讀者們在這種「明知不實」的作品中，是否可以得到歡愉的感覺或有效的啟示，是值得創作者細思長考的。

---

10 林良：〈大家來給兒童寫東西：記第三屆洪建全兒童文學創作獎〉，《國語日報·兒童文學周刊》252期，1977年2月13日。

11 陳嘉宗：〈兒童文學是烏托邦文學嗎？──兼評《春天來到嘉和鎮》〉，《國語日報·兒童文學周刊》411期，1980年3月23日。

五　寫作技巧的探討

　　一篇成功的小說，除了要有趣味盎然的故事與深遠的主題外，寫作技巧純熟與否，也是非常重要的。一般討論小說技巧時，概略可分下列幾項：表述程序、觀點敘述、人物創作、對話運用、象徵運用、作品的語調與可信度。

　　十五篇作品中，使用混合表述程序的敘述方法，只有《天菊》。因為使用混合時序法，所以可以讓二十年前和今日的事，混合為一，完成了「今昔對比」的企圖。其它十四篇皆採順時序法，流水式的敘說故事。順時序的優點，可以讓讀者順著作者的導引，清楚的掌握故事的演進，有搜尋、探險活動的，自然採取這種形式。而混合時序的作品，可能混亂了讀者的時空感，但可以把故事的焦點集中在主題上。故事時間較長的作品可以考慮使用混合敘述的辦法，如《寒梅》，可從劇團工作寫起，故鄉與途中被劫諸事，均以回憶方式處理。《藍天》尋訪妹妹的經過、《綠雲》回憶同學谷秋鳳之死，因為使用順時序的結構，只能由作者旁述。

　　觀點敘述：絕多數作品使用第三人稱全知觀點來述說。這種方法比較自由，作者可以自述故事，也可讓故事中人物自行演述，更可以隨時道出人物內心所思。但如果使用「我就是主角」的第一人稱敘述法，如《綠雲》、《珊潭》、《天菊》，可以讓讀者化身故事中的主角，身經同感。不過，以「我」來寫，可能受限於孩童的「幼稚觀點」，無法觀察到更大的時空，讓作品流於童騃式的描述。《天菊》讓敘述者的我成年，再回來觀察他童年的生活，就解決了「幼稚觀點」的限制了。基本上，觀點的選擇與運用，端看作者企圖表達的主題而定。

　　人物創作：以少年為主角的人物創作，顯然是限制較多。十五篇中，成功的少年主角有邱卡發、李政彬、阿龍、亦傑等人。但變了妝

的主角,有金寶、劉阿英、順風耳。更巧妙的方法是,《天菊》裡有一個成年的陳亦雄,一個年輕的陳亦雄,不但表現了成年人純熟的人生觀照,也寫活了年輕人單純率性的情感生活。

人物群的設計:最具野心的是《嘉和》了!作者處理二十多個角色,其間的人物關係混雜。而《天菊》把人物中心群限在陶藝教室的七個同學身上,是巧妙之法。

對話運用:在小說的寫作中,以人物推動情節,情節發展人物(性格),因而能別於一般散文敘事體的作品。然而要能使人物鮮活、情節扣人心弦,對話的運用是不能忽略。十五篇作品中,顯然在中、後期的作品,更注意了人物性格的揣摩、說話神態的描述,以及適切身分的語言設計。

象徵運用:藉有形的事物來表現小說中的內含主題,是一種「畫龍點睛」的技巧。《藍天》便用了象徵手法,在老七佳露營時,麗荷看著天上的飛鳥出神;畢業典禮時,麗荷上台唱海鷗飛翔,而老師林芳芳不經意地看見遠飛的蒼鷹。作者企圖以此比喻主人翁的鴻飛之志。《寒梅》一名,令人聯想到「不經一番寒徹骨,焉得梅花撲鼻香」的詩句,主人翁抗敵奮鬥的精神,不正是《寒梅》的精神?《跑道》是故事題材,也是「人生競爭之道」的縮版!《天鷹》是架遙控飛機的名字,也是最佳飛行獎的獎品,更是主人翁的精神寫照,在他發現並且接受人間團結、友愛、互助的理念時,他就是《天鷹》。《天菊》的運用更廣闊了!作者以「泥土」象徵對鄉土的執著與熱愛,以「天人菊」象徵生命的堅韌和光輝[12]。陶土的篩土、團練、捏塑、素燒、上釉,無非寫下青年人涵養品德、接受教育的過程。發現古人遺留的陶片,除了說明澎湖悠久歷史外,也象徵這種「陶塑」的文明產物,永存於人類成長的歷史中。

---

12 陳木城:〈七十七年金龍獎故事體類得獎作品評語〉,《會訊》5卷2期,1989年4月。

　　語調的選擇：作者用什麼樣的態度來描述故事，無形中就給讀者們閱讀的引導與暗示。《山裡》、《金寶》、《跑道》，以「認真誠懇」的語調訴說；《珊潭》、《順風》的詼諧的筆觸來鋪寫；《藍天》表現「矜持、高遠」的情調；《玻鳥》有少年「衝動煩躁」的不安；《異航》則用「溫馨感人」童話般的語調；《天菊》隨著主角返鄉的流程，而流動著「近鄉情怯」的哀愁、「熱烈」的同學之愛、對生命流逝的悲喜，所以它與使用的語調是多重的，展現的感情也是複雜的。

六　結論

　　歸納這十五篇小說所釋出的各項訊息，我們瞭解作者們所做的種種努力，也可以進一步勾連作品與作品之間可能的互動關係。從故事題材的選擇上來看，不外是「學生」故事，他們的活動，集中在求學、工作、生活、遊戲、競賽等項。或許有幾個例外，如《順風》的順風耳、《天菊》的陳亦雄，在故事裡雖然是成年人，但是學生時代的總總，也寫入文中。《金寶》用擬人化的手法，寫一隻流浪尋找母親的小狗，也屬於孩童的共同心情。在少年小說的處理上，顯然受限於上述的角色與題材。林良在第一屆評審報告中，就說：「少年小說的難寫，是作者不能只有教育的理想，卻缺乏人生的體驗。為一個非常正確的主題而編出來的故事，大半都不能感人。倒過來說，雖有豐富的生活經驗，卻不能從那『多采多姿』裡體會出什麼的，就會使人有『熱熱鬧鬧的空洞』的感覺[13]。」林良讚許《山裡》寫得突出，對充滿兒童情趣的生活描寫甚力，也引導少年認識人生的莊嚴意義。除了《山裡》，在題材的廣度上，《寒梅》、《天菊》也是開闊的。《寒

---

13 林良：〈為孩子忙了一陣子〉，《國語日報‧兒童文學周刊》145期，1975年11月19日。

梅》的作者寫下人生的重大經歷或聽聞，只可惜「長篇短寫」，沒有
餘裕的空間來同感「莊嚴人生」的一面。《天菊》的成功，在於它調
配題材的適切，所有的鋪寫，幾乎沒有浪費的集中在主題的表現上。
用一個比較輕鬆的方式來歸結：絕大部分的作品都執著於「土地」的
關愛，到了《藍天》開始仰視藍天、尋找月亮，《異航》則領導航向
太空，頓時題材限制的壓力減輕不少。《順風》在古今、人神與天地
之間，又撐出了一個新領域。《天菊》呢？可以從天空去鳥瞰故鄉，
由於拉出了距離，再回來觀照「土地」，顯然可以「多情而又理性」。
至於不在這十五篇作品之內的題材呢？「科技」題材，有待開發吧！
《異航》帶進這個領域，自己並未完成使命。醫學呢？何不在作品
中，給讀者一些刺激、一些啟示，說不定我們可以培養出扁鵲、華陀
的後裔來。機械工藝呢？說不定在我們未來的社會中，就會有快樂的
汽車修理工，閱讀著少年小說而成長。都市生活的描寫，是否可以一
試？難道都市裡只有罪惡、醜陋的一面？移民、小留學生的反思呢？
只要能從「多情而理性」的角度來觀照，相信不會有「自欺欺人」的
八股作品出現！

　　人生切身問題的探索，是「主題表現」的動能。人際關係的互
動、環保意識、死生哲學的探討、宗教信仰的新認識（絕不是要信什
麼教），都是值得探討的問題。至於生活層面、心理層面、社會層面
的交錯影響，都足以打開更大的主題討論空間。

　　至於這十幾年來少年小說寫作技巧的進步，是有目共睹的。第二
屆評審時，林良說：「所收到作品雖然比去年少，但是可以明顯的看
出作品比去年精鍊，沒有為了湊足數字而編湊情節的掙扎現象。作品
中對語言的運用也較去年純熟、流暢、正確、真實[14]。」對一篇小說

14 林良：〈第二年──談洪建全兒童文學創作獎〉，《國語日報兒童文學周刊》195期，
　　1976年1月4日。

的結構，林良接著比喻道：「是一條活龍，不是結繩記事。」往後幾
屆的投稿作品，共有的缺點：結構鬆散、缺乏小說張力、對話冗長、
剪裁技巧不夠、對「讀者對象」掌握較差、文字運用較差等等問題，
一一被提出來，作為下屆參賽者寫作「針砭」之用。所以越到後期的
參賽作品，結構越精良，描寫更為細緻。

　　在洪建全文學獎的鼓舞下，許多得獎寫作者，再接再厲，繼續在
國內兒童文壇中努力，連連獲獎，更有因此以著作為終身職趣者。許
多的好作品陸續出版。如陳玉珠的《無鹽歲月》、《菱塘角》、《美麗的
家園》、《百安大廈》、《狼尾草和鬱金香》；林方舟的《畫眉鳥風波》、
《鯉魚躍龍門》；陳肇宜的《老師的新機車》；黃海的《嫦娥城》、《地
心逃亡》、《大鼻國歷險記》、《航向未來》；李潼的《藍天燈塔》、《金
毛狗》、《博士、布都與我》、《大蜥蜴》、《少年噶瑪蘭》等等。

　　洪建全的文學獎中輟，當然是一件憾事！足以證明臺灣當今「經
濟掛帥」，還是贏過了「文學啟知」的熱誠。但無論如何，在洪建全
的童年裡，在我們兒童文學界的童年裡，都曾有那一段雖然粗糙、辛
苦、童稚，卻是清純而美好的想望。

　　——原刊於《兒童文學學術研討會論文集：少年小說》（臺東市：
　　臺東師範學院（今臺東大學），1992年6月），頁111-147。

自覺、探索與開拓
──試探周曉、沈碧娟主編的《中國大陸少年小說選》

一 探索周曉、沈碧娟主編《中國大陸少年小說選》緣起

　　西元二〇〇二年暑假奉林文寶所長之命來臺東師院開設「大陸少年小說」一課，為了教材取得的方便，自然選用國內出版過的大陸作品為讀物。長篇的小說作品，在民生報社、天衛小魯、國際少年村、九歌等家出版社，均可購得；由於篇幅較長，無法在班上仔細閱讀討論，只能夠要求學生選擇單一作家、作品為研究對象，提出個人的心得報告。要選擇一本可以在課堂共同討論，分享文本趣味，又能夠管窺大陸少年小說作家作品的概貌，由周曉、沈碧娟主編，民生報社出版的《中國大陸小說選》，成了最便捷的途徑。

　　這套書的編輯，要從一九九二年秋天說起。民生報少年兒童組主任桂文亞小姐參加上海少年報舉辦的活動中，與當地少年兒童出版社副編審沈碧娟小姐首次相會，她們口頭達成了相互委託編選對岸少年小說作品的可能。幾經奔走，《臺灣兒童（少年）小說》在一九九四年春天出版了，共選入一九五〇到一九九三年之中，十九位作家二十七篇作品。一九九七年二刷，已發行一萬三千冊。至於《中國大陸少年小說選》，在一九九八年春天出版發行。這套選集共選入一九七九至一九九五年之間，二十八位作家，每家一篇作品。[1]兩書的篇幅相近。

─────────────
1　沈碧娟請復旦大學徐靜波先生編成《臺灣少年小說選》，希望也能編輯姊妹篇《臺灣

名兒童文學評論家周曉，身兼本書的顧問、主編，他在序文中說：

> 淡化了社會意識形態之後，作家們出自以真誠的尊重和寬厚的
> 愛心，對孩子們在急劇變化中的現實人生面前心靈折射的審美
> 把握和表現，開始成為他們主要的著眼點，並且形成了一股探
> 索和努力超越的創作潮流。相對於傳統的兒童小說的注重低齡
> 讀者的閱讀興趣，少年小說作家在校正了對少年讀者審美心理
> 的理解以後，開始在少年小說創作中進行自覺的探索和開拓。
> 這些努力不僅為整個兒童文學創作帶來了活力，而且也直接促
> 成了少年小說自身的美學覺醒和藝術獨立。

這是一段重要的宣言，展示「大陸少年小說」，走向了一片光明
燦爛的遠景。實情是否如此？這二十八篇作品，是否真能代表二十年
來大陸少年小說作家的總體成績？

二　對照幾本大陸編輯的「短篇少年小說選集」

由於大陸幅員廣闊，刊載少年小說作品的期刊數量甚多，讀者們
無法一一涉獵。為了幫助讀者披沙揀金，彌補遺珠之憾，上海少兒社
曾經出版過《兒童文學選刊》。這本刊物最初的主事者，就是周曉先
生，由於刊物本身必須包含各類文體，能夠容納篇幅較長的小說，顯
然不多。在這樣的前提下，出版社編選各文類作品，成為必然的工
作。周曉本人也曾經連續七年，編選《全國優秀兒童小說選》，交貴

兒童小說》，央請桂文亞小姐主編。雙方約定相互編選兩岸選集，事見沈碧娟：
〈兩岸合作的成果〉，《孤獨的時候》（臺北市：民生報社，1998年），頁10-14。本文
以下簡稱此套《大陸少年小說選集》為「周、沈編本」。

州人民出版社出版。[2]讀者透過選集，滿足了閱讀的需要，更可以概括了解相關文類發展的過程，對於文學的品鑑，也大有幫助。

就目前所見較大篇幅的短篇小說編選工作，是北京師範大學浦漫汀教授主編的《中國兒童文學大系：小說卷》，由山西太原希望出版社在一九八九至一九九〇年間出版。這套書共分四大部分：

首先是一九一九至一九二九年之間，五四至左聯興起的階段，收入了汪敬熙〈一個勤學的學生〉等人四十四篇作品，其中重複較多的是冰心五篇、葉聖陶五篇、王統照四篇。

其次是一九三〇至一九四九年之間，歷經國共戰爭、抗日、光復以迄兩岸分裂，收入了阿英〈編給少年讀者的故事〉等五十三篇作品，這段時間的題材以農村貧窮生活、親情、對日戰爭為主，仍是冰心、葉聖陶等前輩領銜。

第三階段是一九五〇至一九七六年之間，收入蘇蘇〈沒有路條，不能通過〉等三十四篇作品，數量不多。所謂建國初期，曾經頒發全國第一次（1949-1953）文藝少兒文藝創作獎，有許多兒童小說獲獎。爾後歷經動亂，到了一九七九年才重新舉行第二次（1954-1979）的評獎，全國兒童小說獲獎的有六十八篇。稍後，全國各省市大都出版過「建國紀念」的《兒童短篇小說選》，多半仍收入歌頌社會主義與建設的作品。所謂建國二十七年間，能給人一新耳目的作家作品，如蕭平的《海濱的孩子》等，並不多見。

第四階段是一九七七至一九八七年之間，收入冰心〈記一件最難忘的事情〉等四十篇作品。所謂新時期的到來，有上海陳伯吹、葉君健、李仁曉、張秋生，北京的浦漫汀、樊發稼、金波、張美妮等人登高一呼，鼓吹創作，帶來了新氣象。據稱這時期的寫作隊伍已達三千

---

2 蔣風主編：《世界兒童文學事典》（太原市：希望出版社，1992年），頁144。

多人。三千多作家的作品，在冰心老人的領銜下，只收進四十篇作品，讀者一定感到惋惜。[3]

這套選集共收作品一百七十篇，前階段較詳而後階段較為簡略，似乎著重在小說發展的歷史意義，具有史料價值；對於前輩作家們禮敬有加，也起了正面的榜樣。但如果想閱讀小說文本的人，預期的目的恐怕會打個折扣。

其實在浦漫汀教授編選的同時，北京少兒社已經委託名作家劉厚明、樊發稼兩人主編《北京兒童文學優秀作品集》，選出一九八○至一九八七年之間旅居北京的作家作品，搶在一九八七年六月出版。由於每類每人只選一篇，有關少年小說的作家三十一家，自然有了三十一篇。從選文的時間範圍縮短，作家的居住地的限制，選集文類篇幅的限制，能有如此成績，差堪告慰。更可貴的是，在序言中兩位主編明顯地表示擺脫「左」的文藝理論的努力：

> 正如過去我們的文學基本觀念，是把文學視為從屬於政治的工具一樣，我們一直把兒童文學視為從屬於「正統」教育（實際上也是從屬於政治）的工具。從而導致在敘事文學創作上，總是圍繞著某種理念編織故事，落入詮釋政治觀點或圖解道德概念的窠臼，作品幾乎成為學生守則的註解；而不是真正地從生活出發，去揭示人物豐富的內心世界和性格特徵。

為了要擺脫狹隘的「教育工具論」，他們特別強調作家特有的審美感受，塑造出精心的藝術形象，使少年兒童在審美的愉悅中獲得心智啟

3　浦漫汀：〈導言〉，在《中國兒童文學大系：小說卷》（太原市：希望出版社，1989、1990年），頁1-40。在三十一頁中，曾經列出陳伯吹等一○五名，為新時期具有代表性的兒童小說作家。

迪。他們甚至還羅列了當前兒童文學創作必須突破的六點現況：

第一，許多作品「老實」有餘，浪漫主義色彩不足，缺乏新奇的想像和瑰麗的幻想，難以滿足小讀者的要求。第二，當今少年兒童普遍趨向早熟，喜歡閱讀較深沉，啟發人生哲理的作品。但當前創作仍然傾向「一淺、二直、三單薄」，主題直露，不留餘味。第三，作品描寫的背景逃不出「家庭到學校」，無法幫助孩子體驗大社會。第四，作品風格「嚴肅有餘而輕鬆不足」，缺乏詼諧幽默。第五，很少作品能夠「塑造當代少年兒童新人形象」。第六，兒童期望見到「優美的文學語言寫作」，而不是作家故作天真之語。[4]

一九八八年四月，上海教育出版社出版《兒童小說選》，自述全書分三部分，前段是五四以來，冰心（1900-1999）〈寂寞〉領銜的六篇作品；其他兩部分是一九四九年以後老、中、青三代作家的作品，各為魏金枝（1900-1972）〈越早越好〉為首的二十一篇，管樺（1921-）〈灤河上鷹的傳說〉為首的二十二篇。由於書前只有陳伯吹先生（1906-1997）的序言，強調傳統的教育觀念，提供中小學教師選取語文教材之用，沒有辦法看出編輯明確的體例。一九九〇年四月，葛翠琳女士（1930-）主編的《中國兒童文學選粹》三冊，由北京師範大學出版。這套書的編成，非常感性，葛翠琳在〈前言〉比喻這套選粹，「恰似小小的百花園」，希望能達到「潤物細無聲」的境地。書中區分為三類：小說與散文、童話與寓言、詩歌，為低幼學童所準備的語文教材，所以不太重視文體的分類。三冊「小說散文」類都收了十幾篇作品，勉強合乎小說體類的近十篇，多屬兒童生活小說；三冊之中，並沒有區隔編選內容的異同。

一九九二年一月，關福坤、劉文剛主編《二十世紀世界兒童名著

4　劉厚明、樊發稼：〈面對億萬最真誠的讀者（代序）〉，《1980-1986北京兒童文學優秀作品集》（北京市：少兒出版社，1987年），頁1-7。

精粹：兒童小說卷》，由長沙湖南少兒社出版。搜羅世界各國名作，中國部分只能選入了老舍〈小波的生日〉等八篇；篇幅雖小，除了老舍、柯岩、程瑋三位老作家以外，其餘的任大星、劉厚明、邱勳、沈石溪、曹文軒，都是新時期常見的作家呢。

一九九四年一月，李保初主編，周靖、許京生執行編輯《世界華文兒童文學作品選》，由河南海燕出版社出版。書內收入大陸作家王申浩等二十人、臺灣作家七等生等十七人，港澳地區何紫等十六人，散居世界各地於梨華等二十八人。編輯群搜羅各地報章雜誌或作家文集，選出適合少年兒童閱讀的作品，涉獵頗廣，但作品基本形式、內容，未必合於少年小說的要求。

較具有「現代感」的選集，我個人所見，尚有四種。

一九九〇年底遼寧少兒社籌畫《小學新書系》，央請秦文君主編《中國校園小說佳作選》，次年十二月出版。書中共收適合小學生閱讀短篇小說作品二十篇，臺灣作家作品有李潼、黃基博兩人，其餘十八人之中，有十五人與周、沈選本重疊；選文相同的有劉健屏〈孤獨的時候〉、常新港〈獨船〉、秦文君〈四弟的綠莊園〉等三篇。周、沈未選的丁阿虎〈祭蛇〉、王安憶〈誰是未來中隊長〉，較有文革色彩；程乃珊〈歡樂女神的故事〉乃建構在香港生活經驗上，或許因而割捨。秦文君〈選編後記〉中，自云：注意到小說的藝術性、思想性、趣味性，另一方面也考慮當前兒童的閱讀能力和生活的多面貌。

一九九二年七月，瀋陽出版社央請宗介華、李樹權兩人主編《1987-1991中華兒童文學作品精選》，其中小說卷編選交由嚴振國負責。書中共收入四十五篇作品，篇幅頗大。除去臺灣作家木子、李潼，香港作家何紫、宋詒瑞，尚有四十一人。編者試圖擴大這四十一個作家的分布，所以包含了廣西南寧、福建廈門、貴州黔縣、湖南益陽、長沙、湖北武漢各地，但也不能免除集中於北京（含山東、河

北、天津）十八人、東北（含遼寧）五人，上海、江蘇一帶十二人的現象。編選的策略顯然是「重北輕南」，強調了北京、天津、遼寧的地方色彩，卻忽略了其他地區的詳細觀察。全書所收作家與周、沈編本重複的只有十一人，收入相同的作品也只有任大星〈告訴我，秘密在哪裡〉、劉健屏〈孤獨的時候〉、秦文君〈四弟的綠莊園〉等三篇。據上海作家葉君健的序文說，此書的編輯係受到一九八九年海峽兩岸兒童文學作家們在安徽合肥召開第一次研討會影響，為了擴大交流，而發起的工作。編輯中，能夠直接選出一九八七年以來的作品，而不去追味文革或以前的大作，已經對少年小說文體有了認識，也關切孩童閱讀目的。

　　一九九四年四月，由陳美蘭、張明主持的《中國當代兒童文學精品》，朱美士負責小說卷的編選，武漢長江文藝出版社出版。這本書似乎承襲傳統的編排方式，以冰心的〈記一件難忘的事情〉為首。然而，二十六個作家之中，包含了曹文軒、沈石溪、劉健屏、陳丹燕等新世代的面孔，作品內容也傾向於文革後傷痕與反思的議題。

　　一九九六年六月，陳伯吹主編《中國當代優秀兒童文學作品》，小說卷部分由黃修紀執行編輯，武漢出版社發行。這本書收入魏金枝〈越早越好〉等三十六篇作品。朱美士書中出現過的「新銳」作家以外，又增加了張之路、秦文君、朱效文、鄭開慧、梅子涵等人。

　　上述十種相關的短篇少年小說選集之外，一定還有許多未曾經眼。[5]從這十種選樣中，或許可以歸納出一個現象。劉厚明、樊發稼

5　未曾經眼的選集，如梅子涵教授主編《中國當代創意兒童小說選》四卷，分為《專找的女孩卷》、《空箱子卷》、《雙人茶座卷》、《紅葫蘆卷》，想必有前衛的編排理念。除了海燕、貴州少兒社出版過比較系統的選集以外，最近的是廣西桂林的灕江出版社，從二〇〇〇年開始出版「中國年度最佳作品系列」叢書，其中有《年度最佳兒童文學》，包括小說、詩歌、散文及報導文學三類，短篇少年小說的選錄份量不多。

兩位先生一九八七年登高一呼,指出作者創作的盲點,也點醒讀者一個明亮的視野,可是並沒有得到立即的效果。稍後太原希望出版社、上海教育出版社,都採較保守的編輯策略。一九八九年以後,在兩岸持續不斷的文化交流下,作品編選敢於告別過去,直接選擇文革後較為成熟的作品。到了一九九四年,或許是新作家的到位,或許是社會風氣更加多元,閱讀品味有所改變,選集有極大的突破。

三　周沈編本的作品編選外緣研究

在周曉的編輯序言,他強調這本選集只選入二十八位作家作品,是無法呈顯大陸少年小說創作的全貌。八〇年代以來,從事少年兒童小說創作的作家,稍具文名或有影響力的,不下六、七十位。但我們也可以就此有限的篇數中,嘗試了解周、沈兩位編輯試圖展現的「風格面貌」。書頁上的廣告,告知讀者:此書所收作品橫跨十六個年頭,作者包含老、中、青三代,散居地域甚廣。

考察所選作家的生年。二〇年代生的作家兩位:任大星(1925)、任大霖(1929-1995);三〇年代六位:劉厚明(1933-1989)、邱勳(1933)、張微(1935)、谷應(1937)、韓輝光(1937)、夏有志(1939);四〇年代七位:張成新(1942)、羅辰生(1943)、葛冰(1945)、張之路(1945)、呂清溫(1947)、謝華(1948)、梅子涵(1949);五〇年代十一位:董宏猷(1950)、班馬(1951)、沈石溪(1952)、畢淑敏(1952)、劉健屏(1953)、秦文君(1954)、曹文軒(1954)、袁麗娟(1956)、程瑋(1957)、常新港(1957)、陳丹燕(1958);六〇年代兩位:曾小春(1965)、張玉清(1966)。從年齡的分布來看,四、五十歲的作家正是中堅成員,六十歲以上或四十歲以下的作家僅佔少數。再從作品發表時的作者年齡

來看，以任大星六十五歲為最大，五十歲以上的還有三位：任大霖、劉厚明、韓輝光；四十歲至五十歲階層的有十一位：谷應、邱勳、謝華、梅子涵、畢淑敏、張之路、呂清溫、董宏猷、張成新、張微、葛冰；三十歲至四十歲階層的有七人：羅辰生、曹文軒、秦文君、班馬、沈石溪、劉健屏、張玉清；二十九歲以下的有五人：曾小春、程瑋、常新港、陳丹燕、袁麗娟。分析年齡的分布現象，可以發現新起作家作品發表的時間，都有年輕化的傾向。寫作年輕化，讀者明確化，是少年小說發展的必然途徑。由於這本選集成稿迄今已有五年之多，表面上要求老、中、青作家的「均衡分布」的企圖，恐怕在歲月殘酷的挑戰下變得沒有意義。

考察作家的籍貫或所居地分布。大約可以分為北京、上海兩大集團和其他零星的散布。屬於北京集團，住在北京的有：劉厚明（已去世）、夏有志、葛冰、張之路、畢淑敏、羅辰生（來自河北阜縣）、曹文軒（來自江蘇鹽城）等七名。住在北京外圍地區，山東有邱勳（昌樂）、呂清溫（黃縣）二人；河北有張玉清（香河）一人；天津有谷應（來自貴州安順，一說雲南昆明）一人；共有十一人。

住在上海市的有：張成新、秦文君、梅子涵、任大星、任大霖（來自浙江蕭山）、陳丹燕（來自廣西）六名；屬江蘇省的有劉健屏（自崑山來南京）、程瑋（江陰）二人；屬浙江省的有袁麗娟（自餘姚來杭州）、張微（杭州）、謝華（自江蘇無錫來衢州）等三人；合為十一人，與北京集團人數相當。

其他散居各地，湖北武漢有董宏猷、韓輝光（來自海南文昌）二人；黑龍江有常新港（祖籍渤海欒川，生於天津，八歲遷入黑龍江）一人；雲南昆明有沈石溪（來自上海）一人；廣州有班馬（來自上海）一人；江西有曾小春（石城）一人；合計六人。

很明顯的可以看出，主持少年小說的寫作並引導閱讀風潮，依然是以北京、上海為重心，而散居的作家人數遠遠低過這兩大集團，對於閱讀與寫作的影響力自然薄弱，也顯現了文化上城鄉差距的客觀事實。

作家的本職，會不會影響寫作的品質？要談論作家本職，較為不易。因為個人的升遷、轉職，專任、兼職或附加了其他的官銜，隨時都會變動，一時無法釐清，僅就沈碧娟所提供的資料來分析。作家們從事兒童刊物編輯，包含社長、主編等職務為最多，共有十二人，其中比較特別的是：北京集團中有三位屬於兒童電影院的編劇工作者，小說寫作是否引進了電影編寫的「視覺效果」？有待仔細觀察。隨著時代經濟力的改進，大陸出現了專業兒童文學作家，或者兼成人文學寫作，或者僅擔任地方寫作協會的委員，一邊自由創作，一邊推動地方文學風氣，也有九人之多，而且年齡都有年輕化的趨勢。其次，在教育單位的大學教授佔三人，中學教師二人；還有擔任縣委官職的一人，醫院院長的一人。整體觀察，以刊物編輯、專業作家為多，可見大陸少年小說的寫作明顯地趨向專業化，不像國內的兒童文學創作圈子，大半以中、小學校老師或校長兼職為多。

為了要完成橫跨一九七九到一九九五年（其實是到一九九六年二月）十七年的歷史縱線，卻僅能從中選出二十八篇，沈碧娟小姐一定被這個「不可能」之任務煩惱不已。選出最多作品的年限是一九八六年，有五篇之多；一九八三年，四篇；在一九八四年、一九八五年、一九八七年、一九八九年、一九九三年、一九九四年中，分別選出二篇；而一九七九年、一九八〇年、一九八一年、一九九〇年、一九九二年、一九九五年、一九九六年，則各有一篇。

一九八六年的作品分別是葛冰、張微、沈石溪、谷應、班馬所作，包含幼兒心理、少年情愛、朦朧意識、社會抨擊、動物世界等題

材；一九八三年則為張成新、劉厚明、夏有志、袁麗娟的作品，主題
包括誠信、善良、合作、自覺。從這兩個選錄作品的高點連結延伸，
外加一九八四年、一九八五年、一九八七年選文密集的現象，可以發
現一九八三到一九八七年的五年之間，是大陸少年小說創作最旺盛的
時間帶。這種現象代表什麼意義呢？

就選出作品的刊物來考察。沈小姐從十本刊物、一項文學獎選出
作品，分別是：北京地區《東方少年》兩篇、《兒童文學》五篇、《人
民文學》一篇、《北京文學》一篇，共九篇。上海《少年報》一篇、
《少年文藝》五篇；南京江蘇少兒社《少年文藝》六篇[6]；杭州浙江
少兒社《當代少年》四篇；統合江南地區共有十六篇。其他地區僅見
三處，有：天津《兒童小說》雙月刊一篇；廣州《少男少女》雙月刊
一篇。另貴州少兒社所頒「1993年冰心兒童文學獎」得獎作品一篇。
是則上海、南京、杭州合縱，足以影響北京在少年小說文體的主盟
地位。

四　周沈編本編選的文本探討

不過，最有趣的觀察應該落在這二十八篇作品的文本探討，在題
材的選擇、主題的闡釋、文體形式的變新，以及作家寫作風格的比
較，或許也可以建構大陸少年小說發展的軌跡。

6　上海少兒社與江蘇少兒社發行相同名稱的雜誌《少年文藝》月刊。選集中註明出自
　　少海少兒社者五處，江蘇少兒社一處，未註明出版地者五處。依沈碧娟的編選體
　　例，未做註的似指地處南京的江蘇少兒社。據浙江師範大學方衛平教授說，大陸稱
　　《少年文藝》，即指上海少兒社所發行者；南京的《少年文藝》，加「江蘇」兩字以
　　示區別。

（一）題材的選擇

校園生活應該是兒童小說的主流。用比較嚴格的標準，寫校園內兒童或師生互動為素材，才認定為校園小說。在全書前十二篇之中，有七篇屬之：班上「紅領巾」資格的評比，「階級成分」的認定，英文學習不力，放學後的男生的狂野，合唱團中的默契養成與音調的和諧，還包含小學生規避學校壓力的幻想，以及學校對男女交往狹隘的偏見。後十六篇中僅見四篇：愛吹牛的老師以三腳貓武功帶領學生們擊退了尋釁的流氓；孩子們在校吹牛、講笑話，卻敵不過父母親離婚分居所帶來的傷害；男孩、女孩們連袂去游泳，引發了三角關係的聯想；被班上忽視的孩子與耳聾的奶奶度過自己十四歲的生日。從上述的校園故事中，單純的校園秩序或倫理探討，顯然逐漸褪色，而且不再是單一論點；題材多樣化，幼齡入學以及男女間複雜的情愫，同時受到了注意。

農村鄉土題材的選取，與作家個人的童年經驗有關。任大星、任大霖兄弟喜歡重溫童年時代艱苦生活的故事，也借用鄉野傳奇的手法，寫死後復活、狐仙崇拜等素材，抓住了孩子好奇的眼光。北京劉厚明〈阿誠的龜〉，也有異曲同工之處。新一代的作家則蓄意淡化悲苦的情節，而呈顯內心世界的孤苦無奈，如常新港的〈獨船〉、曹文軒的〈藍花〉。

以城市生活為題材，最具代表的是梅子涵〈林東的故事〉，寫梅子涵與幼年同學的孩子對話經過，表現兩代人價值觀點的異同。現代的孩童受到的生活壓力往往是升學，或者被大人恐嚇未來的經濟生活能力。畢淑敏〈最晚的晚報〉的主角為了證明自己有能力「賺錢」，卻遇上了雨天賣不出晚報的窘境。

在農村與城市之間移動的作品，如程瑋〈白色的塔〉、董宏猷

〈走向長江〉、班馬〈魚幻〉，都給孩子一種「靜以待變」的感覺，對未知的世界有無限憧憬。而年輕作家曾小春卻以他個人的成長、求學經歷，寫了從鄉村到縣城，從縣城到省城，再回歸縣城工作，而父親告老回到鄉村去陪伴母親。〈父親的城〉，是否標示了孩子們童年的想望，以及長大後的回歸自然？秦文君〈四弟的綠莊園〉則描寫受到全家呵護的四弟，卻是城市邊緣人，他寧可回到田野間辛苦工作，找到真正的自己。這幾篇作品能帶給孩子更多的啟發。

以女性成長為素材的作品有四篇。袁麗娟〈清涼的九曲溪〉中，女孩在夏天裡禁止到河裡游泳，引發阿秋與阿婷暗中戲水差點溺水一事，村民開始容忍女孩也能下河戲水，是篇女性爭取自由的作品。陳丹燕〈男生寄來一封信〉則描述陳致遠收到男同學，引發學校老師和母親的高度緊張。對「男女大防」的傳統心態，有嚴苛的諷刺。呂清溫〈女孩男孩不等式〉，寫出處於「中性狀態」的男女同學，在一次游泳過溪的經驗中，發現了嫉妒、愛慕等男女情愫。張玉清〈有一個女孩叫星竹〉，更勇敢地寫出女孩寫信與作家交友，渴望被愛，卻又缺乏自信隱瞞自己身分的故事。這四篇作品從自我解放、交友自由，發展到性的自覺，甚至還以虛偽的手段去保有自己的愛戀。對於少女戀愛的自由與解放，有長足的進步。

（二）主題的闡釋

浙江少兒社資深編輯孫建江指出新時期（1977-1988）少年文學的主題多樣了，他特別標示了幾個以前所未見的：審父主題、流浪主題、代溝主題、新人格主題、孤獨主題、少男少女隱密心理主題[7]。所謂「審父」係指對傳統威權的父親文化進行新的審視和觀照，如對

---

7 孫建江：《二十世紀中國兒童文學導論》（南京市：江蘇少年兒童出版社，1995年2月），頁290-291。

傳統生活習慣的挑戰，對考試制度的質疑等等。「代溝」指兩代之間的價值觀念衝突。「新人格」則呼喚強悍、雄辯、開朗、精神的新個性，而不是保有傳統聽話乖巧的性情。孫建江所說的這三種主題，可以歸納為「人性與價值觀點的重建」。

周、沈選集中，很俐落地刪去反映文革災難，所謂「傷痕文學」的影響，甚至也避開「反思文學」中尖銳的兩極衝突，留給孩子閱讀的屬於「人性自覺」的部分，是正確的選擇。因為「階級成分」引發的傷害，在書中只有羅辰生的〈白脖兒〉，寫孩子的桀傲不馴，不肯屈就評比制度，得不到紅領巾，不能成為少年先鋒隊的一員。故事結束在狂風急雨中，張小明獨自駕船離岸的時刻，負責評比的中隊長（班長）方娟娟悔恨自己的偏執。故事中還有一位慈祥的老師代為緩頰，希望先鋒隊員（班上絕大部分的同學），能包容張小明參加活動。被塗上「顏色」，貼上了「標記」，對孩子的傷害是非常大的；作者用文學的筆觸，敘述了這段悲情！劉健屏〈孤獨的時候〉也反映被貼標記的孩子的痛苦，姜生福因為哥哥偷竊兒蒙上罪名，因為交出哥哥的贓物又得到了榮譽。為了個人良好的「成分」，他在社會以及父母的壓力下，放棄患難中交到的好友，同時也是課業「落後生」的吳小舟。這兩篇作品雖然都指出社會制度造成人性的傷害，然而作者的筆觸同情多於抨擊，可以帶給讀者許多正面的解讀。

「家庭倫理」也是個重要建構的議題。有些作家以渴望的心情探討，如曹文軒的〈藍花〉，寫銀嬌奶奶在丈夫外遇、女兒溺水以後，獨自回到故鄉生活。常新港的〈獨船〉，漁夫張木頭埋怨沒有人搭救自己的妻子，變得自私、孤獨，結果卻又是失去自己的獨子。有以抨擊的語氣述說面臨「經濟掛帥」的當下，家庭倫理受到嚴重的挑戰，如張微〈爸爸的五斗櫃〉。有些以追慕親情，包容而和諧，如任大星〈告訴我，秘密在哪裡〉，對於後娘和同父異母的弟弟，主角可以投

入更多的人性關懷；而秦文君〈四弟的綠莊園〉，描寫媽媽對四弟的不捨，爸爸甚至讓帽子吹落火車，讓媽媽有理由重返老家，再去看四弟一眼。也有作家悠悠說起幼年時代在父親赴城工作而與母親獨守鄉間的想念和距離，成年後心境的變化，如曾小春的〈父親的城〉。當然也有描述工商業時代父母子女間的溝通和期待，如梅子涵〈林東的故事〉和畢淑敏〈最晚的晚報〉。比較特別的是沈石溪的〈象塚〉，似乎是暗示父權底下的權力鬥爭，不過有許多讀者卻讀出了母象的母性光輝。終究要建構家庭，母性的偉大也是值得歌頌。

探索社會以及家庭問題之外，作家進入孩子的內心世界，是嶄新的嘗試。劉厚明〈阿誠的龜〉能掌握孩子的善良個性，稍後的新時期作家包容孩子更多「奇形怪狀」的性格和認知。

少男少女的「戀情」是容許討論的。陳丹燕〈男生來了一封信〉，事實上還沒有展開戀情，她只不過彰顯了傳統制式教育中老師和家長的「無知」。呂清溫的〈少男少女不等式〉對少男少女朦朧的愛情有所描寫；而張玉清〈有個女孩叫星竹〉則進一步地表現少女對愛情的迷惑，甚至欺瞞了對方。

孩子的「孤獨」，被注意了。劉健屏〈孤獨的時候〉，孩子害怕被摒除在團體之外的孤獨，可是當他接受社會制約，放棄了好友，兩個孩子交替而生出的孤獨才是可怕。常新港〈獨船〉寫漁夫失去妻子的孤獨，當他守著獨船、獨屋和獨生子，最終又失去愛子。孤獨之感，在作品刊出之時，引起了社會很大的迴響。

「流浪」的主題，在二十八篇作品中，並不明確；然而表現「游移」的現象[8]，允許孩子「無所事事的精神漫遊」，表現了極大的寬容。如班馬的〈魚幻〉，主角獨自搭上江輪，在疲累與緊張的心情

8　班馬：〈室內與戶外（自序）〉，《野蠻的風》（臺北市：民生報社，1999年4月），頁7。

中,「看見」丁寶大叔變成了魚,悠游在大江裡;葛冰的〈綠貓〉,寫孩子在上學的途中「看見」綠色的貓。這一類的作品,接納孩子的想像力,關切了孩子生活中的心理壓力,在班馬〈魚幻〉刊出之時,帶來大陸少年文壇更大的「震驚」。[9]

對「社會邊緣」的孩子,也給予了注意。邱勛的〈No!No!No!〉,寫不肯學習的頑童,嚐到了苦頭。張成新的〈放學三點半〉,被認真的老師盯上的孩子,只有痛苦地去寫作文〈愉快的一天〉。儘管兩個頑童都受到懲罰,但作者的筆下,仍然十分同情他們愛玩的天性。秦文君〈四弟的綠莊園〉中的四弟,其實就是「城市適應不良症患者」,但是全家人都愛他、包容他。

從以上兩節的分析,對大陸短篇少年小說的發展,有了初步的概念,此與方衛平教授探索八○年代少年小說藝術發展,所得到結論相近。他讚美作家們能夠「以開放的胸懷接納社會生活廣闊的『外宇宙』,以敏銳的藝術眼光開發當代少年心靈世界廣闊的『內宇宙』」[10],而寫出精彩的新小說。這種「外宇宙」的開拓,離開校園的素材,而有開闊的社會視野;對「內宇宙」的關切,告別孩童外塑的模範形象,而進入了孩子隱微的內心深處。

(三) 文體形式的探索

孫建江認為以往兒童文學的敘事結構較為單一,新時期以來,在空間結構、時間結構上都已改觀[11]。檢視這二十八篇之中早期的作

---

9 孫建江:《二十世紀中國兒童文學導論》,頁330:「常新港的〈獨船〉的出現給人們帶來的還只是『一震』,那麼這一時期的班馬〈魚幻〉的出現,給人們帶來的是『吃驚』,豈只是吃驚,簡直就是『震驚』。」

10 方衛平:〈中國少年文學書系‧少年小說卷序〉,《逃逸與守望》(北京市:作家出版社,1999年5月),頁257-258。

11 孫建江:《二十世紀中國兒童文學導論》,頁296。

品，多為傳奇題材，如任大霖〈大仙的宅邸〉，或校園生活，如羅辰生〈白脖兒〉，故事性較強，在空間結構上採取傳統的全知（第三人稱）觀點為多。夏有志以第一人稱觀點寫〈我聽見了自己的聲音〉，談論合群的道理，感性大於理性，說服力顯得弱些。袁麗娟〈清涼的九曲溪〉，則以副角我阿婷來陪襯主角阿秋，客觀去描寫阿秋的心理衝突，使作品增色不少。八○年代中期以來，作品的多樣化，作家個性的表現強烈許多。葛冰〈綠貓〉很清楚地運用限制的全知觀點，在第三人稱的傳統敘事方法中緊扣小主角的內心思維。班馬的〈魚幻〉甚至用第二人稱的「你」來敘述，讓讀者能化身主角，體悟故事中主角的困惑與掙扎。八○年代末期以後，作者的影子更加強烈，無論用哪一種敘事觀點，對故事的敘事與解釋權有更充分的掌握。從空間結構來看，傳統的敘事方式往往以順時序為主，便於交代事件的前因後果。然而沈石溪的〈象塚〉，以公象茨甫入塚時間為主，夾雜與象子爭奪王位、與母象相識相戀、解脫困境等事件，糾纏了三段不同的時間次序的故事。雖然增加小讀者閱讀的困難，卻使小說的結構得到精緻的印象。張玉清〈有一個女孩叫星竹〉，用遲開進點，使故事發生的時間集中在兩天之中，再以追憶的手法交代往事，作品的時間結構自然緊密了。梅子涵〈林東的故事〉，以散漫的對話形式，間插過去文革的經驗與現刻社會忙碌無序、壓力十足的無奈，使作品呈現「後現代」的糾結和混亂。混合時序法，似乎是帶來「現代感」的主要方式。在蔣風主編的《中國當代兒童文學史》，敘述一九七七至一九八八年之間新時期的兒童小說，創作方法上「經歷了現實主義的復歸—深化—發展諸階段，而在現實主義開放性的新發展的同時，一批年輕的先鋒派作者從西方文學和中國當代成人文學中，借鑑了現代主義的創作方式，進行了一些有開拓意義的實驗，出現了現實主義和現代主

義互相融合、交相輝映的繁榮局面。」[12]

　　簡單的說，包括傳奇故事、生活寫實素材，使用傳統的敘事結構為佳，而詩化的、哲理的議題，不脫離「寫實」而走向「象徵」手法，似乎無法承載這樣的企圖。程瑋、曹文軒應用抒情、象徵的技巧，梅子涵蒙太奇的跳接運用，班馬走出「新感覺派」的道路，都標示了少年小說隨著現代文藝技巧的進步而有嶄新的局面，「故事化」的企圖被沖淡了，而轉向到人生哲理探索的「意緒化」。不過，兒童文學之所以異於現代文藝的發展，最重要的是兒童文學的作家掌握到了獨特的敘事語調。

（四）作家的敘事情調

　　現今成人文學世界裡，環繞在生、死、性的議題，大部分作家認為不突破現實的幻象，無法讓讀者拋棄先入為主的成見，所以從寫實的風格轉入象徵手法，希望能透過陌生化、誇大法，達到震聾發聵的地步。兒童文學世界所要表達的，也不能自外於生、死、性的議題，只不過兒童文學世界放棄感官上直接的刺激、形上學的抽象思辨，而採取理性的傳導、感性的抒發，務使讀者在安全的、悠游的、誠懇的環境中，分享文學的滋味。

　　孫建江論及少年文學「審美指向多元化」時，特別指出陽剛、象徵、空靈、神秘、幽默等五種美感形態[13]，是現代兒童文學所追尋的新氣象。

　　體格弱小的孩子，卻有陽剛氣息，多麼令人感佩。曹文軒、劉健

---

12 蔣風主編：《中國當代兒童文學史》（石家莊市：河北少年兒童出版社，1991年8月），頁330。此書參與執筆的有方衛平、王新志、韋葦、湯素蘭、鄒亮、吳其南、趙志英、章柯、蔣風、潘延、閻春來，分別執筆的部分見蔣風的〈後記〉。
13 孫建江：《二十世紀中國兒童文學導論》，頁292-293。

屏、沈石溪、常新港、董宏猷、梅子涵等人，筆下的角色都有陽剛性
格；即連陳丹燕〈男生來的一封信〉中的女主角陳致遠、袁麗娟〈清
涼的九曲溪〉的兩個女生，呂清溫〈女孩男孩不等式〉中的齊宏，也
都有真誠開朗的個性。韓輝光〈校園喜劇〉中的精瘦如乾蝦的司徒老
師，雖然沒有真功夫，但與入侵校園的流氓拚命的剛毅，贏得了學生
的愛戴。陽剛的個性，造就了曹文軒所謂的「硬漢子」精神，也為了
塑造未來的民族性格而努力。[14]

　　運用「象徵」的手法，不僅可以幫助讀者興發聯想，也可以使寫
實性質的題材，得到更深層的詮釋。比如呂清溫〈男孩女孩不等式〉
中的「游泳」，象徵成長中涉入男女情感的經歷；曹文軒〈藍花〉中
的藍花，寫出銀嬌奶奶的孤獨和憂鬱。孫建江書中提到擅用象徵手段
的作家有九人，沒有收在二十八篇之內的，只有韋伶和金曾豪兩人。
韋伶是班馬的妻子，擅於描寫「走神」的少心態；而金曾豪擅於描寫
人性衝突和動物小說，佳作多半為中長篇。曹文軒曾經強調：「兒童
小說應當有意境，要有詩和散文的特質，而要獲得這一切，則需要借
助象徵，我喜歡象徵。」[15]

　　「空靈」，用國畫的術語來說，如同「飛白」。淡化故事的情節，
用輕盈、清新、溫情的語調，讓讀者可以感受「意在言外」的樂趣。
如程瑋〈白色的塔〉，頑皮攀車的孩子與英勇犧牲的卡車司機，沒有
太多的交集，也毋須說一句崇拜的話語；如曾小春〈父親的城〉，孩
子和父親、母親之間，城市與鄉村之間，有多少的關切、疼惜，有多

---

14 曹文軒：《中國八十年代文學現象研究》（北京市：北京大學出版社，1988年6月），
　　第十一章硬漢子形象塑造，頁251-267；第十四章覺醒、嬗變、困惑：兒童文學，頁
　　308-326。

15 蔣風、韓進合著：《中國兒童文學史》（合肥市：安徽教育出版社，1998年10月），頁
　　617。轉引自曹文軒〈多一點浪漫主義〉，在《兒童文學研究》1994年第2期。

少的抱怨和怒火，零瑣的生活雜事、無趣的升學、求職，都在作者技巧的安排中「隱藏」了。

談起「神秘」，班馬的〈魚幻〉、沈石溪的〈象塚〉，都是很好的代表作品。野性、力與感官刺激，讓孩子在故事的敘述中，得到滿足。

「幽默」的代表，韓輝光、張之路屬之。〈校園喜劇〉中的司徒老師自誇有功夫，教孩子練氣功，可以治病強身，可以變成「三好（身體、學習、工作）學生」，口中也以黨國為重，十足樣板。當他奮力地抵抗流氓而受傷，又要學生幫忙向師母隱瞞真情，他個性上的缺點都得到學生的諒解。韓輝光的幽默語氣，讓司徒老師贏得了讀者的喜愛。〈砍協秘書長〉中的一群孩子自行成立「社團」，舉行吹牛比賽，要新來的社員寫「申請書」。當會長宣揚社團宗旨時，竟然是採用劉貴貴申請書中的文句。當大家感念劉貴貴的貢獻，要讓他擔任社團的秘書長，劉貴貴卻因為父母離婚的關係而離開學校。孩子們玩的遊戲，像極了大人世界的政治場合，有許多虛偽的頭銜和口號。然而冷面笑匠張之路在這個荒謬式的鬧劇中，夾入「家庭破碎帶給孩子痛苦」的議題，讓讀者在嬉鬧的情緒之後，有了個省思的機會。

陽剛、象徵、空靈、神秘、幽默等五種美感形態，帶給了大陸少年小說新鮮的滋味，穿越了「眼見為憑」的寫實觀念，也豐富了平實的生活體驗。

五 結論：自覺、探索與開拓

要以周曉、沈碧娟主編的《中國大陸小說選》，來管窺大陸短篇少年小說的發展，有實質上的困難。周曉的序文中說：「八十年代以來，大陸從事少年兒童小說創作其較有文名或作品有相當影響者不下六、七十位。」浦漫汀的選集中，也提到優秀作家近百名之多。蔣風

主編的《兒文史》，保守的提到具有代表性的作家：北京有十一人，江蘇有八人，上海有十三人，浙江有六人，合計三十八人。[16]周、沈主編的選集與其他經眼的十本比較，能站在現代年輕讀者的閱讀觀點，敢於揮別革命文學、傷痕文學的奮鬥與悲傷，給予讀者一片亮麗的陽光，能滿足閱讀興趣，安慰內心對文學的渴盼。

　　文學選集編選的「詮釋權」，可以放在歷史的、地域的、文學的、主題式的角度，而這本選集的「詮釋權」落到了為讀者閱讀服務的努力之中，不像以往一般，「控制」在主政者或文壇主盟者的意識之下。以服務讀者、協助閱讀的觀點，這本選集已經盡到了最大的責任。

　　選入本文集的作品，絕大部分按照作品發表的時間排列，也避免集中在某個特定的時段中，也就是作品必須在同時間出版的其他作品之中，先做一次優劣汰選的「比賽」，才有機會勝出。沈碧娟謹守這項時間原則的選取態度，雖然讓部分的好作家、好作品有「遺珠之憾」，但選入的作品卻繫聯出一個短篇少年小說發展的軌跡，讓我們很容易地觀察「文革—傷痕—反思—問題—新人—探索」的流變過程，也關切到「淡化了故事性到作品哲理化、意緒化」的自然演進，由兒童小說的故事型態「深化」為少年小說探索人生議題的現象。

　　文學現代化的腳步，會永遠地向前推移，雖然有時候會「矯枉過正」。比如，梅子涵曾經大力提倡寫作形式技巧的開創實驗，試圖「消解故事」的主張，最近也有沉痛地反思，認為放棄了故事，其實就是背離兒童，背離兒童文學。把焦點關注在成熟的少年小說上，而忽略兒童小說，也等於放棄了原本服務的對象。[17]我們也可以發現孫

---

16 蔣風主編：《中國當代兒童文學史》，頁335。

17 梅子涵、方衛平、朱自強、彭懿、曹文軒合著：《中國兒童文學五人談》（天津市：新蕾出版社，2001年9月），頁107〈關於兒童小說〉；頁159〈關於故事性〉。

建江揭櫫「母愛原則」的議題[18]，在二十八篇作品中，只有在秦文君、畢淑敏的作品中存有，沈石溪的〈象塚〉極意外地在父權鬥爭下，流露了母象巴婭傳統的婦德。真正積極開朗而陽光取向的母愛，月光也可以，即連名家曹文軒、張之路筆下都付之如闕。

整體的觀察，大陸少年小說作家實驗了各種文體的可能，使得這塊少年文壇具有規模，而且可以繼續經營下去。他們甚至試圖透過創作，而參與「塑造未來民族性格意識」，儘管在大陸目前的政治結構中，還沒有分享的「權利」，或者分擔這樣的「責任」。

反觀臺灣對少年小說的理解，似乎才從「鄉土寫實」的素材過度到「城市風雲」中，表現的技巧停留在兒童故事體的琢磨，熱中於順時序的敘述，以及脫離現實的虛擬情節狀態。而兒童文學創作的目的，還停留在個人寫作主張的實踐。我們當然可以幽默的說，或許這種「純真」的態度，也合於大陸作家梅子涵等人的新覺悟和新走向。但請記得，沒有努力過的，永遠只能望洋興嘆，當孩子們擁抱美國紐百瑞得獎小說或是英國《哈利波特》的翻譯作品時，我們已經放棄了和孩子對談和養育的責任。

所有的文化活動，從自覺、探索到開拓的過程，無非是讓我們脫離矇昧而得到精神的「自由與解放」，自在地作人，盡人的責任。他山之石，可以攻錯！但願喜愛少年小說教學與創作的朋友，可以在這部選集中得到多方面的啟示。

──原刊於臺東師院（今臺東大學）主編：《兒童文學學刊》第8期
　　（臺北市：萬卷樓圖書公司，2002年11月），頁433-460。

---

18 孫建江：《二十世紀中國兒童文學導論》，頁353，文中舉冰心、葛翠琳、吳然、劉丙鈞、邱勛作品，僅邱勛為小說作品，證明「母愛原則貫穿了整個二十世紀的中國兒童文學」；平心而論，近世紀以來對「母愛」的書寫較為缺乏。

在對抗、復仇、寬恕與悲憫之間的抉擇

——談十一部有關抗日戰爭的少年小說

一　戰爭的名字永不褪色

　　戰爭的名字永不褪色。儘管二次大戰之後，世界各地仍有零星的紛爭與戰鬥，如以阿、兩伊、中越、蘇阿、薩伊、高棉內戰等等，一時也數不清。臺灣是不是已免除戰爭的威脅？海峽兩岸的緊張關係，什麼時候可以放棄武力相見，相互提攜走入二十一世紀？今年十二月十三日，恰好是日本發動南京大屠殺的六十週年紀念。一甲子歲月，匆匆逝去，不知道兩岸的人民還記得什麼？

　　在近年出版的少年小說之中，以對日抗戰為題材的作品，就我個人所見，大約有十一部之多。作者及書名先介紹如下：林方舟《寒梅》（1979），管家琪《小婉心》（1992），海笑《紅紅的雨花石》、《燃燒的石頭城》（1987）、《戰爭中的少男少女》（1993）；周姚萍《日落臺北城》（1992）、《臺灣小兵造飛機》（1994），馬景賢《老郵差與小英雄》（1993），萬中原《孤島少年》（1993），美國邁德特・狄楊（Meindert DeJong, 1906）原著、招貝華譯《六十個父親》（1994），何紫《童年的我・少年的我》（1997）。[1]

1　本文所討論十一部抗日戰爭少年小說，依照出版順序，如下：林方舟：《寒梅》（臺
　　北市：洪建全文化基金會，1979年洪建全文學獎少年小說得獎作品）。管家琪：《小

　　這些故事發生的地點，在南京、上海、北京外郊、河南陳縣、南陽、浙川、湖北漢陽、陝西西安、貴州遵義，以及江北的南港縣、黃海邊上的村莊，遍及內陸各地。臺灣、香港兩地，雖然戰況不同，也在砲火浩劫之下；故把焦點拉遠到日本神奈川縣，去看看臺灣少年離鄉背井的故事。故事的背景時間呢？從一九三五年開始，經由八年全面抗戰，二戰結束後，到一九四九年兩岸分裂為止，前後十五年時間；這十五年時間，並不包括日本侵華的導火線，一九三一年的九一八事變。

　　為了使讀者對這幾本書有些初步印象，依照故事發生的前後，大略介紹書中的內容。

（一）海笑《紅紅的雨花石》

　　一九三五年舊曆除夕，南京中華門外長干橋旁的一條巷子被火燒了，疑為陸鎮長金桂，綽號綠烏龜，為了擴大佔地而放的火。趙阿姨瘋了，因為她的女兒被燒死。八歲大的石小崗，他家也被波及，乃與周大強兩人合作撿拾雨花石販售，來貼補家用，卻常常被地痞、稅務人員、漢奸走狗、日本軍人所剝削。偶爾的機會，受到紅軍戰士彭捷的感召，冒險入獄傳遞信件。因緣救了副營長馮剛。後來偵出綠烏龜

婉心》（臺北市：天衛文化圖書公司，1992年6月初版）。海笑：《紅紅的雨花石》、《燃燒的石頭城》，合併在《海笑兒童文學自選集》（北京市：中國文聯出版社，1987年6月江蘇初版）。周姚萍：《日落臺北城》（臺北市：天衛文化圖書公司，1992年8月初版）。海笑：《戰爭中的少男少女》（南京市：江蘇少年兒童出版社，1993年11月初版）。萬中原：《孤島少年》（杭州市：浙江文藝出版社，1993年11月初版）。周姚萍：《臺灣小兵造飛機》（臺北市：天衛文化圖書公司，1994年10月初版）。邁德特‧狄楊（Meindert DeJong）原著，招貝華譯：《六十個父親》（臺北市：智茂圖書文化事業公司，1994年6月初版）。何紫：《童年的我‧少年的我》（臺北市：天衛文化圖書公司，1997年7月初版）。

在揚州的住處，小崗參加復仇行動，連長石大湧隊長殺死綠烏龜，小崗殺了日軍龜田。

（二）海笑《燃燒的石頭城》

一九三七年九月二十五日，日軍開始轟炸南京，十二月十二日入城。來不及逃出的居民，躲進金陵大學等處國際委員會所設定的難民區。周大強看見日本軍官伊藤不顧國際公約，闖進教室抓人，施行大屠殺。衝突中，大強逃出，找到小明、小龍，三人亡命在外，幸遇銅匠師傅收容，賀師叔來組織活動。他們在南京市中張貼標語、協助寄信、殺死漢奸秦三爺、炸汽車、幫新四軍買藥運送。伊藤為了搜尋新四軍，逮捕了大強，嚴刑酷審。銅匠叔帶人攻入虎穴，救了大強。大強正式加入新四軍，偷襲虹橋機場。

（三）海笑《戰爭中的少男少女》

十六歲的石小崗和周大強參加丁字街伏擊戰、白龍廟化妝偷襲、陣地防禦戰，都有很好的成績。小崗因為右腿受傷，曾住院治療；認識了服務團小演員趙茹，兩人扮作一對小夫妻，由交通員楊爺帶領回南港縣原單位。不幸遭遇偽軍，楊爺陣亡，趙茹落水，幸得易軍隊長率眾解圍，感恩在心。此時聽見南港縣城為日軍片岡中佐所破，擔心易隊長的安危。不久，日軍從俘虜中成功的控制了一名叛徒，設計了一面「照妖鏡」，讓叛徒來舉發潛伏村中的新四軍成員。軍隊遂轉進黃海邊的村莊，趙茹留在易莊陪伴易軍的妻子與小虎。小崗、大強和排長張一光奉命狙擊照妖鏡後的叛徒。結果，趙茹被捕殉職，排長張一光掩護小崗、大強的撤退，也殉難了。叛徒即易軍隊長，受重傷入院治療。小崗偽裝村民施文華，因急症入院，殺死易軍；大強則偽裝賣茶葉蛋在外掩護。兩人完成使命，安然返回。

（四）馬景賢《老郵差與小英雄》

　　北京郊外的小鎮琉璃河[2]，有一位老郵差，他不止送信、送報紙，幫村小孩取名字；遇有國家大事，還得負責一路傳播。一九三七年，孩子們在關帝廟上課，王老師制止趙大膽胡鬧，並宣布七月三十日開始停課。日本飛機轟炸小鎮，趙大膽跟不上爸媽逃亡，獨自留在屋內。他掩護逃進家裡的大漢張大有，喚他做爸爸，一同被日軍抓入牢房。幸虧王鎮長和負責翻譯的王老師幫忙，才倖免於難。逃亡途中，又遭遇土匪。大有把大膽安置山地人家，與同志老田去炸橋；可惜任務失敗，老田失去聯絡，也找不到大膽。原來大膽在山中胡走，聽見福音堂曾經唱過的歌聲，得與爸媽重逢。不久，張大有追來，大膽才知道大有是老郵差的兒子。為了避免日軍追擊，雷牧師、老郵差帶領大夥兒進入深山；而張大有回到部隊，派人送糧來濟助鎮民。老郵差回鎮上探聽狀況，被日軍強迫擔任郵局局長；雷牧師領著孤兒們回鎮上；隔了幾天，維持會的王會長通知大家可以平安回家。日本人尋找「花姑娘」尋樂，凌辱之後還加以殺害。有一天，日兵河中戲水，趙大膽幫忙偷去衣物，由老田執槍格斃多人。第二年春天，重回關帝廟復課，王老師來教孩子日文，並習唱日本國歌；學生們批評王老師當狗腿子。民國三十年，代表五族共和的五色旗，重新換回「青天白日滿地紅」的國旗，只是在旗子上多加一塊寫著「大東亞共榮圈」的三角黃色布條。〈卿雲歌〉也改換了，新歌詞有《論語》中的字句。爸爸被韓國「高麗棒子」打傷，趙大膽只好代替爸爸去挖戰壕。鎮裡雖有日本九井大佐高壓控制，但大家都歡迎維持會王會長以

2　馬景賢先生不直說小鎮的名字。但在書中頁19說：「平漢鐵路從北平往南下，經過豐臺、長辛店、良鄉到了小鎮後，鐵路變成了人字形，往南繼續下去是涿州、保定、石家莊；往右轉就是到發現北京人的地方──周口店。」這個地方就是「琉璃河」。

及老郵差,最討厭的是當走狗的王老師。八年戰爭勝利,王老師洗刷了惡名,原來他是奉命臥底,以便拯救被捕的愛國志士。老田來擔任新老師,表揚大會時,說明王老師曾經幫忙炸橋,趙大膽幫忙偷日兵衣裳,而老郵差的兒子大有參加青年遠征軍在緬甸陣亡了。雷牧師告老回美國,孤兒屁簍子一直是他的好幫手,也跟著到美國。日本兵在車站準備遣返,項大頭走過去,踢了久井大佐一腳,趙大膽加以制止。勝利後,所有的人都散了,趙大膽把勳章埋進土裡,祭悼剛死去的老郵差,還有那沒有回來的張叔叔。

(五)林方舟《寒梅》

蘆溝橋戰事爆發後,住在陳縣的周冬梅與同學們參加抗敵宣傳。但因為戰事迫近,父親要叔叔送冬梅同往南陽就讀。途經清澈見底的小河,有灰、白、綠各色小石,非常開心。但好景不常,有一夜投宿客棧,為土匪洗劫,叔叔還被打傷。到了南陽,這五年級的小朋友沒有錢入小學,也考不上公費的中學,叔叔把她安置在兒童劇團。劇團共有二十二個孩子,相處融洽,每天忙著勞軍公演。經過河南鎮平,借住在孤兒院。孤兒鐵牛以偷竊罪嫌被管理員毒打,令人鼻酸。再經過浙川,團員陳文惠修理煤氣燈,摔下致死。重回南陽,參加元旦大公演,叔叔來,告知爸爸出任維持會會長,當了漢奸,悲痛之餘以致重病。同伴拿火爐到床上烤火,冬梅接過手,嬉鬧中,煤屑掉在被窩,把借住的草屋燒光。禍首冬梅和小陸各自逃亡,被柳大哥一一尋回。二十八年春天,南陽告急,遷往洛陽。無意間,遇見爸爸,柳大哥委婉解釋,始知父親係忍辱負重,扮演反間的工作。兩個月後,劇團解散,孩子們被送往西安,重回學校就讀。

（六）周姚萍《日落臺北城》

　　昭和十一年（1936），十七歲少年陳家榮怒斥日本小販，被日警帶走，逃脫遁入大屯山區。同年，鄰居女孩林秋雲草山旅遊，遇見蛇，獲陌生人救助。次年，秋雲參加北投神社祭祀北白川宮能久親王的活動，被家榮的弟弟家興責罵。活動中，接獲陌生人紙片，訴說日人侵華史蹟。除夕夜，日本女老師伊藤來訪，因男友戰死他鄉，悲傷返日。一九四二年，秋雲十六歲，同盟國、軸心國交戰正熱，大家挖防空壕躲避空襲。家興二十一歲，被送往南洋當軍伕。火車上，家榮企圖救家興，未果。家興戰死後，骨灰送回；家榮回家探視，與秋雲相期和平早日到來。為改善家計，秋雲在食堂工作，買番薯回家，正值空襲，跌落淹水的防空洞，獲日本敢死隊員高橋弘一救助。另一個日本人原憲治，責備高橋動用真感情。不久，高橋殉職。一九四五年五月，美軍大轟炸，屋毀，雨中用飯團，決定搬往山區，途中又受空襲。妹妹採毒果吃，家榮適時出現，加以阻止。而此日，美國在日本廣島投下第一顆原子彈。隔幾天，秋雲去食堂上班，知道日本天皇投降的消息，趕回家告知家人。

（七）周姚萍《臺灣小兵造飛機》

　　昭和十九年（1944），八千多個臺灣少年工搭船赴日；吉田英夫、弟茂夫，和同鄉德永明光、大川正一四人被分派到神奈川縣飛機工廠工作，與風間鶴同寢室。冷面指揮官川崎岩二原諒了風間鶴在工作中偷看母親的照片。風間鶴在前草寺前被哲信騎車撞傷，始知哲信為川崎岩二之子。英夫撿到哲信遺置商店的藥水、紗布，追還失物，也到此地，認識了哲信的姊姊小雪。川崎支吾，疑與鶴母相識。明光偽刻飯票假章，遺落小刀，被神田輝發現，罰全寢室人員互打耳光。

明光等偷看鶴日記。第一次約會，賞櫻。韓國人欺負哲信，英夫保護其姊弟，自己挨打。英夫後來考上飛行兵，慶祝，傷腳住院。與飛行官佐世保相勉，而護士小姐敦子責備好戰成性。不久，醫院中傷兵自殺。英夫設法去約會，被醫師擋架；小雪來，因與鶴有約而離去，英夫黯然神傷。風間鶴母親來信，否定父親是日本人，父親也沒有日本朋友；鶴不信，疑與小雪有血緣關係，告訴英夫兩人只是兄妹感情。英夫快樂，寫雜記，思鄉。然而友伴病死，受到日本中學生欺負，又得佐世保來信，知佐前往中國作戰，非常沮喪。同時間，風間鶴複製飛機原設計圖畫，被川崎沒收，卻又遺落。疑英夫盜圖，被逮捕送回隊上。知道圖冊係弟弟所撿，英夫毀滅證物，再度逃亡。憲兵追捕，逃入川崎家見小雪，被川崎識破；再逃上冰川號，被發現，跳海死。後來，美軍轟炸，風間鶴尋訪川崎家，川崎傷重，死前叫出風間鶴阿姨的名字，始知與母親無關。一九四五年八月十五日日本投降。準備回鄉。風間鶴阿姨來找，誤以為是母親。阿姨說來日後，見川崎已娶妻，失望，得竹下勇雄之助並且求婚，所以留在日本。而風間鶴係她與川崎所生。風間鶴拒絕留下，毅然返臺。

（八）萬中原《孤島少年》

一九三七年十一月十三日，日本坦克車進入上海時，外商租借地區變成了「孤島」。此時，華光中學初一學生沈興的姊姊失蹤。他與同學季志祥、吳根法尋找姊姊。化名賈惠道的漢奸將姊姊送入百老匯大廈，為日人蹂躪，逃出後即服毒自殺。三人前往報仇，苦無接近大廈的機會。新學年上課，英文老師胡秉文同意汪精衛與日本求和的主張，被學生轟走。廣西南寧失陷時，代課老師張世瑜來，教唱愛國歌曲，傳播共產思想，並為新四軍勸募寒衣。三青團分隊長馮一山的讀書會，鼓吹成立「中華青年突擊隊」，暗殺漢奸。張世瑜反對此舉，

沈興等三人乃加入宣傳組，散發傳單，與便衣警察周旋。後來汪精衛上海本部（代稱七十六號），搜捕突擊團員，副隊長魏克被補，以參加「和平運動」來保持實力，並以共同對付共產黨為由而投降。此時沈興母親病倒，張找來醫生治療，缺藥費，乃建議推銷《上海周報》，卻被巡捕抓入拘留所。眾人用盡方法，都無法救出。女同學顧銘珍看出蹊蹺，指出班上同學許文超嫉妒沈興而動用關係加以陷害。張世瑜透過吳根法向原為英文老師的翻譯胡秉文求救。高喊打倒汪偽政權的魏克投降了，而贊成汪精衛作法的胡老師反而救了沈興；到底誰是好人？誰是壞人？一時難料。事後發現許文超舅父俞董事長就是傷害姊姊的仇人；第一度埋伏刺殺失敗，第二度由季志祥擔任殺手成功。季志祥被搜捕，準備逃往重慶，繼續抗日，邀沈興同往。沈興從張世瑜處得知國民黨腐敗，遂與季志祥分道揚鑣。此時馮一山亦投靠七十六號，要誘捕張世瑜，沈興乃與張同往蘇北參加新四軍。

（九）美國邁德特・狄楊（Meindert Dejong）原著、招貝華譯《六十個父親》

　　帶著三隻小鴨、一隻小豬的天寶，隨同父母親和妹妹，划著舢舨船逃過日軍的封鎖，來到湖北漢陽市。爸媽背著妹妹上岸找工作，留天寶在船上。金髮藍眼的美國飛行員出現，天寶以為是河神來臨。為了獲取酬勞，天寶冒險載美國飛行員渡河，來回兩趟，全賴美國人幫忙，才安全靠岸。父母責怪，要求好好看守船隻。第二天，舢舨卻被水流沖回老家。天寶棄船登岸，抱著小豬，沿河上行，找尋父母。途中，他忍飢耐苦，還幫忙掩護墜機的美國飛行員，躲過槍林彈雨。由於語言不通，他得費更大的力氣溝通意見。後來遇見游擊隊大鬍子，乃化妝潛回漢陽。沒想到漢陽已經失陷，城中居民驚惶失措。一個老太婆帶著他進入車站，擠上火車；日軍攻擊，司機陣亡，火車竟然又

退回車站，增加了許多驚險事蹟。火車在迂迴的山徑中，把天寶和籃子摔出；天寶攀上崖壁，精疲力竭。等醒來時，已輾轉送到美軍軍營，得到六十個轟炸部隊的飛行員，收養為義子。他才知道一直碰見的美國人是戰鬥機隊隊長漢森。他把握機會，請漢森用飛機載著他在逃難路線的上空尋找父母；終於在機場工地的土墩上，發現了母親。

（十）管家琪《小婉心》

出生於一九三三年的蕭婉心，從小與奶奶、大伯住在貴州遵義。七七事變那一年，才知道爸媽已從南京逃到重慶，吵著要去找媽媽。大伯是個「臭軍閥」，派了個大他十歲的勤務兵王大同照顧她。抗戰結束後，搭乘輪船，經過三斗坪、宜昌崇山峻嶺，到達廣闊無垠的江南。途中認識了男孩杜明，成為好友。回到南京的家，見到婉芳、招弟、允文、允武、雙雙、佳佳等六個弟妹。飯店吃飯時，被婉芳譏笑為土包子。擔心功課不好，爸爸要婉心重讀初一，與招弟同班。而大妹婉芳則單獨上私立教會學校。婉心覺得挫敗、委屈。帶著勤務兵王大同去上課，又遭遇同學非議。陌生的宋阿姨在巷口碰見，王大同認得她。媽媽的個性時冷時熱，開始疑心宋阿姨才是自己的親生母親。校園裡重遇杜明及其兄杜偉，帶著弟妹一同逛夫子廟，巧遇宋阿姨在賣芝麻糊。大伯知道此事，大聲責罵，幾個人哭成一團，王大同保護小姐們，遭到鞭打。餐桌上，只有爸爸和大伯有權利說話。他們談軍統局逮捕汪精衛的黨羽，冒充軍委的指揮官收刮錢財，也談到共軍破壞鐵路，以和談之名掩護攻勢。有一天，婉心餵雙胞胎妹妹感冒藥，卻把兩份藥餵在一人身上，被媽媽責備，懷疑不是媽媽親生的感覺更強了。杜明陪著訪問宋阿姨，直接問心中的疑惑。宋阿姨說，曾經是大伯的妻子，奶奶不喜歡她新疆的血統，被迫分手。回家後與媽媽面談，媽媽說，她是被爸爸強娶，沒有感情基礎。奶奶也討厭她，所以

婉心出生後，帶著婉心回到遵義，與大伯同住。對婉心的疏失，覺得
歉意。一九四八年徐蚌會戰，大伯陣亡，爸爸僥倖逃歸。宋阿姨得到
了噩耗，反而關心起奶奶的情形。次年四月，國民政府代表團前往北
京與中共談判破裂。除了生病在床的招弟以外，爸爸帶著一家人歷經
千辛萬苦，來到了臺灣。

（十一）何紫《童年的我・少年的我》

　　一九四一年何紫隨著家人自澳門逃抵香港；同年聖誕節，香港也
淪入日人之手。有三年八個月的時間，盟軍飛機轟炸，炸彈一排排掉
下來，像屙出來的蛋。父親在戰爭初期，經過日軍防疫站，被注射針
劑，回家後就病亡。母親拚命工作，換得米糧維生。作者沒人照料，
不曾躲過防空洞。每次空襲時，孤獨一個人躲在樓下汽車底，玩一個
汽水瓶蓋，直到警報解除。有一次，附近掉落七顆炸彈，僥倖都沒爆
炸，母親哭號著奔跑回來。日本投降後，母親錢袋裡的日本軍用鈔
票，變成了一堆廢紙。一九四五年八月二十日，香港光復。日軍瘋狂
的破壞家具，混亂的噪音，像是迎接勝利的「禮炮」。一群小友伴玩
在一起，一同做小工，但也有不幸死去的。超齡去上學讀書，與友伴
看耍猴戲，見義勇為，與地痞流氓發生衝突，還被抓到警察局。後來
轉入官立學校，得搭電車上學，路途遠，也就有機會跑遍整座香港
島。有次，在公園認識了花匠張伯，叫他乾伯，從他那兒發現了園藝
工作的樂趣，也享受了短暫的父親之愛。作者以第一人稱，回味童年
事件，雖然艱苦驚險，卻也記下許多「苦中作樂」的趣事。

二　不可磨滅的歷史事件

　　用小說的筆法，可以承擔敘述歷史的責任嗎？有一句說：「歷史

除了人名、地名是真的以外，其他的都是假的；而小說除了人名和地名是假的，其餘都是真的。」這句戲話，不見得正確；卻也表現出歷史與小說間微妙的關係。從上述的十一部小說，雖然透過作者們虛構捏造的故事情節，也間接描述了十一次抗日戰爭的歷史事實。這些描寫，都有以下的特性：

（一）戰爭災禍慘烈，遍及無辜

戰爭來臨，無論敵、我、軍、民，都會受害慘烈。日軍在中國大陸，一九三一年九一八事變、一九三二年的一二八事變、一九三七年的八一三閘北事變，日軍都曾經放火燒城！在《孤島少年》頁十五，有詳細的記載。同年稍早的蘆溝橋事變，日軍挾持強大砲火，擊敗中國守軍，為了消除抵抗力量，無論軍民一概轟炸射殺。《小英雄》書中，有好幾頁記載此事，也記下日軍凌虐「花姑娘」的事實。《小婉心》寫日軍空襲重慶，一個防空壕中窒息死亡千餘人；《日落》一書寫臺灣居民躲避美軍無情的轟炸；《童年》則描寫了香港受盟軍轟炸的景況；《臺灣小兵》一書，則把焦點轉到日本神奈川縣，看當地居民屋毀人亡，死於戰火的慘況。[3]

（二）日軍殘暴無情，令人髮指

日軍燒殺擄掠，是個不爭的事實。《石頭城》中，寫日軍違反聯合國規定，闖入難民區，肆意逮捕男女老少，可以與史書中的記載相呼應。[4]《六十個》書中，記載日軍進入漢陽，居民駕船逃命，被瘋

---

3 有關「臺灣小兵造飛機」的故事，日人勝尾金彌曾寫過，惜書未見。另有日人保坂治男著：《臺灣少年工──望鄉のハンマ丨》（東京都：ゆい書房，1993年12月初版）。國人王溪清寫過回憶錄〈八千臺灣少年工的異域血淚〉，在《中央日報》長河版，1995年5月6日至7日。

4 史實詳見《親華日軍南京大屠殺史料》（南京市：江蘇古籍出版社，1985年初版）；

狂掃射,寫得逼真;此與劉雨佳先生鄉野調查,在一九四三年春夏之
際,日軍為打通湖北宜昌縣與武漢之間的長江水路,攻擊南縣、華容
縣等地國軍第七十三軍一事,頗為貼近。從五月八日起到十一日,四
天之間,日軍南縣廠窖一帶,搜捕國軍,連帶殺害了老人、小孩、婦
女,有些甚至被剝皮、火焚、姦殺,共殘害一萬多名士兵與兩萬多名
百姓。

(三)時政弊端叢生,自取敗亡

　　俗語說:「物必自腐,而後蟲生」。中國所以遭遇蘇俄的分化、日
本的侵略,也是其來有自。先是鄉紳官宦魚肉鄉民,勾連外人;如
《雨花石》所載,鎮長陸金桂為了滿足個人私慾,甘為日寇馬前卒,
貧窮百姓只有反抗一途。軍閥的割據,奪人婦女、氣勢凌人,如《小
婉心》中,對父親和大伯的描寫。也有戰鬥中被俘後,為敵人以富貴
生活誘惑而變節,如《戰爭中》的隊長易軍。其次,國內政局的分
裂,汪系與蔣系、國民黨與共產黨對日態度不一;與日本入侵者,產
生了混亂的「四角關係」。因為主張「攘外必先安內」,演成西安事
變;因為國共暗中角力,對日抗戰變成了「次要問題」。這樣的矛盾
與迷失,在《孤島》中,出現了化名賈惠道的漢奸俞大榮、三青團分
隊長馮一山、副隊長魏克等反派角色。作者甚至借少年季志祥的父親
談新四軍事件,說:「兩黨因此動了刀槍,在大敵當前舉國抗日聲中
尚且如此,將來全國光復情況更可想而知。」(頁225)

(四)匪徒趁機作亂,劫掠同胞

　　大敵當前,時局混亂,剽悍者趁機掠奪一般百姓;弱肉強食,令

欲觀察戰爭遺物、照片、難民控訴及屍骸骷髏,可前往南京西側江東門「日軍侵華
紀念館」。

人髮指。借日人勢力欺壓百姓，自不用說了。像《寒梅》中小主角投宿客棧，為土匪洗劫；《小英雄》逃難山中，也遇到盜匪劫掠難民。災難來時，哪裡會有淨土？

三　作品主題表達的探討

在相同歷史背景中，作家們寫出了不同風貌的作品，此與作家本身閱歷、關懷課題，以及處理故事、用詞遣句的習慣，文筆風格與調子，都有密切的關係。故事結構不同，作品神采不同，才是讀者的福氣。有關抗日戰爭的各類作品很多，如蕭乾的報導文學《流民圖》、《燕蕩行》以及《血肉築成的滇緬路》，陳紀瀅的小說《荻村傳》、《華夏八年》，王藍的《藍與黑》，徐訏的《星星、月亮、太陽》，鹿橋的《未央歌》，但這些作品都以成人世界的角度來描寫，終究不適合少年朋友或親子閱讀。到底我們在「兒童文學」的世界裡，要怎樣呈現的抗日戰爭，才適合呢？以下有幾個問題，可供思考。

（一）如何描寫故事小主人翁？要不要讓小主人翁直接殺奸除惡？

抗日時期，全民動員，兒童加入戰鬥，也是必然的行為。所以賀宜的《野小鬼》，蘇蘇《小癩痢》、《小學徒》、《小漢奸》、《獄中寄弟書》、《一個主人的誕生》、《漢奸的兒子》，舒群《沒有祖國的孩子》，許幸之《小英雄》，仇重《海濱小戰士》，蒲鳳《兒童親衛隊》[5]，都讓孩子走上「戰場」。但戰爭已經結束了五十餘年，讓小主人翁現在還殺奸刃敵，違反了人格養成教育的原則，殘忍而且不切實際。基於

5　參見蔣風主編：《中國現代兒童文學史》（石家莊市：河北少年兒童出版社，1986年6月），頁231-270。

這樣的前提，《雨花石》、《石頭城》、《戰爭中》、《孤島》，不免沉溺於
過去殺敵的時光。

發揚崇武尚義的精神，是必要的；但必須植基在善良的天性、與
生俱來的正義感，才具有說服力。《小英雄》趙大膽危急中幫助自己
的同胞脫罪，臨時協助游擊隊完成任務；《六十個》的天寶協助金髮
藍眼的外國飛行員躲避日軍追殺。類近這樣的勇敢，也是可圈可點。

（二）如何表現壞人？寫敵人具有人性的一面，或甚至與敵人談戀愛，如何？

日軍拋妻別子遠來中國作戰，是不是他們自己的心願？他們會不
會也是受害者？年輕氣盛時在華犯下謀殺的罪嫌，而一輩子要站在日
本同胞面前，去講述自己的錯誤；譬如日本作家松谷美代子《閣樓裡
的祕密》寫下了日本七三一部隊軍醫赤沼英一的懺悔。[6] 如果我們在
作品中一味地責備，是不是也虧欠這些代表日本良知的人？

傅林統先生評《小英雄》，曾說：「這是一部沒有『壞人』的小
說，當漢奸的王老師最後冤情大白，成為英雄。就是萬惡的日寇如久
井大佐，也有抱著大膽兒照相柔和的一面；當戰爭結束遣返時，更回
首向這中國小孩揮手，表現了世上沒有絕對的壞人的道理，也凸顯了
作者在鼓舞愛國心之外，還有反戰思想的主題。[7]」

壞人有沒有人權？《戰爭中》的易隊長背叛了，出賣同志趙茹等
人，石小崗最後將他「正法」。他的妻子和三歲孩子小虎，為什麼要
擔負叛賊眷屬的罪名？

用對比的手法，來表現敵人之中有善有惡，是很好的構想。譬如

---

6 松谷美代子著，彭懿譯：《閣樓裡的祕密》（臺北市：小魯文化事業公司，1999年7
月）。

7 傅林統：《少年小說初探》（臺北市：富春文化事業公司，1994年9月），頁114。

《日落》一書，把日警寫成冷酷無情；日本老師則溫柔有愛心。決死隊員原憲治好戰殘暴，高橋弘一則有感情、肯助人，贏得女主角秋雲的芳心。設計思想言論與行為矛盾的策略，也頗有創意。如《孤島》中的英文老師胡秉文贊成汪精衛，卻勇於救助受難的學生；而三青團分隊長馮一山反對汪精衛，卻接受懷柔，變節為虐。讓讀者對人的品評善惡，有更深一層的思考。

（三）描寫戰爭，是要表現敵軍的可怕、戰爭的殘酷，還是要對敵人展開戰鬥，進行報復？

寫活敵軍殘暴、陰險、策略成功，脅制我們英勇而可憐的國軍。在悲慘的命運中，奮鬥、奉獻、犧牲，最後「有志竟成」，消滅了敵人。這樣「卑微」，似乎表現了極中國的「阿Q精神」。譬如《戰爭中》懂得心理戰的日人片岡大佐，在戰場上無往不利，直到石小崗奪走了叛徒易軍的生命，他突然想到死去的母親、等待他回家的妻子，他心裡在問：「我們為什麼要打這一場戰爭？戰爭最易使人驚醒，拿破崙早就說過中國是一個巨人，讓他睡吧，一旦醒來，他就會動搖世界！現在這場戰爭還將持續多久？雙方還將死傷多少人啊？如果光靠殺光、燒光來取得勝利，那麼一片焦土，人煙絕跡的勝利又有什麼意義？」（頁182）終止戰爭的方法，居然是靠著對方將領的「自覺」，多麼阿Q啊！另有《日落》，作者不斷地幫助主角陳家榮神奇的穿越各種場面，展開與敵人的戰鬥，進行報復，完成許多「不可能的任務」。這也是過分誇張主角的能力。血腥爭戰的場面描寫，並不是「兒童文學」中的主要目的，作者應該避免「隨心所欲」！

（四）如果戰爭故事只是複線結構之一？

單純寫戰爭故事，可能太乏味了。如果能控制篇幅，小題大作，

也會有很好的成績。《六十個》的架構精簡,天寶隨船流散,努力走回漢陽尋找父母,得到許多人士幫助,六十個轟炸隊員願意當他的爸爸們,終於找到母親。戰爭的描摹、難民逃難的過程栩栩如畫。《戰爭中》則寫石小崗加入戰鬥行列,另一線寫緝拿叛徒的情報活動,寫易軍的變節偷生;《小英雄》寫鎮民團結渡過戰爭的災難,另一線寫游擊隊的對日作戰。只要故事兩線在同樣的基調上,並不會唐突。

《日落》寫小老百姓抗敵,另線寫秋雲與日人高橋、鄰居大哥陳家榮的愛情,有些「文藝腔」。《臺灣小兵》寫臺灣小兵赴日本造飛機,吉田英夫追逐愛情而迷失,又因設計圖事件逃亡而橫死;另線寫風間鶴發現親生父母親的故事。在敘事觀點上,不易處理;太多男女情感故事,也造成「製造飛機」的背景薄弱。

從表面上看,《孤島》是一篇戰鬥慘烈的故事。故事裡夾雜國共爭紛與校園三角戀愛的情節。前者與戰爭尚有關連,後者一如古代的「才子佳人」濫觴,許文超為漢奸俞大榮外甥,追班上女生顧銘珍,嫉妒沈興,嗾使大舅加害沈興;直如古代驕橫的宰相之子,傷害了忠良,並且強奪民女。減弱了抗日故事的張力。

(五)尋找宗教的悲憫

殘酷的戰爭,是否能尋找宗教的安慰?《日落》中,孩子們被迫去祭拜北投神社所供奉的北白川宮能久親王;可以說日軍有意的誘導臺籍小孩接受日本的神祇。《六十個》中,天寶看見金髮藍眼睛高大的美軍,以為是河神,不由自主的獻上小豬;民間信仰的痕跡仍在。《童年我》在轟炸後,母親找到他時,不停地說「阿彌陀佛」;孩子在日後想起七顆未爆彈,是小天使飛過時接下來的。這也可以看出香港地區兩代間似乎有了不同的信仰。進香拜佛可以保平安,年輕人不這麼想,《石頭城》大強覺得觀世音菩薩沒有保佑媽媽,以致於被炸

傷;媽媽卻認為,要是沒有拜觀音,早就炸死了。在我們的社會裡,宗教信仰的力量何等單薄。唯一的表現宗教力量的是《小英雄》,教會牧師協助鎮民逃過戰爭蹂躪,堅忍的毅力,比口談的宗教傳播,巧妙的表現悲憫之情。

在國外少年小說之作,比較會表現宗教信仰的一面。如法裔美國人柯萊麗所著《二十個孩子的祕密》[8],故事背景設在一九四四年,法國十個孩子寄宿山上修道院,躲避戰火。他們幫助賈修女掩藏新來的十個猶太籍小孩。德軍兩度前來搜查,用橘子、巧克力來誘惑孩子們招供。四歲的小毅供說,有三個猶太小孩。一個是約瑟,一個是瑪麗,一個是他自己耶穌;原來他還沈溺在《出埃及記》的想像故事中。在無情無理的戰爭下,宗教是最好的安慰。

四 結論:期許以抗日戰爭為題的作品

下結論之前,有一部美國史蒂芬史匹柏拍攝的電影《太陽帝國》[9],有不吐不快之憾。這部影片開始於一九四一年十二月「珍珠港事變」前夕,一對英國富商夫妻帶著兒子吉姆參加化裝舞會。吉姆沈迷於各種飛機,在庭院外玩滑翔機,撞見了全副武裝的日本軍隊。父親感到局勢已壞,準備次晨搭船離去。未料是夜日軍發砲進攻上海停戰區。難民潮中,失去了代步的汽車,為了撿拾飛機模型,吉姆又

---

8 柯萊麗(Claire Huchet Bishop)著,張劍鳴譯:《二十個孩子的祕密》(臺北市:國語日報,1975年12月)。

9 美國史蒂芬史匹柏(Steven Spielberg)得自英國作家貝勒(J. G. Ballard)一九八四年所寫《太陽帝國》(*Empire of the Sun*),並請英國編劇家湯姆史塔波(Tom Stoppard)改編為劇本,一九八七年前往上海拍攝此片。又Philip M. Taylor原著,蘇千玲譯:《大導演史蒂芬史匹柏》(臺北市:方智出版社,1997年1月),頁181,書中所載《太陽帝國》本事,頗為離譜。

被人潮衝散，回到已被僕人洗劫一空的家中。食物吃盡，吉姆騎自行車到市集向日軍投降，卻沒有人受理。有一個中國小孩打劫他，搶去了鞋子。狼狽的吉姆遇見兩名發災難財的美國人，變賣他不成，打算把他丟棄。他建議兩人前往家中附近搜刮財物，結果被佔據家中的日軍俘獲，送入集中營。歷經千辛萬苦，他學會許多生存法則，爭取遷移到蘇州集中營的機會。環境惡劣，但他善良的本質不斷地幫助老弱婦孺，得到醫生讚賞，要他留在醫院幫忙，並教他讀書。一個日本孩子從鐵絲柵欄外射進一架滑翔機，他幫忙投回，贏得了友誼。有一天，他接近一架修理中的飛機，日軍大佐連忙舉槍，卻見他向三名飛行員致敬禮，被他反常的行徑搞糊塗了。又有一天，美軍轟炸過後，日軍大佐率眾來俘虜營報復，醫生阻攔挨了毒打，吉姆機智地敲碎窗玻璃，然後跪地用日語向大佐求饒。又有一天，俘虜們騙他鑽出鐵絲網，去抓野雞；事實上是試探逃亡之路。大佐發現有異，追蹤而出，眼看著要舉槍射擊，日本孩子用滑翔機引開大佐，大佐也藉機饒了吉姆一命。當他回到營內，接受英雄式的致敬，搬進美國軍官宿舍。瘋狂錯亂的事還沒完呢！日軍舉行自殺機飛行員送別儀式，唱著日本軍歌；吉姆也跟著行禮，唱著慷慨的英文歌。歌聲如中國民謠，又如基督聖歌，悲壯淒涼，那個日軍大佐仍然在後頭驚訝地看著。該來的總該來，美軍開始轟炸機場，連帶著集中營。吉姆發現美軍軍機，大叫空中的凱迪拉克，登上高樓呼叫，被醫生搶救下來。集中營殘破不堪，日軍強迫俘虜離營避難，走進一座公園，擺滿日軍擄掠來的珍寶器物。珍寶再多，還是救不了螻蟻性命。吉姆要病重的維多利亞太太裝死，免去遷徙之苦；第二天早晨，發現維多利亞太太已死，而天際忽然一片亮光，以為天使來接引。吉姆瀕死，撿到美軍空投的食物；自己一人再回到集中營，與日本男孩重遇，日本男孩拿刀子要切開果子，卻被誤殺。至此，他完全唾棄了那兩個教他「生存哲學」的美國

人。他隨著前來接收的美國軍隊，輾轉回到父母跟前。電影結束於吳淞江口一個吉姆丟棄的皮箱上，隨波漂浮，這是吉姆的記憶，也是太陽帝國的一個夢幻泡影。悲愴的主題曲，縈繞耳際，遲遲不能忘懷。

以一個外國人對日本入侵中國的故事，能處理成三個小時多的影片；還將拍攝的過程記錄下來，長達四十五分鐘。小主人翁吉姆迷戀零式戰鬥機，激賞日人的武力，表現崇武的精神；在集中營中，把搶得食物分給老弱婦孺，不放棄對死者人工呼吸，為了醫生向日軍大佐跪地求饒，有仁愛、尚義的精神。兩國激戰時，他對自己的處境完全迷糊了，歇斯底里的吼叫。戰爭，怎麼會凌虐這樣的小孩？當吉姆向敢死隊員致敬時，他對那死生以之的精神，是崇敬還是悲憫？當吉姆為日本孩子死亡而憤怒，他是不是對生命受到無情的摧折而呼號？當食物從天而降，聖樂響起，所有的悲情是否可以至此結束？天際忽然閃現的亮光，不是天使接引，而是廣島日本人死亡的宣告，是不是作者對美軍空投原子彈的控訴？千百個吶喊，都為了人類良知的發現。

抗日戰爭的少年小說，要不要繼續寫下去？五、六十年前的戰爭受害者，還有多少的記憶，可以寫下來？現代作家沒有直接的經驗，反而可以透過「漫漶歷史」（Palimpsest History）的角度，進入更清明小說世界[10]。對於企圖選用抗日戰爭為題的作者，還有以下的忠告。

（一）關於寫作的目的

1. 描寫對日抗戰，絕對不是要對日本人進行報復，而是要小讀者理解戰爭所帶來的災害。

傅林統先生說，《老郵差與小英雄》的作者藉著小說中的人物，引導讀者思考一個問題——為什麼會有戰爭？趙映雪女士在《六十個

---

10 有關「漫漶歷史」（Palimpsest History）的小說理論，參見南方朔：〈小說與歷史的魔幻關係〉，《中國時報》開卷版，1992年10月2日。

父親》的導讀中，說：「如果戰場上的孩子必須沒有條件的適應這種
日子，太平之下的孩子便沒有理由不能在書上去面對這段歷史。畢竟
戰爭永遠無法仁慈，屠殺、入侵的事實，也永遠不是書本上的修飾就
可以遺忘的。」讓孩子認識戰爭的本質，才會懂得避免戰爭。

2. 為了炎黃子孫，大膽說出我們心中的悲傷。

嚴歌苓先生談到猶太民族時，他說：「猶太民族數十年來嘔心瀝
血，以詳盡的宣傳、報導來雪恥對他們民族的大屠殺，出版了無數的
紀錄片、故事片，寫進了各種教科書。猶太人這種對自己民族及人類
負責任的態度，從此終止了有史以來世界對猶太民族的公然歧視。」
為了炎黃子孫，為了全人類，記取這場侵略戰爭，有絕對的意義。由
日本野阪昭如著作、宮奇駿繪製的動畫卡通影片《螢火蟲之墓》，也
是傳述相同的理念。嚴歌苓還引述杜圖大主教（Desmond M. Tutu）
的序言，說：「報復並不是《Rape》一書作者們的企圖，一切追究的
終結是出於那心願──和解，這就是書中不見以牙還牙的情感煽動和
民族主義的召喚。」[11]從了解真相，達到原諒，達到和解；這是所有
有良知的人類，樂見的結果。

3. 所謂和解，不是建立在現實的政治利益上。

所謂了解，是自我了解，而不是要日本人「了解」。兩岸至今仍
在角力狀態，與日本形成詭異的「三角關係」；自己人都不能和解、
了解，怎麼有可能尋求日本人和解、了解？

（二）關於寫作切入的角度

1. 一如向陽之花，除了光明、正直與愛，還有什麼值得歌頌的？
2. 要有更大的寬容，包容歧見，容許犯錯，讚美悔改。

---

11 嚴歌苓：〈從Rape一詞開始的聯想〉，《中央日報》副刊，1997年12月12日。

3. 故事中沒有絕對的壞人。世上可以人心險惡、可以好逸惡勞，但在少年小說的國度裡，只懂得盡其在我，追求大同世界的美好。

4. 宗教的悲憫情懷，可以使民族的生命力更加有韌度。但如果在特定的「主義」指導之下，是找不到人性尊嚴的。

5. 故事中任何一個小人物，只要努力過的，都是我們所崇敬的對象。

6. 從對抗、復仇、寬容到悲憫，是條明顯的大道，有什麼好遲疑呢？

——《兒童文學家》季刊第23期（1997年12月），頁18-33。

順從、反叛與互諒
——校園生活小說的探索

一 先「逃學」一下

　　小學四年級的時候，學校帶我們集體去戲院，看一部名叫《野玫瑰》的電影。我把兩隻腿插在二樓欄杆上，快樂地擺盪，嚇死了級任導師。那部電影以維也納兒童合唱團為背景，描寫一個孤苦無依的孩子，被其他團員疑為小偷，逃到郊野，昏死河邊。看到悲慘之處，我哭得一塌糊塗，讓導師又嚇了一跳！那場電影，對其他的同學可能過眼便忘，可是卻永遠陪著我走上多愁善感的人生旅途！

　　電影可以帶來許多快樂的想像！像華德狄斯奈「彩色世界」系列電影，有一部《黑色的禮拜五》，母女相互抱怨不了解對方的苦衷，上帝幫個大忙，讓母親變成女兒身，到學校去上課，結果毀了電動打字教室，曝光了所有沖洗中的膠卷底片；上曲棍球課時，又被敵隊惡意的推打傷害。這下，媽媽知道了孩子在學校的學習，也是有點「難度」！至於女兒借用媽媽的身體，當了一天家庭主婦，也嚐盡苦頭！幫人思考的作品也有許多，像羅賓威廉斯主演的《春風化雨》，英文原名是《死‧詩人‧社會》，講教育理念，對於剛進高中或大學的孩子，有很強烈的啟示性！又如馬丁布雷斯特製片導演的《女人香》，描述貝爾德貴族學校的學生捉弄校長及其愛車，而故事中小主人翁理查西門被迫去糾舉同學；深入地探討忠誠與正義，真叫人盪氣迴腸。

　　讀小說也是很有趣的。讀過《魯賓遜漂流記》，魯賓遜從食人族

手上救下黑人禮拜五，兩個人共同生活學習。看《小木偶奇遇記》，知道說謊就會長長鼻子，逃學嬉鬧，會變成小驢子。長大些，讀了托爾斯泰《幼年・少年・青年》，很嚮往考取學校之後，可以買包煙草、拿根煙斗，上閣樓去讀書；收到紅色的成績單，也只有上閣樓懺悔。不過，最讓我感動的是羅曼羅蘭的《約翰克里斯朵夫》，學習、奮鬥、為多數人類而努力；為我呈現了人生努力的目標。

既然看電影、讀小說都很有趣，為什麼不讓孩子多接觸呢？我下定了決心，在我長大之後，一定要把小說、電影編入課程，讓孩子在上學的時候，也享受到看電影、讀小說的樂趣。

二　校園生活的重大使命

到學校讀書，要努力學習、乖巧、聽話！當家長的或許會這樣叮嚀，師長們也難免反覆嘮叨。這可不是現在才有的現象，一八六六年義大利亞米契斯發表《愛的教育》[1]，就帶有濃厚的教訓意味。老師要求學生用功、守規矩，學生顫抖地請求老師饒恕；在那講求威權的時代，見怪不怪！這本書在國內少說有二十家出版社翻譯出版。何以「樣板」的校園日記體小說，沿襲英國寄居學校生的題材，用理想主義的精神，探討嚴肅的人生問題，而能受到歡迎？要歸功於原作者個人熱情魅力、優美的文筆，以及合乎「教育宗旨」，所以廣受社會大眾認同。

類近這樣的題材，無非傳述一個觀念：孩子，相信我，人間最重大的責任是追求美德！但隨著時代變革，威權漸漸解體，要是口氣不

---

[1] 義大利亞米契斯著，夏丏尊譯：《愛的教育》（臺北市：臺灣開明書店，1953年臺1版）。此書譯本頗多，其中輔大義大利文系主任康華倫審訂，臺北市：希代，1996年5月，自云「珍藏完整版」。

改，恐怕難有讀者信服。學校寄宿生活的型態改變，受教育變成國民應盡的義務，通學生也佔了多數，所謂校園小說也不會只以「校園」為景；家庭的成員與事故、社會價值觀點的歧異，使單純的學校生活，增添了許多變數。故事的背景，可以拉到戶外，甚至國外，使故事色彩更加豐富絢爛。

據大陸學者孫建江說：「五十年代中後期至七十年代中後期，人們一窩蜂地湧向了最現成的學校生活題材。久而久之，『兒童生活』變成了『學校生活』，『學校生活』便成了兒童文學題材的代名詞。」[2]他們選擇了『即時、眼前』的時空問題，雖不免有題材狹隘之嫌，卻也成了寫作重點。在臺灣，校園小說並未盛行，卻也呈現另外的一種風貌。

三　艱苦環境中的好孩子

艱苦環境、克難生活，是臺灣從光復以來，一直到民國六十年左右的寫照。為了體恤大人們的艱辛，孩子們都是咬緊牙根，默默地努力，做個好孩子。

林鍾隆《阿輝的心》首開先例，阿輝父親早逝，母親要去臺北幫傭，將他寄養舅舅家中。舅舅偏心，讓他和長工石金睡牛欄旁草寮。自己的孩子阿海補習，卻不准阿輝參加。老師疼惜阿輝，免費讓阿輝來補習，舅舅也以家務繁忙，禁止留校。阿輝媽媽寄回的生活及補習費用，一概吞沒。但阿輝仍然保持優異成績，在班上表現傑出，讓同班的水牛懷恨在心，百般奚落、恥笑。阿輝不改本性，努力要讓水牛

2　孫建江：《二十世紀中國兒童文學導論》（南京市：江蘇少年兒童出版社，1995年2月）。

接受他。終於在舅舅要他做偽證，阿輝向警方說實話，並請求不要懲罰舅舅、舅媽，一個人上臺北找母親去了。故事雖著墨於阿輝的心理成長，卻有長篇的校園生活做背景。

張彥勳《兩根草》接著問世，十三歲的女孩王黎明父親肺病死，母親病弱，得幫忙照顧五歲的弟弟文華。伍老師免費讓他參加補習。後來母親死了，兩人投靠舅舅。舅媽小心眼，虐待他們姊弟。遲了一年之後，黎明還是考上了師專，寄宿學校。平常兼抄寫工作，前後賺得十元，被老師、同學誤為偷竊贓款，幸虧真相大白，也得到同學的讚美。返家探望弟弟，弟弟卻車禍住院，伍老師見報寫信來慰問。舅媽悔懺，黎明一如往昔孝順舅父母。

這樣的故事不乏，二十幾年後應平書依照十大傑出女青年張莉莉的成長經歷，寫了《苦女淚影》。爸爸不曾拿錢回家，還用了母親的人頭，讓母親違反票據法而坐牢。母親因養不活四個孩子，離家出走。莉莉等人被送入育幼院，得湯院長、王警員及學校的魏老師幫助，過正常生活。同學中有相愛相惜的，有也自恃父親是董事長的混小子找麻煩。有一天混小子被歹徒綁票，幸虧莉莉機智，協助警察救回了人質。到了畢業時刻，莉莉在升學道路前徘徊，不過，她決定無論如何都要做個堂堂正正的人。這樣的小說，到底屬於「理想主義」，還是「浪漫主義」？

情節浪漫一點的，還有曾妙容的《飛向藍天》，六十五年洪建全得獎作品。她藉著林老師來到霧裡國小任職，觀察養女白麗荷的奮鬥史。涂氏基金會代表孟女士來學校資助貧窮家庭子女，才知道孟女士是白麗荷的生母。後來還找到妹妹麗玲，母女三人團圓。

在那個時代還是有世情冷暖，父親盡不了責，母親承受重擔，親戚不能體恤，孩子被迫提前成熟。幸有社會及學校人士伸出援手，幫助小主人翁。故事多半表現了讀書求學的困難，「補習」變成學習的

必經手段。整個基調溫情感人，不過情節安排，疑竇重重；反派角色的設計，動機及行為都極為幼稚，不能讓人信服。

四　頑童歷險、反叛與成長

提到頑童，非馬克吐溫的《頑童歷險記》中的湯姆索亞、《赫克流浪記》中的赫克莫屬。校園裡頑童也多著呢！張之路《懲罰》一書中，就有許多例子。如〈題王許威武〉一篇，宿小羽拚命要得到許老師的「賞識」，遲遲不能如願。最後盜取考題時失風，許老師准他看完考卷才離開。考試那一刻，宿小羽交了白卷，許老師也給他一個大鴨蛋；可是在畢業考時，宿小羽考了滿分，同時也放棄升學，去做他喜歡的篆刻學徒去了。宿小羽能夠拋掉對考試制度的依戀，走了自己應走的路。葛冰的〈毋忘我〉，寫一群學生搭火車離家去參加海濱夏令營。遇見胸前別有毋忘我淡藍小花的女孩，同學笑鬧間相互戲弄，才驚覺那女孩是個瞎子，悔恨之情油然而生。李潼〈鐵橋下的鰻魚和水蛇〉，寫四個胖子同學逃脫學校強迫的「減肥訓練」，躲到鐵橋旁水塘，遇見斷臂少年，經過總總事件，了解不可逃避自己的內心缺點，身材的肥胖就不算什麼了。

回味童年往事的作品有嶺月《老三甲的故事》，留下臺灣光復時歡樂的一群女同學的記憶。而林少雯的《彩虹妹妹》，淘氣的表現了四、五〇年代小學生的故事。柯錦鋒《小班頭的天空》、白寶貴《金色童年》、蔡宜容《晉晉的四年仁班》，描寫現代兒童在學與家庭中的故事，幽默有趣，有現代感，但少了震撼性的啟示。

像這類的小說，小主人翁原先頑皮搗蛋，不知輕重，在故事中有了成長的機會，成為懂事的孩子，不是具有成長性嗎？

五　反叛混濁的社會

　　貧寒的農村社會，給小主人翁磨鍊的機會；而快速進步的工商社會又能給什麼？張之路筆下就給了我們訊息！把寫電影劇本的本領融入小說、童話中，是他的專長。《帶電的貝貝》有魔術幻想般的情節，也有「科學」基礎，可解釋貝貝有特異功能、靜電現象，或孩子的個性難纏。書中陳述著社會眾人的壓力：喬醫師渴望一千次接生無誤、奶奶擔心單傳家庭、劉長的同事間專門愛比孩子高低、楊爸擔心薇薇缺少社會競爭力，每次考試都要求薇薇考第一名，而科學家害怕發明輸給世界各國，所以貝貝和薇薇在學校生活，都得負擔許多壓力。

　　《第三軍團》題材震撼，寫作技巧高明。張之路設計一個渾然天成的表述程序，述說大時代的故事，文革後的傷殘，以及萌芽中的新機，其中串結三代間十幾個人的故事。故事從華曉師範學校畢業，到輔民中學報到開始，奉顧校長之命，做一個臥底的冒牌學生，偵查學生之間是否組織幫派。過程中驚險萬分，轉折離奇。在剛毅木訥、執守正道的氣氛中，表現出少年嫉惡如仇的天性。而顧校長發現真相之後，不追究華曉的匿報，原諒涉案的同學，並且自請處分，提早辦理退休，也有長者柔和的深情愛意。在失序的現代社會，追求不變的公理正義，面對教育的根本問題，大膽揭露，並指出改進的方法，表現了作者的理想主義。

　　張微的《霧鎖桃李》，反映了考試與獎勵制度下，對臨北中學校長、老師、學生造成的的壓力，人的尊嚴與生活的樂趣被犧牲了，故事結束在畢業的前夕，同學們一同去埋葬所有的「複習資料」[3]。能

3　張微：《霧鎖桃李》（南京市：江蘇少年兒童出版社，1989年11月）。收在「中華當代少年文學叢書」，以下張之路《坎坷學校》、秦文君《孤女俱樂部》均屬此叢書中，不另註出。

向承襲日久的社會價值觀宣戰，也說出青少年共有的苦悶，作者的用心是值得讚佩的！

張之路另有《坎坷學校》一作，是以小說與劇本的形式，交叉呈現，利用「戲中戲」的穿插，使故事真假難分。全書節奏緊湊：一群學生在暑假中，參加電影拍製，挑選演員、過團體生活、換女主角。後來因為票房考量的緣故，出資的商人介入，主戲被改得支離破碎，面目全非，變成了「暗殺學校」。演員遭遣散。等看到毛片時，這些被遣散的小演員們決定「鑽石項鍊計畫」，找了許多長輩幫忙，保留戲中的精華，要求評審先生在評審時也看一遍，作者提出了一些看法：（一）學童品格養成須經磨鍊、參與社會、看重自我而得。（二）對庸俗文化表示厭惡。（三）對小說與劇本的寫作，提供初步認識。小讀者長大後，對庸俗作品會懂得批判，無形中可以達成社會文化的改造。

《霧鎖桃李》、《坎坷學校》等書有這麼好的寫作技巧與主題呈現，何以國內未有出版社洽商印行？或許是書中情節的描繪，在不同的社會文化背景下，無法「照單全收」；更可能是國人對假平等的考試制度，以及部份腐敗的社會價值觀，批判的態度大有不同。像張大春《大頭春的生活週記》、《我妹妹》，他以「風涼」的口吻來諷刺當今教育制度與社會風氣，讓讀者讀後大表「痛快」，卻不是少年小說寫作的正途。又如王淑芬《新生鮮事多》、《二年孫悟空》，對家長、孩子、老師、校長之間相互影響的「校園生態」，有極深刻的描寫；但在文體形式上，也不能算是少年小說。要拿出好的校園小說，來追求教育良知與人文關懷，恐怕還須一段努力的時間。

六 建立師生互信互諒的校園空間

現今少年朋友，面臨貧苦失學的機會，是大大的減少了！但是對於「父母失和」或「單親家庭」，在比例上有明顯地增加。個人心理成長的調適，如兩性交往、性的幻想、同儕友誼、聯考的壓力、人生前途的瞻望等等，都需要有人幫忙抒解。管家琪《珍珠奶茶的誘惑》，有好幾篇涉及師生、男女同學的相處故事，說出年輕人的心聲。

其實，師生之間的問題，都是學生犯錯嗎？必然不是！張之路的《空箱子》、《懲罰》兩書，描述老師「知過能改」的勇氣，像〈懲罰〉一文，導師要同學戒煙，自己卻犯了忌，在公園裡抽菸。學生設計弄到了煙盒，他勇敢的承認錯誤，把自己名字登錄在懲戒牌上。又如〈臨窗的樹〉，王老師發現他的鐵血政策，傷害到了稚弱的孩子，內心悔恨交織。人非聖賢，孰能無過？能用互信互諒的態度，才能建立良好的師生關係，創造和諧的校園生活。

在少年小說作品中，間接涉及校園生活還有很多。如李潼《再見天人菊》，以鄉土情懷為主題，但寫陳亦雄返鄉，赴二十年前師生間共同的盟約。雖曾把場景拉到臺北、加拿大，也把時間加長二十年，讓師生情誼充份的發酵醞釀，而變成感人的「詩篇」。又如王淑芬的《巨人阿輝》，對於孩童在學校生活因身高引起的困擾，有生動的描述。再如秦文君的《孤女俱樂部》、《男生賈里》、《女生賈梅》，穿插著學校與家庭生活，有溫馨感人的情調，也有很成功的對映設計。

如果要談狹義的「校園生活小說」，傅林統校長特別推薦德國凱斯多納《會飛的教室》[4]，無論寫作技巧與精神，都可供參考。但如果書中偶涉及校園生活的，相信在一般的少年小說中，都很容讀到。

4　傅林統：《少年小說初探》（臺北市：富春文化事業公司，1994年9月）。

終究孩子是離不開學校的，只不過許多題材「逃了學」，跑到學校外圍遊蕩去了。

　　——原刊於馬景賢主編：《認識少年小說》（臺北市：天衛文化圖書公司，1996年11月），頁126-140。

減枷成佳家
——從少年小說中談父子親情的建立

　　誠如英國狄更斯（CharlesDickens, 1821-1970）所說：「這是一個最好的時代，也是最壞的時代。」在社會開放、經濟自由的時刻，同時也埋下了競爭劇烈、混亂失序、盲動不安的因子。做父親的為獲取更大利益，往往犧牲了家庭生活，朝出晚歸，或者前往大陸經商，經年半載不見家人。做孩子的則被要求讀書考試，取得高學歷，以便在下一輪的競爭行列裡輕鬆地脫穎而出；或者被放任在電玩與嬉鬧之間，孤獨地出入空盪盪的家中。也有父母共同前往大陸工作，為孩子找個菲庸陪伴，還可以教孩子菲律賓式的英文，省下英文補習費用。這是什麼世界？父子之間的關係，變得如此冷漠無情？家庭的溫暖，都得建立在物質的基礎上嗎？

一　父親因故在子女成長的過程中嚴重地缺席

　　貧窮不是罪惡，但貧窮的環境中，卻會帶來許多不必要的折磨。林鍾隆《阿輝的心》[1]是國內第一部少年小說，他寫阿輝的父親過世，母親為了改善生活而到臺北幫傭，把阿輝寄養在舅舅家中。貪婪的舅舅、舅媽苛扣母親寄回的生活費用，連老師不收費用的課後補習也不准參加。百般折磨後，阿輝投奔臺北的母親。張彥勳的《兩根

1　林鍾隆：《阿輝的心》（臺北市：富春文化事業公司，1999年9月）。

草》[2]，寫十三歲的女兒黎明，父母很早就去世。舅媽不歡迎他們姊弟，幸好舅舅暗中幫忙。黎明很努力，考上公費師範學校，課暇以抄寫工作賺錢。因為存了錢，在宿舍裡被誤會為小偷。後來真相大白，買了禮物回去看弟弟，弟弟反而被車子撞傷，住進醫院。姊弟倆的親情表現，讓舅媽心軟了而接受他們。另有施翠峰《歸燕》[3]一作，寫流浪兒許月霞得到張老師收容，又在記者王東洲的幫助下，揭發竊盜集團，並且與母親團圓。這三篇早期的少年小說，父親都「因故缺席」。孩子受到許多莫名的壓抑與委屈，也是無處可訴。

施翠峰後來又寫了《養子淚》[4]。故事中的小主角林茂生為親阿姨收養，後來阿姨病逝，養父繼娶，被繼母虐待。隻身逃往臺北找到貧病交加的母親。忽然南洋戰爭失蹤的父親僥倖歸來，全家因此團圓，並且協助林茂生從竊盜集團中掙脫。同時期的謝冰瑩撰有《小冬流浪記》[5]，寫汪小冬被繼母虐待，幾番逃家，人口販賣集團誘拐，幸得育幼院院長的幫助，而走回正途，順利升學。父親因為「戰爭失蹤」或「寵信後妻」，在子女成長的過程中，嚴重地缺席。我們當然可以從文學作品成熟的過程，指出這些小說受到了外國的《苦兒流浪記》、《孤女飄零記》、《湯姆歷險記》[6]等影響；也不免套用童話故事中的「後母情結」，來增加情節的波折。但從整篇故事的發展，我們還是可以窺見傳統的貧窮的社會，親友之情何等磽薄，孩子們渴求成

2　張彥勳：《兩根草》（臺北市：富春文化事業公司，2000年3月）。

3　施翠峰：《歸燕》（臺北市：青文出版社，1966年）。

4　施翠峰：《養子淚》（臺北市：青文出版社，1966年）。

5　謝冰瑩：《小冬流浪記》（臺北市：國語日報社，1962年11月）。

6　（法）愛克脫麥羅著，天笑生原譯：《苦兒流浪記》（臺北市：臺灣商務印書館，1978年6月）。（英）夏羅德布倫忒著，伍光建譯：《孤女飄零記》（臺北市：臺灣商務印書館，1977年11月）。（美）馬克吐溫：《湯姆歷險記》（臺北市：希代出版社，1999年9月）。

長的願望，因為父親缺席，而只能依賴遠地工作的母親，作為感情憑藉，又何等無奈？

二　辛勤努力的爸爸與頑皮自在的小孩

在貧苦的生活環境中，有沒有爸爸辛勤努力而照顧自己的家庭？當然也有！像林立《山裡的日子》[7]，國小六年級的何建三生活快樂，每天忙著釣蝦、捕魚、抓鳥。有一天爸爸生病了，他焦慮、哭泣，奔跑整個晚上，找醫師、買藥，他很害怕從此失去爸爸。畢業後，爸爸希望阿三到城裡繼續升學；阿三也樂意，因為他了解到讀書學醫，將來才可以回到村裡幫助鄉民。林敏惠的《團圞月》[8]，寫爸爸病癒，決定到「中興號」船上擔任電訊員的工作。安安和五歲的弟弟堯堯在村子裡玩耍，被迫與仗勢欺人的船東兒子做各項競賽。不久，強烈颱風來襲，中興號失去音訊，全村的人非常焦慮。船東的附屬工廠被迫停工，債務人登門討債，幸得警察解圍。船東之子嚐到了家境困難，因而悔改，向安安道歉，並成為好朋友。中秋節的前一天，中興號脫險歸來，闔家得以團圓。陳亞南《綠色的雲》[9]，則塑造十二歲的卡發與三個弟妹隨爸媽在山中生活。爸外出打獵，卻發生山洪暴發，被困山頂小洞，靠著小米餅充饑。山洪退後，媽決心在爸回來前重建屋子，卡發負責照顧弟妹。又有一次，爸爸意外墜入山谷。救起爸爸，艱困地走過崎嶇的山路，送往醫院。病癒，爸爸和卡發等人參加公路探勘隊，以便開闢道路，協助村民改善交通。上述的三篇小說，都出現在洪建全兒童文學獎少年小說徵文中，說明了當年

7　林立：《山裡的日子》（臺北市：書評書目雜誌社，1982年5月）。

8　林敏惠：《團圞月》（臺北市：書評書目雜誌社，1982年4月）。

9　陳亞南：《綠色的雲》（臺北市：書評書目雜誌社，1982年4月）。

少年小說寫作的一般模式，但也有相當大的程度反映當時的社會狀況，故事中頑皮自在的小孩在爸爸生病時，察覺了爸爸的辛勤努力，心裡頭也非常害怕失去生活的支柱。

曾妙容《春天來到嘉和鎮》[10]，表現了相同的主題，她利用多組人物來寫理想漁村村民互動的「大家庭」，溫馨感人。林董事長為了失明的女兒，建造「春暉園」，來照顧社會上的孤兒。哲基的爸爸為了家庭生活，辭去船務，而到林班工作。鄭奮求因為父親當了乩童，引以為恥；可是當父親生病時，他努力營救，盡釋前嫌。父親能為子女放棄名位、金錢，或更進一步「愛屋及烏」，照顧到他人的孩子；而子女能在意外的危難中，發現父親，感念辛勞，並且學到了為家庭犧牲奉獻的精神，何等感人！從某個角度來說，這是作者的「烏托邦」理想；但從人性與家庭倫理的追求，未始不是一個有意義的試探。

三 忙碌而暴躁的爸爸與緊張無助的小孩

隨著社會的腳步加快，身為一家之主爸爸辛苦地工作，脾氣變得暴躁易怒，缺乏耐性，孩子感染到這種氣氛，也顯得緊張無助。陳玉珠的《玻璃鳥》[11]，刻畫了這樣的情景。暑假開始，王伯卿打算學八段錦、書法、游泳、溜冰，因為飲食店中伙計辭職，父親命令幫忙。心中已有不悅，忙亂中，又將湯麵翻倒，被父親大聲斥責。他記起老祖母說他是撿回來的小孩，又以為方巾和玻璃鳥是他被收養時的信物，所以拿著玻璃鳥到臺南尋親。後來遇見舊時鄰居阿馬，詳知伯卿出生前後之事，一掃疑慮。並談及王父脾氣之暴躁，為街坊有名。伯卿了解後，決定天亮便趕快回家悔過。

10 曾妙容：《春天來到嘉和鎮》（臺北市：書評書目雜誌社，1982年4月）。
11 陳玉珠：《玻璃鳥》（臺北市：書評書目雜誌社，1978年4月）。

　　黃淑美《永遠小孩》[12]，則生動地表現現代家庭常見的爭執模式。故事小主人翁曾永遠，剛轉學到「永遠國小」三年遠班。脾氣暴躁的爸爸，與常生病的媽媽無休止盡地爭吵，快樂的姊姊忙著自己的功課，使他益形孤單，讓他變得沈默不語。幸好班上的導師、同學，以及風趣和藹的校長、雜貨店親切的麥媽媽，幫他度過這段「哲學家」的苦思過程。後來，爸媽的爭執白熱化了，媽生病入院，爸開車壓死他在街上餵養過的小花狗，因此曾永遠離家出走。校長找到被歹徒挾持的曾永遠，機智地解了圍。此時媽媽從病床上醒來，爸爸改過自新，一家和樂。這樣的結局有點「童話」，所以作者把故事中幾個重要角色也上了「童話的粉彩」。

　　陳素宜《第三種選擇》[13]，則寫出疏於照顧的孩子，徘徊迷途的邊緣。主角陶曉春幼年與祖父母住在鄉下。上國中一年級，父母怕她趕不上功課，考不取高中，所以接她到都市就讀。陌生的環境，加上沈重的功課壓力，讓她徬徨無依。父母忙著工作賺錢，無暇注意她，只懂得大聲責罵。導師只關心「好學生」，重視自己的「教學績效」。曉春只有和同病相憐的同學小珍、娃娃，一同逃學蹺家，渾沌過日。

　　等到小珍因飆車喪生後，四周的人開始伸出援手，幫助曉春廓清人生視野，讓她在「不要讀書」與「拚命讀書」的兩極狀況中，做了第三種選擇。作者在書中，反映了國中教育的種種缺失：鄉下國中的教育水平不夠，無法應付升學的需要，而都市的國中只重升學教育，忽略校內的心理輔導工作。多乏味的教育！只可惜作者在「鼓舞青年學子努力上進」的前提下，淡化了現行教育的沉痾。

　　升學壓力的問題，在大陸也一樣無解。班馬的《沒勁》[14]，寫李

12 黃淑美：《永遠小孩》（臺北市：九歌出版社，1996年7月）。

13 陳素宜：《第三種選擇》（臺北市：九歌出版社，1996年7月）。

14 班馬：《沒勁》（臺北市：民生報社，1997年3月）。

小喬上了六年級,面對考重點學校的壓力,學校老師對他課堂上常出現的鬼點子深惡痛絕。終於有一天,他父親帶他從上海到蘇州城外的祖墳,叫他一個人獨自在祖宗墳前思過。孤單一人在墳山之中,天色暗慘,下了陣滂沱大雨,李小喬也嚇出一身淚水。這是老爸所謂的歷史教育,恨鐵不成鋼的責罰,讓孩子發燒了一陣子。

因為忙碌而無法照顧家庭的爸爸,企圖以「賺錢」為理由,脫逃與孩子相處對談與教導的責任;一味要求孩子讀書、補習、好分數、好學校,無非緣木求魚。乖巧的孩子,可以默默忍受,以「個人好前程」為脫離父母桎梏的良方,對於家庭,就變得冷漠無情;而個性迂緩或者跌落與父母情緒互動的孩子,常常在不斷地失敗挫折中打滾,他這一生的情感波折恐怕也不間斷。對於忙碌而愛發脾氣的爸爸,可以恭喜他:「贏得了全世界,卻失去了自己」!

四　單親家庭與孩子的再出發

父母婚姻關係破裂而淪為單親家庭的孩子,他們在社會上如何自處呢?國外少年小說常見這樣的題材,而國內作家似乎因民情不同而有意躲避。有篇著名的代表作,是美國貝芙莉・克萊瑞所作《親愛的漢修先生》[15]。描寫一個小學六年級的男生雷伊,因為父母離婚,陪著媽媽搬進塔弗特鎮;爸爸則帶著狗兒班弟,暫時「住」在大卡車上,夜以繼日的工作,以便買下一輛屬於自己的卡車。有一天,雷伊打電話給爸爸。爸爸在電話那頭說,他在風雪的八十號公路上,給八個大車輪加鐵鍊;可是電話裡卻又夾著另一個男孩的聲音,要求爸爸帶「他們」出去去吃披薩。爸爸的外遇與新家庭,頓時曝了光,也擊

15　(美)貝芙莉・克萊瑞著,柯倩華譯:《親愛的漢修先生》(臺北市:臺灣東方出版社,2003年6月)。

傷雷伊的內心。生活在破碎的家庭裡，孩子往往是敏感、早熟的，雷伊能洞悉大人情感世界的詭譎，所以他同時恨爸爸和媽媽，因為「要有兩個人才離得了婚」。男女早婚、生活理念不同，又為生活所迫，終於勞燕分飛，是現代社會常見的悲劇。書中提到公路上棄置了許多單隻的鞋子，或許就是一種象徵吧！

加拿大作家貝特朗・高希爾寫了《安妮的心事》[16]系列，安妮以反叛、抗議的心情，來表達對父母離異的抗議，最終她也只好接受母親的男朋友、父親的新妻子。這是焦慮的工商社會常見的疾病吧！

情節更詭譎的故事還有，美國寶拉福克斯《河豚活在大海裡》[17]寫道：同母異父的哥哥貝恩一再地闖禍，讓周遭的人受不了。忽然貝恩的親爸爸寫信來，邀請去波士頓會面。繼父和母親知道勸阻無效，讓凱莉陪著他動身。到了波士頓，卻在旅館中得到父親因急事回亞利桑那州的信函。事有蹊蹺，貝恩直闖旅館的黑房，發現了父親。原來父親一直流落在此，每天借酒澆愁，卻謊稱他有自己的事業。貝恩決定送妹妹上車回家，自己留下陪伴父親重新振作起來。

這個故事告訴我們，有更大責任給孩子，孩子反而樂意接受，也可以分擔大人的憂愁。他所以騷動不安，除了生理成長的原因，多半覺得自己無所用處、無可發揮，找不到自己的定位。書名叫作《河豚活在大海裡》，意思是說：小主角不應該像吹漲身體的河豚，掛在商店的樑上吧！他應該要有自己生活的空間。

---

16 （加）貝特朗・高希爾著，無譯者：《安妮的心事》（臺北市：智茂圖書文化事業公司，1995年）。

17 （美）寶拉福克斯著，蔡美玲譯：《河豚活在大海裡》（臺北市：時報文化出版企業公司，1996年8月）。

五　向大人的威權挑戰

受限於生活環境，故步自封的父母無法跳脫，而獨立自主的孩子卻能找到契機，走出自己的康莊大道。這樣的題材直接向大人的威權挑戰，真不可思議！美國作家維吉尼亞漢米頓撰著《偉大的馬可希金斯》[18]。住在俄亥俄州漢米頓的馬可，能製造陷阱，或者追蹤獵物，血腥的殺害牠們；他試圖偷襲外來的艾達，雖然被反擊，踢腫了額頭，傷了肩膀。但他確實有許多求生本能。他期望父母能搬離莎拉山，以免被挖空的山壓死。母親歌喉優美，卻無法換得都市人錄製唱片的興趣，自然也得不到外界金錢的奧援。父親鍾斯依戀家園，他從華盛頓帶回妻子，住在祖先留下來的庭院，很積極的訓練孩子求生技能，手段甚至有些殘忍。但二十多年來，因為礦坑開採殆盡，生活的環境破壞無存，他缺乏謀生本領，排斥城裡的職業公會，也排斥附近的原住民。一家人陷入貧窮、困頓，守著無謂的戒律，生活在極度的恐懼痛苦之中。當頑皮、好奇，而喜歡四處流浪的艾達出現，馬可受到很大的震撼。他知道了山林以外，繁華世界！他想偷偷地和艾達一同離去，打工賺錢，過自己的日子啊！但事與願違，艾達離開了，他用艾達留在營地的獵刀，開始挖土築牆，來保衛家園。爸爸鍾斯知道馬可的動機，甚至拖出高祖母莎拉的墓碑，來填實牆基。孩子先改變了自己，接著改變了父親，這是可能的事嗎？

大人的價值觀未必正確，受限於私人的經濟利益，甚至可以犧牲公理正義。美國作家艾非筆下《一個女水手的自白》[19]，談論了這樣

18　（美）維吉尼亞漢米頓著，朱孟勳譯：《偉大的馬可希金斯》（臺北市：星光出版社，1987年4月）。

19　（美）艾非著，徐詩思譯：《一個女水手的自白》（臺北市：小魯文化事業公司，1998年5月）。

的議題。十三歲乖巧單純的富家千金雪洛，接受過嚴格的教育，相信
紳士、淑女的社會階級。她懷疑拿刀子給她的黑奴居心不正，所以向
船長報告。沒有想到冷血殘忍的船長，不僅奴役屬下，甚至無緣無故
的傷害船員。當她發現真相，幫助船上其他的水手，掙脫束縛，制服
了黑心船長。船靠岸時，她和船員反而被控叛亂，她向父親，也就是
船東，說明一切，然而父親為了自己的收益，袒護船長。雪洛在憤怒
之下，離家上船工作，做個勇敢的女水手。她揚棄陳腐的階級觀念和
自私的價值觀，儘管是自己的父親，也敢於違逆。所謂「大義滅
親」，國內的作家敢挑戰這樣的議題嗎？

六 受傳統制約的父親，往往在無意識中妨害了子女的發展

在人生旅途上，父母子女相互陪伴，有時候不免言辭齟齬，行為
乖違，但總期望能化凶為吉，和好如初。少年小說中，呈顯了父子之
間各種可能的衝突，讓我們隔著安全的「美感距離」，去省思問題。
無論貧窮或富裕的時代，孩子渴望自我成長，也渴望親情灌沐。辛勤
而努力的爸爸，以身作則，雖然沒有耳提面命，但頑皮自在的小孩，
也能夠從旁學習。事業忙碌導致脾氣暴躁的爸爸，往往忽略了孩子的
心理需求，或者傷害了家庭的和諧氣氛，徒然讓孩子陷入緊張無助的
地步。婚姻的破裂，其實有多方原因，倒不能苛責孰是孰非。一旦夫
妻分離，成了單親家庭，也毋須渴望「破鏡重圓」，要讓孩子認清客
觀的處境，調整腳步，重新出發。單親家庭的孩子，最焦慮的事，據
說是他長大後，對婚姻疑慮不安，成為個人追求家庭幸福的絆腳石。

受傳統事物與生活習慣約制的父親，往往在無意識中妨害了子女
的身心發展。如果讓孩子多方接觸人群，進入學校學習，培養獨立自

主的性格，相信可以從成規舊例中掙脫出來，走出嶄新的人生道路。但最重要的，有寬容思想、誠懇態度的父親，才可以培養下一代寬容誠懇的父親。儘管時代變革，社會風氣起了許多變化。女男平等的呼聲，高入雲霄。但一個民族能夠強盛長存，由父親來教導孩子，培養陽剛的氣質，學習危急事件的處理，都是頂重要的。如果因為工作忙碌，而忽略了天生的職責，只會看見無助的下一代毀棄自己建立起的「長城」！這樣的父親，得不到後代子孫的尊敬。

做父親的需要努力，而不需要威權。威權只會讓父子溝通困難，或者在危疑存亡之際，失去反覆應變的能力。所以說，放棄威權、實行「民主」的爸爸，可以更可愛，更令人尊敬！

通過上述十八本少年小說的簡述，「父子親情」的問題，做了多角度的呈現，也提供了多方省思的空間。父子連心，減去不必要的人性枷鎖，攜手建構美好的家園，這便是小說作者期望讀者最佳的閱讀反應！

──原刊於《師友月刊》370期（1998年4月），頁18-23。

成長的苦澀與瑰麗

——曹文軒為孩子刻畫的文學世界

　　只要有機會談曹文軒，我一定要引述曹文軒小妹報考師專的那件事。小妹因為體重還少兩斤，達不到報考師專的體檢標準；曹文軒為她找來兩個大西瓜，讓妹妹拚命吃進肚子裡，水分的重量幫助她完成了報考心願。[1]這件事雖小，卻看見他們兄妹情誼篤厚，在艱苦環境中相互支持，機靈而勇敢地去解決困難。這就是曹文軒的信念，寫出成長的苦澀，也刻畫了生命的瑰麗。

一　曹文軒素描

　　曹文軒很少談到他的經歷，除了在《追隨永恆》的少數幾篇文章中披露[2]，以及收在小說文集附錄中親友簡單的敘述。從這些蛛絲馬跡，可以勾勒一二。曹文軒老家在江蘇鹽城，家世務農，經濟的緣故只能送大伯上學。他的父親卻喜歡讀書，利用冬季農閒時間上了三年的「寒學」。一九五三年，地方要辦小學，由父親負責籌畫並擔任校長，因此成了地方上的文化人，也幫助曹文軒準備好了文學的搖籃。

1　曹文芳：〈我的哥哥〉，收入《紅葫蘆》（臺北市：民生報社，1994年6月）附錄，頁261。

2　曹文軒：《追求永恆》，北大未名文叢之一（北京市：北京大學出版社，1998年1月）。書中〈游說〉、〈疲民〉、〈童年〉、〈小沙彌〉等篇，有少許曹文軒童年事蹟，不一一舉出。

　　一九五四年一月，曹文軒誕生。家住在大河邊上，得鄰居的疼愛，常被傳送到一、兩里之外。由於生活清苦，吃過糠麩以及河邊割回的青草。九歲，曾經衝出教室去追狗，也曾走很遠的路去鎮上看電影、煙火，回來當然要討一頓打罵。十歲生日時，外公執行「剪辮子」的儀式，自覺安靜長大了。六年級，讀過魯迅《故事新編》。中學時代每日菜錢五分，而棉褲穿到破洞透風。一九七一年的夏天高中畢業，到農地工作。次年，開始寫小說。兩年後，北大法律系王德志老師到鹽城招生，被甄選出來，進入北大圖書館學系。九月到學，十二月以擅長寫作的緣故，被通知轉入中文系。不久，全員赴大興基地勞動，迷惘中躲進臨時圖書資料室大量閱讀，後來又調往北京汽車製造廠，參加「三結合創作小組」，開始寫長篇小說。一九七七年畢業，奉命留校任教，以「深入生活」為由回蘇北年餘，才重返學校。一九九三年十月，受邀至東京女子大學講學。一九九五年四月，訪問臺北。同年五月，返回北京。現為中國作家協會會員、北大中文系教授、現當代文學博士生導師。

　　自一九八三年起，曹文軒開始寫作，到一九九三年赴日講學之前，出版了《沒有角的牛》、《古老的圍牆》、《雲霧中的古堡》、《埋在雪下的小屋》、《暮色籠罩的祠堂》、《憂鬱的田園》、《啞牛》、《山羊不吃天堂草》、《綠色的欄柵》、《紅帆》等十部小說，也為他的學術專業寫下《中國八十年代文學現象研究》、《思維論》。一九九四年與妻子左丹珊合著《水下有座城》，並接受臺灣出版社的邀稿，出版《山羊不吃天堂草》、《紅葫蘆》、《埋在雪下的小屋》。一九九六年出版《薔薇谷》、散文集《少年》。一九九七年，出版《草房子》、《三角地》，同時又集成《荒漠的迴響》、《面對微妙》兩本學術論文集。一九九八年，出版了散文集《追隨永恆》，小說《紅瓦》。有自傳色彩的《草房子》以及縮寫而改名為《紅瓦房》兩書，稍後也在臺灣上市。至於

《根鳥》一書，可能受到大陸「大幻想」風潮的影響，一九九八年年底完成，次年面世。

　除了小說、散文和文學理論以外，曹文軒還涉及劇本寫作、寫作指導與文學作品編輯等工作。從得獎紀錄中，可知曹文軒編寫過電影劇本，一九八八年以《白柵欄》得到全國兒童故事片劇本徵文獎三等獎，極可能改編自他的短篇小說〈綠色的柵欄〉；二○○○年《草房子》獲金雞獎最佳兒童片、最佳男配角杜源，而最佳編劇獎則屬曹文軒。北京少兒社為培養下一代的作家，撰寫「自畫青春系列作品」，曹文軒曾經先後指導過舒婷、米子學和韓寒，得到很好的聲譽。網站上獲悉曹文軒擔任《二十一世紀小學生作文》雜誌顧問，也見到他為廣西教育出版社編選《外國文學名作中學生導讀本》、《外國兒童文學名作導讀本》，為北大編選《二十世紀末中國文學作品選》詩歌卷和小說卷。所有研究、創作、工作，都指向「文學」的終身職趣。

　北師大碩士王仁芳的論文，引述曹文軒早期選擇創作的動機，是「非自覺狀態」[3]，恐怕言過了。哪一個人受啟發之前，便是在「自覺狀態」？或許是曹文軒憂鬱善感的個性，讓他早早在寫作的園地中嶄露頭角！他憑此走進北大中文系，沒有被當時的文革浪潮所迷惑，而主動大量閱讀書籍；也沒有在學術責任的召喚下，放棄了「文學創作的世界」。接近文學，想是曹文軒的天性吧！

3　曹文軒自述：「我最初選擇文學，一半是因為興趣，一半是因為很實際的目的。當時農村並無廣闊天地，可我又不甘心將自己交給那塊土地默默地在那裡生存和死亡。於是我選擇了文學。」轉引自王仁芳：《曹文軒作品評論》（北京市：北京師範大學碩士論文，2001年5月），頁3。

二　小說寫作歷程與作品

　　要了解曹文軒小說的寫作歷程，是有些困難。若干作品注明了創作時間，而若干前稿後刊，若干被抽調出來另集新書。採用作品寫成的時間來繫聯，是有困難。要在臺灣讀遍他所有著作，也有實際限制。當然我們也不能排定作品的寫作先後，就來斷定他寫作風格的演進。要說他早期的素材都以蘇北農村為背景，融入他童年情結，中期才寫入八〇年代喧囂都市生活，不免「以偏蓋全」。他近期的作品《草房子》等，恐怕仍回到童年敘述中。此處只能大略分為兩個階段：

（一）零金碎玉時期

　　文革十年浩劫之後，大陸作家作品的題材多半集中在傷痕與反思的議題上。曹文軒自不例外，他把父親主持的學校以及教育手段，搬進作品中。〈沒有角的牛〉，寫小主人翁范小牛的倔強、大膽、聰明、搗蛋的性情，期望丁秀娟老師能留下來繼續努力。〈再見了，我的小星星〉，寫女知青雅姐住進十四歲男孩星星的家裡，給星星很多啟發；雅姐受領導毛鬍子傷害，生了病，星星為她徹夜去撈捕金鯉魚好熬湯治病。〈紅帆〉也表現了教育的缺失；一個孩子興匆匆寫了首詩，偏偏大家質疑他是抄襲的，要他坦白。這位導師從孩子的支持者身分，也轉變為「迫害者」。二十年後，孩子成了醫生，為他的老師看病，勾起了這些往事。〈誅犬〉，寫政策上殺狗以節省糧食，結果因為猜忌、誣告，把文化站長余佩璋鬥得七葷八素。〈紅辣椒〉是上學的孩子「護秋」的故事，為了幾條辣椒，孩子可以不上課而「固守」菜園，與小偷拚命。

　　伴隨文革故事，同時也揭露了曹文軒的學生生活時代。〈大串聯〉似乎是曹文軒的親身經歷，老師邵其平帶領著同班同學馬水清、

丁玫、水薇等十多人，從南通搭船到上海串聯，結果被人潮擠散了，只好與女同學水薇獨處兩天，辛苦地張羅食宿；這故事有點幽默，也苦中作樂，作者我回家秤了體重，還多了四斤呢。〈馬戲團〉來村裡演出，三叉河中學的孩子瘋狂了。班長謝百三喜歡團裡的女孩秋，同學馬水清幫忙出餿主意，姚三船、劉漢林等同學也都神氣地敲邊鼓。

住在鄉里中的爺爺、奶奶，孤獨、勇敢而堅持的個性，也是他筆下常見的人物。〈第十一根紅布條〉中，瘋子爺爺與他獨角的牛救起第十一個落水的孩子，終致老邁而死，老牛不久也投水身殉。〈藍花〉中的老婆婆銀嬌回到村裡獨居，她是在喪事裡「幫哭」的，到江南城鎮工作，結果先生有了另外的女人，疏於照顧的女兒小巧落水而死，她寧可放棄城裡的房子，回到村中了度殘年。

堅強的孩子呢？〈海牛〉篇，十五歲的孩子與瞎眼祖母同住，為了改善生計，獨自到海邊去買牛以便田園工作，遭遇狂風暴雨，仍然將兇猛的海牛拖回家。而孤兒〈阿雛〉自幼叛逆成性，捉弄村人，被大狗告密，心生懷恨，把大狗弄到船上，又遇上大水，任水漂流。村人只找大狗，又讓他心生嫉妒，不肯應答。等大狗生病了，他盡全力去救助，直到犧牲了自己。〈弓〉是彈棉花的弓，是小提琴家的弓，拉出了悲苦而同情的弦。孤兒黑豆兒來自溫州，跟著伯父到城裡為人們做被子，因為伯母病了，伯父回老家，留他守著店。沒想到有人丟煙蒂，把店燒了，要怎麼賠償客戶的損失呢？那孩子堅強努力，不願被收養，要自己養活自己。〈荒原上的小屋〉裡的荒兒因為媽媽要生弟妹了，爸爸又不在家，他得走過黑色的荒原去找鄰人來救援。

表現了孩子的孤獨、無依，以及貧窮而自立的企圖心。〈泥鰍〉中，小三柳不與大個子十斤子計較，放棄在水田中捕捉泥鰍的權利，跟著另一個流浪中的蔓姊離開了；三個角色都孤獨。〈紅葫蘆〉也是如此，孤兒灣備受誤會，悲傷中離開女孩妞妞，只留下水中飄盪的紅葫蘆。

　　因誤會而造成傷害，因了解而黯然離去。〈田螺〉中，村人誤會何九偷了村中小船，殊不知是六順貪玩而流失。花了兩年時間來撿拾田螺以償還小船，也為了洗刷小偷的污名。何九知道真相以後，為保護小六順，他獨自離開，也無須辯駁了。〈漁翁〉也是，漁翁怪罪鎮民破壞他的漁網，存心報復。等到幾個惹禍的學生自首，他連夜離開。索賠不是重點，重要的是，人應該被尊重。

　　寫人際關係的，還有幾篇。青狗跟隨父親在海埔地砍下〈金色的茅草〉，為了要搭建兩間茅屋，以兌現離家出走的妻子曾經的允諾。結果一把火把幾天的努力燒得一乾二淨，也把父親的一意孤行，以及孩子的悲憤，同時化為烏有。〈牛椿〉寫村人渴望生男孩的習俗，以及調皮搗蛋的孩子惹禍後心裡的忐忑。〈綠色的柵欄〉，寫小學生與老師的一段情感，有些言情，也可能是作者的「童年懺悔錄」。〈暮色籠罩的祠堂〉，寫曾經被驚嚇過的孩子亮子，在多年以後，找到北大讀書而曾經是童年友伴的作者，希望能幫忙發表作品。〈埋在雪下的小屋〉，寫四個孩子為了一頭小鹿跑進林子，卻被雪崩掩蓋在小屋中十來天，他們努力求生，也化解了曾經有過的衝突和誤會。

　　還有兩類形式，值得談談。講求情節安排的，有些「言情」的濫觴，有些純「理想」的呼籲。〈十一月的雨滴〉，寫孩子染上賭癮，向發生外遇的父親勒索。他讓母親發現真相，註定了陪精神異常的母親度過殘破的歲月。〈太陽，熄滅了〉，寫父親因母親逝世悲痛不可自拔，終讓女兒孤獨而痛苦地活著。〈薔薇谷〉，寫媽媽外遇，爸爸自殺，女兒試圖跳懸崖，被種薔薇的老人勸服。歷經艱辛，老人供她讀大學。老人病危時，還等她回到家才肯閉目。〈三角地〉，寫一家住在「三角窗」的故事。爸爸是酒鬼；媽媽是賭徒；我，十六歲，擅彈吉他；大弟足球高手；二弟功課差；三弟是小偷；小妹討人憐愛。而新認識的女孩丹妞能歌善舞，為我所喜愛，但如何讓她認識並接納這個

家庭？在荒誕的故事之後，曹文軒做了神奇的轉折，也逃離寫實小說的桎梏。

淡化情節，充滿詩趣、浪漫情調的作品，或許是作者的心靈表述。〈大水〉一文，哲學意味很濃，漂兒受困於大水，遇見拉手風琴的老人開示他，老人稍後離去，而漂兒又要漂泊到哪裡呢？〈充滿靈性〉寫秀秀為舅舅所收養，認柳樹為母親，後來求學離家，學成歸來探望老柳樹等等。這兩篇故事，主要角色的形象雖然模糊，但運用了超現實手法，公牛、喜鵲、柳樹都有象徵意味，秀秀也可能是作者理想的化身。

「以文學之美洗滌人生的傷痕」，曹文軒是這麼玩味的吧！

（二）長篇小說獲獎的開始

一九八五年，曹文軒曾經寫過一個長篇小說《古老的圍牆》，南京江蘇人民出版社出版，坊間不易見到。一九九一年，第二部長篇《山羊不吃天堂草》問世，也獲得宋慶齡兒童文學金獎。故事寫明子到城市當木匠學徒，生活艱苦。巧遇跛足少女紫薇，生活中得到寄託；而紫薇表哥的出現，紫薇塞給他兩百元為「答謝」，都讓他痛不欲生。把錢拿去買彩票，只換得一堆洗髮精小樣品。回溯父親跟著一窩蜂養羊，血本無歸；帶往江邊，卻不肯啄食天堂草而全部死亡。師父三和尚疼惜他們，有時卻也剝奪他們。明子在路邊私自接了工作，收千元定金，卻找不到工作地方。被誤為捲款私逃。病後，師父要求兩位學徒在黑暗中砍木頭兩斧，如果砍在同個地方，單個痕紋，表示技巧精湛，可以出師。明子很聰巧的完成。這時，好朋友鴨子適來，兩人聯袂自立生活。

這個故事把敘事場景拉到了都市，也讓人看見了所謂的盲流在都市裡生活的情景。他們離鄉背井，只為了賺些錢貼補家用，至於家庭

生活、情感寄託，反而荒廢了。師傅是否善良，或者小氣苛刻？是否教導學徒正確的生活方式？都不是可以用常理推斷的，終究他也是有七情六慾，生命中也遭遇了瓶頸。但至少曹文軒賦予他一顆善良的心。善良，是曹文軒的座右銘，也在本書中得到了印證[4]。一般評論者認為《山羊不吃天堂草》故事長，結構不易統合完整。與紫薇的小小情愛，寫得有些粗糙。釀造「山羊不吃天堂草」詩般的情趣，像一段變奏曲，卻與木匠的生活種種似乎未搭。

　　一九九七年以後，二十萬字的《草房子》、四十萬字的《紅瓦》相繼出版，無疑是曹文軒對他記憶中的小學、中學生活，加以拼合整理。《草房子》依然保有著純樸的鄉野世界、艱困的生活環境，人們辛苦的工作，卻因為貧窮、無知或愛戀，無可奈何地被傷害，或者是無心地傷害了別人，但這些都不能掩蓋他們天真、燦爛、善良和奮鬥的本性。故事中的主要角色，桑桑、禿鶴、紙月、杜小康、白雀、細馬，還有次要角色邱二媽、蔣一輪老師、溫幼菊老師、桑喬校長、秦老奶奶，都有鮮明的個性表現，在故事中也巧妙地穿插結合，渾然一體。描寫中學時代的《紅瓦》，也以人物為線索。早先在〈大串聯〉、〈誅犬〉、〈馬戲團〉出現的人物，如林冰、馬水清、謝百三、劉漢林、姚三船、丁玫、馬戲團裡的秋，都有詳盡發揮的空間，有些小改動的，譬如校名從「三叉河」改為「油麻地」；林冰暗戀的「水薇」改名「陶卉」；還加入新角色，如喬桉，一個高大魁武而有野心的孩子，與班上精神領袖馬水清作對比；加入王維一、舒敏，使馬水清、丁玫的愛情長跑變成了四角關係；加入地主之子楊文富，述說夏蘭香愛錯了人；加進了地方胡琴冠軍爭奪賽，趙一亮、許文龍的敵視、競爭，

4　曹文軒寫道：「人有一顆善良之心，活著大概才會安靜。……學會用善的力量，去瓦解惡。」見〈我的座右銘〉，《紅葫蘆》附錄，頁256。

最終還是化干戈為玉帛！胡琴演奏，優美而有情的演出，鋪寫為全篇故事的主調，是極成功的表現。稍後，天衛文化公司央請曹文軒刪節本書為十五萬字，改名《紅瓦》上市。曹文軒在電腦中剪裁，說道：「有一種痛快淋漓的砍伐快意。我眼見著從《紅瓦》中，又脫胎出一部讓我喜歡的新作品，真是覺得有趣。《紅瓦》具有一種活性結構，是那種分開來各章可以獨立，合在一起時又可融為一體的小說」[5]。跳脫過多的現實記憶，或者是故事情節的糾合，會有「輕盈」的感覺吧！

　　一九九八年底完成，隔年上市的《根鳥》，也有這樣的特色！曹文軒匯集了近年來所寫過短篇小說中的人與事，重新發酵擴展而成為心靈流動與人生追尋的奏鳴曲。全書巧妙地分為菊坡、青塔、鬼谷、米溪、鶯店五個章節。十四歲的根鳥在狩獵時撿到一張屬名紫煙求援的布條，心中就縈繞著受困少女的呼聲。他離開了學校、父親和故鄉菊坡，向西尋訪，沙漠中同行的老人教導他生活的道理。努力掙錢來買馬，卻被歹徒騙走了金錢。老僧人救了他，反過來送他白馬上路。騎著馬，誤投鬼谷，困於礦場。掙扎脫出，返回故鄉，正巧為久病的父親送終。再次出訪，在米溪遇見體貼的富家少女，在鶯店遇見孤苦可憐的歌妓，曾有朝氣蓬勃的努力，也有墮落沉淪的頹唐。故事最後，又碰到將死的老人指示路徑，他從中得到力量，進入了白鷹飛翔的百合峽谷。這時候他已十七歲，峽谷中並沒有發現那求援的女孩。作者借著根鳥的歷程中，反覆說明人生的取捨、追戀、得失與禍福。讀這本書，喚醒了我曾經讀過法國法朗士《女優泰綺思》、德國赫塞《流浪者之歌》，以及近年出版美國保羅科爾賀《牧羊少年奇幻之

5　曹文軒：〈小說應當有一種格調〉，《紅瓦》（臺北市：天衛文化圖書公司，2000年4月初版，2001年1月二刷）。

旅》等等。[6]利用主人翁奇異的旅程,採象徵的手法來表現人生可能
的各種遭遇,酸甜苦辣一應俱全,從而反映出作者的人世關懷,以及
價值觀照。仔細比對,能夠讓孩子分享的,帶有詩情美感的,可以放
在心理醞釀發酵的,曹文軒這本書是當仁不讓。曹文軒在序文中劈頭
就說:「企圖寫一本中國沒有但應該有的書。這本書是虛幻的,但卻
又具有濃重的現實感。」

　　歷經了《山羊不吃天堂草》、《草房子》和《紅瓦》,以及《根
鳥》三個進階,曹文軒脫卻了現實的拘絆,把「零金碎玉」焠鍊為渾
然一體的「人生珍寶」。十六、七個年頭走來,故事中寂寞的孩子也
正巧是十七歲,曹文軒透過寫作,完成了他第二次的「童年經驗」,
也體現了「追求永恆」的意義!

三　作品風格探析

　　曹文軒小說的背景,似乎脫離不了童年在江蘇鹽城的田園生活,
以及連綿無垠的江畔、海域。然而他能夠將故事的色調做對比強烈的
渲染,在深藍灰黑的背景中,可以襯托金黃堅韌的生命力;景物如
畫,勾勒極其簡潔;人物個性單純而肯努力;用詞遣句簡鍊精粹,有
詩的感受;意象運用及景物描寫,也像電影分鏡一般的清麗鮮明;氣
氛醞釀、主題呈現,都有獨到之處。最重要的,他表現了文學優雅的
氣質,以及對生命的悲憫。對讀者而言,極具洗滌心靈的淨化效果。

6　法朗士:《女優泰綺思》譯本有二。應文嬋序刊本,臺北市:啟明書局,1956年7月。
　　徐蔚南譯本,徐仲年導言,出版社未明,1945年4月。赫塞《流浪者之歌》譯本也
　　有兩種。蘇念秋譯本,臺北市:水牛圖書出版事業公司,1968年11月,1998年5月
　　九刷。徐進夫譯本,臺北市:志文出版社,1984年8月初版,1998年10月重排。據
　　徐進夫序言,此書仍有其他三個版本,惜未見。保羅科爾賀《牧羊少年奇幻之旅》,
　　周惠玲譯本,臺北市:時報文化,1997年8月初版。

　　田園景象、蘆葦蕩中、汪洋大水等背景是不用說了，仔細檢查他的寫作技巧，或許還可以得到下列印象：

（一）電影接拼的手法推展情節

　　在曹文軒作品中很重視「視覺效果」。他不耐煩用太多文字去敘述情節的演變，所以常用短短的字句，片段的描寫，錯綜排列，造成電影中所謂蒙太奇效果。舉〈泥鰍〉一文：

> 田野盡頭，有幾隻鶴悠閒地飛，悠閒地立在淺水中覓食。
> 十斤子覺得瘦長的三柳，長得很像那些古怪的鶴。
> 當他在等待日落的無聊中，
> 發現三柳與鶴有這一相似之處時，不禁無聊地笑了。
> 三柳覺得十斤子肯定是在笑他，便有點不自在，
> 長腿胳膊放哪兒都不合適。太陽落得熬人，
> 十斤子和三柳便一人佔一條田埂躺下來。
> 天空很大，田野很疏曠，無限的靜寂中似乎只有他們兩個。
>
> （《紅葫蘆》，頁9）

　　遠景、近景、特寫、交疊，再拉回中景、遠景，讓讀者在腦海中嵌入一幅清晰的圖片，也認識了故事中三柳的個性與長相。

　　又如〈紅葫蘆〉文中：

> 他很快樂地不停地噴吐著水花。
> 妞妞便在河岸上坐下來。
> 他慢慢地沉下去了，直到完全消失了。
> 妞妞在靜靜的水面上尋覓，但並不緊張。

但他卻久久地未再露出水面來。

望著孤零零的紅葫蘆，妞妞突然害怕起來，

站起身，用眼睛在水面上匆匆忙忙、慌慌張張地搜尋。

依然只有紅葫蘆。

大河死了一般。

妞妞大叫起來：「媽──媽──」

後面茅屋裡走出媽媽來：「妞妞！」

（《紅葫蘆》，頁37-38）

淘氣的灣以泳技逞能，嚇了妞妞的一幕。當「鏡頭」在水面與岸上交疊，造成相當寬廣的視野，也讓讀者陪同妞妞擔心起灣的安危。

（二）強烈的聲色背景襯托人物

請先讀〈金色的茅草〉的終場：

三堆茅草熄滅了。天空是紅色的，彷彿那燃燒了很久的大火都飄到天空中去了。

海一片寧靜。

海邊，青狗伏在爸爸的大腿上，與爸爸一道，沒有任何思想地睡著了。只有柔和的海風輕輕地掀動父子倆的頭髮──

（《紅葫蘆》，頁78-79）

〈阿雛〉最後一節，也類近如此：

夜空很是清朗，那星是淡藍色的，疏疏落落地鑲嵌在天上。

一彎明月，金弓一樣斜掛於天幕。蘆葦頂端泛著銀光。河水撞

　　擊邊，水浪的清音不住地響。

　　兩個孩子躺在蘆葦上。

（《紅葫蘆》，頁151）

　　在大色塊，宛如書畫裡的大潑墨，在強烈的光影聲響之下，人物堅韌的生命力，得到了對比，得到了支撐。臺東師院陳昇群指出，曹文軒場景的描寫，做到了簡潔呈現、實中藏虛、美景重現的特色，如同「裱裝空間」般的完美；更重要的是，在曹文軒的「造境」中描寫了動靜對比、大小對比、冷熱對比、時光推移、光色變化、音響清晰等等，充分表現了文字與美學的修為。[7]

（三）詩樣的趣味述說少年情懷

　　在曹文軒作品裡，俯首拾掇，哪一句不是詩呢？《草房子》的刊頭，寫桑桑畢業離校、離家前的心情：

　　他坐在屋脊上，油麻地小學第一次一下子就全都撲進了他的眼底。秋天的白雲，溫柔如絮，悠悠遠去；梧桐的枯葉，正在秋風裡忽閃忽閃地飄落。這個男孩桑桑，忽然覺得自己想哭，於是就小聲地嗚咽起來。

（《草房子》，頁19）

　　桑桑生病了，老師溫幼菊為他煎煮草藥。當他走進掛著「藥寮」牌子的房間，曹文軒細細地描寫屋內熬藥的情景：

7　陳昇群：《析看少年小說《山羊不吃天堂草》之情節、人物、場景的寫作技巧》（臺東市：臺東師範學院兒童文學研究所畢業論文，2000年6月），頁20-29。

溫幼菊沒有立即與桑桑說話，

只是看著紅爐上的藥罐，

看著那裊裊飄起淡藍色的蒸氣。

她的神情就像看著一道寧靜的風景。

桑桑第一次這樣認真地面對紅爐與藥罐。

他有一種說不清楚的感覺。

（《草房子》，頁536）

等到溫老師把煮好的藥倒在碗裡，並且用胳膊枕著他的脖子，餵他喝藥：

輕輕地搖著桑桑，唱起歌來，沒有歌詞，

只有幾個抽象的嘆詞。──

這幾個嘆詞組成無窮無盡的句子，在緩慢而悠長的節奏裡，輕柔卻又沉重，哀傷卻又剛強地在暖暖的小屋裡迴響著。

（《草房子》，頁540-541）

這樣的旋律，這樣的歌調，深情湧現。其他有關少男少女的情愛與描寫，如《紅瓦》中林冰之於陶卉，謝百三之於秋，馬水清之於丁玫，舒敏之於馬水清，夏蘭香之於楊文富；如《根鳥》中的根鳥之於秋蔓、金枝，還有未曾見過面紫煙；如《山羊不吃天堂草》裡明子之於紫薇；〈紅葫蘆〉，灣之於妞妞；又如〈埋在雪下的小屋〉，大野之於秋雨。在優美的文辭中，洋溢著真摯純潔的感情，也是讓讀者愛不忍捨的緣故吧。

（四）象徵手法填補現實的苦澀

　　現實生活是苦澀的，挖出了人生的苦楚與傷痕之後，反省、思考或尋根，能夠改變什麼呢？物質上的缺乏，是簡單形式的苦楚；精神上的空虛，才是重擔。曹文軒說：「誰的人生不是如此呢？我們都在背負著什麼，只不過是在不同層次上罷了。背負著生活，背負著傳統，背負著文化，背負著道德，背負著責任，背負著良心的自律——生命中最不能承受的恰是那份什麼也沒有的『輕』。」

　　那份「輕」，只能夠用象徵的手法去填補。〈充滿靈性〉中，學成歸來的秀秀，返鄉探視老柳樹。老柳樹怎麼來的？是喜鵲在多年前咬了一根柳枝插在土裡長成的。終有那一年，老柳樹拼了命只長出一株新芽，那隻老喜鵲咬下它，銜著往西方飛去。喜鵲是信差，而柳枝不就是插在救苦救難南海觀音菩薩的淨瓶中嗎？〈紅葫蘆〉當然是河邊孩童游泳的救生筏！但是在《西遊記》裡，沙悟淨將紅葫蘆和頸項的髑髏念珠拋出，變成渡過流沙河的寶船，就有了救苦救難的象徵。

　　〈埋在雪下的小屋〉，大野等四人何以埋在雪地？為了雪丫看見的白鹿，邀集兩個男孩，意外陷入雪崩封閉的空間裡，正好是個思考生命與友誼的地方。跑進雪丫懷裡的雪兔，是個純潔而信任的象徵。《山羊不吃天堂草》書名本身就個象徵，山羊的行為正如父親說的：「不該自己吃的東西，自然不能吃，也不肯吃」（頁416），也幫助明子熄滅了佔有千元定金的想望。養著一隻鳥靠鳥表演而謀生的好友鴨子，最後把鳥放了；象徵了明子離開師傅三和尚自立謀生的開始。

　　《草房子》中，〈禿鶴〉、〈紙月〉、〈白雀〉、〈細馬〉，是篇章名，是故事中角色的名字，卻也暗寓著每個孩子的命運；而〈紅門〉章，象徵著杜小康的家世門第與世情冷暖，〈艾地〉、〈藥爐〉，未始不是象徵治癒人間病苦的良方？《紅瓦》的篇章名，如同《草房子》，也是

有若干象徵隱喻；曹文軒還將本書分為上下部，各喚作〈素眼〉、〈冰陶〉，也是希望讀者們能從此書中得到性靈的陶冶。〈藍花〉常現，早期獲得冰心兒童文學新作獎的短篇，寫銀嬌奶奶過世之後，秋秋採來一大把小藍花，撒在墳頭上。而在《紅瓦》中，藍花是夏蘭香的最愛，因為藍花與她的黑髮、白膚搭配，又能「給人一種安靜的和浪漫的、夢幻的、遙遠的感覺」（頁150）。曹文軒曾引述德國諾瓦利斯將將憧憬的目標喻為藍花。說：「藍花象徵著完全的滿足，象徵著充滿著整個靈魂的幸福。」如果進入《根鳥》一書，象徵寓意的事物就更多，篇章各為〈菊坡〉、〈青塔〉、〈鬼谷〉、〈米溪〉、〈鶯店〉，都可以推敲。最後根鳥進入的「白鷹翱翔的山谷」，又指向一個遙遠的、未知的未來。

四　曹文軒的兒童文學主張與實踐

　　曹文軒最早的兒童文學主張，見於一九八四年大陸在石家莊召開的「全國兒童文學理論座談會」，他提出：「作家的根本使命是塑造中華民族的嶄新性格──兒童文學承擔著塑造未來民族性格的天職。」這個口號響亮，但只是指出方向！兩年後，他撰寫了〈兒童文學觀念的更新〉，標舉六個論點，簡述如下：（一）兒童文學是文學，不能把教育性作為兒童文學的屬性；（二）要避免把許多不正確的觀點灌輸給孩子，譬如老實觀點、單純觀點；（三）文學作品的主題應當是含蓄的、蘊藏在作品底層，不當是「暴露在陽光下的裸體」；（四）題材不要限在教室裡，要把時空距離再擴大；（五）吸引孩子的作品必然是情節性、故事性極強，或者能寫「內在善的情感」或鮮活的人物，也可以成功；（六）不要害怕程度稍深的兒童文學作品，而冠以「成人化」，應「擴大管轄範圍」。他的呼籲，引起很多爭論；但能夠突破

「教育工具」的緊箍圈，培養孩子審美觀念，淨化孩子的靈魂與情感，有很好的建樹。

一九八八年六月，曹文軒出版了《中國八十年代文學現象研究》，書中若干章節，談及大自然崇拜、原始主義、浪漫主義，建構創作思想的中心。所以在情節、主題、背景、情感上採用「淡化」處理，人物塑造上以「硬漢子形象」為主，情調上講求幽默、詩趣。

檢視曹文軒的作品：早期他所經營的短篇小說，為了追求詩般的情韻，以及硬漢形象，往往集中讓故事的主人翁「獨挑大樑」，譬如〈海牛〉中那個十五歲而沒有名字的孩子；〈荒原上的茅屋〉，荒兒得為待產的母親獨自在黑夜中求援，雖然不是「硬漢」，卻是咬著牙奔跑。如果故事中有兩個角色，或可以造成對比或烘托的效果，更有詩趣，更足以感人。〈紅葫蘆〉裡的灣和妞妞，從觀察、接近、游泳到誤會分手的過程，很能扣住讀者的心弦；〈阿雛〉中阿雛和大狗，個子小的野蠻堅強，個子大的反而懦弱畏怯；〈田螺〉裡的何九、六順，被誤為小偷的大人含冤不辯；作為無心犯錯的孩子得到了諒解。大人寬容而善良的個性，足以讓頑劣的孩子受到啟發。

情節的淡化，固然使作品顯得抒情而散緩，如〈泥鰍〉中，三柳受欺於十斤子，與大姊姊蔓連袂離開田間。但如果故事篇幅加長，情節的薄弱或唐突，或許就顯而易見。〈十一月的雨滴〉，孩子賭博、爸爸外遇，聯合起來矇騙母親，作者試圖使用「反諷」的手法來表現，恐怕跌入「言情」的窠臼，誤導了讀者關注的問題焦點。〈太陽，熄滅了〉中，爸爸因媽媽過世而酗酒墮落，讓雅妮獨自受苦，看在鄰居男孩達達的心中，也是焦慮悲苦，人間情債若是！這些作品不能算是成功的作品。

〈埋在雪下的小屋〉中四個孩子為了追鹿而被埋在雪下。森森的父親曾經在狩獵中誤殺林娃的父親，兩個孩子早有了嫌隙；現在被埋

雪下,正好是清算舊帳的時候。大夥兒沒食物吃,藏著臘肉單獨享用的林娃,是否要變成人民公敵?跑來雪丫懷裡的雪兔,雪丫能否將牠獻出供大家食用?而大野身陷困境,卻一直想念著心儀的女孩秋雨。秋雨雖不在現場卻成了故事中的重要角色。四個人在雪地現場,演出了「五個人」的劇情。這篇故事的場景不錯,面臨生死存亡的威脅張力也夠,但是情節的安排缺少了一些滋味,災難當前,故事的描述還在「詩情畫意」之中進行,對雪崩覆蓋下的空間,想像不足,描寫技巧過度薄弱。瞧!情節的拼合還是要費點心力的。

　　長篇的《山羊不吃天堂草》,師傅三和尚、徒弟明子、黑罐等三人到北京謀生。三和尚串聯出妻子李秋雲,以及與李秋雲有瓜連的村裡新富川子;明子、黑罐也各自有家人,等待城裡賺得這份工資。明子遇上流浪的鴨子、為坐輪椅的紫薇撿白紗巾,各自成了好友。當然啦,鴨子有幫助他的老人、老奶奶,紫薇有她的爸爸和表哥。人物的關係輻輳而出。人物的經營大大超過從前,然而輪椅少女紫薇與明子的交往,處理得很浮面!「山羊不吃天堂草」的象徵比喻,也顯得生硬!不是屬於自己的就不要,山羊死了,家裡等待接濟,離開師傅之後,一切就能「迎刃而解」嗎?浪漫的、童騃的氣息,就籠罩而來!曹文軒回憶童年,深夜歸來極其飢餓,父親說:「如果想吃,就生火去做,哪怕柴草在三里外堆著,也應去抱回來。」這句話奠定了他一生積極的人生態度或許在小說中為了維持浪漫的氣氛,而無法表現曹文軒積極的一面!

　　《草房子》的人物關係複雜了些。桑桑的校長爸爸和媽媽、原地主秦老奶奶、迷戀白雀的蔣老師、為桑桑熬藥的溫老師、遠處來的同學紙月、求表現的禿鶴、紅門落敗的的杜小康、收養細馬的邱二媽等等,還一時數不完呢!這本書就活脫許多,因為有自傳的性質,「瞎掰」情節的困難減低。書中每個角色都有相當的戲份,相互交織,緊

密了結構。故事的背景在田野鄉校，有小硬漢，有質樸的童心，有初戀的滋味，有寬容悲憫情懷，有詩情的筆觸，喚醒了大讀者曾經有過的童年歲月！對孩童來說，陌生化的學校故事，可能會吸引他們一探究竟。然而拍攝成電影之後，用寫實的手法表現，詩趣全無，也刪去了敏感的秦老奶奶死守農地與油麻地小學的衝突。儘管這部電影仍然得到了大獎，相對於文本而言，還是有些遺憾！

　　《紅瓦》繼《草房子》之後，進了中學的孩子成熟許多，有情感的追求，有嫉妒，有使壞心眼傷害他人，有鎮裡各單位的人員與事，有拉胡琴比賽的活動和衝突，有異地來表演的馬戲班人員，構成極複雜的人際關係。長春師範學院徐妍談論《紅瓦》的結構，說：「《紅瓦》被一個個瞬間所組接，被一個個場景所索繞。可謂每一個章節都是一個獨立的瞬間場景。……《紅瓦》憑藉著結構的力量喚醒了人在時間中沉睡的記憶」；徐妍正面肯定了曹文軒「鬆散中見寓意」的結構，讀者們也透過這個故事找回了曾經有過但被壓縮甚至遺忘的歲月，有了盛大的迴響！曹文軒敘述故事情節的技巧，沒有疑議！等到曹文軒刪落文字而成為天衛十五萬字版的時候，他已經感受到自己的作品有了「活性結構」的機制。這個所謂的「活性結構」，其實在《草房子》寫作之時，已經略見蹤影。

　　然而，如果沒有《根鳥》面世，我們還以為他被自己「情節淡化」的主張打敗了！序文中說：「這本書是虛幻的，但卻又具有濃重的現實感。它的神秘色彩由始至終一直飄蕩在文字中間。在這裡，文字不僅是用來敘事與說義的，還被用來營造氣氛。很在意故事，好聽的故事，結結實實的故事。既重視情節，又重視情調，甚至把情調看得更重要。……當下中國，浪漫主義一脈的文字幾乎蕩然無存，而成長中的少年其天性就是傾向浪漫。」他將現實的行囊丟棄，將行程幻化為優美的古典的情境，讓根鳥走進去，讓成長中的少年跟進去，進

入一個有靈性、有情愛、有思想的界野。

再回頭去看〈暮色籠罩下的祠堂〉，那個留在故鄉精神異常的青年亮子，曾經在「茫茫的雪野上，一個赤裸小男孩，像一匹小馬駒在跑動著」的小亮子，似乎和就讀北大的軒哥，也是此刻的北大教授曹文軒結合為一。祠堂的神秘、高大、森嚴、牢固，在曹文軒冷靜而理性的對抗中逐漸溶解了。

五　曹文軒給了孩子怎樣的文學世界？

在這一連串的作品中，曹文軒想和孩子談什麼？

第一個議題，應該是「道德與情調」。他在《三角地》的序言中說：「文學首先要有道義感。必須承認人性遠非那麼可愛與美好。事實倒可能相反，人性之中有大量惡劣成分，這些成分妨礙了人類走向文明和程度越來越高的文明。為了維持人類的存在與發展，在人類的菁英份子發現，在人類之中，必須講道義。而人類有情調，使人類擺脫了像貓、狗一樣的生物生存狀態，而有了精神上的享受。情調改變了人性，使人性在質上獲得了極高的提高。」這就是他的文學宣言，沒有道德，缺乏人性；沒有情調，不能昇華。

第二，要「勇敢奮鬥」。人生實質上是一場苦旅，生活中不可能不遭遇苦難，物質缺乏的苦難，因為環境的改變而容易排除；然而精神上的孤獨、寂寞與無助，才是人生之苦。曹文軒相信「苦難是造物主餽贈予人的瑰寶」，然而他更服膺米蘭‧昆德拉所謂《生命中不能承受之輕》。要能去除精神上的孤寂、苦悶，懂得苦中作樂，勇敢奮鬥，做個小硬漢是不二法門。譬如〈紅葫蘆〉裡的灣，妞妞誤會了他，他只有黯然離開。故事中一個牧童哥說：灣轉學了，跟媽媽到三百里外外婆家那裡的學校上學。灣什麼時候有了媽？什麼時候有外

婆？什麼時候上過學？了解這個事實，就知道灣是個小硬漢了。

　　第三，要能「寬恕與接納」。曹文軒〈我的座右銘〉中說：「學會寬恕，學會容忍，學會運用善的力量去瓦解惡。」故事中不乏因為惡作劇而惹禍，因為個人情慾而犯行，都得到了良心的斥責，但也在寬容大愛之下，得到了赦免。如何教導孩子去分辨世間的是非善惡呢？這樣的功課急不得，也不急得做。急下判斷，反而會把事情弄糟。曹文軒又引述米蘭・昆德拉的話了：「幽默使道德審判延期。」延緩簡單化的是非判斷，可以使讀者分享寬容的人生態度，減少無謂的誤解與對立。他的這種說法，就讓我想到鹿橋的《人子》，當老法師要十五歲的王子分辨法師的善與惡時，一時猶豫，就被老法師搶下寶劍，一劍劈死。分辨是非善惡之時，天真已經鑿破，孩子的純真無邪從此告別。所以，要讓孩子客觀地了解人生，透過文學作品的閱讀，冷靜地觀察與學習，有其必要。

　　第四，要獲得「身體與心理的自由」。教育應該講求「感化」的作用，而不是「限制」。古人曾說：「導之以德，齊之以禮，有恥且格」，可以說是教育的良途。教育最大的目的，應該設定在幫助人找到「身體與心理的自由」。孩童的成長與生俱來，荷爾蒙的作用帶來內心的不安、騷動，破壞、偏執、惡作劇、說謊、窺視等等惡行，都可能發生。「被大人了解」或「了解自己」，都是孩子樂意的功課。如果透過文學，可以提供孩子「幻想的翅膀」，用幻想彌補人生的缺憾和空白，用幻想去編織明天的花環，用幻想安慰自己、壯大自己、發達自己，相信許多人生的苦難反而化為最大的財富。

　　然而「身體與心理的自由」受到最大的阻力，是「生命時間」的限度。曹文軒說：「生命不是消極的自我保存。生命具有不斷自我超越的慾望，它不願停滯於本身，它要享受延伸、發展、擴充時的快樂和幸福。這是個生命從自在到自為的質的飛躍的過程。」文學的創作

或閱讀，正可以跨越「時間的障隔」，獲致心靈的自由。

　　總之，曹文軒試圖通過它的文學創作，來建構「理想主義的人生感受」。美德、美感、美麗，都是他追求的方向。成都大學教授葉紅撰文談論〈曹文軒兒童小說的人性美〉，盛讚曹氏在「十年內亂人性被扼殺以及改革開放以來在物慾橫流、權錢交易的負面影響下，對人性美、人格美的深情呼喚，意在找回人類已失去或正在拋卻的良知和道德」，他說得也許重了一點，但對於曹文軒的理想主義，有了正面的回應。上海兒童文學評論家周曉波談論成熟創作者藝術追求的危機，說道：「由於過分自信而帶來對自己作品的良好感覺，使他們往往難以清醒地意識到自身創作的侷限與缺陷，尤其陷入自身創作的模式中而難以自拔。比如曹文軒的過於理想化的生活模式……。」曹文軒的「過於理想化」，其實是開了扇窗戶，讓曾經遭遇痛苦的人或孩子，可以從這裡將「憂鬱」留下，將「人的雜質」拋棄，而飛出個遼闊的人生境界！通過「美的領略」去克服困難、創造人生；穿越苦澀的經驗，去贏得瑰麗人生；這就是曹文軒為孩子們準備的文學樂園。

　　──《東海學報》第43卷（2002年7月），頁87-106。

孩子的守望者

——張之路的作品特質及其寫作意圖

　　我第一次讀〈爸爸的看護者〉，是掉過眼淚的。一個孩子西西洛到外地找生病住院的父親，已經病得嚴重，不成人形。他細心照顧，心情隨著病況起伏。到了第五天，病人沉重起來，神志卻清朗許多，孩子說著鼓勵的話，心情更悲哀。下午，忽然聽見熟悉的聲音，原來是真正的父親辦妥出院手續，正與護士小姐告別。這回，孩子哭得更凶。父親歸心似箭，孩子轉頭看看病床上的「爸爸」，請求真正的爸爸讓他留下來，要陪伴病人走完人生的終點。西西洛徹夜守候，清晨時病人走了，緊緊地握著孩子的手。這篇故事，出自義大利亞米契斯《愛的教育》書中[1]。故事的高潮，揭破了「唐突的誤認」，面對「生死關頭」，人間的摯情就顯露出來。

　　讀張之路的作品，這種「生死與共」的感覺又回來了。何以稱張之路為〈孩子的守望者〉？他的作品帶給讀者歡樂、啟發與感動，完美無缺的戲劇手法，或者說是電影運鏡的手法，讓孩子目不暇給！故事中表現出強烈求知的動機，所有的科幻情節，都可以找到相當合理的科學理論基礎，對社會風氣、制度與學校教育的良窳，提出批評，表現了「教育者的良知」。除了以教育手段來述說人類良知，更重要的是，故事中流露寬容悲憫的情懷，讓人泫淚，也讓人感覺溫暖。張

1　亞米契斯著，林南世譯：《愛的教育》（臺南市：北一出版社，1974年10月）。國內其他譯本很多，不列舉。

之路何以能成為張之路？是不是他曾經走過的人生歷程，讓他堅定了
這般信念？

一　張之路的人與事

　　張之路，一九四五年九月生，北京人，原籍山東諸城。他有個害
羞而愛哭的童年，被鄰居戲稱為「二閨女」。四、五歲時，一個拾荒
老人送了母親一疊方寸大些的紙片，上面整齊寫了毛筆楷書，母親用
這些字塊教他認字。長大些，在胡同巷口有個「小人兒」書店租書，
坐小板凳上閱讀，像《兒女英雄傳》、《七俠五義》、《彭公案》、《施公
案》等等，都在那時候讀過。小學二年級時，甚至能把梁山泊好漢一
百零八將的名字連同綽號，依順序背下，一個也不少；他很喜歡表現
這方面的才能，所以被大人們喚做「張大聊」。北京師範附二小畢業
後，上了北京十三中學，再考進首都師範大學物理系。大二時，陷入
文化革命的浪潮中，戴上紅領巾，撐起紅旗，卻目擊同學父親上吊自
殺，自己的父親也投湖，從「大好前程」變成「出身問題」的人物。
一九六八年畢業後，到山西某部隊農場種稻，兩年後再分配北京某中
學當物理科老師。一九八一年以童話〈灰灰和花斑皇后〉獲獎。次年
結束了十多年來教書工作，改調中國兒童電影製片廠，擔任編劇，兼
任文學部和創作辦公室主任。

　　他早先的作品以童話為主，短篇小說次之。一九八五年，出版童
話集《野貓的首領》、短篇小說集《在樓梯拐角》。一九八七年他完成
了中篇小說《霹靂貝貝》，和十集的電視劇本《小靈通》。一九八八年
他將《霹靂貝貝》改寫為劇本，又創作中篇《傻鴨子歐巴兒》，持續
寫了〈貓牌學校〉等短篇，也集結成書，還為出版社編寫了一本《中
外兒童電影故事》。一九八九年他帶著《霹靂貝貝》參加莫斯科「第

一屆青少年電影展」，還寫〈懲罰〉等幾篇短篇。一九九一年完成長
篇《第三軍團》、中篇《魔錶》，也把《魔錶》的電影劇本同時完成。
一九九二年因兒童電影活動赴奧地利維也納，參觀了SOS村；此年，
中篇科幻《螳螂》出版，《傻鴨子歐巴兒》改為動畫劇本；而《第三
軍團》，還有改名為《帶電的貝貝》，在大陸少年小說作品中，率先進
入臺灣出版市場。次年，中篇《有老鼠牌鉛筆嗎》、長篇《坎坷學
校》、中篇童話《還魂記》三本書同時出版；而《傻鴨子歐巴兒》、
《魔錶》也在臺灣面世。一九九四年長篇科幻《人不要與貓同睡》，
《中國校園文學》連載；而《有老鼠牌鉛筆嗎》，改編為電影劇本
《暗號》。而臺北民生報蒐集他的舊作，出版了《空箱子》、《懲罰》
二書。一九九五年，赴馬來西亞主持「讓我陪你走過——從兒童電影
看孩子的內心世界」活動。一九九六年，《第三軍團》改為電視連續
劇劇本。次年，完成電視連續劇劇本《媽媽》、電影劇本《瘋狂的兔
子》；十二月，臺北民生報邀請來台訪問，並且出版《一個哭出來的
故事》。一九九八年出版小說新作《足球大俠》，電視短劇《好玩，佳
佳龜》、《有老鼠牌鉛筆嗎》；臺北天衛出版《螳螂》。近三年來，改寫
劇本《好玩，佳佳龜》為長篇童話，完成驚悚動人的《非法智慧》；
而民生報連續出版長篇《蟬為誰鳴》、中篇《有老鼠牌鉛筆嗎》，也在
去年同步出版長篇科幻《非法智慧》。

　　張之路成了文學與電影兩棲的人物，知名度頗高，常常上電視或
外地邀請的演講場合。從網路得知，他在《少年少女》雜誌上開闢了
三年的專欄《男子漢俱樂部》，與秦文君主持的《少女咖啡座》打對
台。他參與北京少兒社《自畫青春》計畫，擔任培養年輕孩子投入寫
作行列的導師。去年北京西城成立「青青草少兒文學社」，捐贈了自
己的作品、書稿。兒童節的活動，他與音樂台主播劉菁小姐共同主持
現場節目。

　　認識張之路的人，都會形容他有個「奶油小生的面孔，紅臉漢子的性格」，真、情、義，都是他骨子裡的材料。結伴旅遊時，遇見惡人或令人惱怒的事，他的臉馬上變得紅通通，好像熱血要迸灑出來，眼珠兒凸現，讓人見了害怕。朋友生活或寫作上有了煩惱，他可以馬上投入「狀況」，聰明而簡潔的提出解決方案。北大教授曹文軒、作家孫幼軍都這麼說的！上海師範的梅子涵則盛讚他的風雅，吃東西風度很好，唱歌有好嗓子，做事不緊不慢，穿風衣的樣子最瀟灑！為人大方卻也實際，請朋友坐車是便宜素樸的。[2]

　　不過最值得一提的，是他的「懺悔錄」。讀小學時，曾經有個女同學對人說她最喜歡他，張之路為了表示「清白」和「無辜」，竟然當著眾人面前將她臭罵一頓。女同學默默地哭了。想起此事，張之路依然難過！所以寫了〈原諒我，小新子〉來補過。第二件事是在學校「務農」的時候，有個學生去伙房偷了饅頭，當老師的他「一巴掌差點把饅頭從他嘴巴打出來」。學生們回味這件事，張之路全無印象，但內心的「黯然、內疚」，久久不能抹滅。第三件事，是他女兒說出的，有一次女兒說了謊，他瞪著眼睛罵人，「話還沒說完，便給了我一個大嘴巴」。「打完了以後，他一個晚上也睡不著。第二天，他有意的找我說話，眼裡分明有著歉意，但他不肯說出來。」處罰孩子，也處罰自己，多折騰人啊！楊福慶為《空箱子》的出版寫序時，說張之路無意中得罪朋友後的自責「那神情像個苦愁的小姑娘──寢食不寧，屢屢自責，幾番向對方解釋、告罪」。他能夠內省、自責、改悔的個性，令人尊敬。不過，讓我印象最深，不忍說，卻又不得不說，就是一九九六年來臺訪問，在民生報十樓演講聽裡的一段往事。讀者問起文革種種，他說著說著，父親生前種種又歷歷在目，眼淚奪眶而出，現場還有許多人陪哭呢。

2　有關張之路生平資料，可查見於網路或各書序、跋之中，不一一舉出。

　　哭，當然是張之路童年以來，走入中年，仍然不滅的標誌。生死和愛情，足以動人心弦，博得一哭。張之路自序《第三軍團》時，寫道：「但當一種正義的精神和行動出現的時候，人們所受到的那種發自內心深處的震撼和感動，卻遠遠勝於前者。那潤潤而下的淚水是熾熱的。」從個性到作品風格，「哭」果然給了他最大的「力量」。

二　張之路的作品

　　歸納張之路的作品，有下列幾項：

（一）短篇童話

　　張之路寫的是童話嗎？最早得獎的作品〈灰灰和花斑皇后〉，故事是說小壁虎灰灰因為媽媽生病了，獨自出來想找些食物，遇見傲慢的鸚鵡和用針扎人吸血的蚊子。牠不甘奚落，儘管尾巴被夾斷，仍與花斑周旋，最後雙雙落入水盆。在壁虎、鸚鵡、蚊子對壘的世界，童話的趣味性有了。可是爸爸、媽媽為女兒的酣睡與被蚊子叮咬，遷怒鸚鵡、壁虎，後來一家三口在水盆邊觀看灰灰和花斑的屍體，又回到「生活故事」的敘事模式了。集入民生報《一個哭出來的故事》二十二篇故事，有些像小品文，有些像寓言，也有些含有簡單的科學小常識。〈狗尾巴草看電視〉，狗尾巴草學電視裡的武松醉拳，打了月季花、雞冠花，最後打到了竹子，自己受苦了。〈一個哭出來的故事〉寫哭泣的寧寧聽見有人喊加油，原來是螞蟻，螞蟻生活中需要鹽巴，不可能到海邊去拿，只好等寧寧的眼淚去提煉。寧寧當然不好意思再哭了，她到媽媽的鹽罐裡拿鹽給螞蟻。〈在牛肚子裡旅行〉，借小蚱蜢誤入牛口，瞧見牛胃四種特殊的構造。〈一個老偵探的自白〉，寫利用碳十四半衰期可以測出化石年代。這些「童話」寫來有趣，文章的結

構較像小說，好像少了點「魔術」樂趣，不過溫暖的筆觸，倒贏得許多孩子的芳心。

（二）短篇小說

收在《懲罰》、《空箱子》中，是最佳的作品代表。《懲罰》的封面上標示「短篇校園小說」，所收十四篇作品，都不離孩童的校園生活。以〈懲罰〉一文為例，學校下達禁煙令，老師與同學達成協議，要把抽菸犯戒的人名、時間、地點、煙名登錄在公佈欄上。老師回了家，告知前情，家中妻小也贊成戒煙，強迫爸爸將煙盒丟棄。週末假日，老師為了寫物理報告，煙癮又起，找了一包遺忘多時的香煙，躲到公園裡抽菸寫稿。一個五、六歲大的孩子，說要收集，要去了煙盒。第二天進教室，老師發現煙盒放在講桌上，這下子他明白了一切。學期結束時，公佈欄上只記載著：老師一個人的名字、星期天、在公園、抽萬寶路香煙。又如〈臨窗的樹〉，老師用嚴苛兼鼓勵的傳統教學法，要求學生學習，但沒有考慮到落後生的困境。那個失去母親、個性退縮卻又學習低落的蒙振江，受了委屈，被同學打歪鼻子，鮮血沾濕了襯衫。老師終於發現孩子們原有千百種型態，就如白楊樹幹上裂開著多種不同的「眼睛」。最早在國內引起討論的大作〈題王許威武〉[3]，創造了老師許威武、學生宿小羽的鮮明形象。許威武年過花甲，博聞善喻，言辭鋒利，書法飄逸，同時也是升學的保單；宿小羽聰明而有才藝，所以高傲不馴，考試時故意幫鄰近同學作弊，為了挑戰老師，無所不用其極，甚至偷取考卷。宿小羽被校工逮住，老師還讓他看完考卷，幫他脫罪。考試的時候，宿小羽交了白卷，老師

3　陸又新：〈題王許威武的師生關係〉，《八十學年度兒童文學學術研討會論文集（少年小說）》（臺東市：臺東師院，1992年6月），頁151-175。

自然給了他零分。宿小羽放棄了大學考試，班主任大嘆可惜，只有許威武知道宿小羽真正找到自己了。〈羚羊木雕〉寫孩子們交換了貴重的禮物，被母親要求拿回，對孩子來講，可真是一大傷害。這篇作品還被選入初中課本，當作範文[4]。書中十四篇作品都是「血淋淋的教訓」，孩子之間、師生之間、聯考之間的問題，一一呈現。

《空箱子》書皮上標示為「短篇幻想小說」，自然與前書的題材做了區隔。以〈空箱子〉一文為例，地方繁榮發展，金錢掛帥，下崗的教師爸爸開書店失敗。孩子建議做個箱子，自己躲在裡頭，假裝是電動擦鞋機，好賺取生活費。被同業舉發，教育局派人檢查箱子，裡頭卻是空的，那孩子哪兒去呢？用超寫實的處理手法，或許可以讓讀者悲而不傷。又如〈貓牌學校〉，寫過度包裝的學用品入侵校園，增加許多莫須有的支出，最後竟然滑稽的把學校校名換做商品標籤，依附商業利益團體，換取奧援，另一面還可以表現學校的「個性」。多強烈的諷刺啊！〈野貓的首領〉，寫流浪貓侵入社區，打敗警官板凳狗，作威作福！牠得貓群們的敬畏，可是永遠得不到愛意。溫暖的愛不是可以要索而得，寓意明顯！壓軸的一篇〈太陽的女兒〉，高樓上愛種花的老奶奶生病了，花兒為了保命，不再開放；唯獨七枝野生的「死不了」，為了鼓勵老太太，依舊開花，因而依次失水死去。一個星期後，老奶奶的兒子回來了，喚醒病危的母親。發現其他的花還活著，只有這「死不了」反而死了。老奶奶盡力的說：「不！她們死不了，她們是太陽的女兒，只要有陽光，她們還會開放。」生活環境的艱苦與無奈，打不倒生存的意志力。十三篇作品，都帶有「童話」幻想的成分，對於社會上講求經濟生產效能，而忽略了人性及舊有生活品德的現象，有辛辣的諷刺意味。

---

4 〈羚羊木雕〉選入大陸初中第一冊第二課文，改變主角性別，縮編了若干場景，只留下「犯錯」的過程，文後還提出「問題討論」。

（三）中篇童話與科幻小說

被選進「小魯童話花園」的《傻鴨子歐巴兒》，農場一隻傻鴨子努力增肥，好進城「做出貢獻」，結果被粗魯奸巧的婦人買家屠殺；幸好在劇團吹黑管的老頭兒鄰居發現，用了雙倍價錢買回家作伴，逃過劫難。兒子聽說爸爸養鴨子當寵物，被鄰居當笑話，趕緊買了隻波斯貓來陪伴。波斯貓好吃懶做，縱容老鼠以換取主人的倚重，還欺負歐巴兒。歐巴兒為了報答老黑管，努力學唱歌，學說人話。歷經波折，歐巴兒被送入馬戲團表演唱歌，因為想念老黑管，在老友四斤九的幫忙，逃出馬戲團。牠躲過波斯貓狙擊，在見義勇為的小胖幫忙之下，回到老黑管家裡。為了老黑管的思念，歐巴兒到小學門口去找孫子，讓家人團圓。這故事不錯吧！傻鴨子名叫歐巴兒，其實是英文雙簧管的諧音，也有點兒是小孩Boy的意思。鴨子會說話，想要做貢獻，會當幫助老爺爺找回天倫之樂；應當是童話角色了，可是在故事的行進，是小說結構體，社會冷暖、老人孤獨等議題一一浮現，儼然又是篇寓言體的社會小說了。

被標題為科幻小說的《霹靂貝貝》，寫護士長老奶奶一家單傳，不能無後，趁夜裡偷換嬰兒。抱回家的孩子，居然會帶電傷人。上學時，不敢親近同學、老師，引起了誤會，等到放電震撼了老師，超能力的事實曝光。引起科學家注意，趕來做科學研究。最後貝貝爬上居庸關呼喚外太空人，把帶電的能力收走。這個故事，似乎呈現了海峽兩岸獨生子女「小王爺」般的教養問題，倒不如說他給了孩子「神奇的力量」，讓孩子，甚至是社會上各行各業的壓力感完全釋放出來。作品所以能被改編成電影、漫畫形式，都能夠得到讀者熱烈迴響，可見通俗的題材，仍有感動讀者的魅力。

另一本《魔錶》也是，作品出版，馬上拍成電影上市。故事中，

天外飛來機械零件，掉入手錶工廠，被做成了手錶的機心。孩子無意間為爸爸買了只「藥片」啟動的手錶，讓爸爸年輕起來。他知道了秘密，私下借用了手錶，一夕之間讓自己長大了。父母不認得，以為孩子失蹤了。他獨自到外頭找工作，在金蘋果公司賣玩具，贏得大姊姊于倩的喜歡；意外回到自己的學校，被當作新來老師，得到同學的喜愛；在表演場中變成歌壇新秀。最後在一場雨中，手錶失靈了，變回了孩子原形。這個故事，與美國湯姆漢克斯主演的《飛進未來》，倒有點雷同，孰先孰後，還有待考證。

（四）多面貌的長篇校園小說

一九九一年長篇《第三軍團》出爐，故事中的導線者華曉，從師範學校畢業後，來輔民中學報到，沒料到校長要他假裝為「轉學生」，混入學校，調查第三軍團的來龍去脈。當地的奸商、惡棍以為他是第三軍團的一員，設計加害於他。反倒第三軍團的孩子們救助他，又讓他進入組織內部。華曉知道了事件因果，開始保護這些孩子。有個校中的女孩，因為母親為奸商所脅制，要被作踐。第三軍團成員知道此事，展開一連串懲罰行動。事後，治安單位前來調查。校長了解事件端倪，一反前態，願意提前退休，而沒有交出肇事的學生。因為他的孫女兒，曾經在夜黑風高的夜晚被歹徒侵害，有了切身之痛。他被這群孩子的正義精神感動了。

類近寫實題材作品，尚有《有老鼠牌鉛筆嗎》、《坎坷學校》、《足球大俠》三書。《有老鼠牌鉛筆嗎》書中，張之路提供一個「紙上冒險」的機會，讓讀者們隨著小主角夏剛，拿張火車票，記誦一句接頭暗語，「出門」去體驗生活。搭上臥舖火車，夏剛初識「左鄰右舍」，也漸漸探知不同的人生序幕。他誤以為熱心的老邱是爸爸派來的「密使」，結果引出另一段更感人的父子情愛。他假裝會算命，誤打誤

撞,卻得到眾人瘋狂的崇拜。下車時尋找「接頭人」,被一個大鬍子二話不說,趕進電視台的包車,來到鄉間一所小學,還被指定為主角,演出會口吐泡泡的外星人。陰錯陽差,也就假戲真做吧!沒想到真正的同名童星出現了,夏剛無處可去,淪落到廚房裡幫忙。而剛報到正牌童星不肯下海游泳,不肯口吐肥皂泡泡,夏剛又得到機會,當起了替身演員。當他被通知前往銀行,演出「銀行認父」一幕,竟然遇見真正的強盜行搶。夏剛受了傷住院,消息上報。爸媽趕忙來探視,責備朋友沒有盡到照顧的責任,這才曉得「大鬍子」是真正的接頭人。轉折奇巧,孩子第一次離家的孤獨心情,社會上千奇百怪的人與事,次第在讀者面前展開,有歡笑,也有令人鼻酸的場面。

《坎坷學校》也是以孩童拍攝電影為題材。暑假開始,巨人電影製片場招考了小演員,梁曉水、楊大川等人加入,過著另種形式的團體生活。拍戲過程,風波不斷,換女主角,製作人要求改戲,為了考量票房遭到遣散,小演員不死心,找了同學的繼母出資實施「鑽石計畫」,把戲拍完。而楊大川父親墜機身亡的消息傳來,為了大家的理想,勇敢演完。電影局審片的時候,孩子們把自己的片子拿出來,雖然只有半小時的戲,上不了市場,但他們完成了不可能的任務。拍戲難道只為票房嗎?書中有個「拍戲」的副結構,與故事的「現實面」相呼應,不但故事相彷彿,戲裡戲外人物的情緒變化,幾乎到了不可割離的地步。讀者閱讀,恐怕要集中精神,才可以讀出箇中滋味。

《足球大俠》是個輕鬆幽默的中篇,四個孩子聯名叫「四喜」,就讀一個幾乎全是女生的學校,喜歡踢足球。一天,來了個新老師,不會踢球,卻讓他當教練。他們跟蹤老師,行蹤非常詭異。終於在操場上,新老師被球打昏,醒來後,記憶恢復,原來他是足球大俠,一次車禍中失去記憶,經此震擊,又悠悠轉醒。這個故事,讓許多男孩在玩球的過程中,可以添加許多想像空間。

（五）凝聚更大幻想力量的科幻小說

在寫實手法以外，有三篇頗富幻想力的作品，《螳螂》、《蟬為誰鳴》、《非法智慧》也繼踵而來。《螳螂》反映了學術單位的黑暗，受了電波干擾的黃可，碰上劉自成教授家裡的狗，發現狗的嘴裡發出電話聲音。他投效劉教授門下，協助在末代皇帝飯店發表論文，怪異之事層出不窮，因此捲入更大的陰謀之中。他覺得師兄易容的死訊有異，展開調查，也勾出了易容當年的研究論文被剔名的種種。易容發明了螳螂一號、二號，能夠控制人腦磁晶體共震波，和吸走空間液體。黃可進入了易容的基地，也引來「國科技統計中心」人員的追蹤，易容不肯交出機器，選擇了同歸於盡的結局。故事中有偵探，有科技，有學術倫理，有人類良知等議題，非常聳動。

《蟬為誰鳴》，把奇幻的鬼魂報恩故事融入校園題材之中，何其詭異。書中初三女生楚秀男，受困於升學壓力之中，幻想著甜美的初戀滋味，被校方宣判為無可藥救。那個來無蹤去無影的男孩邊域，竟然是楚爸爸在山區調查工作時，所幫助過的孩子。他死在大學聯考的失意中，魂魄飄向遠方，去幫助恩人的女兒。這故事看似怪力亂神，但也反映了現今教育制度下學子的苦悶，與社會價值觀點的偏差。

《非法智慧》能夠表現現代尖端科技電腦與生化技術題材，同時關切孩童的養成與學校教育，利用緊張、刺激的情節跳接，宛如電影般的視聽效果，並且闡述了人類面對未來文明發展的省思；不管從娛樂或是教育的角度來看，張之路這本書都值得一讀。故事開端，科學家接受陌生人資助發展生化晶片，卻離奇死亡。故事跳接到女主角桑薇考入夢九中學，尋找曾經幫助過她讓她心儀已久的男孩，那男孩竟然不認識她，而且粗魯、暴躁，甚至是幫派領袖。初次上課，課堂中出現了許多奇特的老師和同學。對一些光怪陸離的現象，桑薇鍥而不

捨，繼續偵查，又屢屢出現詭異的追擊、兇殺案件，讓讀者們屏息以對。裝在肚子裡的生化晶片，如何使實驗者展現超能力？如何影響了第一大腦？陌生資助人還建構網路，控制這些「生化人」，其目的為何？拿自己孩子當實驗對象的科學家，發現實驗的副作用之後，又如何急中生智，拯救自己的寶貝？一連串緊張的故事安排，暗藏著現代文明帶來的諸多難題，值得讀者們玩味。至於那七星瓢蟲，秘密生化工程的標誌，又何其貼切地展現了「非法智慧」的病毒型態！

三 張之路作品的特質

用較大的篇幅來談論張之路的作品內容，是希望透過鋪排而呈顯作品的題材、敘述技巧、主題陳述，而歸納出下列的特色：

（一）張之路自創的怪誕文體，獨樹一幟

張之路晚期的作品，已經無法區分為「小說」或者「童話」了。北大教授曹文軒為張之路《空箱子》寫序時，說他：「既寫小說又寫童話，並把小說與童話混一塊兒做。這個路子我一直很讚賞。」[5]曹文軒其實已經看到了張之路無人可仿的文體已然成形。北師大教授湯銳，現為朝花出版社總編輯，她也說：「張之路創作了一種符合它的藝術個性，適合表現於他對生活的獨特感受與見解的形式，亦即或者『大框架怪誕而細節真實』，或者『大框架真實而細節怪誕離奇』的，把小說成分與童話成分揉和為一的『怪誕小說』。──將某種冷酷的生活現實及扭曲了的人格加以放大，誇張到極端，或使某種深刻

---

5 曹文軒：〈「子路」印象〉，《空箱子》（臺北市：民生報社，1994年9月）附錄，頁237-241。

的哲理[6]題旨通過荒誕變形的情節，令人矚目地凸現出來。」

　　拿張之路的作品來檢視，〈灰灰與花斑皇后〉將壁虎、蚊子、鸚鵡的「童話世界」，貼在一般家庭的「現實生活」之中。《魔錶》虛構了一支怪錶，裝上藥片，可把人變老、變小；但在急於長大的康博思身上，又何等的「需要」，而渴望「真實」。《蟬為誰鳴》的神異事件，建構在少女懷春、升學壓力、親情疏遠、學校訓導體制僵化的現狀中，是唯一「突破」的力量。《非法智慧》也是走同樣的路子，但更強調科學的發展，帶來更大的災害。他所以能在寫實與幻想小說之間「遊走」，走出了「怪誕路線」，讓唯美的「童話世界」隱遁，純粹是他獨一無二的「魅力」所致。

（二）精采的情節剪輯，受到電影構成的影響

　　沒有人不讚賞張之路作品的情節安排。唐代凌寫〈迷人的轉折──我讀題王許威武〉，說：「作者顯然善於駕馭那些個性化的細節，善於適時地將兩種截然不同的個性，放在一處反襯對比，推動情節發展，……一連串令人撲朔迷離的急轉彎，不斷的節外生枝而又絕處逢生。……當然，並不是因為有了跌宕起伏的情節就有美感。那種獵奇的編造和生硬的轉折，只會引起讀者的厭惡。我所欣賞的，是作者在處理這些情節的邅變時靈活多變的技巧和圓滑和諧的分寸感。」[7]

　　拿《第三軍團》的大結構來分析好了。故事中串結三代間十幾個人的故事。學校老師、主任、校長，加上六個學生家庭。還涉及三個惡商代表。華曉老師來報到任職，卻變裝為職業學生。惡商教訓了華

6　湯銳：〈探索者張之路〉，《空箱子》附錄，頁243-247。

7　唐代凌：〈迷人的轉折──我讀〈題王許威武〉〉，《懲罰》（臺北市：民生報社，1994年9月）附錄，頁271-275。

曉，華曉獲得第三軍團救援，反而切入了組織。有偵查事蹟的職責，卻轉成掩護行動。而顧校長執法，在決定性的關頭，選擇保護孩子。文革往事，大人曾經有過的傷害；而工商掛帥的時代，惡商仍可倚勢傷人，犯了另種惡行。孩子們嫉惡如仇，扮演正義使者的角色，表現了大無畏精神，以及社會萌芽中的新機。

情節安排技巧高明是不用說了，而小小細節的處理，卻有電影構成的痕跡。試從兩篇不同形式的作品中，選出兩小段，改用電影語言敘述，來品味一下。

〈空箱子〉的開場鏡頭出現大特寫，兩個人兩隻手，言談之間，移動兩次小紅旗，改變了大湯鎮的命運。鏡頭拉遠淡出，再出現的影像是車水馬龍，搞建設，市鎮幡然一變。小學教師湯百年出現了，心事重重，是不是兒子出事？鏡頭跳接湯小年，大特寫，拉開，被壓在十輪大卡車底下。鏡頭跳接一兩秒前車子衝撞的景象，尖銳煞車聲，鏡頭淡出。鏡頭跳接七歲的湯小年，大特寫，為嬰兒時代，用小分鏡描述成長的過程。鏡頭停留在去年夏天，鎮上的婚宴。湯小年抱著紅布蓋著的盒子進來，特寫。靜音，開口賀喜。掌聲響起，讚賀聲不絕。鏡頭跳接席上湯百年特寫，慌張的神情改為欣喜，等待。鏡頭大特寫，盒子。喜事的家人圍攏，伸出手。紅布揭開，蟲振翅的聲音，幾十隻蜜蜂、蝴蝶飛出來。人聲譁然。

又如〈臨窗的樹〉，鏡頭開始是北京城裡特有的楊樹，墨綠色的葉子，沙沙作響，鏡頭拉近灰色的樹皮，菱形的裂痕特寫，融為孩子的眼睛，拉遠，校園生活的情景，孩子歡愉跑跳。鏡頭再轉向遠方的紅磚小屋，拉近，明亮的窗，王老師的臉龐特寫。故事便開始了。結束的時候，楊樹的景色再出現一次，襯在拉遠的鏡頭下，點醒主題。

張之路浸淫電影之中，絕大部分的作品都改編成電視劇、電影，《坎坷學校》、《有老鼠牌鉛筆嗎》書中也有電影排演的過程，他是忘

不了電影技巧的。不管是當作背景色調的處理，或者故事情節的推演，都順利的成功的展示他特有的專長。

（三）題材出入校園與社會之間，建構「大校園」領域

　　檢查張之路的作品，哪一篇離開孩子的生活，離開學校的背景？張之路以他個人從事電影編劇工作，看過許多電影，其中有一類「他們雖然是以少年兒童為主人公，卻是以成年人的視角觀察社會」，來傳達成年人的思想感情。這類作品或可稱「關於少年兒童的文學」，也可以說是「少年兒童命運呼喚的作品」。[8]他的主張如此，作品中自然不會出現嚼之無味的「幼稚觀點」。

　　校園裡的問題，功課、友誼、生日宴、小壞事、小搗蛋、師生互動，或者早戀、單相思，情感無所皈依。儘管一九九三年之前，廣東深圳的郁秀寫就《花季‧雨季》，細細描述高中學生的情感生活與功課壓力，三年後作品出版，引起校園作家寫作校園題材的風潮。[9]書中討論的議題，比較偏重個人情感抒發。這樣的作品不免模式化而千篇一律。然而在張之路的「校園」中，滋味無窮。孩子之間，尤其是中學生以上，不能免於競爭、衝突、嫉妒，或者發生早戀、單相思等情感問題，有時候對老師也「看不順眼」，或者渴望老師的關心而「無門可入」。在《懲罰》集子中，幾乎是「在學的孩子」的故事，《空箱子》、《一個哭出來的故事》，也有若干篇以學校為背景的故

8　張之路：〈兒童文學這顆樹──少年兒童文學的獨立性與依附性〉，《兒童文學家》20期（1996年12月），頁18-23。

9　郁秀：《花季‧雨季》（深圳市：海天出版社），1996年10月第一版，1999年7月第十八刷，已經印了四十六萬本。海天出版社收集讀者來函，相關作品，成為「校園系列」作品數種之多。湖北武漢長江文藝出版社也編輯「花之雨：成長組合筆記」四種，有《養活理想》、《製造大學》、《水滴花卉》、《青藤心事》，表現孩子涉世之初、應考讀書、叛逆成長、偷嚐禁果之前的苦悶。2001年3月出版。

事。長篇的《有老鼠牌鉛筆嗎》、《坎坷學校》是讓「在學孩子」利用假期到外拍攝電影。《第三軍團》、《蟬為誰鳴》等長篇作品,都沒有離開以「學校」為背景的作品。

然而張之路並沒有上述題材狹隘、千篇一律的毛病,因為他抓得到問題的癥結、衝突的引爆點,自然沒有「冷場」,或者個人的呢喃小語。《第三軍團》除了寫出學校的建構與管理,還把觸角伸向資本主義化社會的黑暗腐敗,而引起有良心、有血性的孩子來對抗。《蟬為誰鳴》寫出孩子考試的無奈,情感無所寄託,儘管爸爸、媽媽還是疼愛孩子的,但為了工作,為了賺錢,都把親情遺忘一旁。《螳螂》是篇科幻作品,對於校園中老師及教育官員如何竄改名字,侵奪學生的研究成績,揭露了這種「枉顧校園倫理」的憾事。《非法智慧》表現了升學名校的迷失,也標誌了「國家機器」以及科技時代所帶來的問題。

網站上,撰稿人林一提出「大校園文學」的概念,他說:「如果一部『校園小說』,不是單純的從校內寫到了社會,而是僅僅依靠著「學生身分」,如蛛網一般的滲透進社會的層面,讓校園這個概念性的東西融化在生活的複雜面上,這樣的『校園小說』自然會依靠它的內在而產生影響。」[10]用林一的觀點來檢查張之路的作品,張之路顯然是一個「先行者」,他從來沒有放掉「學生」為主角的創作理念,同時也早就把作品的觸鬚伸向混亂而快速發展的社會中了。

(四)關心孩子的情感歸屬與升學壓力

孩子成績不好,因為不肯用功,還是交了男女朋友?作為家長和學校老師,要如何「拿捏孩子的罪名」?張之路《蟬為誰鳴》,巧妙

---

10 林一:〈大校園文學:一個即將來臨的時代〉,《人民網》,2001年12月19日。

地表現了親子間緊張的關係。小主人翁楚秀男為了補習，而獨自走過林蔭，突然蟬聲大噪，兩名歹徒欺身撲來，誰能來救救這可憐的女孩？期待英雄救美，果然有羅賓漢般的男孩適時出現。男孩見義勇，因而負傷住院，卻留下鋼筆為贈，不告而別。那男孩到底是誰？爸爸為什麼似曾相識？學校的老師何以有強烈偵查的意圖？那支鋼筆，讓秀男的功課起色，讓同學嫉妒，讓老師生疑，拆開鋼筆，探求箇中秘密。在這個探討親子教養、校園倫理，兼又鬼魂報恩的故事中，事實上也成了大陸現今的親子教養問題的「剪影」：一胎化政策之下，父母把所有希望寄託在孤單孩子的身上。擔心孩子成績不好，進不了重點學校，將來沒有好文憑、好工作。害怕孩子交了異性朋友，會受傷害，功課會一落千丈。許多家長們像木頭一般，會努力工作，辛苦賺錢，卻不懂得向孩子「談情說愛」，只會逼迫讀書、再讀書。讀書做什麼呢？能提供孩子感情的寄託嗎？

　　上海作家陳丹燕寫篇〈男生來了一封信〉，勾勒相同的情景。學校收到陌生男孩寫給陳致遠的一封信，如臨大敵。馬上調查孩子的生活狀況，打電話去男孩的學校詢問，派出同學來名為保護實為監視，也告知家長嚴防孩子接觸對方。母親拿到男孩的信，讀完以後撕成碎片，恐怕善良的女兒被誘引。[11]學校堅守著「禮教大防」，真是不可思議的思維法則！張之路用了更大的篇幅，用「蟬聲」來象徵孩子的呼聲，也很容易讓人想起舞蹈家林懷民早年寫的〈蟬〉，描述一群大學生的迷惘[12]。張之路不諱言地表現「女思男」為情所苦的情節，在《坎坷學校》、《非法智慧》裡也有相近的情節描繪。

---

11 陳丹燕：〈男生來了一封信〉，《中國大陸少年小說選（二）》（臺北市：民生報社，1998年7月），頁46-61。

12 林懷民：《蟬》（臺北市：大地出版社，1974年7月）。

（五）對教育體制與教育良知的呼籲

在張之路作品中，「升學」的題材很多。試問，現今一般的孩子逃脫不了升學主義的掌控，引發的是追求表面成績、盜賣考卷、校外補習、結黨閒逛、意外傷害、教室風雲、親情反目等等，張之路都能夠連綴成脈，翻起大波瀾。

先談〈臨窗的樹〉，王達芳是個盡責的老師，為鼓勵學生努力學習。在教室後張貼榮譽榜，公佈考試成績，或者在教室裡按成績排定座位，這些舊式的獎勵或懲罰的方法，會傷及落後孩子的自尊心，已經被現今的教育理念所淘汰。然而，王老師不灰心，她又創出一套獎勵辦法，分優秀獎和進步獎，全班四十五個孩子，有三十五個可以得到獎狀獎勵。在這套獎賞辦法中，鼓勵優秀、進步的孩子，也給予落後生極大的壓力。可是落後生落後的原因，是不是全然個人懶惰、不求上進，家庭的因素、智商的阻滯，恐怕要有更多的社會福利來協助他們。張之路筆下的王達芬老師，已屆退休之齡，桃李滿天下，這一刻才發現「楊樹的這一面」，還是有許多弱智的、落後的孩子等待老師的愛。愛，不是可以用「升學成績」來衡量！

〈靜靜的石竹花〉，一個名叫柳蓮的女孩，不能跟著媽媽到偏遠沒有學校的地方，所以借住奶奶家，在某所小學寄讀。主角老師讓她參加星期二美術小組的活動，她送了老師石竹花，說石竹幽香，死後還可以入藥，引發老師的靈感。老師作品得獎展出的那天，有外賓，有電視台錄影。上級領導要嘴歪的柳蓮迴避鏡頭，還要老師出面去強制處理。柳蓮受到傷害，遠去江西找她的母親了。有肢體或顏面傷殘的人，就失去上鏡頭的權利嗎？

懂得自我反省，對自己的行為負責，肯在學生面前認錯的老師，還有鮮明的一例。〈懲罰〉中的物理老師顧爾言，當他在教室裡宣揚

抽煙為國恥，要把犯錯的同學以及犯錯的時間、地點，填在教室後面的佈告欄上。當他躲在公園抽煙寫稿的事，被學生們設計拿到了香煙盒，他有勇氣把自己的名字寫上佈告欄。學期結束時，他的「以身試法」，得到了成效，沒有一個孩子再犯這條戒律。

如何「對付」學生，除了教師的學養，也要懂得方法，也要管到孩子的內心深處。〈題王許威武〉，物理老師許威武對自己的功課掌握百分百，服氣的學生不在話下，對老師質疑而企圖挑戰的學生，許威武的沉穩，也讓人折服。當宿小羽潛入辦公室，被校工逮獲，他不僅沒有懲罰孩子，還把考題拿給他看，因為他是「知道」宿小羽的。他給宿小羽的白卷打零分，也是對的；做錯事的孩子應該付出代價。當宿小羽放棄升學，只有他不覺可惜，因為他「知道」宿小羽找到了自己，不會再被世俗的理念牽著鼻子走。

張之路甚至區分教師四類型：有學有術者，如化學老師王水、物理老師許威武，受學生歡迎或者害怕；有「不學無術」者，幸好人數不多；有「不學有術」的，所謂的「花架子」，學生分辨不出；但有一種「有學無術」的，學生不肯買帳。[13]張之路為第四型的老師叫屈，他創造了〈夏雨〉，新來的化學老師夏雨抓不住孩子的心，但她見義勇為，排除流氓對學生的欺侮。流氓鬧到教室裡來，夏老師因為胃痛難耐而蹲下，躲過流氓的拳腳，站起來撞倒了流氓。這下子，夏老師變成學生心目中的「大俠」，當她躺在病床上，來探病的學生擠滿了樓道。在「春風化雨」的行列裡，「夏雨」顯然是另種有為可成的形式。

教育要講「良知」。《坎坷學校》裡的孩子要掙脫世俗的低級趣味，要為自己拍一部講良知良能的電影，儘管這部電影上不了戲院，

---

13 張之路：〈夏雨〉，《懲罰》（臺北市：民生報社，1994年9月），頁178。

收不回拍攝的成本。《螳螂》進一步要求老師也要有「道德良知」，看見學生的研究論文精采，厚顏的添上自己的名字。兩個教育官員也要搭順風車，添上兩個名字。送出評審時，上司覺得研究論文上的名字太多，就把最後一個名字刪去。原創作者從自己的作品中消失無蹤！學術界若有這些無恥事件，缺乏「誠實」，哪有科學？教授抄襲他人之作，或利用國科會計畫分題給研究生撰寫，然後據為已作，也時有所聞。張之路透過《螳螂》一書，對學術界的怪現象做了大膽的模擬與披露。

再檢查《非常智慧》書中犯罪的成因，裝上晶片的孩子聰明智慧大增，記憶力超強。陸羽的父親何以拿自己的孩子來做實驗？他試圖讓孩子在考試中勝出，但他萬萬沒有想到，會干擾孩子的自我認知，而迷失自我。第二個大腦，尤其是裝在「慾望」強烈的肚子裡，難保會去替代第一大腦，讓人淪為飛禽走獸者流。

教育體制的建構，與教育良知的誘發，同樣重要。張之路作品中常討論這個問題。在《第三軍團》中，教育體制變成了社會犯罪的幫兇，不但把教室借給商家，結果藏匿了許多非法物品；壓抑學生、調查學生「犯罪」事實，反而縱容了奸商惡棍。什麼時候，教育體制可以清明如水呢。

（六）適切地傳導知識概念與人生議題

或許是張之路的數理出身，讓他對「科學」的主題，有很大的偏好。如《一個哭出來的故事》書中，藉著小蟋蟀〈在牛肚子裡旅行〉的經歷，介紹了牛胃的構造；科學家利用碳十四半衰期來測量物體存在的時間，他巧妙地以碳十四為主角，寫篇〈一個老偵探的自白〉。老百姓喜歡求神問卜，即使生病時。一隻老鼠上桌面吃貢品，把咬來的藥片放在供桌上，老百姓誤以為是土地公賜給的藥片。這故事寫成

了〈老鼠藥片〉，有嘲諷迷信的意義。他為幼小孩子寫的這類作品，很容易讓人聯想到葛冰的《魔鬼機械人》，只不過葛冰著重幻想性，張之路的作品卻可以拿科學知識來驗證。

深層的科技知識，恐怕是《螳螂》裡的控制腦磁波的機器。張之路「發明」了「螳螂一號」、「螳螂二號」以及「人腦晶片」等等，涉及生物醫學與電腦科技，以現今所知的科學技術而言，再不久的將來都有可能被發明製造。他所建構的科技世界，引發孩子的興趣，對孩子將來投入科學研究的行列，肯定有誘發的功能。北師大教授王泉根評論《非法智慧》，他說：「以生動形象的藝術表現，向我們揭示了一個極其深刻的主題：全面推進素質教育是一場深刻的教育革命，是中國在二十一世紀實現強國夢的重要條件。素質教育在注重青少年的基礎素質、智力素質的同時，必須花大力氣加強倫理道德素質的教育，這是素質教育的關鍵和核心。」[14]他說這話絕大部分是對的，只不過在大陸的社會裡需要巧妙地談論「倫理道德素質教育」。

試看《螳螂》書中，還暴露了另一個嚴重的議題。除了劉教授等人有心竊取學生易容的科技發明，在背後還有一批自稱「國科技統計中心」的人員借「國家利益」為由，要搶奪發明。《非法智慧》中，供應資金給陸教授研究的陌生人，發明大腦晶片，還建構網路，控制這些植入晶片的「生化人」，目的為何？他們以青年學子為實驗的對象，將來要進一步控制人類菁英，甚至控制全世界。故事結束前，陸翔風公開演講，強調「科學人性化」。陌生人還打手機進來威脅他，陸教授仍然大聲呼籲，要提防陰謀家和那些極端的個人主義者。他在暗示那些以「國家強盛」為由的野心家，濫用「國家機器」，提出強烈的警告。其實也是為了肯定「國家榮譽」所做的努力！

許多重要的人生議題，張之路有興趣深入探討。他對「生命與愛

---

14 王泉根：〈《非法智慧》的非常魅力〉，《中華讀書報》，2001年4月12日。

情的悲歡離合；對坎坷命運的抗爭；歷史變幻；世態炎涼；人間滄桑；人們對往事的眷戀與刻骨銘心的反思；人類對未來的憧憬與渴望……等等」[15]，都願意和少年朋友們深入商談。

（七）守護正義的溫暖語調

　　除了寬容、悲憫和內省的美德以外，張之路述說故事的語調，很能夠打動讀者。例如，〈在長長的跑道上〉，陪新中學教地理的張老師，面對馬路另一邊的重點學校華大附中的「壓力」，鼓勵孩子找回自信和尊嚴。在聯合運動會中，凌小成為了校譽拚死參加三千米長跑，雖然跑輸了，張老師對凌小成的鼓勵，化解了這種先天上就失利的孩子們的悲苦、鬱悶。〈理查三世〉中有竊盜前科的宋利春，在老師重用下，努力表現。當班上同學在大誤會後，了解宋利春本性，甚至推薦「小偷前科」，去人民大會堂接受表揚。故事中的老師「心中某個地方便變明亮起來」，讀者也會受到感染。

　　在張之路作品中，正義使者絕對少不了，他們穿梭故事之中，給痛苦邊緣中度日的角色，伸出了援手。在一連串衝突、挫折之後，作者也會適時給予安慰。這種守護正義的溫暖語調，可以鼓舞小讀者。

　　《蟬為誰鳴》的氣氛釀造較為怪異，當人們「迷失」於書中憂傷的情調，飛入教室的麻雀，以及林中喧闐的蟬聲，都有淒迷的象徵意義，張之路掰了個「銜環報恩」的民間故事模式，讓讀者寬心不少。然後，他可以大方地談論：人世間要是沒有悲憫情懷，活著，以及家庭、學校、考試，都是無意義。

　　張之路不會因為安慰或關心讀者，而減少故事的衝突性。有人認為目前的少年兒童負擔已重，宜給輕鬆快樂的作品，不宜加壓；有人

---

15 張之路：〈兒童文學這顆樹──少年兒童文學的獨立性與依附性〉，《兒童文學家》20
　　期（1996年12月），頁18-23。

則認為要讓孩子在作品中認識真實的人生，所以不需要掩蓋醜惡的現實。張之路認為這兩種意見都有一個共同願望，就是：「盼望少年兒童健康成長」。他願意身先士卒，跨出「應該不應該」的爭議，來講述「人間正義」、「命運呼喚」等等，用溫馨的筆觸，來補救人世間不能免除的缺憾。

四　張之路作品中的缺憾

　　對張之路作品持商榷意見的評論家也是有的。溫州師院吳其南教授指出《第三軍團》一書的缺憾，「和它的道德激情一樣明顯」，他還說：「用並非法律內的手段去懲罰邪惡、伸張正義——這種意識是不怎麼健康的。——解放軍不管，警察管不了，幾個中學生何以就管得了？」[16]對於他的論見，浙江師大的酈青撰文反擊過，他認為張之路「用一種真摯平等、設身處地的態度真實地描摹了當代少年的生活狀態和心理感受，並讓少年讀者們在趣味盎然的閱讀中體味人生、體味社會，從中獲得一份精神上的力量。」[17]酈青的體認是沒有錯的，只是在「真實的描摹」的詮釋上，與「真實」有點距離。吳其南所提出來「健全法制」的呼籲，也沒有因為酈青的反駁，而不成立。張之路在《第三軍團》的馳騁，對孩子的「正義與暴力」，確實有許多縱容，或許與他文革經驗、社會觀察的經驗，有所呼應。但孩子的正義感可以引發，暴力的氣息也一樣容易引發。文化約制的績效很慢，然而生命中野蠻原力的誘發極快。評論者當然也可以這麼說，文學就是要幫助人們得到現實界所不能滿足的種種想望。現在回頭來審視，這

---

16 吳其南：《轉型期少兒文學思潮史》（北京市：北京少年兒童出版社，1997年11月），頁142-150。

17 酈青：〈一份無形的禮物——讀張之路《第三軍團》兼與吳其南先生商榷〉，《浙江大學學報（社會科學版）》，1999年4月，頁103-106。

個不能滿足的是：「公理正義」的追求，與「以暴止暴、以牙還牙」的報復手段。孩子化身為黑暗中的正義使者，其實是告訴他們「社會是永遠不公」的。「社會不公」是事實，但現在被強調了。強調鍼砭社會或者反映社會的作品，在文學的領域中，永遠是次等的作品，因為一切會「時過境遷」。幸好張之路這種抨擊性直截而強烈的作品僅此一部，當他使用科幻為背景的時候，「抨擊性」被隱藏起來，文學蘊涵的滋味就比較濃厚了。

　　吳其南還談到張之路的作品採取通俗文學的視角。仔細思索，張之路既以「情節」取勝，故事性濃厚，不免削弱人物的獨特性。有些讀者對故事中的角色推崇備至，其實張之路把「典型化的人物貼在變動豐富的情節」中，由於個性穩定明確，容易呈現，容易讓讀者有印象。細細檢查，他的人物並沒有太大的「成長性」。這不能怪他，以情節擅長的小說，能做到他現在的成績，幾乎少見了。

　　要挑戰張之路情節鋪排的毛病，是不容易的。勉強找出三點，來與張之路「互相漏氣求進步」。首先，《非法智慧》情節與前幾部有若干雷同。女孩桑薇尋找男孩陸羽的經過，與《蟬為誰鳴》楚秀南尋找神秘男孩邊域，幾乎是同個版式。陸翔風教授離奇死亡，化妝為音樂教師老袋鼠活動，與《螳螂》裡易容被誤為死亡，化妝成孫老頭，也是同個模子。把故事單元情節切割下來，依照需要安排剪輯，這樣的習慣可能是來自電影的構成，所以張之路不在意，可是對一個蒐集並且閱讀的讀者而言，看相同的「戲碼」，可能不太公平。

　　其次，讓故事中主角死去，也是張之路喜歡的安排。《傻鴨子歐巴兒》的傻鴨子，急性肺炎死了。〈空箱子〉的湯小年，消失無蹤影。《蟬為誰鳴》的邊域，死後報恩來了。《坎坷學校》飾演主角的楊大川，爸爸墜機身亡，竟如劇本中角色的父親死於非命。《螳螂》的易容，《非法智慧》的郭周，都英勇殉難了。一般的科幻、偵探故事，難免安排凶殺、失蹤等案情，提高緊張情緒；故事結束之時，為

了方便於「收場」，讓作者「謀殺」主要角色，宣告角色死亡，也可「告知」故事結束了，讓讀者安心地闔上書本。但這樣「悲壯」的場面，似乎讓我們看見他幼年曾經受創的心靈。

第三，女性角色性格的模糊，與地位的不顯。或許在陽剛味道十足的故事中，女性較少空間可以發揮。《懲罰》中有幾個小女孩，小新子、南南、楠楠、徐灣灣，柔弱可愛，因為做了小錯事而悔恨，或者無力去爭取自己的權益。較長篇的故事中，《非法智慧》的桑薇、《蟬為誰鳴》的楚秀男，形象較為凸顯，卻也是渴望關懷的女子，副角高珊珊的驕傲、賴小珠的代友受過，形象仍是扁平。《有老鼠牌鉛筆嗎》的媽媽，個性急躁而少幽默，演出「強盜女兒」的劉小賢也是個個性溫和而執著的女孩，但都是配角。《坎坷學校》演戲的女角宋鈞和星媽跋扈難以相處，換上了脫出急性肺炎症候的易嵐蘭。《非法智慧》中的老師段夢，是個稱職的老師，嫁給一個為虎作倀的丈夫。這些擔任故事主角或配角的女性，大部分都沒有重大戲份，楚秀男、桑薇看似多了些戲，卻只是故事穿針引線人，不是以她們本身為故事發揮的重點。

說真的，大陸作家如張之路、曹文軒、班馬的作品中，女性角色永遠是薄弱的。只有沈石溪的動物故事有明顯的女性角色，然而她們都是「母代父職」，參與父系的權威的社會大鬥爭。女性角色薄弱，正可以看見中國社會中，主張「國強」主義下的女男關係。

嚴格來說，上述的各項疑議，或許是張之路寫作上的「罩門」，但也絕對是我個人的月旦之見。

五　結論：守望孩子，是一輩子的工作

閱讀張之路作品，最大的收穫是，發現世界上失去已久的純真，

以及孩子需要的支持和鼓勵。他講求精緻的小說結構，將作品賦予明快的節奏，利用高妙的轉折，來凸顯他所強調的教育良知。並把校園題材融入電影視覺之中，擅用戲劇中的肢體、語言表演，使得故事中的問題，尖銳而立體的呈顯讀者面前。他鍼砭社會弊端，肯定人性，肯定公理正義必彰，期許教育可以闡揚良知良能，讓孩子獲得一個安全舒適的生活空間。在人生中追求真理、選擇道路時，有許多不同的議題，留待孩子細細琢磨。他的作品以少年家庭、學校生活為主，表現少年在選擇中的矛盾與思考，讓少年讀者們看清生活的複雜面和歧異性，從而引發他們認識人生的問題，甚至為未來的日子而準備。這樣的作品對少年朋友有啟迪作用，也具有強烈的吸引力。

他完全是為少年讀者寫作而考量。在《懲罰》自序上，他寫了篇〈我的童年食譜〉，有點借喻的作用。他提起老人家相逢，總是問道：「吃飽了未？」是禮貌用語，但會不會是一種「暗號」？一種「接頭」的暗號？他又說，童年時，姊姊在灶上熬糖餅，五歲的他站在板凳上觀看。一不小心跌下來，前額磕在凳子角上，流了很多血。兩眉之間至今仍留下了「饞」的標誌，也是「好奇」的紀念。張之路說：「它也是我今天體諒孩子，觀察孩子的眼睛。」那樣的形象，讓我想起民間故事中二郎神楊戩，頑皮搗蛋，卻又是武藝不凡、主持正義的化身。他把他的體貼和教育良知，勇敢而貼切表現出來。對現在的孩子，他不忘叮嚀。在《第三軍團》書的扉頁上，他寫道：「我的中學生朋友們，明天的太陽屬於你們，明天的光榮也屬於你們──明天的痛苦和艱辛，也屬於你們。」但我知道，張之路會站在太陽的另一邊，永遠永遠地守望著。

──原刊於《東海中文學報》第14期（臺中市：東海大學中文系，2002年7月），頁165-185。

展開夢幻飛行的翅膀

——試論班馬的兒童文學理論與作品

一　投入兒童文學工作的班馬

　　對國人而言，「班馬」會不會是「斑馬」的錯寫？有這樣疑義的人，應該不少。或許他們忘了古代有班固撰寫《漢書》，妹妹班昭寫《女誡》，弟弟班超率兵出使西域，在《百家姓》中確有此姓。班馬本名會文，祖籍安徽巢湖，一九五一年七月生於上海西北近郊的曹楊新村。童年時與弟弟安生、泛生玩得很野。父親華迪在鐵路局上班，喜歡文學、藝術與歷史研究，常帶孩子們去博物館，培養多方面興趣。母親張季雲，堅忍持家，設法渡過六〇年代的艱困，讓孩子們享受著「明朗而未曾陰暗」的童年。小學四年級，第一篇作品〈小夥伴〉被中央人民廣播電臺選播，以後又陸續發表了幾篇文章。文革前幾年，班馬成了「逍遙派」，四次出外串連，走過大江南北，增廣見聞，也閱讀了一些流散民間的公家圖書館藏書。一九六八年，父親遭到批鬥，家裡被查抄，班馬同時被分配到長江口崇明島紅星農場去務農。農場中，班馬傻勁的幹活，當上班長，後來還升格為生產副連長。一九七六年調回上海，以文藝見長，向「少年報社」報到。一九七八年參加上海戲劇學院第一屆招生考試，同榜二十一個同學。在戲劇學院裡接受新思潮，觸動了班馬去追求「根性」、「遊戲」與「兒童美學」等議題。一九八二年畢業分發，擬去上海電視臺，受了阻擾，仍回「少年報」社，擔任採訪工作。此期間接觸許多的兒童文學工作

者，得到了啟發，決定以兒童文學為終身的「活法」。一九八九年九月迄今，應陳子典先生之邀，前往廣西師範學院兒童文學研究室任教。

　　能夠使班馬在日後成為重要的兒童文學家，有許多特別的原因。讀書、遊歷、受父親啟發，似乎與漢代司馬遷撰寫《史記》異曲同工。不過他有一個更「戲劇」的經歷！生活在都市近郊，見聞較廣，卻沒有都市孩童課業競爭的壓力；加上父母開明，讓他享有頑皮而無憂慮的童年，因此「玩性」十足。等到他十來歲的時候，「文化大革命」撲面而來，他可以服從黨的指示，成為工作先鋒。儘管在深夜中孤獨地巡視田野，汲水、放水，以致於昏睡小路上，差一點變成耕耘機的輪下鬼。然而崇明島特有的海邊景色，運河、沙磧、蘆葦、水澤之際，夜幕籠來，或者候鳥群飛，都給了班馬鮮明的印象，也「延續和強化」了他在曹楊新村的童年經驗。

　　他所以能考進戲劇學院，更具有「戲劇性」。如果不是童年幾篇小小的作品，不會被借調「少年報」，也就無法參加考試；如果不是有人密告他的成份問題，自然往影劇發展，不可能再回「少年報」，來接受兒童文學的洗禮。更重要的是，他在學習「戲劇」之際，體會了藝術與文化的「童年性」，也啟發了「兒童美學」的省思；閱讀皮亞傑的兒童心理學理論，了解「角色扮演」與「遊戲精神」的接壤。班馬自述成長經驗時，雖然說：「略有遺憾的是，所學的戲劇和影視專業畢竟是浪費了」[1]；從旁觀者的角度來看，如果不是「戲劇」的學習，哪裡有兒童文學的班馬？

1　班馬：〈作家的成長——探索兒童文學的美學新邊疆〉，《兒童文學家》，第9期，1993年春季號，頁5-14。

二　班馬兒童文學理論的建構

　　引起兒童文學界軒然大波的班馬，是在一九八四年石家莊第一次參加「全國兒童文學理論座談會」，就點亮了火把。針對當時兒童文學界鼓吹的「兒童化」理念，他提出完全相反的意見，認為「兒童反兒童化」。[2]稍後兩年，他在同樣的座談會中，陸續發表〈對兒童文學整體結構的美學探討〉、〈當代中青年兒童文學作家創作心理趨向〉。[3]

　　在這樣的基礎上，後來他完成了《中國兒童文學理論批評與構想》一書。檢視書中的章節，他以「必要的痛苦過渡」為〈緒言〉的標題，指出：「教育派在萎縮中尋求突破，文化派在偏激中嘗試探索」，他希望能將「中國當代兒童文學首先現實地給予釋放出它藝術載體的潛在功能來，既是自救，也是發展」[4]。這種求新、求變、求行動的意圖，就不言而喻了。

　　接著，他在第一章標舉「走出自我封閉的兒童文學觀念」，希望能走出「兒童狀態」與「學校生活」時空閉鎖的局面，免除封閉在傳統的觀念中。第二章，正式提出「兒童反兒童化」的理念。他指出現今兒童的世界，不再是天真快樂、無憂無慮，其實是充滿壓抑感、焦慮感的困惑時期，孩子們渴望「超越自己」，嘗試「在遊戲中扮演」去實現自我的形象，也漸漸「從身體的扮演走向精神的扮演」，發揮

2　王泉根：〈看！班馬這匹馬——對一位新潮兒童文學前衛作家的理解〉，《兒童文學家》季刊，第9期，1993春季號，頁22-26；另收入王泉根評選：《中國當代兒童文學文論選》（桂林市：接力出版社，1996年7月），頁904-914。

3　以上三篇論文題目，均見於〈主要得獎紀錄〉，附在民生報社出版的《沒勁》（1997）、《野蠻的風》（1999）書後，頁245。惟一九八九年論文題目中，「結構」一詞誤作「結論」。

4　班馬：《中國兒童文學理論批評與構想》（武漢市：湖北少年兒童出版社，1990年2月）。

「遊戲精神」，學習「遊戲規則」。而兒童的「閱讀」，有其獨特的選擇與解讀，能建構一個「朦朧的世界圖像感」。第三章，談「傳遞」，「兒童讀者渴望著通過文學閱讀走向成熟，走向未知；成人作者極欲傳遞的願望便正是促使兒童實現成熟，了解未知」。所以成人作家要通過「重生與心理轉換」，要「拋棄幼態」，要傳遞「入世能力」。第四章，論「現代兒童文學藝術的美學意味」。「頑童」形象的意義，指向永恆的主題……成熟，不想做孩子的孩子，在自我意識中做了「哥白尼式革命」。「叔叔」形人物，可以幫助孩子建立自我；少女角色，也有其獨特性。提供文學符號的學習，可以協助孩子釋放「心理能源」，免除壓抑。全書十萬字，從章節內容來看，頗有突破傳統的意圖。

稍後，班馬完成《少年學詩ABC》（四川少兒社）、《世界奇書導讀》（江西少兒社）兩本文學評論集，討論兒童詩及各種文體的理論，想係《少年報》編輯寫稿工作中的「副產品」，大量增加文本的涉獵，足以豐富他兒童理論的例證。幾年之後，他撰寫《桂文亞探論》，表面上是評析桂文亞小姐的散文，實際上也在建構他個人對於「兒童散文」的了解與論見。

一九九四年，應甘肅少兒社之請，班馬集論文為《遊戲精神與文化基因》一書。從書題來看，與此時班馬建構「感知理論」相關，希望兒童在「遊戲精神」之中，移向文化基因的傳承。一九九五年，應福建少兒社之邀，班馬將畢生的理論探索，整理成五十五萬字的大作《前藝術思想》脫稿，並且在次年出版。[5]

全書三卷，分別為〈文革後的藝術思想〉、〈回尋世紀初的前藝術觀念〉、〈前藝術思想的審美發生論〉。

---

5 班馬：《前藝術思想──中國當代少年文學藝術論》（福州市：福建少年兒童出版社，1996年10月）。

　　首卷探討理論發生的時代背景，七〇、八〇、九〇年代，經過了「復出與回尋」，到了少年文學觀念的「共識」形成，勃發、漲落與合理衰變，並指出九〇年代讀物市場、傳播、多樣化、教育革命等多元狀態，去建構「新浪潮的藝術思想」。再從文化歷史意識、現實主義、寫實與空靈、地緣與未來等議題，討論理論與創作的時空背景；最後切入「新生代作家的藝術心理結構」，應用社會學統計與諮詢方法，了解新生代作家面臨的難題，為未來的「下一輪世代交替」做了周詳的準備。

　　第二卷，為溯源之作。回到二十世紀初期，了解梁啟超、周作人及五四以來的「早期兒童觀」。然後從周作人身上發現「前藝術」的兒童美學觀念已經萌芽，兒童有「原生性的生命衝動」，有追尋「夢幻、野蠻、神祕、荒唐」的本能，也有「性靈成長、發育與轉變」的議題等待探究。最後，再提及周作人理論基礎的侷限，「自然生成論」造成了「中國兒童文學評論界的重大誤失」。

　　說明理論生成的時空背景之後，開始進入「前藝術與前審美」的本體探索。建構兒童身心一元的發生機制，以及未來實踐的必然性；並完成「生命力」、「遊戲精神」、「少兒文學教育一體化」、「心理能量」、「多媒體」等名詞解釋。接著是班馬展現他的思想核心：

　　（一）基礎理論：童年的身體與情感

　　（二）感知理論：生理器官向文化器官的演進

　　（三）閱讀理論：心理操作與符號能量

　　（四）文化理論：童年器質──文化發生態

　　從兒童身心發展談起，借重皮亞傑的「感知」理論，期望孩子在釋放狂野的遊戲本質之際，培養「審美力」，接受文化薰陶，而能「從混沌到有序」，在規則、母題、原構中，使心智成熟，懂得操作。至於閱讀過程，在「兒童反兒童化」的心理能量下，「從身體的

扮演向精神的扮演遷移」，孩子「釋放、投射與扮演」，能自我發現，或接受啟示。他們能在閱讀中「體驗」，即或是「模糊的閱讀」。孩子可以在閱讀進程中，宛如人類原始文化進程一般，歷經物理學、生理學、心理學初級、語言學、心理學高級等五個層次，有所成長。在「文化理論」中，班馬先肯定「童年」與「文化」相關的聯結基礎，在於「器官與器質的生成」。「前審美發生態」與「文化原型發生態」，為共生性研究。圖騰、巫術、宗教儀式、器官崇拜、遊戲、易經符號、陰陽認知、儒家思想等等，都是孩童成長與認知的發展性歷程。對於建構這套兒童文學理論，班馬掩不住內心的快樂。

三　班馬努力建構理念，所遭致的爭議

　　為推廣個人的理論建構，除了在少年報工作之外，班馬還兼了許多的編輯工作。一九八七年，為江西少兒社主編「探索作品集」，寫了一篇總論《你們正悄悄的超越》，表現了疼愛孩子，渴望孩子成長與超越的心情，充滿「新潮」、「探索」的趣味，被視為「反叛傳統兒童文學的高峰體現」。[6]一九九三年，為臺北國際少年村出版社主編《飛行船之夢》，蒐羅編選大陸優良兒童文學作品，還寫了一篇三萬字的總論。一九九四年，他參與四川少兒社「圖畫本童話系列」的寫作，為《綠人兒童畫報》，做綜合圖文、漫畫等文本設計。一九九七年，接受上海二十一世紀出版社的邀約，開始編選幼兒圖畫故事書與「大幻想系列」叢書等等，一直到班馬接任廣西師範學院兒童文學研究所所務，仍然參與編輯工作。

6　班馬：〈對兒童文學主流評論界缺乏本體構建力之我見〉，《兒童文學研究》1996年第
　　4期（12月），頁44。

　　班馬的理論，有很好的建樹。浙江師範大學方衛平教授指出，班馬關注了「原生性心靈內容與原始文化品質」，力倡「遊戲精神」、「野與神祕」、「感知先於認知」，顯現出班馬有很高的理論天分和悟性。[7]上海師院李學斌先生，從童話的角度探討「少兒童話閱讀心理」，認為是「遊戲衝動與精神扮演的合奏」；而童話則是「幻想的遊戲和幻想的幽默」，通過「幻化」的精神飛翔，超越現實生存的種種苦澀和無奈。[8]這樣的理念，可以看作是班馬理論的延伸者。

　　但也有持修正意見的人。東北師範大學朱自強教授，認為班馬的理念，偏執於「反兒童化」的理念，顛覆「兒童性」，使作品深奧化，孩子們難以閱讀接受。上海《文匯讀書周報》的劉緒源先生，反對班馬把兒童與成人區別化，「似乎有將這一區別神祕化的傾向」，他希望能訂出「雙重標準」，來驗證「好的兒童文學」有「兒童性」，同時與成人文學有相同的「文學性」；我們也看到了劉緒源的另一種偏執。[9]說得公允的，我認為還是方衛平，他先讚許班馬具有「偏離常規」的學術靈性和理論創意，可是在「另方面，班馬的思想有時又難免偏執，某些文字表達由於極富個性，而使讀者產生了某些理解上的困惑。」譬如，「兒童反兒童化」的述說，如果解釋為「兒童渴望長大成人，不願屈就為幼稚的孩童，所以反對被稱為兒童」，是說得通的。但從語詞邏輯上來看，就說不過去。兒童如何反兒童？將「兒童」當作「天真」，或者是「幼稚」的代名詞來解說，都無法自圓其

7　方衛平：〈兒童文學本體建構與九十年代創作走勢──與友人班馬對話〉，《兒童文學研究》1996年第2期（6月），頁7-12。

8　李學斌：〈幻想的遊戲──試論兒童的童話審美閱讀心理〉，《兒童文學研究》1999年第2期（6月），頁34-38。

9　劉緒源：〈明天的研究向哪裡深化──與詩人班馬對話〉，《兒童文學研究》1996年，頁23-25。第1期（3月）。另篇，〈再說「雙重標準」──兼論研究現狀並致班馬學兄〉，《兒童文學研究》1996年第3期（9月），頁19-24。

說。又如「本體」的探討，與其他週遭事物有多方面、多層次的關聯，不宜依附自己的理念而簡單化。

班馬對他人的論點，也有所反擊[10]。他認為「兒童反兒童化」被誤解的原因是「本體性位置」被抹去；評論者對「傳遞自我」的批評，卻忽視他同時提出的「遊戲精神」；作品深度化，造成評論者指責拔高到文化和哲學的層面；九〇年代，年輕作家作品又清一色的「現實主義」，批評現今的作家「缺失本體根基的浮游與無奈靠泊」；他最大的攻擊力在於「當代兒童文學主流評論界，缺乏本體構建力」。他的攻擊，事實上是無效的，一來評論界常常是「冷」的；二來，創作界的風氣轉換，不是一個理念或者一個口令，就可以改變的。

四　班馬的兒童文學創作

以自己作品來驗證自己的理論，班馬更是少見的作家之一。一九八三年以前，班馬的作品多為散文詩，獨幕劇、話劇、中型劇等劇本。從題目來看，譬如《只有一個地球》、《浪子的獨白》、《愛因斯坦與你交談》等等[11]，素材上應該與「兒童文學」有關。一九八六年，班馬發表了他的處女作──短篇少年小說〈魚幻〉，引起文壇重大的震撼。一九九〇年，與妻子韋伶合著《那夜迷失在深夏古鎮中》一書，提出了更多、更具體的作品，來驗證理論。接著，一九九一年出版散文集《星球的細語》；一九九五年出版長篇小說《六年級大逃亡》；一九九六年出版長篇小說《李小喬的幽秘之旅》，以及長篇童話

---

10 班馬：〈開發自身本體的「兒童美學」藝術價值──與劉緒源對話「成人文學」評論意識〉，《兒童文學研究》1996年第2期（6月），頁7-12。另見註6。

11 這四場戲均在上海戲劇學院和青年宮演出。見〈班馬理論、創作年表〉，收入《沒勁》（臺北市：民生報社，1997年3月）附錄，頁241。

《綠人》；一九九八年完成幻想小說《巫師的船》，以及與韋伶合著的散文隨筆《綠人筆記》。一九九七年以後，臺北民生報為他出版中篇小說《沒勁》；上海二十一世紀出版社，則為他出版了《班馬作品精選集》。一九九九年，民生報又續出版短篇小說集《野蠻的風》，把新潮、浪漫的作品，介紹給臺灣的讀者。要一覽班馬作品風貌，《班馬作品精選》自然不能忽視。這部選集高達四十萬字，分為七大類，童話、小說、詩歌、故事、散文、戲劇、文學理論，想是包含了泰半的精華作品。文學理論已如上述，其餘六大類的創作，細分如下：

（一）科幻童話，十一篇

班馬在卷頭強調：「很大的事情」；特別自由的權力；人與動物、植物、仙人、外星人一起交往。（精選頁1）故事發生的地方，總在海洋、森林、神祕之處，以及和地球外面的星空。

在這樣的前提下，人與自然的互動，便是重要課題。

〈綠人〉，寫三個以滑稽綽號的孩子，對於研究「綠人」的三姨沈雪很有興趣，有一次趁著三姨不在家的時候潛入這幢法式樓房中，有驚人的發現。

有三篇以老木舅舅為觀察角色的故事。〈與槍手「老丹」同行〉，寫老丹的拿手傑作，就是把自然界種種事物凍入冰塊中，精妙無雙。老木舅舅陪伴他到北極的冰山洞窟，原來老丹要珍藏所有大自然的美麗作品，直到未來，宛如諾亞方舟。〈沙漠前世尋寶記〉，則是老木舅舅參加沙漠汽車越野賽，看見沙漠中的狒狒仿效德法戰爭的恐怖場面，對人類好戰一事，有很深的責難。〈誤入古林〉，寫老木舅舅和友人在古林中與盜墓賊相遇諸事。如果地球毀滅，最後一個男孩看著〈最後一做紅冰山〉，他的孤獨如何述說？〈那個男孩那個夜〉，在幽暗中，會不會去尋找白色的太空船與宇宙航行員？與外星人相會的，

如果不是男孩，而是海岸邊的招潮蟹，〈在星球的第一絲晨風〉，此景
又如何呢？〈漫遊〉者，如男孩，如我，如〈鷗的歷史〉，如〈孤蟹
獨舞〉，如〈大鳥〉。

準此十一篇的閱讀，人、歷史（遺跡、二次大戰）、地理（沙
漠、古林、海洋）、自然（鳥、蟹、樹）、地球、星空、科技，都鎔鑄
在班馬的科幻童話裡了。

（二）少年寫實小說，八篇。幽幻小說，十篇

班馬動筆寫真實事件與真實心情，相信可以安慰許多「看不懂」
他文章的人。在卷頭上，他說：少年人喜歡裝模作樣、鬼頭鬼腦、祕
密勾當、胡思亂想；不過，少年人可都是好人。（精選頁59）可以窺
見班馬故事中主要角色的性格了。有八篇少年寫實小說，除了〈阿
冬〉一篇，寫童年時的阿冬極為頑皮，長大時父親肺癌過世的前後經
歷；其餘七篇作品：〈六年級大逃亡〉、〈爸爸叫我跪在蘇州城外祖墳
前〉、〈蟋蟀之計〉、〈洪都拉斯〉、〈留在樹皮上的〉、〈柳老師的夢〉、
〈傷心的「俯衝」〉，全屬於《六年級大逃亡》中的篇章。分開來是單
獨存在的作品；合併起來，卻應成了有結構的長篇作品。還不只如
此，民生報出版的中篇小說《沒勁》，也正是從二十萬字的原作中，
節寫成六萬字篇幅，又能自成結構，「易筋」的手法相當高明。他把
《六年級大逃亡》的首章留下來，當作一個獨立的「短篇」，仍名為
〈六年級大逃亡〉（精選頁60-88）；次章，與摩托王、洪都拉斯相
識，還有靜安寺的老阿姨，在上海街頭的百樂門等地廝混，親體飆
車、蟋蟀賭博、死亡等事件，白頭翁班馬叔叔適時給予了協助；這些
闖蕩社會的故事，有冒險、貪婪、情愛、邪惡與正義，能讓孩子感受
到江湖的險惡；但因為篇幅的關係，也只有「另外處理」了。第三
章，作者先是「現身說法」，說明寫作的原由，再與故事中主角李小

喬直接對談；接著，小喬敘述學校師生之間的相處，四十二個同學個
性的異同，敬業的柳老師如何啟發同學？又如何被學校單位調職處
理？同時，也敘述小喬父母態度的變化，為了升學壓力、學校管教，
造成緊張的關係。小喬最後離開學校、父母、白頭翁叔叔，與洪都拉
斯坐上了江輪，遠離上海。故事意猶未盡，所以班馬又加上〈附
記〉，向讀者強調寫作李小喬故事的真情之處，希望「小喬在外歷程
絕對是一個大漫遊的少年長篇小說」；也等於預告了續集即將展開。
仔細對照《沒勁》與《六年級大逃亡》的第三章，發現兩者文字、內
容均大同小異，而刻意的「重新組合」，卻展現了不同的故事「風
貌」。可以發現，班馬處理單獨的故事情節時，每個小部份都能獨立
而圓熟的存在著，可以任意拼合成更大的「有機體」。故事進行中，
穿越「現實時空」與小說「虛擬時空」，作者可以向讀者述說，也可
以跳入故事與故事中的主角對談，突破了「虛擬時空」的藩籬。整體
故事頗合於「後現代思潮」的創作，絕非一般「寫實主義」的推崇者
所能了解，又如何接受呢？

　　收入的十篇少年幽幻小說，前三篇為〈野蠻的風〉、〈魚幻〉和
〈迷失在深夏古鎮中〉。

　　〈野蠻的風〉中，那個來自西安穿短褲的男孩趙曉峰，無法見到
出任務的叔叔趙赫，在無奈的心情中坐上接他的警車，風馳電掣，奔
赴海洋研究所。他孤單地漫遊，卻走進狂風、藍海、白沙的宇界，幫
白衣姑娘摟住飛舞中的被單，又與古銅膚色嚼魚乾的老頭邂逅，最後
在陽光亮麗空無一物的沙灘上獨自醒來。像這一類的荒漠歷險，觸及
太空、海洋、蒼崖或山洞裡的探訪，而與山野原住民、鳥類等「異
族」不期而遇，構成了〈一次迫降荒原的奇異心情〉、〈山的話〉、〈山
的洞〉、〈烏雲下的那隻鳥〉等故事的基本骨架。

　　〈魚幻〉是作者的成名作，是他「亦真亦幻」文學理論的實踐作

品，引起大陸學者熱烈的討論。他請「你」坐上小客輪渡過黃埔江口，把「你」交給陌生的黝黑的水手丁寶。你怕死他了，全神戒備；忽然看見大黑鳥飛上了岸；剎那間又得跟一整簍的水蛇窩在一塊兒；蝙蝠群飛混亂從鼻尖掠過；讓你的頭髮都站直了。經過湖泊，似乎看見水底古城；忽而，有一尾烏黑的大魚伴游船舷；朦朧中，大魚竟然爬上了船，變回丁寶。是丁寶，還是魚呢？整個歷程，都在孤獨、緊張、恐懼，及似睡非睡的「朦朧」下進行。類近這樣的奇幻水域，還有〈康叔的雲〉、〈搭拖輪船隊靠泊的鬼碼頭〉。〈康叔的雲〉，讓你去拜訪爸爸的爸爸的哥哥康叔。暴風雨如蠻牛衝撞，而魚群也試圖鑽出河網。像魚鷹，也像千年銅龜的康叔，阻斷魚群的逃亡，也馱回了倦累的你。離開康叔的漁寮，搭上長長的拖輪船隊，你被送到河口鎮，有人會接你，再把你送到爸爸的老家三館鎮。碼頭，一個接著一個的停靠，在睡眼惺忪中，有人和貨物上下。而最驚險恐怖的，還是那群穿著戲裝的「古人」，要在「鬼碼頭」下船去唱戲。這些作品都以第二人稱「你」來進行，逼迫讀者化身為「你」，進入班馬虛擬的「奇幻世界」；從另個角度觀察，原始生命力的勃發、遙遠親人的呼喚、古城古人古裝古戲，都從陌生的遠方傳入「你」的腦波。

古鎮奇遇，是班馬「幽幻小說」的第三式。因為爸爸所託，去古老陳園盛老伯的家中請求字畫，事前被告誡「庭院深深，不可擅闖」。「你」一時等待無聊，一時好奇，竟在亭園間走失了方向。脫困後，在走回客堂，盛老伯正畫著你求取的「林園圖」，仔細端詳，不正是畫下你〈迷失在深夏古鎮中〉的足跡？嫡系的作品〈夜探河隱館〉，藉著老木舅舅的夜間偵查，發現河隱館丟失秘笈的原因。

孤獨、神祕、尋找、神遊，不管是荒野奇譚、奇幻水域，或者古鎮奇遇，都是班馬幽幻小說作品常見的主題和背景。

（三）少年散文，十三篇

散文之作收錄十三篇，篇數雖多，實則只佔44頁，比寫實小說112頁、幽幻小說130頁為少。卷頭大抵說：少年所見所讀的「世界」，是一個無數的東西，無數的地方，以及無盡的可能和嚮往。希望有博大、舒卷、散漫的領域，可供少年精神飛翔。（精選頁301）首篇〈江南，有一座永不忘的小屋〉，是個引起；末篇〈黑鳥〉，是個總結；長江、小火輪、河灣、碼頭、狗尾草、黑瓦老屋、青燈古寺、回家的路，都沐浴在粼粼的月光之下。〈撐船的大哥〉、〈長江月夜記〉，是同類型的著作。水路走累了，走陸路吧！騎一部自行車〈黑馬〉，在不知名的地方沈沈睡去，卻在晨曦的〈魚肚白，玫瑰紅〉中醒來。或者換個獨自沈思的角度，在〈夜的一支彈唱〉中，想想這個世界在〈午夜十一點零三分〉，大家在做什麼？或者到星空裡，遙想〈星座〉種種，低低述說〈星球的細語〉，或者遙想地球上曾有的雨、鹽、河姆渡文化，寫出〈雨意〉、〈對一粒鹽的沈思〉、〈河姆渡〉。

（四）少年詩，十二篇。低幼詩，六篇。兒童詩，六篇

所謂少年詩，班馬著重在「生命的律動、快感的表達」，希望少年的「詩」如「歌」，可以吼叫、哭訴、彈唱、律動。（精選頁345）從首篇〈男孩之舞〉開始，〈青春是一頭動物〉、〈可否癲狂〉、〈游出你自己〉、〈詢問生命〉、〈感謝童年〉、〈黃昏的號角〉、〈永不再來〉等八篇，都是在呼喚「你」能在洄泳、獨舞、癲狂之際，培養出自己的信心與力量。〈幻想的草稿〉是唯一的以「我」為角度來內省；〈送給回憶的禮物〉、〈重新叛逆〉，又走回你、我的「對話」中，共同編織「花束」。最後一篇〈鱘夢〉，跳脫上述的議題，而以長江河底十七年迴游一次的「中華鱘魚」為題材，寫出「大魚的夢」，也點出了原始的生生力量。

對低幼年級的小孩，班馬認為：孩子「天真的說話，差不多已是詩」，所以「稚子之語」幾乎是詩了。（精選頁375）孩子對自然的好奇，無厘頭的發問，就是詩的題材。小蟹和女孩用〈沙的字〉溝通；〈小孩和他的老水牛〉玩得起勁，分不出誰是牛？誰是孩子？過年雪地裡的〈紅鞭炮〉，特別顯眼。〈山裡，下雨後的猜想〉，讓森林喝飽了水。〈我問大自然〉，怎樣才可以同「你」交談？最後一篇很逗趣，題目是〈一個小孩似的老頭子寫給一個老頭子似的小孩子〉，像繞口令，像胡鬧劇的臺詞。

收在「正規」的兒童詩隊伍中的作品，班馬特別強調著：一種「空白」的東西，能引動著心靈的穿行能力。（精選頁385）頑皮、想像、遊戲、野蠻、探險、交友，是詩的主題，遊戲的成份強，動作描寫明顯凸出，孩子的精神表現虎虎生威！看看詩題，〈野蠻〉、〈幻想的一天〉、〈暗語〉、〈男子漢的絕交……一分鐘〉、〈紅紙包〉、〈我要和童年約定〉，便知道班馬的主張。

（五）生活故事，三篇

生活故事，應該屬於散文類雜記體吧！如果有一些虛構的情節，當作小說類，也未嘗不可！活蹦亂跳，是孩子生活的特質，不像大人常常陷在名韁利鎖之間。「突然」來的生日，令人吃驚的節目與禮物，讓人目不暇給，寫成了〈生日怪郵〉。寒假，同學們合作，來一趟「直線旅行」，好好觀察研究，寫成了〈一次達爾文式的旅行〉。和爸爸出遊，竟然〈爸爸帶我去爬樹〉，好不快樂！這就是孩子渴望的「生活」！

（六）青春戲劇，二篇

撰寫劇本時，班馬「兒童文學」的概念或許還沒有成熟，所以他

自謙說：「青春的戲劇階段，有點做作。」首篇〈只有一個地球〉，是個科學幻想劇，因為篇幅的關係，第五場後，以「劇情概述」代替。戲的內容是，A國執政官之女貝娜，愛上了敵對的B國執政官之子卡洛，前來尋訪。寫親情、愛情、窮兵黷武、理想與現實等衝突，表達的方法，有點像希臘劇或莎翁劇。〈童年森林〉為兩幕抒情悲劇，寫文革下鄉的知青，試圖爭取機會，回調都市，因而犧牲信念、友誼，獵捕守護森林的鹿隻，有許多悲痛。

五　班馬的作品成就與侷限

從精選集來看，班馬的作品琳琅滿目，但從文字篇幅的總量來比較，寫實小說與幽幻小說仍然佔了絕大部份，也是最精彩的作品。就數量上，童話、散文、詩、生活故事只是聊備一格，戲劇的寫作應是「早期」作品，只有在《六年級大逃亡》長篇中，描寫班上同學相處的那一段，有些表現。

無論哪一類作品，孩子孤獨地「旅行」，並且發現蒼穹下的「奧秘」，似乎是常見的模式。「旅行」或「漫遊」的地點，不外是荒漠、水域、古蹟、太空，可以窺探沙漠中的洞窟寶藏，可以面對叢林的蛇精樹神，可以徜徉海邊的沙磧，可以上下碼頭，去搭乘長江邊的小火輪，也可以仰頭太空或者俯瞰地球。孩子們遇見了友伴，善體人意的少女，解厄釋謎的叔叔，憨厚的輪機船長，街上的「大哥、小弟」，要不然就是一隻打招呼的招潮蟹，水上的黑鳥、大雁，水裡的鱘魚、海龜，或者是行旅外太空的「宇航員」。黑色是班馬的最愛；藍色、綠色，常是背景色調；黃澄的月光、橘紅的夕陽、魚肚白、玫瑰紅的晨曦，偶爾點綴著。

頑皮的個性，冒險、尋寶、探索，都建構在「遊戲精神」之上。

透過「感知先於認知」的理念，所以常用「我」、「你」的敘述觀點，讓讀者們分享故事主角的淘氣和冒險情境。「叛逆」是「兒童反兒童化」的特徵，與成人的價值觀點正面衝突。在緊張的升學壓力下，做父母的寧可「背叛」孩子，去做「升學主義」的幫凶。孩子要是正值「生理衝動期」，「叛逆」與「盲動」，就成了家常便飯。

仔細讀讀《六年級大逃亡》，譴責聯考制度其實不是主要的目的。班馬借小主人翁李小喬的心裡想著：「讀書、讀書、讀書，世界上的大人就知道小孩子要讀書。」讀書做什麼？大人逼著孩子讀書，目的何在？只希望孩子在聯考中打敗同學獲取教育資源以便登龍附鳳成為社會佼佼者。大人自私自利的心理，不只是犧牲所有的「別人」，也包括自己的小孩。在〈只有一個地球〉的劇本中，班馬也大聲喊道：「爸爸不理解兒子。當個兒子，真不容易！」（精選頁425）如果爸媽無法「理解」，創造一個「叔叔」型的人物，或許可以從旁協助孩子的成長。

孩子的學習成長，從「身體的扮演」走向「精神的扮演」；從「生理器官」進化到「文化器官」。這就是班馬叔叔試圖去了解「中國兒童心靈的東方背景」，進而建構「文化基因」的原因。「尋根意識」的產生，〈魚幻〉、〈迷失在深夏古鎮中〉之類的作品充滿「文化的暗語」，也試圖穿越歷史時空，找尋華夏古文明的信念。然而，追古溯源之外，也暗藏另一種尋找未來出路的「科技」意圖；在星球之際，回眸於湛藍的地球之際，如〈星座〉、〈星球的細語〉、〈雨意〉，對於未來的「宇航員」，肯定有強烈的暗示作用。「科技文明與傳統文化」在他的作品中，有一種奇異的組成方式。

「生命意識、同情心與自然之愛」，也是呼之欲出的議題。精選集首篇〈綠人〉，三姨照顧綠色的植物如人，追求博愛、和平的心情油然。最後一篇的戲劇〈童年森林〉，獵取森林之鹿，以換取知青回

到都市的「路票」，也是對迫害「綠色世界」的一種悔懺。

如果要談班馬的作品，有什麼缺點？我們可以發現在他文學理念的主導下，除了《六年級大逃亡》的寫實作品以外，所有的文學類型都在「幽幻」、「野性」、「思古」、「星空」的情境下運作。如何去區別童話、生活故事、詩、戲劇和小說呢？班馬的科幻童話，包含三篇老木舅舅的冒險故事，有離奇的、魔幻的情節描寫，宛如《少年印地安瓊斯》、《衛斯里傳奇》、《法櫃奇兵》一類。〈夜探河隱館〉仍是老木舅舅主導，但沒有魔幻的情節，因而歸諸於「幽幻小說」之林。

對於詩的了解，以吼叫、哭訴、彈唱、律動的「歌」為少年詩；以孩子「天真的說話」為低幼詩；以「空白」的東西，引動心靈穿行能力，為兒童詩。事實上，以歌、說話為詩，已經窄化了「童詩」的各種可能性。從所選出的詩讀來，過度敘述的文字，像口號，像話語，像散文詩，已經填塞了詩的意象空間，少了許多興發與聯想，而只是班馬「幽幻意識」的副產品而已。

至於散文，由於少了小說般的情節，純粹使用纖巧細膩的描寫，缺少「實境感」，到底是親身經歷呢？還是形而上的抽離原形的世界，似真如幻，不易明辨，而使用的文字符號，超出孩童「感知」的範疇，閱讀的困難度就可想而知了。

六　結論：展開夢幻飛行翅膀的作家

儘管班馬的理論與作品，仍有許多值得爭議的地方。但他的努力，也有多重意義。上海師範大學教授同時也是名兒童文學作家的梅子涵，他主張兒童文學的工作者，應該「用兩條腿走路」：一條是「理論」，另一條是「創作」；能夠作品與理論並重的人不多，班馬能以「理論建構」加上「創作驗證」，已經是不可多得了。在文革後

期，選取「現實」與「幻想」交叉的形式，突破社會既定的「兒童化」理念，獨自展開夢幻飛行的翅膀，自有他的慧眼。人是不可能長翅膀，但是人卻可以「飛行」，如果「想像」可以使諸多「現實」實現，又何樂而不為？十九世紀末，在「寫實主義」、「自然主義」的文藝思潮之後，藉著佛洛伊德提出的「性心理學」，以及榮格的「行為發展」理論，而崛起了「象徵主義」。因為現實所見，未必是真理的全部。班馬也曾寫道：「眼裡的現實太乏味，心才渴望浪漫。」（精選頁417）

班馬確實在傳統、保守、嚴苛、片面認知的「寫實主義」中，說出了「心裡的話」，畫出了「心裡的藍圖」。他強調「原生性與文化歷史涵養並重」，尊重先天「人的本性」，也注意後天「文化教育」的養成。

他的作品中讀出孩子的堅韌、冷靜，獨自尋找「生命出口」的努力，所以他要提供一個可以「精神飛翔」的空間，讓孩子可以離開「室內」跑到「戶外」，甚或是「野外」。作品中每個孩子的「幽幻之旅」，都可以感受孩子獨自承擔的「孤獨」與「壓力」。如何幫助年輕人安定「騷亂不安」的靈魂，疏導「破繭而出」的野性與慾望？如何放棄諸多的禁制與「邏輯建構」，讓孩子能充份自由的學習？如何減少人與人，甚至父母子女間的矛盾對立，來分享生命中的和平、寬容？或許解決這一串問號，正是班馬展開夢幻飛行翅膀的主因。

——原刊於靜宜大學文學院主編：《第五屆兒童文學與兒童語言學術研討會論文集》（臺北市：富春文化事業公司，2003年11月），頁359-379。

在野性與人性之間的拔河
——試論沈石溪創作動物小說的成就與困境

一 動物小說家的誕生

　　沈石溪出生於一九五二年秋天。從小就喜歡養小動物。九歲時，甚至養了一隻鴨子來當成獵犬。一九六八年上海初中畢業，次年三月來到西雙版納曼廣弄傣族村寨插隊落戶，學會了犁田、栽秧、捉魚、養狗等等。後來重新分工，當過水電站民工，轉入小學教書，也開始嘗試寫作。一九八○年寫了〈象群遷移的時候〉，獲獎而得到很大的鼓舞。一九八四年考入首屆軍藝文學系，接觸現代文學理論及外國動物紀實文學，寫下〈象塚〉。接著是〈牝狼〉、〈老鹿王哈克〉、〈紅奶羊〉等等，有了嶄新風格的表現。一九八八年四月，上海《少年文藝》和《兒童文學研究》兩刊物，特別安排在昆明召開沈石溪作品討論會。接著著筆長篇《一隻獵鵰的遭遇》、《盲孩與狗》，放開了寫作的局幅。此時，短篇小說《聖火》得到北京「世界兒童文學和平友誼獎」，喜上加喜！一九九一年幾個出版社再次召開作品討論會，肯定了沈石溪在文壇上的地位。一九九二年七月，林煥彰在《兒童文學家》秋季刊做了一期「沈石溪專輯」，首次介紹給臺灣兒童文學工作者。[1]次年元月，國際少年村搶先出版了《老鹿王哈克》，一九九四年又陸續出版《一隻獵鵰的遭遇》、《盲孩與狗》；同年九月、十月，民

1　專輯〈在弱肉強食的叢林法則裡闖蕩的沈石溪〉，《兒童文學家》7期（1992年7月），頁4-13。

生報推出《狼王夢》、《第七條獵狗》，央請李永平插畫，使沈石溪的
作品有個精緻的裝幀，極具震撼力的進入市場。隨後，桂文亞寄贈法
布爾的《昆蟲記》、勞倫茲的《所羅門王的指環》等書，激發他閱讀
更多研究動物行為的書籍[2]，也邀請他撰寫「狩獵系列」[3]。新稿先後
在報章上刊登，再集成《再被狐狸騙了一次》、《保母蟒》兩書。一九
九六年七月，《兒童文學家》季刊又推出〈非常話題大家談〉，探討沈
石溪筆下的「暴力美學」[4]。一九九六、一九九七年間，新蕾出版
《混血豺狼》、福建少兒出版《野豬囚犯》、四川少兒出版《沈石溪動
物故事系列》四集、明天出版《古劍‧軍犬‧野鴿》；而臺灣民生報
續出舊作《成丁禮》，國語日報出版了《狼妻》、《鳥奴》，光復書局出
版了《愛情鳥》、《牧羊犬阿甲》。沈石溪的名字從此與「動物小說」
結下不解之緣。

二　沈石溪早期注重故事張力的風格型態

　　從沈石溪寫作歷程，可以分出作品風格變化的四個階段：
　　早期的類型，以生活所見，無意識地選擇與動物相關的題材，磨
礪筆鋒，重視小說的基本結構。舉〈象群遷移的時候〉為例，故事時
空背景設在密雲嶺潑水節的那天，發生大地震，大象試圖越出國境，
董團長奉命要將象群趕入自然保護區內。四名查線班戰士因為班哨最
近，前往圍堵，首次遭遇，體會了象群「勢如破竹」的力量。再次追

2　沈石溪：〈人與動物微乎其微的差距〉，《雪豹悲歌》自序（臺北市：幼獅文化事業
　　公司，2001年9月），頁12-20。

3　沈石溪：〈痛苦的輝煌‧血腥的聖潔〉，《保母蟒》自序（臺北市：民生報社，1995
　　年11月），頁1-14。

4　沈石溪等七人〈非常話題大家談：兒童文學中的暴力美學〉，《兒童文學家》19期
　　（1996年7月），頁3-7。

趕，改以火攻煙薰的方法將象群逼入葵扇島，並且找來傣族老獵人巴
松波依幫忙。這時，營長已經帶著民兵弟兄趕到，命令吳班長保護老
獵人送回乳象，並向獨牙象王「招安」。獨牙象王原來是老獵人曾經
圈養過的扁召屯，為了不讓土司女兒砍去象牙，被放逃深山。老獵人
掏出口琴，吹奏〈賀新房〉古調，唱出被迫害者的心聲，喚回獨牙象
的記憶。象群溫馴地接受引導，走在老獵人指示下用鹽水嫩竹芭蕉鋪
成的「幸福路」，進入了自然保護區。沈石溪後來回憶說：「當時我並
不知道自己寫的就是動物小說，我甚至對動物小說這個概念都沒有聽
說過」，然而生活的特殊經驗，讓他選擇了「象群」的題材。至於題
材的處理，他說：「基本上都是在動物和人的恩怨圈裡打轉，是在人
格化的動物形象原地踏步」[5]。

再舉〈第七條獵狗〉為例，獵犬赤利狩獵時遇毒蛇攔阻，陷獵人
召盤巴於豺狼的包圍，疑心赤利不忠，決定打殺，幸為孫子愛蘇蘇放
入山林。大半年後，祖孫路上趕牛，再遇十二隻豺狼包圍。領頭的居
然是赤利，召盤巴更恨獵犬忘恩負義；沒想到赤利轉身攻擊豺狼，直
至殉難。祖孫抱起氣息奄奄的赤利，趕路回家。類近這樣的故事，用
來描寫人類的艱困生活，襯托人性的莽魯或慈愛，儘管動物退居配
角，仍然形象生動；故事的張力甚大，危機波波湧現，破除方法一一
出籠，然而「一波未平，一波又起」，讓讀者目不暇給。在早期的作
品中，已經可以看出沈石溪是個天生的說故事高手。

三　封閉的動物世界，演出人類的故事

排除人的角色，進入純粹的動物世界，是第二種類型。沈石溪進

5　沈石溪：〈作家的成長〉，《兒童文學家》7期（1992年7月），頁11。

入軍藝系後，驗證了學習來的文藝理論，覺得：「西雙版納可寫的動物種類已被我寫得差不多了，再走新動物老主題的路恐怕也難以走得通了。……朦朧意識到應當在塑造動物的本體形象下功夫」。《老鹿王哈克》因應而生，寫十五歲的老鹿王選擇留口氣來消滅傷害鹿群的老狼，還是要把最後的力氣來抵抗搶王位的公鹿身上。如果不搶位，連心愛的母鹿也要失去。等他落敗下來，果然失去了權位、食物食用的優先權和健康。七天之後，老狼來襲，想起十一天前懷孕的母鹿安娜死況，眼見白唇母鹿和小鹿又被追殺，他終於選擇悲壯的犧牲，而與老狼同歸於盡。緊張的情節安排，讓讀者屏息以待；又以第二人稱「你」來敘述主角老鹿王哈克，讓讀者投身為老鹿王，深刻地感受哈克的內心掙扎；讀者掩卷之後，往往嘆息再三。緊接著成名作《象塚》出爐了，故事中六十歲的象王茨甫預知死期，在象群護送之下滑入坑洞，象群投以鮮果嫩葉，舉行告別葬禮。茨甫對新象王隆卡真是五味雜陳，是自己的親生子，囑意的接班人，卻提前向他挑戰，被他驅逐流浪。兩年後兒子回轉，發動第二次戰鬥，老謀深算的他仍然可以利用斷牙給隆卡致命的一擊，沒想到妻子巴婭把他撞倒了，寶座拱手讓賢。他懷恨起妻子幫助兒子來對抗他，沮喪、心力憔悴，決定獨步黃泉。就在象群遠離，黎明再現，妻子巴婭折回象塚，願意陪伴他了度餘生。這則故事用遲開進點，把事件集中在一天一夜之間，集中筆力寫老象王的心境，對於象塚周遭的情景，象群葬禮的盛況，大象行進的隊陣，爭奪王位的爭鬥，都有生動的描繪。

　　另一篇《紅奶羊》篇幅較長，寫公狼黑寶俘虜母羊茜露兒來餵奶小狼黑球。為了避免獵人和狗發現石洞，傷害小狼，公狼犧牲了。茜露兒自由了，但在羊性與母性間掙扎，試圖改變黑球吃素，泯除血腥個性。事與願違，牠決定殺死黑球時，豺狼突襲，黑球奮力抵抗，反過來救牠的性命。茜露兒回到族群裡，試圖培養強壯的下一代淪戞，

看似成功了。在突如起來的野狼攻勢中，淪戛撞倒了她自顧逃走。幸好來襲的就是黑球與另隻母狼，感於餵奶之情，放她求生。茜露兒因此獨自走入神羊峰，企圖尋找一頭羊臉、虎爪、狼牙、熊膽、豹尾、牛腰的紅崖羊。故事的進展急促，高潮迭起，從公狼俘羊，轉成母羊養狼，三轉小狼救母羊，四轉母羊培訓淪戛，五轉淪戛棄逃，六轉黑球再護乳母，終於奶羊獨步山峰；流動的情節，讓讀者早已化身為狼或羊，或甚至是隻可以救民族苦難於一身的神羊。長篇《狼王夢》，結構精湛，氣勢磅礴。五個章節寫母狼紫嵐失去五個孩子的過程。首章，為了生子需要營養，到農場偷鹿，被守衛的狗追殺。為避免洞窟曝光，逃到河床上。痛苦危疑中生下孩子，打敗失去戰鬥先機的狗，大雨滂沱，把一隻隻的小狼叼回洞窟時，水流成河，損失了一子。第二章，訓練長子黑仔，怕牠太仁慈，怕牠淪落父親黑桑失敗的後塵，卻被金雕所殺。第三章，拒絕公狼卡魯魯的追求，而把心力放在二子藍魂兒身上，激發其野性，希望能爭奪狼王寶位。藍魂兒果真勇敢，戰勝冬眠中的狗熊，可惜中了人類的捕獸器，為避免人類所俘，紫嵐狠心將牠咬死。第四章，一直被欺壓而個性懦弱的三子雙毛，被阻絕食物而激出野性，將紫嵐前腿撞斷。可惜在最後搏鬥中，狼王致命一嚎，仍然保住王位，雙毛還是被犧牲了。第五章，男孩們全部陣亡，但如果女兒媚媚能為牠生個孫子，也照樣能爭奪王位，為夫報仇。所以設計殺害懦弱的追求者毛毛，然而事與願違，新的追求者居然是老公狼卡魯魯，救亡圖存的希望落空。牠讓出洞窟，蹣跚瘸行，撞見殺害長子的金雕，裝死誘敵。金雕也非凡輩，讓紫嵐躺臥數天，元氣盡喪，才飛撲下來。紫嵐用殘存餘氣，與金雕相搏而死，至少為牠未來的子孫除去大患吧！這個故事是五個短篇的合體，架構龐然；對於狼世界的誕生、養子、聚集、獵食、天敵、奪位、死亡等等，所譜成的「生命之歌」，更見功力。

　　沈石溪對〈象塚〉這類題材，回憶說：「不僅僅在這篇小說純寫動物沒有人類出現──整個故事情節源自動物特殊的行為本身，而不是來源於人類的道德規範」[6]。這話只對了一半！溫州大學吳其南對這類作品定位在「人與動物的關係……引起人們對人與人之間某種關係的聯想和思考」[7]，是有道理的。首先，沈石溪塑造一個完全封閉的動物世界，藉著動物的特徵性格演出一齣「史無前例」的生死情愛與活動的故事，然而所呈現的道德規範或者「離經叛道」，完全是人類社會才有的現象。讀者在賞讀過程中，會以為這樣的「戲碼」存在於動物世界，也警覺到不應該讓它在人的社會中演出。移置作用，使讀者不具戒心，接受故事的可能性，而達成警示效果！請再看看〈老鹿王哈克〉、〈象塚〉，這類故事顯然向年輕朋友談死亡與人生價值，面對人生的危機與挑戰，年老的時候如何割捨、禮讓，如何讓新生命有存活的空間？真正鹿或象的世界，誕生、成長、奪權、逃亡、死去，完全接受自然律的安排，沒有那麼多的「道義」所造成的煩惱。〈紅奶羊〉表現了尋求強種或自體生育的慾望，有撼於民族生命力凋敝的認知！《狼王夢》則對於時下婦女期盼夫強子勝的社會風氣，是一種極大的諷刺。

四　鄉野動物傳奇

　　第三種類型，敘述者變回沈石溪本人，用「我」的口氣，悠游地談論鄉野動物傳奇，集成「動物隨筆故事系列」，試圖整理西雙版納「生活見聞」。這些篇章「神奇而不可思議」！評論家王定天說：「沈

6　沈石溪：〈作家的成長〉，《兒童文學家》7期（1992年7月），頁11。

7　吳其南之見，引述自王定天：〈沈石溪的文學孤旅〉，《兒童文學研究》92期（上海市：少年兒童出版社，1997年6月），頁23。

石溪的動物小說幾乎全部可以歸結為動物傳奇，那不是普通的狼豺虎豹，而是它們中的精英，非奇不傳⋯⋯」。雲南廣播電視大學冉隆中說：「讀罷這組作品，竟讓我自然而然地想起蒲松齡的《聊齋誌異》一個專寫狐怪鬼魅，一個寫走獸飛禽，表現的都是諸如復仇、報應、忠貞、貪心、母愛、善良、戰爭、和平等老而又老的文學母題，然而卻都有過目不忘的精彩情節和細節，都有自然而嚴謹的精巧結構，都有鮮明生動的形象塑造，且都巧妙折射了社會世相和人生的複雜嚴竣。」[8]這些特點，都值得正面肯定，然而「神奇與不可思議」，更需要談談！舉例來說，養一條大蟒來幫忙管家，保護幼兒成長的〈保母蟒〉，蟒蛇竟然把孩子「視如己出」，等到「我」搬家省城，不肯離去，抑鬱而死。養蛇來管家物，作為護衛，都屬可信，可是與孩子間的情愛與不捨，只有人類世界的「保母」，才可能發生。〈老象恩仇記〉寫老象戳破獵人的衣服報仇，然後撞斷自己的獨牙送給獵人當送終的老本。大象與老獵人間的恩怨，竟像《史記・刺客列傳》中豫讓的故事一般！有些講述傳統、親情、友愛的故事，如〈魔雞哈扎〉、〈斑羚飛渡〉、〈魚道〉，對人間的美善與犧牲，做了生動的闡述。〈再被狐狸騙了一次〉有同樣的主題，狐狸為了救妻與幼子，演出自殘前肢以誘騙天敵，這樣的行為在自然界是能出現的，但殘酷的場景描述讓人心驚！兩篇馴養雌雉雞以誘騙雄雉雞的故事，以異常冷峻的態度鋪寫插針雌雉的胸口，毒打以扭曲雉雞的自我，文中雖有調侃獵戶的殘暴，說是可以作為「聯合國文教組織的主席」，但恐怖的景象歷歷在目！「殘忍鏡頭」以外，「遊戲性質」有時也過了頭，如〈愛情鳥〉，寫我拿霰彈槍打金貓，卻誤擊雄雙角犀鳥。找到母鳥，逗引半天，不肯啄食，另隻雄鳥來求偶，也被拒絕，最後餓死巢中，所以

8　冉隆中：〈動物小說的重要收穫——我讀沈石溪的狩獵系列〉，《再被狐狸騙了一次》附錄（臺北市：民生報社，1995年11月），頁145-151。

「我」把巢洞用泥重新封住，以護住雌鳥的身體。如〈野豬囚犯〉受制於老虎，以求保護，避免被金錢豹攻擊，等到我打死了老虎，野豬們企圖將老虎扶起，並且詛咒「我們」。這些故事超出了「生物界」的可能性，使用了「文學世界的語言」，充滿「創造性」的樂趣！

五　動物學家歷險故事

　　第四種類型，敘述者變成動物學家，在獵戶的幫助下，用「我的眼睛」觀察動物世界，集成「動物學家歷險故事」。沈石溪回應一位四川的評論家說：「我覺得故事永遠應該留在高雅的藝術殿堂裡，佔有一席之地……我調動生活了二十八年所有的生活積累，以出新為取捨素材的唯一標準，搜腸刮肚，絞盡腦汁……」[9]沈石溪的努力，可見於《狼妻》四個短篇，和《鳥奴》一個長篇之中。〈狼妻〉，描寫動物學家得到獵戶的幫忙，剝下死去的公狼皮披在身上，走進母狼家庭，作為狼夫。而狼妻為了子女生計，委屈於「殺夫兇手」。狼妻怎麼會聞不出披著丈夫的皮的人類呢？因為她無法單一餵養孩子。動物學家的「我」進出狼穴時，其實是緊握槍械，避免母狼的反撲。等到狼群在冬季集結的時候，另一隻公狼發現了「入侵者」，而狼妻反而以「夫妻情義」，趕走公狼，為動物學家解圍。〈打開豹籠〉的主旨係說明人類拘禁了豹，不但不能幫助紅崖羊族群繁殖，反而使羊群安逸、閒適，而失去生存力，瀕臨了滅種的危險。〈血染的王冠〉，寫猴王爭奪權位，一定要殺死舊王，才可以坐穩王位。為了族群安寧，被動物學家拯救的老猴王，最終選擇了死亡，以穩定猴國的秩序。〈棕熊的故事〉則寫小棕熊誤以動物學家為母親，引起母熊的嫉妒與攻

9　沈石溪：〈作家的成長〉，《兒童文學家》7期（1992年7月），頁4-13。

擊；然而母熊生命垂危之際，為了託孤，仍然把小熊送回動物學家的身旁。

到了《鳥奴》一書，寫「我」近距離觀察蛇雕的生態，發現鷯哥小鳥與蛇雕同棲大青樹，也幫助蛇雕作戰、清巢、育嬰。後來兩隻幼雕趺落草叢不見，大雕鳥攻擊鷯哥窩巢，吞食雛鳥，追殺到天涯。隔夜，鷯哥卻又回大青樹上。等「我」幫忙送回幼雕，蛇雕才容許鷯哥繼續住下。鷯哥為了避免大蛇侵害，請求蛇雕幫忙；等到發現「我」比蛇雕更厲害，就來「我」的觀測所中清潔內部，以求「我」的庇護。文中精彩的描述鳥兒孵卵、餵養、避難、受災等經歷，包括合同攻擊觀測所的經過，都有著墨。

這種寫作方法，並沒有脫離「鄉野傳奇」的筆調，「栩栩如生」與「血腥鏡頭」，變成了敘述手法的兩面評價。「傳奇性質」與「遊戲趣味」干擾了「寫實主張」與「動物紀實」。但最大的不同，在於塑造了主述者動物學家的角色，深入動物世界，試圖增加故事情節的說服力，卻「干預故事現場」，使故事發展添增許多不必要的「傷害」。就說〈狼妻〉吧！現實界的母狼，不可能為了食物，忍受披著死去丈夫的皮的動物學家「騷擾」，也不可能因道義而放棄報復；沈石溪添加情節，想使故事合理化，又以「學者」發音，很容易讓讀者誤信為真。〈打開豹籠〉中，捕捉雪豹造成第一度生態的失衡；重新打開豹籠，讓雪豹自由去獵捕，就可以使紅崖羊自立自強，繁衍子孫起來？多簡單的想法。這個「學者」又造就了二度傷害，而不自知！食物鍊與生態保育的課題，值得深入再探討！〈血染的王冠〉中，舊猴王非死不可，其實是人類社會才有的殘暴，如果猴世界迫害了前任的權位者，恐怕純屬意外。至於〈棕熊的故事〉中，觀察母熊的嫉妒與託孤行為，以「動物學家」執筆，未免情采洋溢了。《鳥奴》一書，對於各種鳥類生態與共生共棲現象的討論，用了很大的篇幅。一般讀者或

許為將此書當作「鳥類寫真集」，然而故事中蛇雕、蛇、鷯哥的互動關係，竟與鄉里胥吏、地痞交互魚肉百姓的形態，頗為相近。而動物學家「插足」其內，淪為「關係人」之一，也不甚妥當。沈石溪勇敢向「生物學界」跨出的這一步，卻因為不改吹奏「鄉野傳奇」的法螺而功虧一簣！

六　生命的謳歌，還是野性的呼喚？

綜合上述的作品特色，可以歸納出沈石溪的創作長才：

（一）展現堅韌的生命力。通過一連串痛苦的考驗，在死亡的邊沿掙扎過，才能淬鍊出生命的真義。

（二）生動地描繪了動物世界的自然生態。對於西雙版納的動物，象、狼、鹿、狐、狗、蛇、鳥、熊等等，無不「栩栩如生」的呈現讀者眼前。

（三）表面是動物的故事，其實是人類世界的「戲碼」，善惡愚劣諸般道德的與罪惡的行為皆具。

（四）精緻的寫作技巧：創造活潑的動物形象，無懈可擊的懸疑安排，擅長鄉野傳奇的故事敘說，呈顯人生常有的兩難抉擇。

然而，我們也可以指出許多待議的課題：

（一）精彩的殺戮現場，充滿「鮮血淋漓」之感，是個不爭的事實。

（二）活潑的想像事件，被誤為動物的生態紀實。

（三）大量使用鄉野傳奇的「誇張渲染」的基調，或即是吳其南所謂「通俗文學的話語系統內操作」[10]，即使偶有冷峻的反諷，也無

---

10 吳其南之見，引述自王定天：〈沈石溪的文學孤旅〉，《兒童文學研究》92期，頁23。

法把持寬容、悲憫、分享、抒情的語調，對小讀者們沒有正面對話與鼓勵。

（四）與少年朋友「分享」的主題，顯然都「過於早熟」。〈老鹿王哈克〉、〈象塚〉、〈血染的王冠〉，所談都是政治權力結構轉移的課題，對於握權的政治家，是醍醐灌頂；但對於年輕朋友述說會不會太早？〈雲豹布哈依〉、〈暮色〉，兇猛的豹、豺，為了妻兒的生存權，犧牲自己，與公野豬死鬥，留下的母豬、豬仔，變成妻兒的「活期儲蓄」，「飢荒時可以設法隨時來提領」。物競天擇、母代子過、妻代夫罪的議題，也是常見。這種自我或種族為中心的生存法則，對弱勢的、被犧牲的小動物而言，是不道德的。主角面臨死亡，壯烈犧牲自己的故事，篇章甚多，但那種「悲壯感」，不是希臘式內省的、自我割離的「悲劇」，而是不可避免的或惡意的生存空間轉換。

（五）是生命的謳歌，還是野性的呼喚？

當然啦！沈石溪成功地描寫殘暴鬥爭與原始生命力，讓一些精力無限、想像力豐富的孩子得到了抒解和滿足。屏東師院徐守濤曾撰文推介沈作[11]，並帶進少年觀護所供孩子閱讀，得到相當熱烈的反應。因為那些孩子往往有異於常人的悲苦身世，也受挫於人世間冷酷的道德法律訴求，在這些強烈的故事情節中，得到了情緒疏洩的管道。沈石溪寫這些動物故事時，意圖：「刺破人類文化的外殼、禮義的粉飾、道德的束縛，和文明社會種種虛偽的表象隨著時代的變遷，文化會盛衰，禮儀會更替，道德會修正，社會文明也會不斷更新，但生命殘酷競爭、頑強生存和追求輝煌的精神內核是永遠不會改變的」[12]，這樣的「雄心壯志」，擁有絕對的震撼力，同時也帶來強烈的爆破

---

11 徐守濤：〈從沈石溪動物故事中看動物之情〉，《師友月刊》365期（1997年11月），頁87-93。

12 沈石溪：〈作者手跡〉，《再被狐狸騙了一次》附錄，頁144。

力。沈石溪又曾說:「我衷心的希望少年朋友通過閱讀〈殘狼灰滿〉,能感悟到生命的艱難,能體驗競爭的無情,更能欣賞不屈不撓的強者風采和激烈競爭中生命被激活的靈性和生命被釋放的能量。」評論家朱自強對沈石溪所談的「弱肉強食的森林法則」與「邪惡出光輝」的說法,有所質疑;也指出沈石溪放不下的「強者情結」、「王者情結」,壓抑了作家對大自然廣大生命所能施予的博愛、尊重與讚美之情。[13]要從沈作中找出對生命的尊重、文明的禮讚、體貼弱勢動物,其實都夾混在狂暴的野蠻,以及無情的天擇之中,很難找到穩固的基點。粗心的或心智未成長的讀者,或許會撼於粗獷的原力描寫,而得到「諷一勸百」的印象。

七 結論:期盼一種適合少年閱讀的動物小說誕生

去年,湖南少年兒童出版社標舉「中國最新動物小說」,蒐羅沈石溪《寶牙母象》、金曾豪《蒼狼》等等八部長篇作品,出書不到三個月,售罄重印。而臺灣出版界出版大陸作家作品中,仍以沈石溪的動物小說集銷售量最佳。可見沈石溪動物小說的影響力,兩岸皆同。

作為成人讀物,沈石溪巧妙地借用動物故事,標舉現代都市叢林的生存法則,反映政治鬥爭中的千奇百怪,也宣洩了人們潛藏心底的「動物意識」,是一本既能消遣、又能模仿,還能內省的「寶書」。但對於較小年紀的孩子而言,這樣的作品未免「沈重」了一些。用個比方,還沒有槍把子高的小孩,就讓他拿著「武器」,衝進「吃人肉」的社會,合適嗎?閩南人常說,「給孩子吃得太鹹,後次什麼都沒有

---

13 朱自強:〈從動物問題到人生問題——論沈石溪動物小說的藝術模式與思想〉,《兒童文學研究》93期(上海市:少年兒童出版社,1997年9月),文中轉引了沈石溪〈撕碎溫情的面紗〉,頁36-42。

味了」。

　　評論家韓進評述「中國最新動物小說叢書」時，期待著說：「從動物身上折射出人性的亮點和生命的光彩，或在動物王國中尋覓人類在進化過程中失落的優勢，或指出人類在未來征途上理應拋棄的惡習。」[14]給少年閱讀的動物小說理應如此，但是每個評論者都會如此期許，同時也將「生存暴力、死亡美學、浮世百繪」，過眼而不經心。

　　沈石溪可否寫適合孩子閱讀的動物小說呢？答案是肯定的。一九九三年，臺灣民生報與北京海燕出版社合辦「海峽兩岸少年小說徵文比賽」，沈石溪的〈天命〉也在獲獎之列。故事中，母鷹霜點在鄰巢友鳥黑燦死後，抱養其子黑頂，與親子紅腳杆為伴。是年大雪，缺乏食物，養不活雛鷹，到底要犧牲親生或抱養的，去引蛇出洞？閉著眼抓，讓天命決定吧！丟下去的竟是自己的孩子。摔死蛇後，撕蛇肉餵食存活的黑頂。夏臨，母鷹訓練黑頂抓兔子，看著牠成為一代天驕。為了鷹族的繁殖強盛，母鷹犧牲自己孱弱的孩子，來成就「別人」的孩子。這種「無私」的愛，足以推薦給孩子閱讀。另一篇作品〈聖火〉，雖然不是動物小說，但也讀出沈石溪還有「溫情」的一面。故事從男孩失去母親，父親酗酒，偶遇鄰婦鬼娘，幫忙挑水回家，從此出入鄰人所畏怯的鬼娘家中。鬼娘年輕時曾以法術救治一個倒臥雪地的青年，從此變成人見人怕的巫婆。男孩想從中學習法術不成。一天，鬼娘也在雪地上凍僵，男孩情急之下，模仿鬼娘教導踩火取得火靈的過程，救活鬼娘。鬼娘活了，然而法力又突然消失。這個「無中生有」的法術，存在於「愛的信念」中，也是一個必須傳諸久遠的「靈丹」。在沈石溪筆下，也曾燦亮過的人性光輝，能不能移植到動

---

14 韓進：〈大自然法則與人類文明〉，《兒童文學研究》98期（上海市：少年兒童出版社，1998年11月），頁48-49。

物世界呢？當然可以！只要沈石溪寫作的時候，願意讓書桌前坐著一位十四、五歲笑得開懷燦爛的孩子，願意為這樣的孩子說人生有愛，而不是以「血跡」去嚇唬他們，一切就成了。請把血跡拭乾，因為要記憶血跡的是你我這般年紀的人，孩子們就讓他們快樂地在西雙版納的大地上奔跑吧！

──原刊於《兩岸兒童文學研究發展研討會論文集：臺灣卷》（臺北市：中華民國兒童文學學會，1999年8月），頁69-79。

「郢書燕說」也是一種讀法
——閱讀沈石溪動物小說所引發的聯想

　　一九九九年八月，我在大陸學者缺席的「兩岸兒童文學研究發展研討會」上，發表了評論沈石溪作品的論文，試圖指出沈石溪先生寫作的四大階段：早期注意故事結構；第二期以「封閉的動物世界，演出人類的故事」；第三期為「鄉野動物傳奇」；第四期轉化為「動物學家歷險故事」。他擅長以傳奇手法在動物故事中表現「人類心理癥結」，對病態的、殘暴的描寫特別精采，吸引讀者的注意。他成功地表現「生存的殘暴鬥爭與旺盛的原始生命力」，也恐怕宣揚「血腥的獸性」，使某些粗心或心智未成熟的讀者受到不良影響。[1]

　　這種「保守」的理論，並沒有動搖讀者對沈石溪作品的喜愛。新近幼獅公司出版「叢林歷險故事三部曲」長篇小說，分別是《雪豹悲歌》、《駱駝王子》、《刀疤豺母》，「陽光大馬戲團動物演員故事」系列《黑熊舞蹈家》、《美女與雄獅》二書。民生報則出版了以昆明圓通山動物園為題材的短篇小說《丹頂鶴再嫁》、《妹妹狐變色》。這七本書大抵屬於第四期風格的作品，也正是我個人所擔心的表現形式。為了使討論的對象明確，故事內容略述於下：

（一）《雪豹悲歌》

　　被人類豢養一年有餘的小雪豹奉命野放，牠已經失去了母親教導

---

[1] 許建崑：〈在野性與人性之間的拔河——試論沈石溪創作動物小說的成就與困境〉，《兩岸兒童文學研討會論文集·臺灣卷》，1999年8月，頁70-79。

學習的機會，依賴餵食成性，懶惰不肯狩獵。研究員減少供食，小雪豹只得撿拾小動物屍體維生，搶劫或者向豺狼乞食。牠無意間與母親重逢，卻殺害了母親正在撫養中的三隻幼豹。最後孤絕死在豺狼的圍攻之中。

（二）《駱駝王子》

住在雲南日曲卡雪山腳下的五隻野駱駝受到兩隻雪豹攻擊，作者與藏族嚮導強巴伸手救助，因此熟識。駱駝王子正值「青春反叛期」，不肯聽命，誤食黑楂樹葉，差點致命；單獨遭遇野狼攻擊，嚇得魂飛魄散。由於大駱駝的溺愛，使牠更加怯懦，連向異性示愛的能力也喪失了。再次受到雪豹攻擊，兩隻雄駱駝犧牲了，一隻母駱駝離開，只剩王子的母親陪伴。荒野中新加入年輕的母子檔，王子排擠吃奶中的嬰兒駱駝，也使得成立新家的期望破滅。王子走投無路，乾脆走進作者的營區要求收容。

（三）《刀疤豹母》

為了保有族群，刀疤豺母委曲求全，交出殺死家狗的兇手，以平息嚮導強巴的憤怒，但仍然逃不了被驅離的命運。豺狼舉家遷移，野地裡的紅毛雪兔大量繁殖，嚴重破壞環境。作者我和強巴翻越高黎貢山，找到金背豺族群，獲得刀疤豺母首肯回到草原。紅毛雪兔的災害免了，但紫金公豺為首任意攻擊家畜。強巴執法，將紫金公豺逮捕，送進動物園供人參觀。

（四）《黑熊舞蹈家》

本書屬馬戲團動物演員故事之一，包含兩個中篇、兩個短篇。取為書名的〈黑熊舞蹈家〉，黑熊阿寶不僅地位，連名字也被新來的圓

毯所取代，內心的孤憤、委屈，也試著改變態度、努力表現，最終被嫉妒心打敗，被禁錮、絕食，而至於安樂死。〈大象莎魯娃〉來自西雙版納，團員控制來自同鄉的殘廢黑狗小版納，以迫使表演；莎魯娃最後選擇殺死黑狗，以掙脫人類的要脅。短篇〈火圈〉為宋大媽憑著照顧哈雷老虎的感情基礎，以哭聲誘使哈雷演出跳火圈。另個短篇〈狼種〉係軍犬大灰因「返祖現象」長得像狼，所以在馬戲團中演出「壞狼」的角色，使得觀眾、團員害怕；然而，當雪豹攻擊團員川妮時，牠掙脫鐵鍊救主而死於戰鬥中。

（五）《美女與雄獅》

馬戲團系列之二，包含一短篇、三中篇。〈板子猴〉陪金絲猴主角雅娣受訓，卻得幫雅娣受板子責罰；結果板子猴表現比主角還好。取為書名的〈美女與雄獅〉，團員孫曼莉誤信電影導演說詞，讓獅子辛尉撲殺棗紅馬，誘發殺生野性，而失去馬戲演出的工作。〈大羊駝和美洲豹〉，描述美洲豹猛駝子讓大羊駝香吐餵養長大，誤認母親，當牠被迫隔離之後，卻造成更大的血腥悲劇。〈罪馬〉寫白馬白珊瑚意外傷害了主人，牠自傷自責後，安排遜位給眉心紅，然後逃出馬戲團去為主人守墓。

（六）《丹頂鶴再嫁》

屬於昆明圓通山動物園的十九篇短篇故事。大抵以鳥、雞、猴、猩猩、北極熊、虎、蛇等角色為主。主題集中在四方面：寫動物的擇偶過程與婚禮，如〈丹頂鶴再嫁〉、〈受異性青睞的雄狐猴〉等篇；寫母愛的偉大或失落，如〈睡蟒邊的雪兔〉、〈北極熊飄逝的母愛〉等篇；寫權力鬥爭與社會習俗規約的建立，如〈小氣鬼猴的誕生〉、〈一山容得下多虎〉等篇；寫教育得失與習性的改變，如〈狼羊同籠的啟示〉、〈皈依牢籠的斑靈貓〉等篇。

（七）《妹妹狐變色》

為動物園故事下集，包含十八篇故事。題材的選取看似多元而廣泛，主題卻集中在「教養」。三篇有關獵豹的野放訓練，與《雪豹悲歌》有異曲同工之處。首篇〈銀背豺守齋〉，老豺王不准豺群在守齋的星期三吃食，沈石溪接著談「限制」的意義，也引申為「讓孩子吃點苦，遭一點罪，以培養他們在艱苦環境下的生存」（頁22）。〈赤斑羚搬了兩次家〉，講述生活環境中失去了天敵，沒有壓力，也會失去生存的本領。〈獅子驅雄〉中，雄獅冷漠，雌獅溺愛，不會培養出好的後代。沈石溪點出：「父親是暴君，父子關係只能是貓鼠關係。」（頁101）通篇表現的要義，概約如此。

一　沈石溪近作的探討

從上述七本書，歸納沈石溪近年的創作，或可得到下列的概念：

（一）故事結構與敘述技巧更上層樓

沈石溪琢磨自己的敘述能力，早期以第三人稱全知觀點書寫，如〈象群遷移的時候〉，對人物的刻畫、景物的描寫、氣氛的醞釀，都已經成熟了，雖然那時候他還沒有自覺為「兒童文學」寫作。編寫新聞通訊文稿的經驗，讓他的文筆精簡而有力。中期的創作，如長篇小說《狼王夢》，短篇〈紅奶羊〉、〈牝狼〉等等，仍以通常的第三人稱觀點敘述，對於動物的處境與遭遇，用筆犀利，宛如現場報導。稍後，他試圖轉用第二人稱「你」來敘述，比如《一隻獵鵰的遭遇》、《老鹿王哈克》，他使讀者幻化為書中的主角，鵰啊！鹿啊！當自己的意識、擇善固執的人生態度，受到環境的扭曲與挑戰，要如何堅強

面對？多數的讀者在故事中得到了悠游、想像與扮演的樂趣。

　　然而沈石溪並不以此為滿足，他回到了原始述說故事的型態，宛如古代的說書人，用「我」來述說，有強烈的感染力，讀者容易直接沉浸在「聽故事的情境感」之中。這種方式，讀者無須透過「孤獨而仔細」的閱讀，去建構想像世界，換句話說，有如觀賞電影、電視節目，可以直接通過作者的語氣，而進入故事的氛圍。讀者有權懶散，開放著「心靈」去接受作者安排，深入故事中的「險境」，由於作者陪伴著，有「安全感」，無「危險意識」，更有「刀口舔血」的刺激。

　　到此地步，沈石溪算是成功的說書人了。然而在新出的書中，他更有傑出的表現，超過了「說書」應有的水平。舉例來說，在《刀疤豺母》之中，他阻止嚮導強巴為死去的獵犬雪燕報仇。強巴倒敘被豺狼圍攻時，「指關節捏得嘎嘎響，眼睛燃燒著復仇的火焰」（頁29）；下章跳接強巴摸黑抓了八隻還在吃奶的小豺。作者用道德和律法勸說無效，乞求不要傷害小豺的生命。強巴設計將小豺放進山溝引誘豺群進入，再用繩子吊離現場，縱火燒死其他的大豺；作者因刀疤豺母的哀求，使計讓豺群自吊橋上脫離。第七章，作者與強巴荒地中觸怒野驢，命在危中，刀疤豺母下令豺群攻擊驢群，救了作者，然而豺群卻發現強巴為世敵，轉而攻擊強巴，讓強巴更加生氣。衝突到了最後的爆發點，強巴喝醉說要買隻機關槍收拾豺群，天亮後，本以為他要傷害小豺，卻背起小豺到樹林中。釋放牠們。豺群接回了那八隻小豺，強巴吹響了牛角號，埋伏的獵人全數站起，二、三十支獵槍齊射。是集體謀殺嗎？卻又不是，他們朝天開槍，驅趕豺群離開草原。這段恩怨情仇，一波數折，橫跨七十頁的篇幅，可以看見沈石溪壓縮衝突，直至高潮引爆點的力量，是小說筆法，超越了口述故事的限制。

（二）加入「教養」議題，試圖沖淡生存競爭的血腥

沈石溪何時開始對「教養」的議題產生興趣？

在《鳥奴》一書中，描寫卑微的鷯哥為了躲避毒蛇侵犯，屈居在另一個天敵蛇雕鳥巢之下，幫蛇雕打掃巢中清潔，仍然不免失去家，也失去四個孩子。鷯哥最後選擇了作者為新主人，因為牠清楚知道作者治得了蛇與蛇雕。這樣的故事，不是《詩經‧鴟鴞篇》的翻版嗎？不是古代依附莊園惡霸，以逃避腐敗的朝廷的剝削嗎？稍後的《牧羊豹》，走的仍是《保母蟒》相關的主題，忠於本性和職業，與現實界的價值觀發生衝突。到了《殘狼灰滿》，表現出殘廢的公狼，藉著母狼黃鼬的幫助，稱霸狼群；最後與公原羚決鬥，為狼群除害而殉職。這樣的故事，強調「弱者奮鬥還是可以成為強者」，還可以「犧牲小我，為民族興大利」！

在七部新作之中，都含有「教養」的議題。以圓通山動物園為題材的《丹頂鶴再嫁》、《妹妹狐變色》，非常明顯的談論「教養」，甚至到了「直接說教」的地步。郭大嫂幫忙照顧北極幼熊，母熊自然失去保護幼熊的原始母愛；被人豢養的斑靈貓、雪豹，失去自己謀生奮鬥的能力；被人類餵養的黑熊，不肯從母熊處學習獵捕的本事；猴群中出現小氣鬼，社群互助的機制被破壞；能隨環境變化毛色的妹妹狐，獲得存活的最大可能；用「初生之犢不畏虎」形容敢作敢為的年輕人，其實有貶意──。有數不完的「教養」議題。

《雪豹悲歌》、《駱駝王子》也是，主題都落在被溺愛的孩子，失去教養的機會，最終沒有存活機會。《刀疤豺母》一書，較具傳奇性！但也在述說豺群領袖刀疤，為保有豺群生存權，能與作者達成君子協議；而那些不守規矩、侵犯人類財物的壞分子，不由豺王「自行處分」，就是任由人類「槍殺處決」。

　　《黑熊舞蹈家》、《美女與雄獅》兩書，所構成的馬戲世界呢？帶人受過的〈板子猴〉，宛如人類世界陪伴王子讀書，卻代替王子受罰的「挨鞭童」[2]，悲苦的代罪的小人物，反而比尊貴在上的王子或「明星」，來得勤奮而認命。人活著要講義氣，講情愛，講職業尊嚴，動物也應該是！所以，大象莎魯娃、老虎哈雷、白馬白珊瑚、軍犬大灰，都是有情、有義、有責任感的代表。而獅子辛尉學習歷程沾了血跡誘發野性，教養失敗！黑寶嫉妒，從優秀的地位墜入了「害群之熊」的窘境！非洲豹強佔義母羊駝，竟成了殺駝兇手！然則，是誰造成這些動物們的悲慘結局呢？是馬戲團的那一班人吧！

　　為了要反襯動物們的「好」，所以就凸顯人類的「惡」！宋大媽為了吸毒的孩子偷竊，卻因為曾經照顧過老虎哈雷，有機會再回馬戲團工作，而且可以大方的要求高薪！為了強制大象表演，鞭打無辜而殘廢的黑狗小版納？為了要為馴獸師婆阿甲的死負責，讓村民去處死無罪的「罪馬」白珊瑚？而孫曼莉為了圓自己的明星夢，讓導演設計誘騙，致使獅子辛尉去殺害棗紅馬？為了刺激觀眾感官，所以要在電影中演出血腥殺戮！馬戲團裡真沒有一個好人！

　　費這麼大的力氣，處理教養的題材，沈石溪的意圖在哪裡呢？是不是他常有的血腥描寫，被廣大的讀者群、編輯群、評論者所質疑，所以他必須「改弦易轍」？但是呢？沈石溪筆下的血腥依舊，甚至是「有過之而無不及」。

　　僅舉下面幾個例子：

　　《刀疤豺母》中，獵犬雪燕被豺狼「你一口我一口的咬死」，更恐怖的是：

2　弗來謝曼（Sid Fleischman）：《挨鞭童》（The Whipping Boy），一九八七年美國紐伯瑞金牌獎作品，李雅雯譯，臺北市：智茂圖書文化事業公司，1995年9月。

「一匹歪嘴雌豺用爪子將雪燕的腸子掏出來,當時雪燕還沒死;一匹黑耳公豺啃咬雪燕的心,那顆心還在卜卜跳動;幾匹半大的豺撕扯吞嚥雪燕的腿肉,雪燕還沒嚥氣──」

（頁54-55）

〈大象莎魯娃〉中,莎魯娃

「抬起一隻象蹄,朝狗肚子重重踩了下去。噗地一聲,狗嘴噴出一大口鮮血,狗尾下冒出一大攤污穢,狗腿緩慢蹬踢抽搐,那隻獨眼可怕地暴突出來,慢慢僵然冷凝,永遠也不會再閉上了。」

（《黑熊》,頁282）

〈美女與雄獅〉中雄獅殺馬,

「鹹津津的馬血浸染牠的脣齒與舌尖,使牠產生從未有過的興奮,體驗到驚心動魄的美妙快感──匕首似地撕開馬的胸腔,撕食新鮮的馬肉──指爪像彎鉤,並不需要太大的力,就摳進馬皮去了,就像飄搖的船拋下了錨,身體立刻變得穩當。指爪摳進獵物的皮肉感覺真是好極了,進一步喚醒牠猛獸的意識,牠嘔嘔朝孫曼莉發出吼叫,像是在徵詢意見:我太想咬這匹馬了,行不行呀?咬!咬,咬!狠狠地咬!你不是玩具獅子,你是真的獅子,你應該會獵殺馬匹的!翁導演、男演員秦某和攝影師老劉激動地嚷嚷著,熱烈鼓動,就像拳擊場上的啦啦隊。」

（《美女》,頁106-107）

像這些驚悚的場面，處處皆是，令人怵目驚心！他喜歡渲染，譬如：豺殺牛時，如何將腸子從肛門拉出來；豹殺小羊駝，腦漿迸流；兩象相鬥，是「白牙子進紅牙子出」；真把「溫暖的血液」直接澆淋在讀者的心坎上！有時候，他也故作輕佻，譬如說：「羊兒肥得輕輕一掐就能從羊屁股上掐出油來」（《雪豹》，頁104），這是幽默嗎？有些價值觀念或對事物的評判，也流露出個人的偏見。他說：「元首夫人和這隻黑熊跳了幾曲舞，給了五萬美元，自己和這隻黑熊跳一曲舞只需要付五十元人民幣，真是便宜得很哪。」（《黑熊》，頁156）為了要使大象莎魯娃演出，避免損失購買的金錢，無所不用其極。他們還租來雄象多米諾，使莎魯娃早春發情。雄象太溫吞了，就在飼料裡加春藥。雄象逞兇時，沈石溪說：「警察只管人間強暴行為，警察不會去管獸間強暴行為。」（同書頁225）莎魯娃負傷不屈，馬戲團人員又開始找莎魯娃的「個性上弱點」，他還以建築商如何攻破管理建設的老官員心防為例，認為此舉可行。他們裝置秘密攝影機暗中監視莎魯娃的行動，這與近日的「璩美鳳偷拍案件」的手段，有什麼不同？當他們找到了莎魯娃的「秘密戀人」殘廢的黑狗小版納，又以拷打黑狗的手段，來迫使莎魯娃就範，與世俗的黑社會影片，又有什麼不同？黑狗所以被棄養，是因為身上長跳蚤，破壞了小姑與「一位年薪二十萬的單身貴族」的婚事；殘廢受傷，是因為追逐主人機車而被輾破腸肚，丟入垃圾箱。如果沈石溪用的是反諷語氣，應該可以從敘述中表現出來。多半時候，他在敘述惡行時，都難免「惡靈附體」，無所節制。有時候他過度「入戲」，為了呈顯警犬大灰的好處，便說：「一個優秀的警犬抵得上三個平庸的警察」（《黑熊》，頁39），這與富翁對著參加宴會的賓客說：「該來的怎麼還沒有來？」有異曲同工之效。

（三）閱讀生物知識到潛越生物知識的領域

　　我們也可以從沈石溪的敘述中發現這幾年他努力閱讀文化學、動物學、考古學，甚至是解剖學方面的書籍，試著突破個人寫作瓶頸。在「叢林歷險故事」三部曲的序中，他說：「我喜歡讀動物行為方面的書，每當浮生偷得半日閒，捧一杯清茶，翻開奧地利動物學家、諾貝爾生物醫學獎獲得者暨動物行為學創世人康拉德・勞倫茲（Konrad Zacharias Lorenz, 1903-1989）的《攻擊與人性》（*Dassogenannte Bose-Zur Naturgeschichte der Aggression*），或者瀏覽美國生物學家、動物行為學先鋒鬥士威爾遜（Edward O. Wilson）的名著《昆蟲社會》（*The Insect Societies*），或者閱讀西方最負盛名的動物學家羅伯特・傑伊・羅素（Russell, R. J.）《權力、性和愛的進化——狐猴的遺產》（*The Lemur's Legacy: The Evolution of Power, Sex, and Love*），深深被大師們嚴謹的作風、淵博的知識、犀利的目光、翔實的資料、風趣的語言和無可辯駁的論點所折服，心靈受到強烈震撼，精神引發巨大共鳴。」（《雪豹》序，頁13）在行文中，他引述英國動物學家D・莫利斯（D・Morris）的理論（《丹頂鶴》，頁117），也有美國密西頓大學藍頓先生的見解（《妹妹狐》，頁104），動不動就說「生物學家研究結果」，或者「解剖學上證明」，好不嚇人。一句「大象的生理構造與人體截然不同」（《黑熊》，頁213），都會讓我們心服口服。

　　然則沈石溪的生物知識有沒有錯誤呢？非生物系出生的，怎敢置評？很不幸的是，電視觀察頻道裡，生物學家以全程紀錄的方式告訴我們，象群是母系社會，領導者是母象，牠的第一助手也是母象；公象有時會淘氣，走捷徑，三兩隻聯手橫渡沙漠，先幾天到達目的地去等待象群。每經過途中死去友伴的地方，會用鼻子撫摸遺骸，也有集體哀禱儀式。他們靠黃昏時的被壓低的熱氣流作用，呼喚遠方失聯的友伴，回到象群。

從這裡，再回來省思沈石溪的〈象塚〉(《老鹿王》，頁129-147)，就有問題了。老象茨甫與子象隆卡爭奪權位的可能沒了。象塚之中投予食物給將死之象茨甫，沈石溪認為是「象道」，其實是「不人道」的，食物應該留給要活下去的人，日本今村昌平導演《楢山節考》有相關的敘述[3]，茨甫如果拒絕這個儀式，牠才是偉大的象。

其他的情節描述，如《狼妻》中母狼可以容忍動物學家披著牠死去的丈夫的皮進入洞穴，而不發狂，還可以阻止其他的公狼攻擊動物學家？〈黑熊舞蹈家〉阿寶的嫉妒、委屈，為自己的名字而爭戰，都超過了合理的「假設」。〈罪馬〉白珊瑚安排「職務代理人」以後，才逃離馬戲團，去為主人守墓。〈銀背豺守齋〉怎麼可能？動物園可以限定銀背豺星期三禁食一天，禿背老豺可以限制豺群在牠用餐之前不得進食；但老豺不可能記得星期三是守齋日，看著肉食腐敗。沈石溪只是藉著動物角色，演出人類世界的戲碼。他對動物行為的解釋是主觀的，除了動物本能反應之外，其餘的一切均以人類行為為準則，來扭曲動物行為的原意。這是「明知故犯」的寫作技巧！

如何知道他「明知故犯」呢？《刀疤豺母》的母豺，如何與作者我心靈相通，凡事皆有默契？他在文中說：「聰明的豺一定理解我和強巴之所以要燒一堆火的用意」(頁198)，豺如果聰明，當然可以與作者通話；他用設問的方法說：「寫到這裡，我有點惶惑。精明的讀者也許會提出疑問：豺會主動配合服用藥湯嗎？是不是作者為了小說情節的需要，在胡亂編造？就像童話作家將人類社會生活憑空移植到動物頭上去一樣？」(頁217)他讓自己「夫子自道」，來消除讀者的疑慮，然後談起專家的觀察，知道豺是懂得醫藥保健的，基於此，他的

3　日本今村昌平導演《楢山節考》，原書作者深澤七郎（ギタリスト1914-1987），林敏生譯，臺北市：駿馬文化，1984年1月。

想像得到了支持。十足的後設寫法，多妙的技巧。

　　動物園系列的插畫家楊恩生以「差點難倒我了」為題作序，盛讚
沈石溪動物行為知識之豐富；為《雪豹悲歌》撰序的裴家騏，是屏東
科技大學野生動物保育系副教授，說：「或許動物學家對書中愛恨情
仇的描述將不以為然，因為對動物行為擬人化的解讀一直都是他們企
圖避免的……到底是科學家太謹慎？還是小說家想得太多？」（頁10-
11）從好的方面來說，沈石溪敢突破樊籠，寫出屬於他自己想像出來
的動物世界，我們才有福氣讀到世上不曾存在過的意想世界，怎麼可
以不感謝他呢？從壞的方面來說，沈石溪所創造的想像空間是虛假而
不存在的，張揚人類的劣根性，而污衊了動物原形。

二　評論多歧，出版、導讀、閱讀者卻是熱烈

　　海峽兩岸評論者對沈石溪作品的批評，有多方面意見。持讚賞態
度的，多半被沈石溪筆下的生命原力所撼動。羅茵盛讚沈作「特別鍾
情於演繹生命的大開大合，對生與死的價值衝突的探討，始終是作者
一以貫之的主題。……從前期對自在自為的獸性的極力張揚，到後來
的對獸性異化的矛盾處境的擔憂，到現在對被異化獸性的野化恢復的
關注，其作品主題是一脈相承的。」[4]雲南師大施榮華則指出沈石溪
的動物小說屬複調型結構，表現出（一）審美視角的獨特性；（二）
意蘊內涵的豐富性；（三）藝術形象的典型性。[5]稍後，施教授又撰文
讚賞沈石溪散文化的動物園故事，說：「沈石溪擅於表現各種動物社
會矛盾衝突的場面，但這種描寫又不是客觀意義上的生物學實驗的觀

4　羅茵：〈有意味的生命形式〉，《雲南文藝評論》34期（1998年4月），頁66-72。

5　施榮華：〈新時期動物小說的嬗變〉，《雲南師範大學學報》30期（1998年6月），頁
　　78-82。

察報告，而是有著一個隱形的人類社會的參照聯想的背景。」[6]

所謂「隱形的人類社會」，可以被讚譽，也可以被質疑。東北師範大學朱自強先生，指出沈石溪的動物小說模式是「獸面人心」，思想的主軸是「通過動物形象來指責自身的天性，表現牠們否定自我，想要脫胎換骨，成為異己的強大的物種的願望」；除了這種人類本位、強者本位的觀念之外，還喊出「邪惡出輝煌」的口號，令人髮指！[7]沈石溪為自己辯論：「我確實說過『邪惡出輝煌』這樣容易引起誤會的話，也說過『世界原本不是凶悍的強者預定的筵席，親情和善良有更自由寬廣的天空』。這看起來很矛盾，其實是同一種現象的雙面透視。人類社會也罷，動物世界也罷，有許多優點伴生著缺點，有許多缺點剛好寄生在優點中，優點和缺點並行不悖。」[8]這樣的辯駁是不邏輯的，而且無力的。堯公也曾指出沈石溪並沒有「儘可能地按照動物的習性，去設計牠們在小說中的形象，……還是披著羊皮、鹿皮、豺皮、狼皮、豹皮的人。」他還語重心長地分析沈石溪的錯誤，「把世界上的一切都看做是『我們的資源』的為我所用的錯誤」[9]。事實上，沈石溪最厲害的是：一邊罵人類劣根性以及如何剝削動物，自己卻一邊做著同樣的事情。

為了沈石溪作品的「登陸」，國內還舉行了幾次紙上討論會，沈石溪為自己的「暴力美學」辯護說：「渲洩與昇華是暴力美學的二進制。[10]」說得真好，只是「暴力」有「美學」嗎？動物小說可以寫得

6　施榮華：〈論沈石溪的動物散文〉，《文藝界》41期（2000年3月），頁17-18。

7　朱自強：〈從動物問題到人生問題──論沈石溪動物小說的藝術模式與思想〉，《兒童文學研究》93期（上海市：少年兒童出版社，1997年9月），頁36-42。

8　沈石溪：〈我的動物小說觀〉，《1998海峽兩岸童話學術論文討論會論文特刊》附錄，1998年5月，頁79-87。

9　堯公：〈觀念世界的玩偶──評沈石溪的動物小說〉，《雲南文學月刊》202期（1997年10月），頁61-63。

10　〈兒童文學中的暴力美學〉，《兒童文學家》19期（1996年秋季），頁3-7。

像香港出品的警匪片嗎？

　　儘管評論界的負面評價較多，但出版市場的反映呢？民生報《狼王夢》銷行迄今十五刷，《第七條獵狗》有七刷，《成丁禮》二刷，《再被狐狸騙了一次》五刷，《保母蟒》六刷，連二○○○年新出《殘狼灰滿》也有三刷的紀錄[11]。國語日報社則在《鳥奴》、《狼妻》之後，又出版了《牧羊豹》。加上國際少年村《老鹿王哈克》、《一隻獵鵰的遭遇》、《盲童與狗》，光復書局《愛情鳥》、《牧羊犬阿甲》，以及新近的七本書，十年之內，在臺灣出版的作品高達二十一本之多，為大陸作家作品出版量之冠。

　　從出版數量，就可以知道國人對沈石溪作品的接受程度。網路上張貼評論沈石溪作品的文章也有。東師兒童文學研究所畢業的孫筱娟撰寫了〈來自溪雙版納的傳奇──沈石溪和他的動物小說〉、〈沈石溪動物小說寫作風格賞析〉[12]，她認為沈石溪作品中的「強者意識、人格化、寫實筆法、美學」的表現，都得到了相當的感動。她看見了「沈石溪筆下的動物們有著各自不同的生活方式與原則，這些方式與原則也帶領牠們的命運朝向某一既定的方向」，也了解了「誰能武斷地說人類是世上唯一具有感情的動物呢？」同所畢業刻在羅東國小任職的陳昇群老師，以〈狼性與人性〉為題，盛讚母狼紫嵐的母性「反射出另一種人性的熱量與溫度」[13]。屏東師院余崇生教授解讀《鳥奴》，建構三個論點：「受惠與施惠、誤會與錯殺、奴僕與主子」，認為「著者詮釋了有關共生共棲的各種形式，再而表達了在動物界需要高度的生存技巧與藝術。同樣在人類社會中也存在著競爭的壓力，適

11　民生報書目小冊，2002年2月。其餘出版情形缺少數據。

12　孫筱娟二文，前文出自《書府》18卷19期（1998年6月），頁120-133；後文在《臺北市立圖書館館訊》17卷3期（2000年3月），頁71-80。

13　陳昇群論見，見宜蘭羅東國小網站上。

者生存的支配，那更需要高度的生存技巧與藝術。」[14]

　　彰化市大竹國小的尤清那老師，為班上讀書會挑選了第一本閱讀書籍是沈石溪的《狼妻》，理由是：（一）孩子對動物故事較感興趣；（二）印刷清晰，字體大小適中，加有注音；（三）屬於短篇小說，容易閱讀。[15]金華國小袁寶珠老師演講時，特別推薦《一隻獵鵰的遭遇》、《狼王夢》，認為有助提昇孩子閱讀能力。[16]除此之外，推薦單位如教育部、竹師圖書館、崔媽媽與都市改革組織等，推薦書單如「好書大家讀」、「閱讀百分百」、「中小學生優良課外讀物」等等，也有專業的導讀人員如中央圖書館臺灣分館的林淑玟、金石堂網路書店的Sisley[17]，對沈石溪的大作都讚美有加。

　　中小學的讀者反映呢？「高中職跨校網路讀書會」中，高雄三民中學二年級學生陳穎資暢談《狼王夢》，她在母親生病住院、每天考試補習、社會經濟下跌的心理影響下，認知了「強者意識」，同時也被書中營建「邪惡而輝煌的夢」所震撼，還擔心起「海峽對岸兩億孩子的競爭」。[18]臺北師大附中圖書館網站「附堡書城」，胡由秀讀出了沈「下放蠻夷之邦十多年，又經歷致命的失戀及自尊受創，很難相信他只有中學畢業」。她從〈狼狽〉一文，聯想到古代〈孔雀東南飛〉之專情，也批評了薛平貴、陳世美之不如；從〈斑羚飛渡〉看到了沈

---

14 余崇生（現任職臺北市立教育大學）：〈鳥族與人界──我讀《鳥奴》〉，《書評》（臺中市：臺中圖書館，1999年12月），頁10-14。

15 尤清那：〈歡喜來讀書〉，第五屆全國教師徵文比賽作品。

16 袁寶珠：〈如何提昇孩子的閱讀能力〉，金華國小家長會九十學年度親職講座紀錄，網路大學網站論文區。

17 均見網站中，不一一列舉。

18 陳穎資：〈夢迴人生路──讀《狼王夢》有感〉，2001年12月，高中職跨校網路讀書會，高雄三民中學。

石溪「運用邏輯的推演和對理想的嚮往,把故事推到美學的巔峰」。[19]

　　某校六年甲班孫林羿函寫了《狼妻》的讀書報告說:「我覺得母狼沒有忘記動物學家幫牠做的事情,知道大公狼是人的時候並沒有咬他,反而放了動物學家,所以我們都要知恩圖報。」單純的孩子,在「教養」的薰染裡,說出了「知恩圖報」的美德。上文提及尤清那老師的學生看完《狼妻》中〈血染的王冠〉之後,甲說:「老猴王真倒楣,不但領不到退休金,還要賠上一條性命,老天爺真是不公平」,乙說:「動物的世界有他們的生存法則,人類最好不要隨便干涉」,丙說:「老猴王為了整個猴族安定,決定犧牲自己,真是偉大呀!」他們觀察的焦點集中在老猴王身上,對於權位的鬥爭、愛情的犧牲等議題,渾然未覺!新竹新湖國小四年級莊仁和敘述最喜愛的一本書是《狼王夢》,因為:「這本書中的紫蘭(嵐),就像社會中的父母一樣『望子成龍,望女成鳳』的心理,所以我覺得,父母不要一直逼小孩子一定要多才多藝,順其自然,生活得快樂就好了」。這個孩子還真讀出了書中的「反訓」,而沒有沉溺在故事的漩渦裡。署名JOAN的高一學生,他在網站上推薦《狼王夢》、《第七條獵狗》、《再被狐狸騙了一次》、《保母蟒》。他喜歡黑得發紫的狼毛、像紫色雲嵐般的奔跑;對母狼為了要實現狼王夢,咬死寵子,斬斷與大公狼的愛情,讓狼子摔斷自己的腿骨,與金鵰同歸於盡,覺得非常迷惑,質問「為了什麼?」高中孩子的反應,「感覺」強於「認知」,正如他在網頁上標榜「一個愛玩又活潑的高一菜鳥」,非常契合。也有像小簡一樣的讀者,標榜自己最喜歡的作家:沈石溪、查良鏞,反正只要是這兩個作家署名的書都喜歡。還有一類在少年觀護所中被強制管束的孩子,他們讀完沈石溪作品之後痛哭流涕,發願要以強者自許。「感動」的力

---

19 胡由秀:〈締造人生的峰迴路轉:踟躕在沈石溪的動物王國有感〉,「附堡書城」以書會友專欄,臺北師範大學附屬中學圖書館。

量可能強些，然則他們能否了解「知識」一樣可以使人成為強者，「謙和退讓」也是強者的行為法則之一？

三　「郢書燕說」的誤讀現象，也是一種解讀方式

在國內推動出版與閱讀的活動中，沈石溪的作品顯然也拔得了頭籌！名作家管家琪在演講場合中，常常有小朋友問起沈石溪，當他們知道管家琪「認識」沈石溪，都投以羨慕和佩服的眼光。許多學校的中央走廊貼著孩子們的讀書心得，以沈石溪作品的討論，佔有率數一數二。家長們找到機會發問，也常探詢沈石溪的新作。[20]

歸納國人喜歡沈石溪作品的原因，不外乎動物題材、蒼茫的高原背景、傳奇的筆法、情節的生動豐富，與原始生命力的呈現，真讓人想高呼「逆境堅定力，風雨生信心」。然則沈石溪的作品就沒有缺點嗎？管家琪幫忙寫書序時，還是批評情節嫌重複了，有些角色塑造稍嫌刻意、用力，降低了故事的質感。

常被評論者提出「疑慮」的是，沈石溪的作品適合孩子閱讀嗎？事實上，沈石溪從來沒有設定「為孩子而寫」。王定天說：「沈石溪動物小說中的價值判斷從來不是直白和淺顯的，充滿了衝突和矛盾，道德的悖論，情感的折磨。從這個意義上說，他的動物小說不適合稚齡兒童閱讀，應該排斥出狹義的『兒童文學』之外，他自述讀者對象定位於『青少年』，正是有見於此。」[21]所以呢？孩子闖入他的世界，受到驚嚇，也應該自行負責。

---

20 管家琪：〈動物學家的冒險故事〉，《刀疤豺母》序（臺北市：幼獅文化事業公司，2001年9月），頁4-7。

21 王定天：〈沈石溪的文學孤旅——論動物的假定性及其他〉，《兒童文學研究》92期，頁23-28。

　　然則，孩子在他的動物世界裡，是痛快的奔馳、跳躍，他們接受了一種「學校裡沒有的功課」，追逐猛獸、森林探險、野外求生，還可以提前認識卑鄙虛假成人社會的遊戲規則。不論孩子或大人欣然接受他營造出來的動物世界，而不須探討他的寫作態度、主題思想或精神狀態，不外乎忽視、不在意，或者偷嚐了道德的禁忌，滿足了感官的刺激以及原始潛在的嗜血本能，內心或有些慚惶，卻又感激他的引領。在他的作品中，有時「道德放了假」，血腥爭鬥與訛詐騙誘的場面不斷；有時卻又講述八股的「忠僕義奴、貞夫節女」，也到了義薄雲天的局面！人生若干真理，如母愛、孝敬、友誼、勇敢、犧牲、奉獻，是不用懷疑的，如果透過沈石溪筆下，讓讀者真正感動了，也未始不是社稷之福！浙師大兒研所所長方衛平擔心現代讀者的文學閱讀傾向「訴諸感官的即時閱讀，而不是訴諸靈魂的審美響應」[22]，一般作者只有思考如何讓兒童讀者喜歡，而不是如何讓小讀者感動。忽視「兒童本位」的沈石溪，反而巧妙地完成這項兩難的任務。讀者的喜歡，超越了讀者原有的「感覺」世界；而讀者的感動，不是來自沈石溪的人格、主張，而是自古以來先民的道德教訓。

　　在沈石溪所創造出來混亂、暴力，時而有德，時而訴諸天命的動物世界，「道德」就更加亮麗而珍貴！讀者不是從沈石溪的思想架構中去認識沈石溪的動物世界，而是在古老的教誨中「甦醒」過來！這恐怕是沈石溪和眾多的評論者所無法了解的現象！

　　閱讀是件神妙的事情！每個人不見得能百分百讀出作者的本意，卻在書中的故事情節裡鑑照了自我。這樣的「郢書燕說」，是可以被理解的，而且在古今中外所有的閱讀活動中存在著。

　　在此前提下，我還是想歸納幾個沈石溪動物小說的閱讀原則：

---

22 方衛平：〈製造一個閱讀神話〉，《逃逸與守望》（北京市：作家出版社，1999年5月），頁107-109。

（一）小說通過虛擬、借取等手段營構而成，自不當從故事中求其「真實」；主題的表現，未必是直接表述，用誇大、諷刺或發酸的反諷語調，都應該可以被接受。讀者對文本的接受能力，或可分為感官性、想像性、理解性三個水平；而閱讀能力的建構，也有生理、心理和文化的層面。[23]閱讀是個複雜的情意活動，我們當然沒有權力要求作家怎麼寫？為誰寫？以現代流行語來說，只能交給市場機制去決定，雖然這樣的口氣有語病！我們應該感謝沈石溪創造了他特有的動物世界，讓我們可以遨遊，或者說奔馳其間。

（二）請認清沈石溪的動物小說其實是「人類社會」的故事，沈石溪期望透過故事，對社會不合理方面提出批判意見。為了教育意圖，扭曲了事實，讓動物為我們代言。然而「白馬非馬」，用特殊、個別的現象，如《雪豹悲歌》裡的雪妖，《駱駝王子》裡的王子，當作普遍現象來討論，以偏蓋全。沈石溪對動物們其實是又愛又恨！他一面責備人類虐待動物的行徑，一面卻做著人類虐待動物的罪惡。認清這點，才能為無辜的動物開釋，讓讀者有明確的意識，去承擔人類的種種缺陷。而不會嫁禍於動物！

（三）沈石溪強調「生命原力」的發掘，不是解決人生問題的唯一方法。正如法律、知識或道德規約，也不是唯一的道路。人類的文明也不可能全賴動物行為的投射而建構。所以呢？熱愛閱讀的讀者們，自不會以沈石溪的作品為唯一的閱讀選擇。

（四）請不要將沈石溪的小說當作生物學來閱讀。在分工精細的時代，生物學自然要乞靈於生物科學界。讀了沈石溪的動物小說，對自然生態引起興趣，很好，但請勿將「小說」當作「科學材料」。

---

23 方衛平：〈文本與接受〉，頁155-170；〈論兒童讀者的文學能力結構〉，頁142-154，《逃逸與守望》。

（五）兒童文學講求「親子閱讀」或「師生共讀」！閱讀沈石溪作品的時候，更應如此！大部分的孩子透過故事，跑進雲南西雙版納一帶蒼莽的高原，任意奔馳、觀察和守候，而且學會疼惜動物。但他們闔起書本的時候，會不會感到疲倦、勞累或孤獨呢？如果家長或老師能陪著孩子閱讀，解除孩子內心的恐懼和疑慮，相信是最佳的學習狀態，沈石溪作品的功效就顯而易彰了！

請不要害怕「閱讀」變成了「誤讀」。郢人寫信給燕國的宰相，錯寫了「舉燭」兩字，燕國宰相卻從這兩個字裡讀出了「尚明」的意義，於是任屬賢臣，國家大治。儘管在沈石溪的動物小說中，沒有明確的動物學知識。但請假設下列的情況：多年以後，一位傑出的生物學家接受訪問，答以沈石溪小說影響最鉅。記者追問，沈石溪對哪一種動物特別熟悉？生物學家想了想，焉然一笑，並沒有回答。

沈石溪提供的是文學閱讀，而不是科學知識，也不是道德規範。只有在親子與師生共讀中，才可以實踐閱讀學習的樂趣。

──《第四屆兒童文學與兒童語言學術研討會》（臺北市：富春文化事業公司，2002年5月），頁188-207。

尋找 X 點，或者孤獨向前
——試論劉克襄自然寫作的認知與建構

一　前言：關心自然、提倡環保意識、愛鄉愛土的開拓者

　　二〇〇一年二月十一日臺北市建設局及臺北市野鳥協會，在華江橋畔舉行「新春數鴨鴨——二〇〇一年華江雁鴨季」活動，賞鳥人潮破萬人，觀賞到的雁鴨總數一〇四九四隻，有小水鴨、琵嘴鴨、赤膀鴨、尖尾鴨等多種。在中部大肚溪口、彰濱一帶進行野外調查的本校研究生劉照國表示，今年有八、九百隻的大杓鷸在此過冬，二、三月間即將北返；近日另有上百隻的蒼鷺過境。而附近的鷺鷥林裡，有大批鷺科水鳥築巢產卵，將有不少新生命誕生。

　　就自然生態保育活動推展而言，確實是個好消息。從八〇年代起，生物學家、自然觀察與寫作者，努力呼籲，總算有了具體成果。但如果從其他環保與生態新聞來觀察，恐怕還有待努力。核四的興廢變成政治議題，百姓被教導「選邊站」，無法真正了解核能發電的利弊得失，以及無法解決的困境；墾丁龍坑海域阿瑪斯貨輪漏油污染事件，將近一個月後，才動員國軍六百兵力，用「勞力密集」的方式清除油污；梨山、雪山等地意外火焚，燒燬了廣大草坡及森林，將來復育問題有待研究；為了賞鯨之便，向日本購買的二號船，在風雨中棄船，任憑漂流、擱淺，也是一樁怪事。

　　或許當年投入自然生態保育的人，賞鳥、寫鳥的人較多，引起人們較多的注意力，自然有較佳的成績。在賞鳥、寫鳥的專家群中，有

何華仁、吳永華、沈振中、陳煌、洪素麗、林顯堂等人，但從作品數量、文類表現、理念陳述，以及實際推廣活動上，似乎都沒有超過本文即將探討的劉克襄。

二　沙洲上獨行的詩人

在自然寫作的行家中，劉克襄獨樹一幟。要找出他建立個人風格的主要軌跡，或許可以先從童年經驗談起。根據劉克襄的自述，他在三歲以前本名為「資愧」，住在臺中烏日九張犁。外祖母嫌父親家窮，不肯造訪。四歲時，因為父親執教臺中市大同國小，帶著家小搬進學校宿舍，也改了「克襄」的今名。升上小學五年級，父親買下自己的房子，從宿舍搬進「老師巷」，卻因為與當時的校長發生爭執，而提前「畢業」，轉入大榮貨運工作。

父親對克襄的影響很大。為他取名「資愧」，寓有「資本主義慚愧」之意；這與楊逵當年為長子取名為「資崩」[1]，狂熱崇拜社會主義，有異曲同工之處。然而結婚、生子以後，受到實質的生計壓力，父親投入小學惡補的行列，甚至成為有名的升學導師，徹底被「資本主義」擊垮了。日後，父親常常和幾個老朋友，聚在一起喝酒、鬧事，從國內政治、前途未來，談到財產處理的現實問題，分明被現實生活所征服。

劉克襄臺中一中畢業後，負笈北上就讀中國文化學院新聞學系，離開童年之地。到後來，再回臺中大肚溪口旅行賞鳥，對「老師巷」裡的林林總總，已經全然覺得陌生。他自己說：「我仍不是很懷舊的人，勉強擠得出來的感情，恐怕只是那裡曾是我出生的地方，我曾經

1　河原功編，楊鏡汀譯：〈楊逵生平寫作年表〉，收入《臺灣作家全集——楊逵集》（臺北市：前衛出版社，1992年2月），頁367。

以劉資愧的名字在那裡活過最初的三年。」[2]到底是什麼原因，讓劉克襄表現得這麼冷淡、無情？還是冷眼看著父執輩們，不但理想顛滅、妥協現實，甚至背叛自己的信仰，已經了然人性矛盾的議題，讓他極早「叛逆」，同時也無奈地「繼承」這種壓抑性格？他不是不知道人生充滿爭議的謎團，試圖反抗這種「宿命」，卻又不知不覺的走上激情、衝動、痛苦、悔恨、自責、冥想、棄絕與再生的歷程中，類近於希臘悲劇之神普羅米修士的後塵，偷火給人類使用，然後獨自去承擔宙斯的懲罰。

從劉克襄少數的自述文字中，很難了解他在大學裡成為詩人的經過。一九七八年，他自費出版《河下游》詩集，一個禮拜之後，又主動回收毀棄，只有小部分流落舊書攤和友人手中。在日後李瑞騰的專訪中，他解釋自己衝動的行為，就像「蜥蝪遇到危險，會將自己的尾巴切斷，然後逃走。」[3]初試啼聲，卻馬上將自己的脖子勒住，到底他心裡在想什麼？他回味書中〈河下游〉一詩，描寫自己「在河裡的沙洲孤獨的走著」，似乎預言著個人的未來。這樣的心情，延續到當兵回來，任職報社，以及鳥類觀察初期。劉克襄的學妹陳斐雯形容第一次看到他，是在華岡詩社邀請校友返校的聚會上，「一直記得他針葉樹木的手腳，以及浪漫的森林氣質」，劉克襄直言華岡是他的傷心地，表現得「感傷與落寞」。[4]

到了一九八四年底，劉克襄已經連續出版《松鼠班比曹》、《漂鳥的故鄉》兩本詩集，以及《旅次札記》、《旅鳥的驛站》等兩本散文

2　《消失的亞熱帶》，頁156-166。

3　楊光整理：〈逐漸建立一個自然寫作的傳統──李瑞騰專訪劉克襄〉，《文訊》，1996年12月，頁93-97。

4　陳斐雯：〈青山大海留我路途遙遠〉，收入《消失的亞熱帶》（臺中市：晨星出版社，1986年），頁167。

集。他繼續使用「旅行經驗」的題材，採取隱喻與暗示的方法，來批判現實社會的墮落，人們為了私利，可以漠視自然生態環境，與個人信仰的價值觀尖銳的衝突，感傷、落寞、焦慮與疲憊，充塞他的胸臆。適時，社會人士也給予他掌聲，「時報文學獎」、「中外文學獎」、「笠詩獎」、「臺灣詩獎」，造成詩壇所謂的「劉克襄旋風」。次年六月，以宋冬陽為筆名的陳芳明，在美國西雅圖寫了篇詩評，指出劉克襄從「苦悶」中釀造出來的詩集，「誠實而精確地表達了臺灣年輕一代的矛盾、徬徨、衝突和緊張等諸種現象。他的《漂鳥的故鄉》乃是這種情緒的自然產物，全部作品都集中於反映戰後一代面臨的因政治困局所帶來的無助與挫傷。」陳芳明期盼劉克襄吞食了「一枚難嚥的澀果」之後，能「在黑暗的通道點起燈火」，於詩作中指明痛苦的來源，並說出問題的癥結。[5]爾後，劉克襄積累了《在測天島》詩集，以及《隨鳥走天涯》等散文三書，同時參加好幾起鳥類保護與演講活動。一九八七年，林燿德撰文分析劉克襄詩中七種重要的主題：人物特寫、歷史解釋、社會批判、政治批判、生態環境、傷逝懷舊，以及以詩諭詩；分類未必精確，卻也能幫助讀者從歸納的類型中，去觀察劉克襄寫作的意圖。接著林燿德賡續陳芳明的論題，認為劉克襄不提供「答案」的態度，反而值得稱許；林燿德說：「寧願將劉克襄開筆迄今的作品，視為一個未完成的辯證過程，一旦他的詩作能夠架構起一個完整而高貴的宇宙秩序與評價系統，那麼他才能完成第一階段的試煉，這試煉也會是一個臺灣知識份子在時代的迷霧中掙扎、成長，乃至於成熟的完整記錄」[6]。這樣的期許，是深切而誠懇的。

5　宋冬陽：〈臺灣詩的一個疑點──試論劉克襄的詩〉，《臺灣文藝》95期（1985年），頁36-50。

6　林燿德：〈貘的蹄筌──劉克襄詩作芻論〉，《文藝月刊》204期（1986年6月），頁44-55。

三　尋找ｘ點：鳥類觀察與記述

　　詩人對生活環境混亂、自然生態被破壞的憤怒，是不容易平息的。焦慮的情緒，讓他的詩缺乏輕靈，轉變為長篇散文敘事詩的型態。然而，更重要的工作已經等著他了。

　　回溯一九八○年九月初的黃昏，劉克襄仍在海軍建陽艦上服役，途經臺中大肚溪口，被一群數萬隻南飛的小水鴨所震懾。軍艦回測天島後，在沙灘上發現一具鳥屍，經過追查，知道是黑鷺。追查過程，點燃了詩人退伍之後從事自然生態寫作報導，專注鳥類棲息觀察的契機。一九八一年，劉克襄進《臺灣日報》副刊工作，有機會參加東海野鳥社的賞鳥活動，以谷關、溪頭、大肚溪為觀察地點，溪鳥、山鳥以迄岸鳥，都飛入他的眼簾。有友同行，旅途是愉快的！作家苦苓常常相伴而行，詩人羅智成則建議他寫下聞見經歷。《旅次札記》一書，於焉產生！次年劉克襄轉任《中國時報》美洲版副刊，九月開始做淡水河下游鳥類觀察。一九八三年春天，買張全開的臺灣地形圖做研究，同時嘗試學術性書籍閱讀，得到了啟發，因此選擇淡水河口的沙崙，有紅樹林的竹圍，長滿蘆葦、水筆仔與江芷鹹草的關渡，泥沙河岸的中興橋等四個地方，正式從事鳥類生態「軟性調查」。「尋找一個ｘ點」，是劉克襄逐漸成熟的工作理念，他認為選擇地理上的ｘ點，一個生物交會活動頻繁的地區，如河口、岬角、海灣或者兩河交會處，來觀察、記述，能展現精彩的成績。[7]一年的時光，《旅鳥的驛站——淡水河下游四季水鳥觀察》成書了。書中有抒情短文、觀察筆記、候鳥歲時記、淡水河鳥類記錄簡圖，內容豐富。劉克襄日後回憶此書，覺得「不忍卒讀」；但如果從他拍攝上千張幻燈片，選出其中

7　〈尋找一個ｘ點〉，收入《消失的亞熱帶》，頁54-59。

七十五張，再配合寫出七十五則短文；以及極為個人私密而難解的符號記錄，全盤付印，呈現讀者眼前，就可以讀出他執著的傻勁。

淡水河口考察之後，劉克襄把觀察的觸角伸向東北角海岸，也漸漸普及全省各地。彷前人日記的方式，記錄熱帶雨林蘭嶼山區的探勘；用鳥類為主題述說方式，來討論水鴨、風鳥的旅次；用環保議題，來呼籲彰濱工業區內全興沼澤區，或者關渡水鳥保育區的設立；用鳥類觀察家記錄鳥種、數量的表格方式，來記錄與何華仁等人赴新竹香山海埔新生地、荖濃溪畔六龜賞鳥的「收穫」。《隨鳥走天涯》、《荒野之心》、《消失的亞熱帶》三書陸續出版，為鳥兒留下許多的「驚鴻一瞥」或者「雪泥鴻爪」，同時也大聲疾呼自然保育的重要，指出臺灣教育、媒體所呈現錯誤的生態觀，批評官員無端刪去賞鳥活動經費的無知。為了要使論說更具說服力，詩人寧可放棄感性的述說，而講求精確的數據與記錄。

四　歷史縱向與區域橫向的交叉建構

有關七〇年代末期，韓韓、馬以工合寫《我們只有一個地球》以來，劉克襄認為報導方式仍有兩項缺點：（一）生態學的知識並不完整。（二）未深入探討工業文明造成的生態危機。而另一群有隱遁思想的作家，始終將科技視為負面的價值；他們過分強調「回歸自然」，以文人墨客的心態，表現不合作的態度，批評社會的現況。這兩種人也有共同的問題，就是「缺乏對生態環境的了解」[8]。

親歷現場觀察與研究，是劉克襄強調的觀點。他認為「看鳥」不只是認識鳥種，或者熟悉周遭環境，因為觀察必須等待，等待必須耐

8　劉克襄：〈走向錯誤生態觀的一代──青年文化與生態環境的關係〉，《中國論壇》205期，頁28-30；後收入《消失的亞熱帶》，頁133-144。

心，促使人在外在環境的壓力下，了解自己在自然界中所扮演的角色，認識自己的原始性，對事物的關愛，發現內在深層的自我，從而培養嶄新的思路，建立個人的一套思考方式。

　　從閱讀去建構個人的知識與見解，也是一條必經的門徑。國外有關自然環保的書籍，如畢斯頓《最偏遠的家屋》、提爾夫婦《沼澤的生與死》、李奧帕德的《沙地郡曆誌》、梭羅的《湖濱散記》，都是劉克襄案前常讀的書。[9]

　　讀過了「他山之石」，為什麼獨獨臺灣本島缺乏人文與生態紀實？劉克襄自覺遺憾，開始去翻閱中外古籍，整理早期臺灣自然誌史料。一九八八年他擔任《自立早報》副刊主編時，邀請戴勝、吳永華等數人撰寫英國博物學家史溫侯（R. Swinhoe）等十四人來臺探勘經過，合集為《探險家在臺灣》出版。這本書跨越了一八五八到一九三〇年共八十年的時間，交代史料來源，介紹歐美及日人兩階段的探險過程，舉凡原住民、漢人生活情態、文化活動，教士傳教經歷，地理景觀，動植物觀察描述，林林總總，開闊了國人的視野。接著，劉克襄個人以「外國人在臺灣的探險與旅行」為題，完成《橫越福爾摩沙》一書，介紹柯靈烏（C. Collingwood）等七人七次不同的旅程；以「十九世紀外國人在東海岸的旅行」為題，完成《後山探險》，包含美國軍艦雄雞號搜尋小鯨號事件，並深入蘇澳港、大南澳、清水斷崖、臺東（後山）、綠島等地探發開墾史料六篇，另有八篇散記，除臺東外，亦包含高雄（打狗）、基隆、大肚溪、東山河等記述。稍後，仍以相同題材寫成《深入陌生地》一書。各書書後，均附有詳細參考書目，幫助讀者「按圖索驥」，以便還原史料，自行閱讀。

9　〈尋找一個 x 點〉，在《消失的亞熱帶》頁54。文中提及外國自然寫作作家及書名如下：Henry Beston: Outermost House, John Teal: Life and Death of Salt Marsh, Aldo Leopold: A Sand County Almanac; Henry David Thoreau: Walden, or Life in the Woods.

　　如何重塑臺灣百年前探勘的歷史情境？從荒煙蔓草中搜尋遺跡，踏著古人足跡再走一趟，是不是最好的辦法？編輯工作之餘，劉克襄認識了古道專家楊南郡、臺灣史學者詹素娟、自然步道研究的陳健一；這些朋友的專業，給了他很大的啟發。楊南郡翻譯日人鳥居龍藏（1870-1953）、伊能嘉矩（1867-1925）等人探討臺灣原住民生活的調查報告及訪問日記，他本人也做過合歡古道、八通關古道的調察工作，在人類學的基礎上寫了《臺灣百年前的足跡》，也有描述布農族神話的《尋訪月亮的腳印》。相關的工作者，如黃炫星以傳統方志為底的寫作方法，著重人文史蹟的客觀記錄；史學家林衡道則著重拓荒史、軼聞的考述。[10]劉克襄在這樣的研究環境底下，還是拿出個人自然旅行觀察者的特長，認為舊路踏察工作，有三項重要原則：首先，要帶著人文關懷與歷史視野去探查；其次，必須擁有自然現場解讀的經驗；第三，要去感受一個文明與另一個文明的互動。這三個原則，建構了《臺灣舊路踏查記》的主軸，他列出自然景觀古道，如塔塔加、八通關越嶺的「石路」，南安至瓦拉米的「蕨路」，寵嶺「榕路」古道，草嶺「芒路」古道；依據特殊地形而存在的四條「島路」，一條蘇澳、花蓮間的「臨海路」，一條南湖大山的「圈谷路」；村民來往、搬運貨品，所以有「姻親路」、「社路」、「小中路」、「魚路」、「茶路」；當然，還有礦港溪到關渡宮可以觀賞鳥兒的「鳥路」。有些舊路，劉克襄甚至走過了好幾遍，詳述探勘時間，核對古人記錄，解說景觀變遷，記載途中所見的人、事、鳥兒、蜂蝶、植物，讓讀者可以分享他旅遊觀察時的「第一手」感覺。

10　楊南郡：《臺灣百年前的足跡》（臺北市：玉山社出版公司，1996年3月）。日人伊能嘉矩著，楊南郡翻譯：《臺灣踏查日記》（臺北市：遠流出版事業公司，1996年）。黃炫星：《臺灣的古道》（臺中市：臺灣省政府新聞處，1991年9月）。林衡道：《鯤島探源》（臺北市：青年戰士報，1985年）。

五　精密的自然觀察與人文關懷的整合

　　關於「鳥類觀察」的志業，劉克襄並沒有遺忘。他從國內陳炳煌、顏重威合著的《臺灣森林鳥類生態調查》書中得到啟迪，又陸續翻閱了幾本野鳥圖鑑，在賞鳥友人的提攜下，一九八九年完成《臺灣鳥類研究開拓史》；次年，又與何華仁合作出版《臺灣鳥木刻紀實》圖文六十幀。一九九二年底，出版《自然旅情》，以鯨魚、獼猴與鳥類的觀察記事為主，新舊文稿間隔多年，他在「前言」中說：「重新閱讀時，就感覺早年的文章充滿較多的熱情與希望，晚近的內容看世事就冷多了；而且，總有一股腦兒往歷史追其究竟的謹慎。」（頁9）他的心情變化明顯，數年前為求精準的數據來「說話」，寧可摻入大量的自然元素符號，來代替「文學語言」；一下子又充滿了悔恨，在同書〈荖濃溪畔的六龜〉文中，他說道：「最近許是年紀大了，漸漸對數目字感到寒心，害怕某種疏離感的侵噬——雖然數目字透露許多生態的訊息。我比往常花費更多時間，添加有生活想法的文字敘述。文字讓我感到厚實的溫暖，好像對童年以後繼續活著生命有了交代。」（頁44）

　　科學「冰冷的準確」性，和文學「溫暖的模糊」性，似乎是無解的議題，劉克襄努力調和，仍然不得其門。一九九四年，《山麻黃家書》出版了，他把寫作的焦點轉向自己的孩子，希望他們長大時，可以有較多的文獻資料，幫助他們閱讀、思考。在書中分觀察、植物、鳥類、動物、登山、學習認識等六篇，交代個人的寫作意圖與觀察方法，介紹圖鑑，留下觀察所及的草木鳥獸蟲魚之名與數量，偶爾也插入孩子生活中的趣事，期望孩子將來能自然而然地成為下一輪的「生態觀察家」。姑不論他的企圖成功與否？在這兩本書中，我們可以發現作者持續思考自然寫作的可能，描寫風鳥、鯨魚、小綠山的素材隱

然現形；最重要的，他找到了新的「閱讀者」，為他們寫作、畫畫，樂此而不疲。

如果要挑劉克襄早期作品的缺點，如內容龐雜，文體不齊，敘述語調不穩；至此以後，就要迎刃而解了。一九九二年十一月起，以迄一九九五年五月，長達兩年半的時間，劉克襄選擇臺北萬芳社區北邊萬美街橫切的小山，取名小綠山，做「區域自然誌」的細密調查。日後出版了三本一套的《小綠山之歌、舞、精靈》，記述鳥、昆蟲、兩棲、植物、貝類等數百種物種，交代觀察時間、方法，參考手冊，書後還有採集名錄、分類名單，遇有週期性的繁殖、孵化過程另附表陳述。劉克襄在書中序文，清楚的說：「在自然寫作裡，文學偶爾是要做一個過場的客人，適於點綴場面。這回確實要讓渡給自然科學當家做主。自然元素的符號本身就飽含了明快的訊息，它的素樸、簡潔，很多時候不是優美的詞藻所能取代，唯靠創作者的運用、取捨，形成另一層次的知性美學。」（頁12）他感受到自然寫作也可以像編寫百科全書一般，清晰、冷峻，反而能傳諸久遠。

根據劉永毅在《中國時報》開卷版的敘述[11]，小綠山目前已經被夷為平地，蓋了公寓。在臺北盆地中，這座曾經有過的小山，歷經多少風雨晦明、四季遞嬗，小生物在這兒誕生、繁衍、遷移與死亡，比如小白鷺阿英、跛腳夜鷺阿信、魚狗魯魯、紅尾伯勞茶火等等，牠們都「不在」了，卻被劉克襄以「生活日記」的方式寫進了「永恆」。

為孩童寫作，或者指導孩童自然觀察，是劉克襄被「家庭中兩個小孩所牽累」轉型而出的工作。[12]連續為孩子完成三本圖畫故事書，

---

11 劉永毅：〈生命和自然的二重奏〉，《中國時報》開卷版，2000年9月21日。

12 在《小綠山之歌》自序，頁10-11，劉克襄說：「任何住家附近的普通自然環境，都可能有豐富生物棲息」，他也企圖建構「區域自然志」細密調查的典範，最後說：「為了照顧兩個小孩的成長，無法離家太遠，遂被迫選擇住家最近的山頭。」

分別是《不需要名字的水鳥》、《鯨魚不快樂時》、《豆鼠私生活》。《不需要名字的水鳥》，用他所熟悉的鳥、鯨、豆鼠（最原始狀態的哺乳類）為題材，素樸的黑白筆觸，簡易的線條，試圖談論生活在團體中的安全與因循，而個人冒險的困頓與瞻望。他不說死道理，留下了大量的「空白」，與讀者共同做內在的省思，來「找回自然的詩意與生活的智慧」[13]。譬如他寫道：「每一隻想獵食的糠蝦都有嚴肅的生命存在」。那麼，當鯨魚開口吞食糠蝦的時候，要用怎樣的心情？鯨魚不快樂的時候，牠遠離浮游生物、爭鬥的同類，把自己沉到海床底下，當牠脫去了「死亡的軀殼」，重新浮起。於是，「你回到團體裡，繼續是頭愛玩的抹香鯨」。這個「你」，重新歸回人寰，不就是劉克襄對自己的呼喚嗎？

劉克襄繼續為孩子做《偷窺自然》、《望眼鏡裡的精靈 —— 臺北常見的鳥類故事》、《綠色童年》，強調讓孩子走到野外，自己觀察、寫作、描繪，去感受「宇宙生生不息的生命力」[14]。建構共同的觀念，登山、旅行，以及觀察與描述的技巧，同時試圖提供有效的教學方法，期盼家長、老師能投入導引的行列，一齊來努力。多啟蒙，多鼓舞創意，是他此刻推動「自然教學」的主要心情。

這樣的態度，有人批評為「媚俗」，劉克襄並不否認。在早期出版的《山麻黃家書》中，有幅鳥兒用望眼鏡觀察的插圖，自己在旁邊寫道：「賞鳥是必要的媚俗」（頁62）。近日出版的《臺北市自然景觀導覽》、《北臺灣自然旅遊指南》，也「多了對普羅大眾的關懷，少了劉克襄個人的色彩」，但書中「介紹了許多自然步道的人文掌故、歷史背景，並且手繪地圖及途中所見吉光片羽……還是非常『劉克

---

13 這三本圖畫故事書由玉山社出版公司一九九六年八月出版，封面標舉：「臺灣首次推出的本土自然繪本，獻給九～九十九歲讀者」。

14 〈為什麼要讓孩子觀察自然〉，在《綠色童年》頁6。

襄』。」[15]劉克襄對自己的「轉變」頗具信心，所以在另一本新著《快樂綠背包》，自序云：「充份享受到現代文學工作者鮮有的野外樂趣」（頁7）。他自在地觀察、閱讀、描述、繪圖，進而推行「全民觀察旅遊運動」，實際的從事人文關懷，又有什麼不好？

六　在虛擬的世界，統合自然與人我

　　除了推行「全民觀察旅遊運動」之外，詩人什麼時候鍾情於小說呢？小說體能不能算是「自然寫作」的一環？如果把所有的文學作品，都歸諸於自然寫作，似乎太過分了；但如果自限腳步，躲在自然觀察與環保的議題上，狹隘了個人的的視界，與文學擦身而過，也不是好的辦法。劉克襄說，由於工作過於忙碌，自覺無法沈澱心緒來寫詩。一九八四年寫完《旅鳥的驛站》，他說「自己不再是個詩人」；一九九八年寫《小鼯鼠的天空》，作品有點像散文詩，算是詩人的心情筆記。一九九七年接受李瑞騰專訪時，強調自己在旅行採訪之際，寫小說可以彌補心中的不滿，他說：「小說使我回到文學的位置，比較安心，感覺沒有脫軌。」二○○○年九月，與劉永毅對談時，他還強調目前最想寫的是小說，他說：「我好想讓自己頹廢一下，有多一點時間，可以讓自己好好沈澱下來好好地來寫小說。」

　　小說裡，是不是可以藏有詩人更多的情感與理念呢？劉克襄認為往昔浮誇、不深入的寫作採訪方式應該已經過去。當年報導文學由盛而衰，主要原因也是如此，作者也甚少滲入思想、情感，只流於文字的感傷、吶喊。所以，他寧可化身為動物的想像裡，去體會到「他者」的特殊感情與思緒。

---

15 劉永毅：〈生命和自然的二重奏〉，《中國時報》開卷版，2000年9月21日。

　　一九九一年出版的《風鳥皮諾查》，是劉克襄嘗試的第一部小說。一隻北方來的環頸鴴鳥皮諾查，俗稱風鳥，在長老的指示下，擔任遷徙活動的尖兵，並且奉命尋找失蹤的英雄黑形的下落。旅途中，他認識了變成留鳥的同類，留在田野間的跛腳、溼地裡的馬南、高山溪谷間的紅繡與銀翼、大沙地裡的瑪笛。長老的教誨，有許許多多的限制令：不要離開海岸生活、不要依賴留鳥幫助、怕死的就不要當候鳥；他卻發現在沙岸、田野或高山溪谷中依然可以生活，為了生活可以改變鳴聲，改變飛行的方式與技巧，可以改在樹上繁殖後代。歷經千辛萬苦，皮諾查失去了朋友、愛巢，與北歸的契機。當東北風再度颳起，他在沙地上遇見新來的同類，劈頭就問他：「你見過一隻叫皮諾查的候鳥嗎？」一如當年他到達時遇見跛腳時的情境。

　　這本書得到許多人的推薦。李泰祥看到了皮諾查「飛行還要飛行，突破還要突破，只為了追尋和自我期許」；馬以工讀出了強烈的「環境意識」；細心的簡媜，看出了在「豐富鳥類知識」之外的議題，認為：「皮諾查的飛行呼應人的內在探險，牠自我挖掘的黑形成份也隱喻人性幽微的底奧；而傳統與反傳統命題的辨證，也更加可以從這時代大遷徙（大陸、島嶼）中找到對應。」南方朔更明白的說：「皮諾查的旅程，原來的意義是要追尋『黑形』之秘，用以鞏固環頸族群的舊神話，然而，它的追尋卻弔詭的顛倒過來成了瓦解舊神話的動力，這個世界沒有不變的傳統，沒有顛撲不破的神話」。[16]

　　這本風鳥的故事，不免讓人想起李查巴哈的《天地一沙鷗》。南方朔繼續說，海鷗強納森（另譯岳納珊森）的冒險與成長，要學會飛禽最高本質的飛行，實際上是「浪漫時代最後一則勵志神話」；而劉

16　李泰祥、馬以工、簡媜的推薦文，見《風鳥皮諾查》書前，另有季季、林清玄推薦，不贅。南方朔評論，見於《聯合文學》8卷4期（1992年1月），頁113-114。

克襄自己也指出李查巴哈「人定勝天」的觀念，有其荒謬性。[17]

第二部動物小說《赫連麼麼座頭鯨》，在一九九三年面世。故事裡，赫連麼麼游向河口沼澤地，獨自面對死亡。時間只是一夜吧，卻是漫長的一夜！先是很大的場景，在午夜後的海上，大漩渦，海鷗群翔，白鯧魚來咬茗荷介，噴氣水柱化為霧氣，大量水泡如白色帷幕，怪物的身長、傷痕、眼神、意向，都從讀者的眼前流過，終於知道是頭大鯨魚。這還不打緊，當天晚上有個孩子小和，做了個被怪物追逐的惡夢，他的阿公和好友葉桑正比賽釣鱸鰻的技術，三個人恰好在赫連麼麼的終點站上，親睹了這場莊嚴而不盛大的喪禮。混合時序的敘述，讓赫連回想起白牙，那個鬥狠的敵人，終究化敵為友，曾經帶牠走過這趟神祕的旅程。善於唱歌、跳舞、遊戲，也精於交配、採食、育幼的健康雌鯨駱加，關心牠、愛牠，陪牠一程，在生物潛意識的召喚下，已經回歸北返的族群中。母親米德教導牠唱歌、泅泳、夜觀星象。那個善良的孩子，連夜蝶掉入水中，都會不忍心，拿樹枝去救助；而那兩個頑童般的老人，發明各種釣餌，精刻木鴨以欺獵物，會發現河口死豬身上寄宿著無數的鰻苗，也會嘗試用巴哈的音樂和搖滾樂去引導鯨魚脫困。劉克襄自己說，想要探討死亡的議題，透過鯨魚擱淺自殺，從各種不同的角度去思考死亡。

鯨魚為什麼會自殺？一般的解釋，可能是鯨魚對著海岸放射出的頻率，被折射而誤判航道；可能是領航鯨下達錯誤的命令；也可能是鯨魚「久病厭世」。種種可能，誰知道正確的答案呢？人類求生懼死的意圖，又有正確答案嗎？但無論如何，劉克襄當海軍軍官時睡在船艦船頭錨的位置，正巧是大部分魚類與海洋哺乳類的腦部位置，已經思考著這個生死哀樂的問題了。詩集與舊作中，不乏對鯨魚謳歌，也

---

17 劉克襄：〈重讀天地一沙鷗〉，收入《山麻黃家書》（臺中市：晨星出版社，1994年），頁186。

曾寫下鯨魚喜歡巴哈音樂的見解。一九八二年一月十八日記載臺中港外黑鯨（又名擬虎鯨）之死；一九八五年冬天，注意到一頭座頭鯨在美國三藩市山海灣誤闖沙克馬多河，陷在泥沼中，經人搶救而回歸大海。這頭糊塗的鯨魚以後被叫作韓福瑞，一九九〇年十月又再次陷入；一九九一年二月初，英格蘭漢伯塞的海岸岩礁一頭長鬚鯨擱淺，據考證牠是生前游上岸而死；同年十月卅日淡水河口南岸的八里發現鯨魚擱淺死亡。劉克襄同時閱讀有關鯨魚的資訊，如海明威《老人與海》的藍本，可能是一頭六十呎長的鯨魚；梅爾維爾的《白鯨記》，是捕鯨船長的親身口述；再去臺灣方志中尋找，也曾記錄過幾起鯨魚擱淺的意外。他把這些閱讀心得、新聞所見、個人遐想撰文發表，甚至還學習潛水，揣摩閉氣死亡的感覺。[18] 了解劉克襄的寫作過程，誰敢說《座頭鯨赫連麼麼》不是一部極具「權威」的自然生態作品？

　　緊接著「豆鼠三部曲」在一九九七年登場了。豆鼠，劉克襄解釋為花栗鼠，可是從他描述並且繪製的圖像來看，倒像「熊」，或乾脆說是中年發福的「醜人」。首部《扁豆森林》，故事開端寫森林裡的豆鼠，因為數量太多，主食扁豆產量不足，生態環境受到破壞，所以派出兩支探險隊，希望能找到桃花源「歌地」。其中一支，菊子帶領綠皮、紅毛，躲過大鴛、白狐的傷害，輾轉進入高原豆鼠的居地米谷。高原鷹派的紫紅將軍壓抑鴿派的大澤，打敗反對開發西北的灰光，獲知森林的現況，企圖以「民族光榮」號召回到原鄉，最後死於戰爭；而探險隊中熱情的紅毛服膺了紫紅將軍的理念，忠貞的菊子選擇殉節，而懷疑論者綠皮自此失蹤。一年有餘，殘存的森林豆鼠逃居小島，試圖反攻森林，結果在小木山被紅毛放火燒山，終於潰敗，也因此展開第二部《小島飛行》的情節。火攻現場，作者安排了一個總部

---

18 寫成〈臺灣鯨魚志〉，收入《自然旅情》（臺中市：晨星出版社，1992年），頁140-193。其他有關鯨魚種類及辨識方法，散見於《山麻黃家書》中。

侍衛馬林，親睹「敵人」的慘況，先是激動、呼叫，繼而落淚，最後卻難過、害怕，害怕同類相殘。當煙硝散去，小木山至少要百年才能恢復為森林。

為了要殲滅殘餘，追捕領袖基德，紅毛準備渡海攻擊。退守小島的豆鼠，仍自稱大森林豆鼠，也只能無奈地接受事實，但他們總要在「敵人」找到基德之前先找到，以掌握致勝的契機。大風葉、白鐵率領百人偵搜隊向山地進發，先後與熱帶豆鼠首領馬勃、羽毛豆鼠首領小鬼傘發生衝突，眼看偵搜隊就要全體陣亡。此時，高原豆鼠空降大湖東岸，小島、熱帶、羽毛豆鼠只得聯合一線，且戰且走，向深山裡的斑紋豆鼠求助。戰況慘烈，白鐵單獨挑戰紅毛，雙雙墜崖。基德到底是誰？為什麼隱遁？難道他是「綠皮」的化身？第三部《草原鬼雨》展開了，傷重將死的白鐵遁入草原，收了小燕草為徒，遺命尋找馬勃協成復國大業。小燕草歷險進京，找到打游擊的馬勃，也看見同夥異派的米谷英雄銀光被犧牲。而馬林已經代紅毛統攝大權，因為戀棧，原有的道德勇氣喪盡，變得愚騃不靈，也放棄了留洋歸來倡言改革的杜英。反抗軍串連，離間主將黃鴿，結合背離份子，火攻總部。小燕草力阻，仍不免在火光中，看見紅毛、馬林的死亡，在森林的灰燼中離開，孤獨而悲傷地回到草原老家。那座森林的復甦，又何止要百年時光呢？

故事說完了，劉克襄到底要給我們什麼樣的啟示？算不算動物小說呢？看熱鬧的人，倒可以在書中讀出中國武俠或日本忍者術的趣味。劉克襄說：「我寫到豆鼠之間的鬥爭，大的架構企圖影射強勢族群為了生存可以毀滅另一個族群，這之間並沒所謂的政治是非，而自然環境只是自然的背景」，他也不諱言影射「中國」的事實。[19]細細推

---

19 楊光整理：〈逐漸建立一個自然寫作的傳統——李瑞騰專訪劉克襄〉，《文訊》134期（1996年12月），頁96-97。

敲，影射的豈僅是「中國」，從豆鼠種族自西北向東南分佈：「高原（自稱米谷）、森林、草原、小島（自稱森林）、熱帶、羽毛、斑紋」，就是一個大中國的縮影。白狐、大鵟的傷害，影射異族的入侵，這些異族或許也只為了找片林蔭，來哺育下一代。豆鼠們生活在高原、山地、莽原、湖泊、海邊、森林、熱帶叢林等處，調整不同的生活方式，但為了增加食物，需要開墾荒地、破壞森林、大量獵捕，或挖食樹根，耗盡資源；為了爭取生活資源，豆鼠們發明戰鬥工具，木槍、彈弓、吹箭、藤牌、飛行布鳶等等，而且不斷改進。這似乎是生物塔的高階動物，為了自我生存，反而破壞了族群融合、生態環境，又焚燒森林，自絕資源，豈不自尋死路？受制於生存本能反應的豆鼠，殺戮、劫掠、做愛、繁殖，可以被了解；更高層次「七情六慾」的困擾，猜疑、嫉妒、嫌惡、野心、背叛、讒言等情緒作用，構成複雜的交際關係，個體的瘋狂邪念，集眾潛意識的嗜血本性，荒謬的殺生祭祀，都在「豆鼠森林」，甚至人類的日常生活中「演出」，而渾然不知。

反觀風鳥與鯨魚的世界，難道牠們都茫然無知，沒有悲喜情仇？沒有個人的生活意識或情感寄託？在集體生活中，他們都不曾質疑過自己的存在？都不曾在生命的「潮汐」中迷惘？追尋、質疑、領頭改變，嘗試生命中的諸多可能，是不是生物群中期盼的先知到來？又如豆鼠們的吟詩、唱歌、跳舞、彫刻，接近音樂或文學，或許也可以給個人或族群一個思索「生命」的機會。

在這樣的前提下，「生命」沒有是非、對錯可言，劉克襄選擇觀察生物，探討生態，推動保育之後，又企圖進階到生物生命本質的省思，所以就獨行於一般標舉環保意念的自然生態寫作之外。

七 結語：尋找 x 點，或者孤獨向前

　　什麼是 x 點？航海圖上的探訪點？海軍標定的射擊點？還是數學中亟待解開的未知數？吳永華在《守著蘭陽守著鳥》的自序文〈永遠的 x 點〉中寫道：「作家劉克襄當年的一篇文章〈尋找一個 x 點〉，深深地影響了我；『x 點』是候鳥交會的驛站，這樣的尋找過程，我已投入了許多年。」吳永華充滿了自信，而且已經將「x 點」移往未知的蘇花古道的探索。[20]

　　劉克襄的 x 點呢？自然觀察地點的移動，最具體可見：從臺中港、測天島，轉向淡水河河口，又遍及東北、蘭陽、蘭嶼、六龜、澎湖等全臺各地，最後再回到臺北近郊的小綠山上；觀察的對象，有鳥類、鯨魚、獼猴等哺乳類，也涉歷昆蟲、魚貝、植物，鉅細靡遺。觀察的目的，早年為了呼籲環保活動，所以要研究生態；研究生態就不能動情、使氣，要講求實證；如果能縱貫歷史，知所因果；橫向區域搜尋，就能分類比較。觀察的態度要客觀，要講求冷靜、精確，不宜流於個人情感判斷，所以要不斷內省。而人文關懷自有其主體性，態度要熱情、用心；所以從事自然觀察，而缺乏人文素養，不會有好成績。自然觀察最終的目的，還是要回到「人」的主體性。劉克襄反省道：「面對早年生態保育的恓惶，當時我偏偏少了那份激越；陷身現在的環境情景，我又矛盾地急於自這種知識的冷漠、僵固裡抽離。有時我難免質疑自己，到底心目中臺灣自然環境的藍圖為何，恐怕還不如個人完成創作的實踐來得重要吧？」[21]

---

20 吳永華：〈永遠的 x 點〉，《守著蘭陽守著鳥》（臺中市：晨星出版社，1994年9月），
　自序文頁11-13。

21 《快樂綠背包》（臺中市：晨星出版社，1998年）自序，頁7。

　　劉克襄文學的 x 點呢？對於各種文體的嘗試與轉換，一直是他多年努力的目標。他從個人表達情意識的詩作開始，迫於理念陳述的必要，改以環保散文寫作。為求更多的例證與數據，轉向史料考索，關切區域地理的自然調查，完成開發史與自然誌的寫作；在閱讀、學習、成長的過程中，感受人生議題的限度，決定以小說為訴求工具，寫了有關鳥、鯨魚與豆鼠的故事，如寓言，如童話，亦如科幻。同時，為了考察而學習攝影、素描，又因為攝影、素描的樂趣，超越了文字敘述的框架，漸漸傾向兒童及親子教育寫作，嘗試創作屬於「兒童文學」的圖畫故事書與自然觀察書，或者是指導親子旅遊學習的「旅遊文學」。劉克襄不曾放過各種文體創作的可能性！我們看見他從詩人的熱情中沈澱，轉向社會關懷、歷史陳述、地理觀察、自然描繪，又融會在人生哲學的對話，回歸文學的統合。劉克襄心境的變化，值得注意一下：從對人的憤怒、對鳥的執著、對歷史的縱深瓜連、對生活區域的觀照，而轉變成對世俗的寬容、對內在思維的整理、對人性的了然與諒解。所有思考與努力的過程，都指向 x 點：對生命價值的體現。

　　生命的價值何在？自然寫作的主題，如果能夠超過自然生態觀察與環保的議題，討論人與自然的和諧，或者萬物均有的情愛、生命意識，或許可以讓人真正地了解自然，免除盲目的向下沉淪的本能，而能快樂的成長。至於生命價值的詮釋，人與自然、社會群體間的建構，有沒有絕對的、權威的途徑可以遵行不悖？如果有，生命的衝創、再生與努力，就變得毫無目的；如果沒有，就需要祈靈於先知，在集體生物歡愉而童騃的慶典中，未雨綢繆，去瞭望生命將來的坎陷，發出預警。劉克襄的風鳥、鯨魚和豆鼠，是不是期望讀者能了解牠們，在體制內質疑，歡笑中憂心，去解構權威與教條，讓「生命」聽從大自然的呼喚，而回歸更自在的本我？能夠擔負這樣的重責大

任，孤獨地向前；試問，除了劉克襄以外，還有誰呢？

　　——2001年3月發表於東海大學「臺灣自然生態文學研討會」；刊於
　　《自然生態寫作論文集》（臺北市：文津出版社，2001年12
　　月），頁94-114。

建構女性作家的寫作優勢
——陳素宜作品中的守望與介入

一　陳素宜及其寫作生涯

　　近年崛起的新銳作家陳素宜小姐，從一九九五年四月到一九九七年年底，不到三年時間，連續獲得三屆「九歌現代兒童文學獎」、兩屆的「國語日報兒童文學牧笛獎童話優等獎」、第八屆的「台灣省兒童文學創作佳作獎」，以及「海峽兩岸中篇少年小說徵文一等獎」，同時也以《妮子家的食譜》獲得第五屆「陳國政兒童文學獎散文首獎」，足見她在小說、童話、散文的寫作成就，已經得到了兒童文學界的肯定。

　　陳素宜，新竹縣北埔人，一九六二年生。從她的作品中，我們可以約略知道她曾經是個開朗、頑皮、好吃、急性子、愛聊天的孩子，揹著小竹簍和姊姊上山採茶，有時候聯手去偷別人家的柿子，可是面對侵入她們家葡萄園的小孩，她會放狗去咬。她的作文常被老師批評為「字跡潦草」，可是每篇作品都得到甲上的成績，還被拿來當作學弟妹的學習範本。小學六年級的作文簿中留有一篇〈我的志願〉，可知當時她已經下定決心當作家了。國中一年級，母親過世。國中畢業，她外出就學，先後考入省立新竹師專、國立師範大學國文系。畢業後，她擔任國小教師，後來結婚生子，成立了自己的新家。

　　什麼時候，她開始加入寫作的行列？一九八七年她在《國語日報》上發表第一篇短篇童話〈純純的新衣〉，接著又寫了〈細語森

林〉、〈柚皮帽子〉。事隔四年，在《兒童日報》創刊之初，她才續寫了〈椰樹和扁柏〉等十數篇作品。

　　一九九三年，她在《民生報‧兒童天地》發表第一篇兒童生活故事〈襪子裡的兩百元〉；次年在北京《兒童文學》雜誌，發表了六千字的〈這就是愛情嗎〉的兒童小說，開始涉入較長篇幅的小說寫作。

　　可能是受到舊時同學在影視媒體上嶄露頭角的刺激，也可能是兒童文學作家管家琪的鼓勵，她開始廢寢忘食，執著而努力，甚至在放學回家以後，還遠赴臺北去參加為期一個月的寫作研習營。大量的閱讀與寫作，開啟了她的視野。

　　第一本中篇小說《天才不老媽》，在一九九五年完成，並且獲獎、出版。陳素宜綜合身旁所見「天才媽媽」們的經歷，把她們剪髮、做蛋糕、打毛線衣和代寫情書的本事，都編進故事，也著墨了個人對寫作的痴狂情景。她特別寫了篇後記〈她也曾年輕〉，希望將自己曾經擁有的心情、理想與年輕，與天底下的媽媽們來分享。次年獲獎的《秀巒山上的金交椅》，她把寫作焦點放在「愛情與婚姻」，描述孩子朦朧的感情世界、熱戀中男女的爭吵，以及民俗中的婚禮儀式，交織成文。第三年獲獎的《第三種選擇》，她換了個「關懷城鄉教育差距」的觀點，對當前教育的僵化形式，無法照顧後段班學生的實情表現出來。一九九七年，她以《等待紅姑娘》參加由上海《巨人》雜誌、臺北《民生報》和中國海峽兩岸兒童文學研究會聯合舉辦的中篇小說徵文比賽，得獲一等獎。故事中孩子惠冰，母親病故以後，爸爸帶著她們遷居到鄉下開設診所。惠冰前後寫了二十封信給死去的母親，思親之情油然，也反映了孩子成長中的心理調適。

　　小說之外，陳素宜的童話寫作也不曾停歇。《入侵紫蝶谷》，寫兩隻木葉蝶接受紫蝶谷的邀請，參加色彩發表會。發現紫斑蝶服食藥物，侵奪了花朵的顏色，卻使自己無法生育下一代的悲劇。《狀況

三》，寫黑山蟻面對武士蟻的入侵，發明了預警制度。害怕戰爭與死亡的族人相繼離開，只有女王堅定信念，讓丁丁排除了煩躁與無奈，懂得人生等待的意義。

散文作品《妮子家的事》，分為兩部分。上半部係《食譜》，獲得陳國政散文獎，描述客家酸嗆濃烈的美食滋味。下卷則以妮子童年鄉間所見為題材，包括田園記趣、民間信仰與節慶拜拜，對客家文化有深刻的描寫。

一九九八年以後，陳素宜接受了許多約稿。為黃乃輝執筆撰寫《黃乃輝說故事》第四集，為國語日報『中國民俗節日故事』系列撰寫《將軍站門》、《年獸阿儺》，為聯經文化撰寫《海洋的故事》。二〇〇一年以後，幼獅文化為她收集舊作出版了《非常任務》，民生報出版了文字、照片搭配的報導文學《大地的眼睛》。在『國小康軒國語讀書樂』網站作者群的介紹中，還可以看見她的身影，或許她也投入了小學國語教科書編輯與出版的戰場上。

二　纖細的少女情懷與急切的關懷建言

作家很容易在自己的作品中，表現出性別上的特質。男性作家往往強調角色的頑皮個性、情節的緊張刺激、主題的深刻幽遠，女性作家則喜歡處理纖細的少女情懷、平和的社群生活，以及對未來幸福的憧憬。

陳素宜當然也喜歡揣摩少女細膩的情感表達。短篇〈這就是愛情嗎？〉，曾曉君暗戀六年級男同學黃正新，好友林鈴建議她寫情書表達，用浪漫的方式折成飛機投射，結果信件掉進了草叢。曉君才為撕破的信封哭泣，現在卻擔心戀情曝光而痛苦不已。《秀巒山上的金交椅》，寫生有七仙女的家庭，在大姐訂婚的時刻，想起了民俗傳說，

試圖壓抑男方對家庭的管轄權，要去尋找山上一張石頭的金交椅，讓大姐坐上去，以便握有掌控家庭的權力，可以擁有幸福。像母老虎一般的么妹陳郁秀，也會一見鍾情，愛上了臺北來作客的劉川豐。《第三種選擇》中的陶曉春搭坐長得像吳奇隆的男孩的摩托車，「心兒噗通噗通的跳得厲害，兩頰火辣辣的熱了起來。等他油門一催……心臟就像含在嘴裡亂跳一通，兩頰的熱度降到冰點，連手心都冒出了冷汗。」（頁70）。

《第三種選擇》有暗戀數學老師的徐書婷，聽到老師訂婚請吃喜糖的消息，竟然跳樓尋死，跌斷了雙腿。小主角陶曉春的鄰居明珠姊姊上了大學，有個安安靜靜的學長喜歡她，可是她卻喜歡另一個編班刊幽默風趣的男生。為了這段三角關係，懊惱不已。

少女的生理成長，也被陳素宜寫進作品。《秀巒山上的金交椅》先說大合唱時男生變聲的窘境，接著就寫陳郁秀月經初潮，以為自己會流血死去，把自己關進廁所不肯出來，直到班級導師來了，拿衛生棉給她，才解決問題。回到家裡，她向姊姊說起，媽媽才注意到么女也長大了。《等待紅姑娘》，是等待一個穿著紅衣衫的女孩來當她的好朋友，還是入主為繼母？其實，指的是故事中惠冰面臨月事的到來。因為女性月事的到來，來肯定孩子已經「轉骨」成大人的一種儀式，也是一種象徵吧！

少女情懷總是夢！陳素宜對這種成長中臉紅氣喘、心浮氣躁的感覺，並沒有迷戀不捨。她在敘述少女情懷之後，馬上搖身一變而為老師或母親，拿出自己的經驗談，來說服迷戀中的孩子，試圖減輕她們的痛苦。〈這就是愛情嗎？〉，老師說了自己年少時暗戀班上男同學的感覺：「一會兒氣得要命，一會兒快樂的發抖」，幾年後在同學會的場合見面，聊得很快樂，覺得那男孩可以當朋友，但是「當男朋友嘛，好像還缺少一點什麼」（頁28）；曾曉君豁然開朗了，她了解老師說的

「缺少一點什麼」，不打算馬上去向黃正新示意。用「缺少一點什麼」，真能感動盲戀中的孩子嗎？這些孩子會不會質疑大人的功利心？

《秀巒山上的金交椅》中也有相近的故事，么妹陳郁秀愛上那個還叫不出名字的男孩，她向代課的姜老師求援。姜老師述說自己的經驗之後，並且自我評論說，如果不是她暗戀的男孩轉學了，她也就沒機會認識現在這個更加適合的男朋友。她建議為情難過的時候，就去找人聊天、聽音樂、跑步、打球、看愛情書，甚至背英文單字，來分散自己的注意力，以減輕痛苦。（頁155）姜老師又說：「初戀就像出水痘，一個人一輩子都會有那麼一次，遲早的問題而已。處理得好，一切平安順利，處理得不好，可能就會在心裡留下疤痕了」（頁157），這個水痘理論，是有道理的。只是得到水痘的人，在當下的感受能夠馬上消解退火嗎？

《第三種選擇》裡，學生們傳誦著烏托邦式的愛情觀：「身高不是距離，年齡沒有問題，金錢不必再提」；陳老師表示同意，卻加以引申：「頭表示理智。你能分辨『喜歡』和『愛』嗎？你能分辨『仰慕』、『尊敬』、『習慣』、『同情』……等等，跟『愛情』有什麼不同嗎？心表示成熟。你真的愛他，不會改變？你能夠享受愛情的甜美，也知道它的義務？你……」（頁181）像聯珠砲一般掃興的哲理探討，故事中的學生受不了，讀者也受不了。

三　敏銳的社會觀察與無奈的改革建言

為什麼開脫女孩迷惘的都是老師，而不是媽媽呢？難道是同性相斥的「弒母戀父情結」嗎？如果是這樣，爸爸又哪裡去呢？爸爸也不曾擔任孩子的支柱呢。

眼尖的讀者會發現陳素宜寫了《天才不老媽》、《等待紅姑娘》，

敘述孩子和母親、父親的互動，並沒有缺少。

但如果仔細觀察，可以發現陳素宜不熱中「溫馨家庭」的描寫，她樂於忠實地反映現代家庭的倫理結構。《天才不老媽》中的媽媽何艾萍想要追求自己的興趣，重新投入寫作的行列，先生表示沒有意見，卻希望自己回家時，可以吃到香噴噴的晚餐；孩子的成績退步了，也要怪罪媽媽沒有盡到督導的責任。等到何艾萍受不了內外交迫，決定封筆，做丈夫的卻又要她培養個人興趣，否則生活會覺得無聊。管家琪為她寫書序，說道：「在幾筆輕描淡寫中，還是讓讀者感受到，一個表面看似幸福的家庭，裡頭有女主人多少的包容與犧牲。」（頁5）這話是對的，不過陳素宜並不在意於「相夫教子」的神聖任務，她希望與讀者分享的是母子或夫妻能夠透過溝通，而互相欣賞「個人的自我實現」。

《等待紅姑娘》，多了父親的自覺。在妻子死後，父親帶著姊弟離開臺北，來到鄉下開設診所，希望增加和孩子相處的機會。一旦開始執業，為了病患，他仍然忽略了孩子。女兒惠冰藉著寫信給死去的母親，來寄託內心的渴盼。他對弟弟的導師謝老師的出現，是排斥的。可是當她的「好朋友」到來，卻是謝老師率先為她解決困難。老師的幫忙，還是比媽媽直接而重要。

社會經濟型態的改變，對家庭結構有相當大的影響。父母在臺北的菜市場工作，自然把孩子留在花蓮老家，由老人家照顧。孩子升上國中，需要加強功課，繼續考高中、大學，所以接來臺北就讀，卻又不能適應新學校的教學方式與進度，因而與落後生瞎鬧鬼混，甚至逃學、逃家、飆車，以至於車禍殞命。也有些家長只會逼迫孩子讀書，絲毫不在意孩子的情感寄託，出了事，就怪罪孩子學校裡的老師、同學。《第三種選擇》赤裸裸地呈現孩童的教養問題，也顯現了學校與家庭兩造之間的衝突摩擦。

　　《非常任務》中，阿成的爸爸、媽媽要去大陸開設製鞋工廠，央請阿嬤從臺南鄉下來臺北，照顧孩子一個月。他們希望阿成設法將阿嬤永遠留在臺北，就可以得到一台新型的電腦為獎品。阿嬤來到臺北，忙了一陣子，卻是動則得咎。阿成決定犧牲獎品，也要幫助阿嬤回到故鄉，可以無拘無束的種上一片菜園。

　　對社會制度與價值觀點的崩解，陳素宜卻以童話的形式表達。《入侵紫蝶谷》中，木葉蝶古志林和米其麗發現紫斑蝶服食了藥物，會吸收花朵的顏色，造成森林白化現象，也使紫斑蝶發生無法生育下一代的悲劇。這個故事會不會反映當今PUB店少年男女服食搖頭丸的處境？《狀況三》，寫黑山蟻面對武士蟻的入侵，發明了預警制度。但是，害怕戰爭與死亡的族人相繼離開，只有女王堅定信念，讓丁丁排除了煩躁與無奈，懂得人生等待的意義。這個故事是不是暗寓國人擔心兩岸戰爭紛紛移民的現象？陳素宜在兩本童話故事中選擇蝴蝶、螞蟻為主角，試圖借用集體生活的昆蟲世界，面對著錯誤的抉擇或者是外敵的入侵而自亂陣腳，自取滅亡。這種跡近寓言的故事，除了對小生物做了深刻的生態描繪（個中也有生物知識上的錯誤），或許是為著人類社會制度與價值觀點的混亂而寫。

　　《狗屎大戰》一篇，也可以看出陳素宜對理想的執著努力。為了擔任環保小尖兵，同學們決定到街道上去打掃狗屎，並勸導狗的主人能夠負起清除愛犬排泄物的責任。老師的國小同學陳美貞不滿意受到勸導，她說：「沒有用的啦！現在人誰不是家裡收拾得乾乾淨淨，門外卻髒得亂七八糟的？」老師搬出「抱著希望努力去做，就會成功」的理論，勸說：「有些事情我們可以管，也可以不管。不管的話，人與人之間越來越冷漠，人情味也會越來越淡。」（頁132）這樣的勸說合乎儒家「知其不可而為之」的精神，但就小說情節的安排，顯然沒有說服力。

四　陳素宜筆下重要的角色：少女、老師與母親

　　「少女」是陳素宜作品中，最喜歡刻畫的角色。除了「為情傷風，為愛感冒」的心理、生理特質以外，陳素宜筆下的少女，都有個自在的童年，從不知道怯場。

　　《妮子家的事》，自然是陳素宜的童年憶舊。為了遠足，妮子等不及天亮；過吊橋，故意在上頭跳躍搖晃；看新娘拔面（挽臉），可以看得入神，想像自己也是新娘；吃，在平安戲的客宴上，或者廚房裡做了鹹菜剁豬肉時，妮子從來不客氣。客家莊真如陳素宜所寫，豐衣足食嗎？妮子有時候幫忙做家事，也會勞累過頭。只不過家中有姊姊，自然在災禍來臨時，都會擔負起大人的責備，惹事生非的後果不會算到妮子頭上，她可以自由自在的玩著。

　　「自由」有時候會變成「習慣」吧！陳素宜大學畢業後，擔任教職，也結婚生子成為人母。對於一陳不變的家庭和學校生活，缺乏自由，她應該是不耐煩的。

　　《天才不老媽》中的主角，她獨排眾議，不遠千里到臺北上課，甚至生病暈倒。送她回家的「同學」，居然是孩子的導師。這下子，患難中見真情，她和孩子的導師成為寫作道路上的莫逆之交。故事中的主角，是陳素宜的化身；可是，那個孩子導師的職業，也是陳素宜的職業啊！女教師和母親的角色，在陳素宜作品之中，從此分裂為二。在她賦予的名字，老師叫許玉美，母親叫何艾萍，是不是也有欣羨或哀嘆的寓意？

　　女孩在成長的過程中，女老師的勸導功用往往大於母親。《第三種選擇》中描述了四個家庭。小珍是個私生子，沒有爸爸，媽媽也不住家裡，全靠爺爺拾荒來維生；娃娃的父母離婚，隨著在電子工廠上班的媽媽生活；好學生徐書婷的媽媽離婚後，把關懷的重點放在孩子

身上，不准看課外書，限制交友，只要求功課突出；最正常的算是主角陶曉春的媽媽了，但是她身不由己，跟著爸爸不分日夜在市場賣水果。爸爸因為曉春逃學而出手打人，媽媽幫忙擦藥，仍然是「邊擦邊唸」（頁24），離開家門時還上了七道鎖；母女閒話時，媽媽「好像除了好好讀書以外，就不知道要跟我說些什麼」（頁114）；孩子功課起色了，「爸媽竟然高興得像撿到錢一樣」（頁132），媽媽還一直問「要什麼禮物」。曉春媽媽的關心是看得到的，可就是拙於表達。相反的，負責輔導的陳老師，她能勸服曉春的爸媽放棄打罵方式，鼓勵孩子發揮自己的長才，開導孩子對愛情的迷惑，指導孩子找出人生的「第三種選擇」。

《秀巒山上的金交椅》，身為七仙女中么女的秀秀，正在青春反叛期，說話或思考問題，都像吃了炸藥。她拒絕穿裙子，要找媽媽，把媽媽形容成「像神明一樣，無所不在而從不現身」（頁14）；媽媽開始介紹家中成員，秀秀在旁邊「作註解」，揭穿媽媽掩飾真相的本事（頁27）。當班導的同學，一個童話專業作家的代課姜老師來到教室，讓學生談論「男生與女生的戰爭」，秀秀說：「女生哪有什麼命好？在家裡從早忙到晚，永遠有做不完的家事。男生是高興的時候，逗逗孩子玩，不高興的話，就把孩子往媽媽那裡丟。其實最嚴重的還不是這些問題，最讓人感到女生命苦的是，在家裡不受重視，說的話都沒有人在聽！」（頁68）秀秀說這番話，與她面對母親的態度「不謀而合」，也反映了陳素宜本人對母親在家中地位的看法。姜素貞老師的幽默、機智，講童話暗寓道理，有能力處理自己的迷戀，能夠提供學生好榜樣，能知道秀巒山上金交椅的正確位置，也知道作金交椅的民俗文化意義，恰好又是秀秀大姊未婚夫的「初戀情人」，目前又有個「長得像劉德華的男朋友」（頁178）。這樣聰明、傑出而又幸運的女性，自然是所有女孩子欽慕模仿的對象！

五　陳素宜的守望與介入

　　我們可以發現，陳素宜通過她個人的經驗，幻化為老師和母親兩種角色。用老師的身分，她介入少女的情感世界，作為傾聽者或指導者；另一方面她以母親的形象，把自己困在傳統社會制度之下，成為勞苦而孤獨的女人。

　　如果從陳素宜慣用的敘事觀點來觀察，她擅長使用第一人稱副角我的觀點，發揮仔細觀察描寫的特色，還可傳導豐富的情緒感染力。三本獲得九歌文學獎的小說中，使用了杜世昌、陳郁秀、陶曉春的孩子角色，來呈現天才不老媽何艾萍、七仙女家庭、四個問題家庭的同學。《等待紅姑娘》是孩子惠冰的自述了，她寫信給死去的母親，然而她所關切「等待紅姑娘」的任務，還是履行母親生前交代的事情，故事內容涉及「失去母親後家庭重建工作的推展」，惠冰也只是一個觀察者角色罷了。散文《妮子家的事》，主體是描寫客家食物與風俗文化；短篇小說集《非常任務》含有四個短篇：用林鈴來寫同學曾曉春的單戀；用艾麗寫同學喬美文的減肥風波；用阿成來寫鄉居的祖母短期來臺北看顧孫子的事件；用王正鵬的視角來寫師生消除街上狗屎的經過。童話《入侵紫蝶谷》以古志林帶著米其麗進入紫蝶谷，發現危害生態的秘密；《狀況三》則以小螞蟻丁丁觀察怕死的族人紛紛離去，也襯托了蟻后的勇敢堅持。兩本民俗節日故事，是以第三人稱來寫作，但也採取了「襯托」的技巧。《將軍站門》捏造了柱子為父親的惡夢尋找醫藥，烘托「魏徵夢斬涇河龍王」的主題故事，後來秦叔寶將軍同情柱子的孝行，要求畫工把自己的圖像，畫一份給柱子家使用，好祛除惡夢。《年獸阿儺》則以子虛先生巧遇年獸，說出了傳統的新年風俗。子虛既為烏有的角色，烘托民俗文化的解說，也是一種「旁襯作用」的觀察者。《大地的眼睛》為陳素宜報導文學的新作，

寫了寶島臺灣二十處的遊覽地點，附有旅遊資訊，也附有她的先生及幾位攝影名家的照片，是本有文學滋味的導遊手冊；只是加入了這些「實用性」強的附錄，陳素宜的敘述主體又被邊緣化，變成「旁襯」的文字了。

觀察與描寫，是陳素宜熱愛的活動，也是她介入寫作的力量。在《妮子家的事》序文中，她敘述自己離家在外二十來年，每次回鄉探望，總有新的變化，記憶裡的故鄉越來越遙遠，莫名的鄉愁濃郁起來，有不得不寫的衝動。（頁6-7）《等待紅姑娘》的自敘中，她說：「這幾年來，我努力於兒童文學寫作，讓我心裡那個沒有爸爸、沒有媽媽的孩子，在創作的小說中享受母愛，在童年的散文中回憶親情，卻一直不敢直接面對失親的痛苦。直到在《等待紅姑娘》裡，藉著惠冰的口，說出我對媽媽的思念和不捨，說出我心中的疑惑和不甘。」（頁15-16）

問題是，她一直很客氣，採取保守與觀望的態度，不敢把自己擺在寫作的主體上，大聲地說出自己的聲音。描寫並且反映現實生活的寫作理念，死死的綁住了她，讓她缺少空想或幻想事件的描摹，也缺乏表現自己獨特價值觀點與行為的機會。有沒有更多的勇氣與睿智，可以讓陳素宜的作品走出新氣象？

六 結論：期待「發現母親」，建構女性作家的寫作優勢

近年來，在國內兒童文學寫作的行列中，女性作家的人數有顯著的增加，可是她們所描繪的角色，所關心的議題，似乎都偏向男性角色。張子樟教授曾經撰文說：「基於兩性平權的論點，作家也應該多關懷家中的另一性別。女性與家人的互動與衝突，一樣可提供不少寫作題材。奇怪的是，男作家喜歡撰寫以男孩為主角的故事，女性作家

也是如此。」[1]

為少女寫作，以前當然也有。如孟瑤女士寫給女孩談修養、婚姻、感情及人生觀的二十封信[2]，從形式看來，傾向單向的灌輸。但是在書裡面，指出了女性的侷限與偉大。談〈智慧的累積〉，她說：「造物者創造一個女孩子，祂應該付與她們雙倍的努力，因為她們走的路太艱難了！生兒育女，相夫教子，十個人有九個跳不出這個家的牢籠，因此十個人也有九個為了那些做不完的家務而忘記充實自己。」（頁6）「對於目前的美滿婚姻實在不多」，她也是坦白的（頁46）。然而她認為女性對人類的發展，更具有「間接和無形」的力量，把「愛與美」的力量遍撒人間，是女孩子應有的驕傲（頁74）。

名作家陳幸蕙標舉自我、事業、婚姻、家庭為「現代女性的四個大夢」。她對婚姻的情義，性與愛的追求，有更直接的闡述！傾聽、擁抱、共享、接納、建立榜樣與建立健康取向的家庭文化，為愛的六大課題[3]。她知道「完美的父母並不存在」（頁140），也知道世間充滿了「母親的辛酸、妻子的辛酸、女性的辛酸」（頁147）；不過，她更強調勇敢地展現「母親的歡顏」（頁154），因為只有讓「夢想存在」，才可以證明我們「心猶未死」（頁162）！

這兩位女性作家的終極關懷，都傾向「母愛」和「家庭」的建構，難道她們要回歸傳統的價值取向嗎？談母愛，其實也是兒童文學世界無法迴避的議題。文壇前輩冰心在《寄小讀者》一書，不斷地讚美母親的愛。浙江少兒社的孫建江先生在他的論著中，談論作品的價

1　張子樟：〈平行或交叉：少年小說中的父子關係〉，收入《少年小說大家讀》（臺北市：天衛文化圖書公司，1999年8月），頁109。

2　孟瑤：《給女孩子的信》（臺中市：晨星出版社，1986年5月）。

3　陳幸蕙：《現代女性的四個大夢》（臺北市：爾雅出版社，1992年7月），頁120-138。

值取向，也歌頌著母愛原則[4]。教育學者王東華討論母子之間的關聯，認為「對母親的精神信任能激發出依個人最完全的力量，因為母親是自己信仰的全部」[5]，他同時強調對母親的教育，說：「母親教育一旦受到動搖，它給孩子帶來的就會是整個生命的崩潰，因為母親所給的就是生命的教育。」王東華看到了現代社會教育中最大的弊病，忙碌賺錢的家長們將孩子送進了學校，他們認為「任何一位老師都要對我的孩子負責」（下冊頁226），縱容自己從孩子的生活教育中消失。陳素宜身兼老師和母親雙重角色，對兩者之間的緊張關係瞭若指掌，在她的作品中，自然也清楚地反映了社會最大的病灶。她所以強化教師的角色，弱化母親的角色，也可以看出她相信只有通過「教育」的手段，才可以讓故事的結局有「改弦易轍」的可能。

然而，老師是否可以取代母親？王東華先生說：「不是母親以老師為榜樣，而是老師應該以母親為楷模」（下冊頁229），這個論點當然正確。只是中華民族的母親是否已經有了「勤前教育」？在制式的教育體制下，與男孩子有平等的機會爭取受教育權，甚至有勝出的現象，然而對於作為母親或現代女性所需要的生活、品格、美學、情感、養育教育，是否付諸闕如？陳素宜筆下的母親，多半跌進了這樣的井欄之間，缺少開朗而亮麗的表現機會。

儘管目前女性主義的呼聲極高，聯合國兒童基金會也從「今日的女童，明日的母親」的觀念，轉變為「明日的婦女」[6]，給予女性在「母親」價值取向之外更大的空間。女性主義批評，似乎也從對抗父

4　孫建江：《二十世紀中國兒童文學導論》（南京市：江蘇少年兒童出版社，1995年2月），頁353-357。

5　王東華：《發現母親》（成都市：四川人民出版社，1999年7月），頁187、228。

6　卜衛：〈歧視？正視？重視？——對重視女童的權利的回應〉，《媒介與性別》（南京市：江蘇人民出版社，2001年10月），頁331-350。

權，爭取平等發聲，凸顯女性差異的泥淖中，走「雙性共體」的認知上[7]。且不論國內的教育或媒體單位對「女性議題」如何的懵懂無識，兒童文學界的作家應該率先走出一條道路吧！陳素宜女士傾向「女性」的描寫，具有女性觀察與省思的特質，能夠體會人世間「過程比結果重要」的意義[8]，相信她在追求人生終極價值的時候，可以把母親堅忍、包容與學習的美德表現出來，建構新的家庭倫理價值，來改變社會風氣。期待她的新作中出現嶄新的母親形象，讓世人找回「母親」的溫暖。

——原刊於《東海學報》第45卷（2004年7月），頁313-328。

7　陳曉蘭：《女性主義批評與文學詮釋》（蘭州市：敦煌文藝出版社，1999年12月），頁65-77。

8　陳素宜：〈過程與結果〉，《第三種選擇》代序（臺北市：九歌出版社，1997年9月），頁1-4。

筆下展乾坤
——試評王文華、林音因、王晶現代兒童文學獎得獎作品

一　前言

　　九歌出版社舉辦「現代兒童文學獎」，從一九九二年迄今已有十屆[1]。得獎作家分布海內外及大陸地區。受限於首獎作家不得再參加比賽的規定，這個獎項讓作家們宛如「鯉魚越龍門」；首次參賽便獲得首獎者，就得告別本獎，新進改制為「停賽三年」，才能捲土重來[2]；而獲得佳作獎的作者可以再接再勵，直到獲得首獎為止。最成功的例子，為新起之秀鄭宗弦，他連續以《姑姑的夏令營》、《第一百面金牌》、《又見寒煙壺》獲得三次佳作獎，第九屆則以《媽祖回娘家》奪魁；其次是陳素宜，她以《天才不老媽》、《秀巒山上的金交椅》、《第三種選擇》獲得三次佳作獎，再以《等待紅姑娘》獲國內《民生報》、上海《巨人雜誌社》合辦的「海峽兩岸中篇小說創作賽優等獎[3]。其他得獲三次佳作獎的尚有有趙映雪、馮傑等二人[4]；早期獲得兩次佳

1　九歌出版社舉辦「現代兒童文學獎」，迄二○一六年，已有二十四屆。
2　首次參賽即得首獎，依次為：李潼、陳曙光、張淑美、子安、陳瑞璧、侯維玲，他們都沒再參加比賽。現行應徵條件中，為鼓勵新人及更多作家創作，凡獲國內重要兒童文學獎（包括國家文藝獎、中山文藝獎及九歌現代兒童文學獎）首獎者，三年內不得參加比賽。陳曙光以《雪地波蘿》獲首獎，《重返家園》、《戈爾登星球奇遇記》均以邀稿形式收入「九歌書房」，不再列入比賽。
3　陳素宜《等待紅姑娘》，交由臺北市富春文化出版。
4　趙映雪獲獎作品有《茵茵的十歲願望》（與楊美玲合著）、《奔向閃亮的日子》、

作者，有盧振中、屠佳、劉台痕等三人[5]，在第八、第九兩屆之中，連續獲得佳作獎的有王文華、林音因、王晶三人。

這是個奇特的現象，有什麼強大的動力，來支持這三位作者再接再勵，可望在未來創出佳績？

二　王文華及其得獎作品

王文華，出生於臺中大甲，國立臺北師範學院初等教育系畢業，現任教於南投育樂國小。一九九七年開始兒童文學創作，次年出版了《草魚潭的孩子》。九二一地震後，連續寫了《兩道彩虹》、《南昌大街》兩書，從關懷學生開始，漸漸注意到原住民的生活問題，完成《我的家人我的家》、《再見，大橋再見》。他曾經得獲臺灣省兒童文學獎、陳國政兒童文學獎，中縣文藝獎，以《南昌大街》、《再見，大橋再見》得到現代兒童文學獎，近日又以《變身小鬼》獲《國語日報》第四屆牧笛獎童話組優選。[6]

王文華兩本得獎作品如下：

《南昌大街》以小學六年級的我為主述，介紹南昌大街景象，有媽祖廟和廣場、老先覺伯公的打鐵店、三個外省人開的山東饅頭店、外公開的大世界電影院、爸媽的賣魚攤。學校裡的師生大都住在這條街上，有打鐵伯公的孩子鄭老師，原住民巡山員的小孩余河漢，凍霜

《LOVE：人生球場愛與掛零》。大陸作家馮傑獲獎作品為《飛翔的恐龍蛋》、《冬天裡的童話》、《少年放蜂記》。

5　現代兒童文學獎至第九屆，已獲兩次佳作獎的有：大陸作家盧振中《阿高斯失蹤之謎》、《荒原上的小涼棚》；屠佳《飛奔吧！黃耳朵》、《藍藍的天上白雲飄》。劉台痕《五十一世紀》、《鳳凰山傳奇》。

6　王文華目前已經創作等身，得過金鼎獎、牧笛獎、陳國政兒童文學獎、好書大家讀年度好書諸多獎項；又有臉書童話公園、部落格，《蘋果日報》專欄約稿。不贅述。

嫂的孩子陳明雄等等。述說者開朗活潑的調子，渲染了故事中所有的角色，不管是個性吝嗇或者豪爽，都讓讀者覺得親近可愛。故事到了中段，發生地震，整條街坊塌陷，主人翁的祖父和父親死於災難之中。看著處境相同的布農族朋友，他們仍然是樂天無私，得到很大的啟示。而團契大哥哥前來扶助帶領，孩子們在過年的鞭炮聲中，與老街市場重新開張的時刻，迎向未來。

《再見，大橋再見》係以六年級的女生噹噹主述，但有了巧妙的變化。第一章寫孩子大山進了城，回來之後畫起摩天大樓，發誓將來要為自己蓋棟大樓，一百層樓。後來父母被山洪淹沒了，幾分地也被叔叔繼承了，他孑然一身到城裡去努力。用全知觀點，用老師、牧師關懷角度來呈現這個胸懷大志的人，就是後來主述者的爸爸，也是故事中的焦點人物。從第二章起，由噹噹來述說，他們一家真的住進了大廈，但只是在蓋好之前暫住，蓋成之後有了水電，又得「搬家」，因此連續換了四所小學上課。有一天，爸爸決定在大橋下搭建房屋，與山裡外出工作的原住民同住。貧寒家庭百事哀，原住民每家都有一本痛苦經。包攬工程的老闆跑路，爸爸領不到工資，警察又勒令拆除違建，因此決定搬回山上。阿姨受賊人傷害而自殺，姨丈也帶著表妹回鄉。此時，噹噹以回憶方式，退回小學二年級、三年級各段記憶中，來述說阿姨一家人的往事。大家合力在外公遺留的地上蓋了房子，經營民宿，過著山裡悠閒的生活。

三　林音因及其得獎作品

林音因，臺中縣人，淡江大學管理科學研究所碩士。資深會計經理人，並領有甲級室內設計師執照。現為高職補校暨補習班電腦教師，業餘從事寫作。得獎作品，概述如下：

　　《期待》以高雄高中學生程健為第一人稱主述者，平常喜歡惡作劇，虐待家中小狗咪咪。父親失足落海的消息傳來，母親哀傷而臥病在床。現實生活壓力強迫「我」長大，轉入補校讀書，接觸電腦課程，有很大的興趣，英文能力也好，變成補校中模範。白天到電腦公司打工，學到更多知識，得到技術士等三張執照。終於代替爸爸，成為妹妹的期待。

　　《藍天使》以國中三年級藍安琪為第一人稱主述觀點。開學時被選為班長。英文張老師被調走，換來方老師，得到同學的歡迎。而爸爸生意失敗，到大陸朋友的工廠工作；媽媽承擔家計，因此應聘到墨西哥三年，從事牛仔褲生意。我和妹妹藍瑜婕投靠高雄的外婆。外婆在市場賣米粉羹，還作外銷成衣縫釦子的副業。教妹妹識字，為妹妹喜歡的趴趴熊而努力存錢，最後是外婆的妙手做成。妹妹開始學台語，也教外婆說國語。我在學校的英文演講比賽中獲第二名。連鄰居江爺爺讀高中的孫子去當義工，也變成乖巧懂事的孩子。將近過年的時候，爸、媽寄來電子郵件，告知回家的時間。年夜飯，媽媽先到家，爸爸晚回，因為孩子的說情，媽媽原諒爸爸了。

四　王晶及其得獎作品

　　王晶，文化大學中文系畢業，英國倫敦大學歐洲研究碩士。寓居英國，現在從事英文書籍翻譯以及兒童文學創作。生平資料很少，可能是還沒準備好公開個人小傳，以利評論者談論。得獎作品，概述如下：

　　《世界毀滅之後》是篇幻想小說，文中涉及許多尖端科技，但沒有真正的理論基礎，作為幻想世界的冒險旅遊，則趣味橫生。此書以全知觀點寫小學四年級的陳學威與父母乘坐高速鑽土機，逃避核彈的

攻擊。一個多月後,重返地面,世界已經毀滅,乃前往東方大森林。三年的山中生活,媽媽懷了身孕,生下妹妹小文。小威不小心掉入地洞,發現T型3號的生化人,宰制著地底王國,設法逃回地面,向爸爸報告。爸爸聽過魏博士的傳奇,知道他創造生化人,為人類帶來很大的麻煩。這時候出現許多人類,以為是變種人來襲,面對面之後,才知道是西方小國的人,他們聽信爸爸的理論,建設了地下城市,所以逃過浩劫,現在前來東方找尋殘存的人類。

《超級小偵探》係以韓子昌為第一人稱敘述者,小學五年級生。爸、媽開明,姊姊專心讀書,生活平順但有些無聊。每年生日禮物是二十本書,擔心一百歲時會被兩千書壓扁。有三個好朋友:李哲翰綽號李胖,家中富有,父母事業忙碌,不常在家;因為擁有個人電腦,是資訊站,也是偵探總部。李胖父親有外遇。家中有菲傭料理。唯一的女主角唐玉,冷靜而機智;父母離婚,與爸爸、奶奶住在老舊的眷區;能夠蒐集研判資料,迅速解決問題。王谷人綽號古人,爸爸酗酒打人,媽媽離家出走,必須照顧兩歲半的妹妹小維,只得帶在身邊;大家都怕小維搗蛋,叫她小恐怖。她們四個人決定成立偵探社,調查社區中可疑人事。詭異的事發生了。新來的自然科洪老師在超市買東西,與歹徒留在工地的東西相近。而六年忠班的陳老師家中突然傳出鬧鬼新聞。四個小孩監視可疑人物,小心翼翼,卻被黑衣人跟蹤。步步懸疑,直逼高潮。結果是洪老師的弟弟越獄,扮鬼嚇走陳老師,好進入屋取得贓款,而黑衣人竟然是警察,化解他們被盜匪傷害的危險。

五　六篇佳作都能充分反映現實社會的問題

以上簡述了三位作家六本佳作,他們都不約而同反映了社會的現實面。王文華關切了南投山城的人們,在地震後,如何擦乾眼淚,告

別死去的親人，接受慈濟、基督教等宗教社工團體的幫忙，來重建家園。他也注意到原住民嚮往都市謀生，住在市郊的交通要道旁，十足為「城市邊緣人」，他渴望他們能回到家園，找回原住民樂天知命的本質生活。他選取材料的本事很強，對身邊所見的人、事、物，可以敏銳地觀察與描述。他的學生家庭相處融洽或摩擦生變，都被寫進小說。即連九二一地震天災，村民的處置與重建，也被剪輯入文。

林音因，從商業經理人、室內設計的工作，轉入補校電腦教學。她筆下的人物，自然取材於教學中所見。問題的學生與學生的問題家庭，是描述最好的對象；補校失敗的職業教育，無法讓半工半讀的孩子受惠，嚴重的說，還幫助殘酷的社會來折磨他們。故事中的主角逃離「輪迴宿命」，而能努力用功學習，為死去的父親擔負家庭責任，在現實生活中絕對是少數。作者在《期待》序中自言：「補校學生除了少數例外，的確打混的居多。正如書中所寫，許多人受迫於現實，活得很無奈。但是仔細觀察，那些調皮搗蛋的學生，其實有其可愛純真的一面，只是現實壓力迫使他們採取逃避的方式。」父親經商失敗，滯留大陸；母親前往墨西哥工作，換取生活費用；留下祖孫孤獨地相依偎。這就是臺灣「經濟奇蹟」的後遺症吧？

王晶生活於英國，他透過幻想小說還關懷國際局勢、核戰與生化戰爭。北方大國介入南方甲國、乙國的戰爭，因此引發核戰。生存在地底的生化機械人試圖回到地面。西方小國在核戰之後前往東方森林，尋找存活的其他人類。這些議題藏在遊戲趣味濃厚的書中，真像末世預言書。他的第二篇作品仍以孩童偵探故事為主軸，但在四個不同孩子家庭中，安排三個問題家庭。李胖的爸爸外遇；唐玉父母離婚；王谷人母親離家，逃避家庭暴力。在工商業社會中，家庭婚姻結構難道面臨解體了嗎？還是王晶國外所見與臺灣現況雷同？再加上銀行劫匪逃獄，為取回贓款，扮鬼嚇人。這樣的刑事案件，不管國內、國外，也屢見不鮮。

六 敘事觀點的選擇：熱衷於第一人稱觀點

這六篇佳作中，除王晶《世界毀滅之後》用第三人稱全知觀點外，都採取了第一人稱觀點。

處理九二一地震天災或原住民搬遷之苦，讓故事中小主人翁以第一人稱切入現場，讓讀者隨著主人翁的遭遇與情緒反應，去感受悲歡離合，是很好的策略。王文華能穩定而有效的掌握敘事觀點，有時候還講求變化，通過第一人稱敘述者的回憶，來跳接不同的時序點，補述事件的背景資訊。如《南昌大街》第十一章〈黯淡中秋夜〉，中秋夜本來要去二叔鯉魚潭過的，幾個月前二叔已經邀請過，露天咖啡座開幕時大家已經來過，約定中秋節再來此處共度。敘述中，有四個時間點，都在「我」的記憶與述說中進行。（頁103-105）「我」可以遊走地震現場，目擊災情，自然是好的敘事觀點。《再見，大橋再見》，有更好的變化。從「遠鏡頭」看幼年時代的爸爸大山，拉到現在時刻，馬上跳接成大女兒「我」來敘述爸爸的理想、傻勁與命運的捉弄，所謂的第一副角我觀點。他順利的避開「幼稚觀點」，讓主述者「我」，成為成熟而協助管理家庭的好幫手，也側面凸顯了父親的形象。

林音因《期待》的敘事者阿健我，以高一學生的身分虐待小狗，在小狗食物中添加辣椒，這樣的「單純」調皮搗蛋，顯然跌進「幼稚觀點」的窠臼裡。高中生當然會惡作劇，可是心理機制更複雜，慾念、不安、惡毒，就不是可以用「單純的童騃」來解釋。用我的回憶來述說前年、去年元宵節猜燈謎獲獎，就有點「自吹自擂」，除了證明「我」是聰明的，沒什麼作用。用「我」來述說自己的艱苦奮鬥，更是「自拉自唱」了。等到「我」進了補校讀書，與來自各地各有困難的同學相處，來呈現「補校學生問題多」的主題的時候，通過阿健這個觀察點，只能是「左邊那位同學」（頁106）、「後排幾個同學」（頁

114），或者描寫「他的手好髒，十個手指頭旁邊都是黑黑的」（頁
107）。這樣的敘事觀點，就顯得無招架之力了。

《藍天使》的情形，用藍安琪「我」來述說，也是會產生許多
「視角盲點」。妹妹學台語，以及教外婆學國語的情境，因為「我」
不在場，就無法描寫。媽媽、爸爸要表情述意，也只能透過電子信箱
的方式，用「我」來說話。而「我」去參加英文演講比賽的實境，演
講的內容，表現得僵硬無趣。如果這篇故事用全知的第三人稱觀點述
說，相信會有冷靜的場景描述，也比較容易表現故事中其他角色纖細
的個性。

王晶以全知觀點描述《地球毀滅以後》，對於幻想世界總總描
述，有方便之處。主角四年級小威是個穿線人物，他如果不掉進洞
裡，就沒有地底國的描寫。如果不機智，就無法逃出變種人的控制。
這樣的敘述觀點，作者隱去，讓讀者隨同主角小威痛快的去玩，是冒
險故事、情節故事最佳的處理方式。至於《超級小偵探》，在偵查陌
生人、發掘案情的主線中，以韓子昌來主述，沒有問題。副線的安
排，如老師有個犯罪的孿生弟弟，陳老師家鬧鬼事件，黑衣人真實身
分，以子昌「我」來觀察，自然會產生「視角盲點」，但因為是偵查
事件需要懸疑的安排，敘事中所產生的盲點，反而變成優點。如果硬
要在情節中「找麻煩」的話，王谷人家裡的婚姻暴力，唐玉父母的離
異，就缺少描述的空間；而子昌就得陪李胖去和張阿姨在麥當勞見
面，以阻止父親的外遇，才得以描述入文。

敘述觀點的運用，完全是依作者的習慣而定。如何選擇最恰當的
方法切入故事，自然可以使作品有「充分表現」的機會。

七　情節處理的比較：故事主軸與副結構的搭配

　　「九歌兒童文學創作獎」要求作品的長度是三萬五千字到四萬字，適合讀者在一、兩個小時閱讀完畢。這樣的長度，介於短篇與中篇小說之中，有些尷尬。短篇小說可以用一組的「起承轉合」，完成基本結構；也因為篇幅短，一定要用倒敘法或混合時序法，來使故事開進的時間貼近高潮或故事結束的時間點，使結構緊密。流水帳式的敘述無法集中敘事焦點，高潮前的鋪排過度冗長，令讀者不耐。有利中篇小說的長度，應該是七萬到十萬字，可以將全文分作數個章節，各自獨立，卻又相互交錯糾結。可以安排兩個或兩個以上的主從結構，使故事中的今昔、兩代、老幼、美醜、善惡得到強烈的對比設計，來彰顯故事主角的性格或主題意識。現在被規定在三、四字萬之中，用短篇的形式來架構，顯得單薄，撐不起整個篇幅長度；用中篇結構來處理，能發揮描述的空間又嫌太小。

　　王文華《南昌大街》的主線是「南昌大街」，他先帶「你」去看南投南昌大街以及居民種種，伯公打鐵店、原住民同學余河漢家、老爸的魚攤、老山東饅頭店、凍霜嬸雜貨店，七章共五十七頁。下一章為參加作文比賽，八頁，當作過場；以下轉出了地震來襲，震後殘破的現場，中秋節的哀感，有二十四頁。地震是故事中最高潮，也是南昌大街最大的傷害，逆向處理，使故事同時達到最痛點。主述者身為南昌大街「大家庭」的成員，家中的災情也是一言難盡。地震使得祖父、父親雙雙橫死，也讓「浪子回頭」的二叔，失去了鯉魚潭的商店。二叔奔喪，跪在阿公靈前，念著經懺和觀世音菩薩的法號，把地震的悲痛徹底表現出來。主從兩線故事，在此處緊密地結合了。接著是災後安置，次第描寫原住民的樂觀精神，悲傷的媽媽，善心人士的救援，合計三十四頁。最末兩回，新街坊重建開張了，主述者在千禧

年來臨前祈願，佔十二頁，作為故事尾聲。

《再見，大橋再見》在故事節奏上比前篇明快，爸爸為了實現蓋大樓的夢想，到城裡發展，卻只能讓妻小住在自己搭建大橋下的違章；投入捷運工程，卻領不到薪水；還不如回家蓋民宿，過閒適的生活。副線有來自臺東的酋長達歐，是村長也是工友，妻子離家出走；鄰居馬索的媽媽種絲瓜，摘野菜維生。親戚依娃阿姨和漢拓瓦姨丈從事建築與室內設計的工作，發生歹徒傷害的悲劇，姨丈帶著小白雪返鄉居住，正巧可以來為爸爸設計民宿。全書分了十六個章節，比前書精簡了兩章。故事的主從比較明確，住在大橋下朋友們的附屬故事，也能夠與噹噹家相呼應。

王晶第一本書選擇「幻想與冒險」的題材，第二本書選擇「偵探」，故事的鋪排比較注意懸疑、解釋與貫連。又屬於兒童故事，情節的要求無須嚴苛。而林音因的作品，涉及少年成長的議題，就需要多加琢磨。《期待》一書，只區分「不識愁滋味、噩耗、補校生涯、蛻變」四章，可以察覺主線的薄弱。所以要填充許多「非情節題材」進入：小狗咪咪勇敢捉小偷，卻怕鞭炮；前年、去年元宵燈謎大會中猜燈謎，中大獎；與同學談論妹妹經。這些「小事件」當然可以增強主要情節的內容，但是被刪去也不影響故事進行，這樣的結構算是「鬆散」了。補校的上課情形很拉雜、混亂，學習電腦的經過處理很乏味，妹妹寫了篇〈我最難忘的事〉，這些凌亂雜次的事件，都在「無趣」的狀態下，被「抄」入故事之中。電腦課中所學，作者其實也沒講清楚。懂電腦的人，會覺得所談都是班門弄斧；不懂電腦的人，會厭煩的打哈欠。

《藍天使》將主題擺在「溝通」，情節動作擺在「學習語言」上。這本書細分為十六章，描寫的觸角也廣闊些，稍稍改正前書的問題。到百貨公司玩，妹妹看中了趴趴熊，動念要買，回絕同學的借

錢,到大市場問價錢,讓阿嬤幫忙縫製,考慮到市場買填充棉花,到同學提供抱枕等等,是一段極成功的舖寫。但是,作者此書又撞出了一個難題:如何將語言的學習透過適當的文字來表達?遇到阿嬤說台語的地方,用國語注音拼出。台語九調,如何用只用四聲標注呢?懂台語的人看得懂,也讀得出,不懂台語的人,就只能「黑矸裡裝醬油」。青菜的青,與青牛的青,不同意義,又如何傳達正確的解說呢?英文演講比賽的原稿,為什麼不用英文寫出?(頁124-126)書前藍安琪還用英文介紹自己名字、嗜好和好友(頁20),以英文寫出,再加註中文。枝節人物江爺爺讀高中的孫子,當了義工,改變人生態度,在校刊上登載描述〈義工〉所見的文章(頁151-154),爸媽的電子郵件(頁156-160)、卡片(頁175-176),插入這些冗長的文字,有填充篇幅之嫌,更嚴重影響情節進行的節奏感。

八 人物塑造與人物群的建構

一般討論人物塑造,多半引述佛斯特《小說面面觀》中的理念,將人物分為圓形與扁平兩種。[7]所謂圓形人物,作者利用動作、對話間接刻畫的技巧,細膩地表現人物豐富的個性。所謂扁平人物,用直接敘述的方式來表現人物典型、樣板的單一形象。但事實上,小說中的人物無法直接二分為兩類。越接近故事核心的重要人物,必然是圓形;越不重要的配角,則為扁平造型。[8]用這樣的角度來看,作為主述者(第一人稱主角或第一人稱副角),都會是圓形人物。《南昌大

---

7 佛斯特,李文彬譯:《小說面面觀——現代小說的寫作藝術》(臺北市:志文出版社,新潮文庫90號,1973年9月),頁59。

8 (英)克利(Kenny)提出「人物光譜說」,可補充福斯特二分圓形、扁平兩類人物描寫之憾。

街》中，賣魚的老爸之外，打赤膊打鐵的阿公、賣饅頭的外省老兵、布農族的巡山員、吝嗇小氣的雜貨店老闆娘，構成一個鮮活的群組，細看之下，都是典型化的性格。原來，以「我」為敘述觀點的作品，仍然沿用傳統口述文學，甚至是章回小說的理路，以典型、誇張的手法，來活潑角色。《再見，大橋再見》中，用孩子的仰角來描述爸爸，更能顯得英勇的氣魄。作者所構建大橋下十幾戶人家，有布農、阿美、排灣、賽德克各族族人，其中以臺東酋長達歐、馬索的媽媽、玉山布農的巴萬最為凸顯。至於主述者的賽德克家族，有爸爸、媽媽、噹噹、雅布、外公、麗娜姨媽和兩個兒子、阿姨、姨丈、小白雪，人物頗多，卻是感情濃密、相處融洽；當他們回到曼藍安山下的村落，又融入更大的族群的熱情之中。

看來王文華的人物群建構，有很好的成就；然而，他的主述者小主人翁往往是個中性的觀察者的角色；不像林音因筆下的小主人翁，有充沛的體力和奮發的毅力。《期待》中的程健，在父親失蹤、媽媽生病的時刻，負擔起照顧家庭的責任；《藍天使》中的藍安琪，在父親生意失敗，而母親遠去墨西哥工作時，與妹妹相濡以沫。然而林音因陷在小主人翁悲苦情境之中，就少了觀察並描寫群組中的其他人物，如《期待》裡的補校師生，《藍天使》中鄰居和同學，都顯得扁平無力，她少了建構複雜的人物關係網絡的能力。

而王晶的人物塑造呢？王晶以情節安排為主的故事中，只要能作為中性觀察者、敘事者，就可以了。《世界毀滅以後》是個單線發展的故事，人物群隨機創發，談不上緊密的互動；《超級小偵探》的組群共同偵查案件，關係密切，作者壓低了敘事者的個性，來凸顯唐玉、李胖、王古人等人機智、聰明而勇敢。失之東隅，而收之桑榆，是這麼說的吧！

九　主題的選擇與無解的結局

　　一本小說寫得好否？除了情節安排與人物塑造有關，而作者選擇述說的主題，表現人生觀照，更是重要。除了關懷社會的議題外，王晶試圖在作品中提供「遊戲」，她提供了核戰、潛遁機、變種人、地底王國、東方森林等事件或場域，讓讀者悠游其間。當然，她也可以同時標舉老生常談的保育、人性、戰爭與和平的議題，而其實是不關痛癢！她的作品可以得到小讀者的喜愛，甚或成為暢銷書，但無法吸引評論者的眼光！

　　林音因選擇了逆境故事，凸顯小主角的奮鬥努力。這樣的角色設定，脫離不了早年林立《山裡的日子》、林鍾隆《阿輝的心》、張彥勳《兩根草》以來「乖孩子、苦環境」的模式[9]，雖然在她筆下，仍然展現了個人獨特的奮鬥人生觀。

　　王文華作品中想要表現的主題最多層次。在《南昌大街》中，他描寫天災，強迫人們面對困境站起來；他寫宗教和義工團體伸出援手，述說「人間有情」；他還對比設計了布農族對天災的反應，彰顯「樂天知命」的精神。在《再見，大橋再見》中，他描寫原住民生活的困境，理想、抱負都被踐踏，被無情摧毀。然而，到了故事終局，所有的問題並沒有真正的獲得解決。《南昌大街》在地震之後，居民放棄所有仇怨，變成同舟共濟的好鄰居。試看南投、埔里地區的人們，放棄了濫墾濫種檳榔樹的意願沒有？誰能夠為了重建計畫，犧牲個人，配合整體改造？《再見，大橋再見》的原住民回到故居，經營耕種、觀光果園、民宿，就能夠過著神仙也羨慕的閒逸生活？王文華的信念頓時變成了「官方說法」，也不免成為「道德樣板」。

9　許建崑：〈減枷成佳家——從少年小說中談父子親情的建立〉，《師友月刊》162期（1998年4月），頁18-22。

結局無解，是國內少年小說作家共同的困惑；只要觸及現實社會或人生價值觀的議題，往往束手無策。不是作家不用功，而作家對現實生活場域過於投入，急急說出個人的價值觀點，實踐個人的社會責任，就無法冷靜而多角度的分析事件，跳脫「現實」的拘絆，而揭出一個清明而完熟的結局。王文華地震的故事中，山城居民在兩個月後重建大街，重新開張，苦難似乎結束。王文華最後寫道：「我回頭望望掛在牆上爸爸的照片，彷彿也看到他笑著點頭了。」（頁162）他為了要「鼓勵」山城居民重新站起來，當然要做這種無力的呼喊。山城居民的淺識近利，會因為一次地震而全然改變？這就是作者的「熱情呼籲」，減少了結局更大的可能性。

原住民的問題也是！經營民宿可以維生？回鄉，可以減少與「漢人」的衝突，心靈的孤單，現實經濟的壓力都還是無解。蓋大樓的弘願，變成蓋違章，變成為人服務的民宿；噹噹一家人其實還沒有躲過危機！如果遇上了經濟不景氣，沒有人觀光旅遊呢？試問，還有多少原住民的「外公」可以釋出幾個山頭，供應原住民朋友搭建民宿？

林音因書中提出的問題，更是無解。程健的爸爸落海失蹤，是領不到保險金的。失蹤要能提出當地區的證明文件，七年後才判定，而七年之內，家人還須按期繳交保險費。這樣的保險制度，是不是告訴我們「不保也罷」？故事中的老師建議程健放棄這筆保險金的等待，顯得非常無奈。媽媽的精神狀態，靠程健和妹妹兩人真有能力照顧嗎？補校教育的問題嚴重，書中描寫僅及二、三，有哪個教育部長可以改善我們的補習教育？臺灣經濟的發展迄今，有多少家庭的父母出國工作，留在家中的祖孫相依為命，會不會種下嚴重的社會問題？祖孫之間語言溝通的問題，從光復到現在五十七年了，「雞同鴨講」的情形還有嗎？如果還有，是哪個教育環節出了毛病？林音因丟出的議題，還真可怕。王晶的《超級小偵探》，也有呼應林音因提出的社會

問題。四個小主角，除了主述者之外，其他三個孩子的家庭都有問題，難道也呈現了現代家庭結構的解體？

社會問題是應該呈現，然而呈現的技巧落入「現實」的窠臼，作者面對無解的難題，只能做口號式的呼籲，等待社會制度的改變，或甚至是老天的垂憐。所以呢？作家應該呈現問題，而不要試圖去解決問題。舉李潼《龍門峽的紅葉》為例，打棒球為國爭光，是件好事，可是紅葉少棒隊冒名頂替、超齡參加比賽，都是不名譽的事。政府當局訓練選手，只把他們當作國家機器的一部份，事後任其自生自滅，多麼悲哀的一段軼事。李潼安排了中日兩隊的候補隊員，透過他們的觀察，寫出了友誼、愛國、奮鬥、悲苦、荒謬、不近人情，事件的諸多面貌。而不去「歌頌」少棒隊的偉大，或者直接去控訴當局者的無情義。李潼選擇站在「真理、真實」的一面，而不為故事中的是非成敗背書。[10]高明的作家，不會把作品寫成「政令宣導」，或者是勵志文章。

十　結論：筆下展乾坤

月旦作家作品，是不容易找到「標準點」。因為人各一體，性情不一，文學的陶冶不同，文筆琢磨次第不一，操作文類的才性也各自不同，自然無法置喙。但如果能掌握主題精神，建立個人書寫獨特的風格，精確地表達個人的意旨，算是好作品了。

在三個作家之中，王文華略勝一籌，原因在於寫作發表的機會多，琢磨的次數多。他擅於省思，能從社會大眾中取材，搭建出大型

---

10 李潼：《龍門峽的紅葉》（臺北市：圓神出版社，1999年12月），在「臺灣的兒女」系列十六種之一。另見許建崑：〈陷圍的旗手——試論「臺灣的兒女」系列作品的成就與困境〉，《兒童文學學刊》第6期（2001年11月），頁22-61。

的故事場面，醞釀磅礡的氣勢。他也想觸及生命苦難的議題，有深沉而廣闊視野；雖然，在主題關注與教育理念的展現上，仍然缺少說服力。但如果假以時日，相信他可以把筆鋒轉向「人生諸般面貌的呈現」，而不會讓作品只去「服務社會」，或鼓勵悲苦大眾奮發向上而已。

　　林音因很能掌握小主人翁善良、頑皮，也能奮發向上的性格，似乎是她個人性格的反射。然而，她對故事結構的概念較為薄弱，不得不加入許多非情節要素的素材，來填充故事；她還沒有脫離早期「苦兒」系列作品的影響，剪裁技巧受到限制；對社會的不公不義，也只能做無效的「吶喊」。她還忽略了閱讀對象的選擇，流於個人的情感的宣洩。譬如描寫補校學生求學情形，是要一般高中生、職業生或教育官員閱讀，或許在下篇作品中，她應該考慮到「讀者反應論」，而不是單純的「我手寫我口」。

　　王晶注意故事的趣味性，以活潑的想像、緊張的情節安排為主。她的人物性格多半扁平，不像林音因筆下的角色，有「血肉賁張」的神情。她所以能「輕鬆活潑」的處理題材，不像國內作家背負民族文化傳承的包袱，顯然與異國生活受到的薰陶有關。異國文化，對孝順、禮節、道德、紀律，有沒有更積極的態度去表現？是否能讓國內小讀者在教條灌輸的方式之外，重新去省思？

　　願這篇小小的比較與評論，可以提供若干想法，讓有心創作少年小說的朋友們，能有交換寫作心得的機會。

　　──原刊於林文寶主編：《少兒文學天地寬》（臺北市：九歌出版社，2002年6月），頁47-65。

陷圍的旗手

──試論李潼「臺灣的兒女」系列作品的成就與困境

　　論起臺灣本土少年小說的成就，從一九六五年林鍾隆《阿輝的心》以來，有多少作品可以讓國人記憶猶新，朗朗上口，而成為公認的共同文化財產？有沒有辦法建構一套少年小說發展史，讓我們輕易的分辨七〇、八〇、九〇年代作品的特色？

　　不比作品的數量和質量，除了李潼以外，有沒有人真正自覺到在寫少年小說？新興一輩如王淑芬、管家琪、陳昇群、鄭宗弦等等[1]，是不是到了已能掌握題材、創新形式、描繪人生、吐露性情的地步？

　　這幾年來，一般讀者對李潼作品的討論仍然呈兩極化，尤其在十六本「臺灣的兒女」作品系列出版之後。讚美者聲稱他的作品題材鄉土、文筆雋永、人物活潑；反對者則以為他的作品敘事混亂，超越一般少年適讀年齡。撰述論文長篇討論，只見張子樟教授和廖健雅小姐

1　王淑芬，以〈小巨人〉獲一九九二年海峽兩岸兒童文學獎少年小說優等。創作小學生生活系列作品見長，名作有《我的左手筆記》、《我是白痴》、《鯨魚男孩、地圖女孩》等。管家琪，以童話、少年小說見長，創作、翻譯、改寫的作品，已有百部。名作有《小婉心》、《珍珠奶茶的誘惑》等。陳昇群，東師兒童文學研究所畢業，以〈讓我飛上去〉獲一九九二年海峽兩岸兒童文學獎少年小說優等，又以《形狀的故事》獲第二屆牧笛獎。鄭宗弦，農業推廣教育碩士，擔任農業雜誌採編，轉任國小教師。參加九歌現代兒童文學徵文，以《姑姑的夏令營》、《第一百面金牌》、《又見寒煙壺》，獲得連續三屆佳作獎。一九九一年更以《媽祖回娘家》獲得第一名，得到文建會獎勵。除了以上四人，廖炳坤、陳素宜、王文華、林滿秋、周姚萍，在臺灣也頗受讀者們期待。

兩篇[2]。張教授選擇了三本有關花蓮為背景的小說討論；指出《白蓮社板仔店》為「臺灣式的嘉年華會」，《我們的秘魔岩》為「親情的呼喚」，《尋找中央山脈的弟兄》說明了「落地為兄弟，何必骨肉親」的道理。這三部作品包含了探索、陰柔之美、愛與死、族群融合四項主題；表現了動盪時代的荒謬與殘酷，試圖從此處建構起「新臺灣人」的意義。廖小姐為張教授的學生，選擇李潼《福音與拔牙鉗》、《阿罩霧三少爺》、《頭城狂人》為研究對象，建構歷史小說中真實人物的描寫手法。師徒兩人討論了這套書將近八分之三的篇幅。

　　為了迎接「臺灣的兒女」系列作品問世，莊裕安先生在《聯合報・讀書人》版中，說李潼的這套書是「用小說年輪剖面來呈現歷史景觀」，刻劃少年臺灣的歷史地圖。他努力檢視這套書會不會是另種「捕鼠器」？將大人的思想法則強迫灌輸給孩子。而書後附見的「歷史景觀窗」，是不是讓家長以買「赦罪券」的心理來購買，以補救自己對古典臺灣的疏忽？[3]《文訊雜誌》則刊登賴佳琦小姐的訪問稿，李潼陪著她吃了美味的肉羹，玩了《太平山情事》裡出現的蹦蹦車，聊了林獻堂、抗日與二二八事變，其實是暗中走過「臺灣的兒女」許多場景。稍後，《文訊》又刊載林政華教授的評介文稿。林教授認為李潼選擇六類題材，分別為：歷史事件、風土民情、環境保護、特殊人物、社會關懷、時代映現；主題在找回臺灣人的大格局、責任感、熱情度和自我認知。他也試圖找出缺點來，諸如：林旺大象非臺灣土產，不足以臺灣年輕兒女學習；民歌影響為不足道，不宜消耗篇幅；

2　張子樟：〈發現臺灣人──淺析李潼關於花蓮的三本小說〉，《兒童文學家》，1990年2月，頁86-89。廖健雅：《傳記型歷史小說中真實人物的寫作技巧──以李潼三本作品為例》（臺東市：臺東師範學院兒童文學所碩士論文，1990年6月）。

3　莊裕安：〈少年臺灣的歷史地圖──鯽仔魚欲娶某，李潼兄打鑼鼓〉，《聯合報・讀書人》版，1990年1月31日。

武館活動，不應涉及王爺、媽祖信仰。[4]不論各家的批評或讚美，都還沒有全盤分析過這套書，對於李潼的寫作企圖，也僅限於沿襲李潼的「夫子自道」，缺少真正的理解。李潼以四年時間，完成「臺灣的兒女」版幅，無論從題材選擇、主題詮釋、人物塑造、敘述觀點、基調處理，都走出了新局面。但是這套書出版已經兩年有餘，依然處在「叫好不叫座」的情形，並沒有引起讀書界、出版界、評論界更大的迴響。在少年小說的作者群中，李潼舉起了大旗，向前衝鋒，卻隻身陷入極其陌生的界域，沒有人跟得上腳步。是什麼原因，讓李潼一如「陷圍的旗手」，必須「等待未來」，才能看見重生的契機？這是本文想要探討的。

一 李潼及其早期創作

　　李潼本名賴西安。這個本名用在校園民歌寫作上，有百餘首之多，其中的〈廟會〉、〈月琴〉、〈散場電影〉、〈預約人間淨土〉等歌，已經是流傳不朽，常被人們唱起。很難去考察他的創作動能從何而來？只知道他小時候住過花蓮，讀過花蓮中、小學，看船、看海，也當孩子王。後來曾經搬家到臺中霧峰，看遍了陽光山林與林家古宅。任職羅東高工時，在政治大學空中補校公共行政系進修，也應該是這個時候與弟弟南海同時為音樂著迷，開始參與民歌寫作。海軍服伍後，與友人阿條批評國語流行歌曲之糜爛，寫歌更勤。一寫就五、六年，百餘首的歌詞譜進了民歌史。

　　一九八〇年，李潼嘗試兒童文學創作，一開始，就以〈外公家的

4　賴佳琦：〈臺灣的兒女——專訪李潼〉，《文訊》，1990年2月，頁86-89。又，林政華：〈臺灣青少年小說的曠世鉅著——評介李潼「臺灣的兒女」系列〉，《文訊》，1990年5月，頁27-28。

牛〉獲得教育部文藝創作獎兒童散文獎。爾後，作品在《幼獅文藝》、《明道文藝》、《民生報》等園地陸續發表。一九八四年起，參加洪建全兒童文學創作獎徵文，以《天鷹翱翔》、《順風耳的新香爐》、《再見天人菊》，連續三年獲得冠軍。

《天鷹翱翔》係描述蘭陽平原一群玩搖控飛機孩子們的故事。主角阿龍為了獲得飛機獎品做一切努力。但奪獎之外，或許還有更重要的事情存在，如集體榮譽勝過個人得失。李潼在作品中讚揚孩子的自覺與努力，雖然不免有說教的口氣，卻也能自然流露出榮譽、合作和友愛的價值觀。

《順風耳的新香爐》係媽祖民間神話的再創。順風耳的角色有點像具有聰明才智卻處處受限的「小大人」，很容易引發小讀者的自我投射。夢與現實是有距離的；「當家作主」的渴望，有時候要讓自己痛苦。故事中同時也表現了忍耐、盡責與團隊精神的美德。這個故事在情節的銜接、人物行為的表現上，還是有些斧鑿之痕。

《再見天人菊》，開創了新局面，鋪寫澎湖的風光與古蹟發掘。主角陳亦雄返鄉，赴二十年前的約會。童年的學校生活與陶藝教學，在老同學相逢談話中，重新喚醒了記憶。故事裡呈現二十年前、後每個同學不同的際遇與成長。講友愛、生命生長、教育。對小讀者們提供二十年後同學再見面的遐想，有很好的啟發作用。混合時序的敘述技巧，今昔交替，走出了少年小說「講故事」的窠臼。文字細膩優美而感性，很傳神地運用了泥土與天人菊的象徵，突破了傳統式的書寫，有嶄新的表現。[5]

儘管李潼在其他文類的創作上，也有斬獲，譬如：他以〈恭喜發

5　許建崑：〈檢視國內少年小說的一塊里程碑——試析歷屆洪建全文學獎少年小說得獎出版作品〉，《兒童文學學術研討會論文集——少年小說》（臺東市：臺東師院，1992年7月），頁111-147。

財〉、〈屏東姑丈〉，獲得中國時報連續兩屆的短篇小說評選獎，二文均被收入爾雅版《年度小說選》之中；〈銅像店韓老爹〉被選入前衛版一九八八年《臺灣小說選》。散文方面，一九九〇年由晨星出版社出版《迷信狀元》，其中〈造一條和藹可親的河〉，被選入希代版《臺灣散文選中》；一九九二年集成《這就是我的個性》，由民生報出版；一九九五年幼獅文化又出版了《奉茶》、《敲鐘》二書。除此之外，他寫了童話集《水柳村的抱抱樹》，圖畫故事書《神射手與琵琶鴨》、《獨臂猴王》、《洞庭魚王》、《蝙蝠》等等，也編寫過《港尾仔瑞獅團》等六部電視影集劇本，編纂了《頭城搶孤專輯》。但由於「自然心性」使然，他感覺到少年小說文體對他的呼喚，而選擇「永遠少年的路」。[6]其中有兩部作品，在李潼的寫作經歷中極為重要。一是一九八九年的《博士、布都與我》，寫分屬閩南、內地、原住民的同班同學，發現山裡野人，而糾合三路村民上山搜尋的經過。故事中有懸疑安排，情節緊湊；小主人翁們調皮活潑、心性善良、反應靈敏，頗為討喜；對於不同族群背景的居民，以及臺籍日兵身分退居山林的社會邊緣人，有詳細的描寫，同時也掌握了「族群和諧」的議題。這本「結構精緻、描寫飽滿、主題正確」的書出版，很容易獲得讀者的迴響，馬上得到了第十五屆「國家文藝獎」。另一部作品《少年噶瑪蘭》，完成於一九九二年。故事中主角潘新格在意外的雷擊中，穿越時光隧道，回到百餘年前漢人開發蘭陽平原的時代。他與蕭秀才、何社商三人進入頭城，參加搶孤的民俗活動，護送山地姑娘春天回到噶瑪蘭，因此認識了年紀正與他相彷彿的祖父。他感受了作為噶瑪蘭人後代，是光彩的事。這個故事還有縱深，書後附記，交代未來將要發

6　李潼：〈永遠的少年路〉，《李潼的兒童文學筆記》（宜蘭縣：宜蘭縣立文化中心，1999年5月），頁8-10。

生的事件。潘新格長大後就讀北京民族學院，回鄉競選議員失敗，後來開車撞上北宜隧道旁的岩壁，人車失蹤。事隔九年，再來檢視李潼的「預言」，除了北宜隧道因地層破碎無法開挖，決定改為高架處理之外，其餘的「預言」，似乎都在「現實世界」中悄悄地發生了。

　　這個故事是李潼辭去教職，從事專業寫作的首作。將魔幻寫實的技巧與鄉土臺灣的素材緊密結合。穿越時空，貼近鄉土，血緣認同，對比今昔；驗證了李潼在文體結構上的實驗能力，也反映了對鄉土文化的認知。

二　臺灣的兒女系列

　　一九九二年初秋，有關「臺灣的兒女」系列寫作計畫，得到圓神出版社簡志忠先生的支持。李潼開始接受一個新階段的挑戰。他試圖觀照生活在臺灣，曾經為臺灣付出生命和努力的所有族群。寫百篇嗎？三十六，二十四，還是十六篇？這些痛苦而反覆的導斷，濃縮、整合題材，預定完成的期限從兩年延長成四年，卻讓李潼跨出新的一步：一件素材只表現一個單一的主題，樣式會太薄弱，內容也顯得貧乏。對少年朋友談正義、道德、人性、情愛、歷史、社會、文化，也絕對不是單口相聲、單向要求，或者抽離現實的，就可以達成述說的目標。李潼有了「買一送二」的雅量，他期望讀者在閱讀故事之後，能夠跳脫故事的框架，去思考豐富而多元的人生議題。

　　以故事開端發生的時間來排列這十六本書，並且列出李潼試圖表達的主題，或許可以幫助我們深入來了解：

（一）《福音與拔牙鉗》（以下簡稱《福音》，或是「福」）

故事大要

　　登陸淡水的馬偕向牧童阿同學臺語，收知識份子阿和為徒，展開傳播福音與拔牙行醫的工作。

寫作意圖

　　1. 寫出馬偕在臺傳播福音、行醫救人事蹟，以及遭遇的阻力。
　　2. 寫出百餘年前臺灣人民的模式，牧牛、經商、論學、醫療等等活動，也透過街頭械鬥，表現彪悍的民性。

（二）《戲演春帆樓》（以下簡稱《春帆樓》，或「春」）

故事大要

　　國二康樂股長阿亮率領同班同學編寫劇本，在期末公演時演出「臺灣割日」的歷史事件。

寫作意圖

　　1. 反映校園內歷史教育的枯燥與戲劇教育的不足。
　　2. 反映校園中教師生產請假與代課老師的現象。
　　3. 反映學生對籃球明星等偶像崇拜的現象。
　　4. 訪問太祖嬤，完成「口述歷史」，表現歷史文化繼承的意願。
　　5. 戲改歷史真實情節，凸顯戰爭的傷害、人民的痛苦，任何的國家民族都不願意接受。

（三）《阿罩霧三少爺》（以下簡稱《阿罩霧》，或「阿」）

故事大要

以童話舞臺劇的方式，來表現少年林獻堂的成長，及投身臺灣自治活動的經歷。

寫作意圖

1. 避免枯燥的的歷史敘述，或者單向述說，掩埋了歷史真相。
2. 創新表達方式，擬人化貓、石獅、白玉杯、懷錶、內褲等角色，作為敘述者，開新鮮的實驗手段，其實也是讓讀者感受歷史事件或生活瑣事中，其實也有許多的觀察者、參與者。
3. 避免歷史小說中歌頌、阿諛或誇大主人公人品行事的現象。
4. 林獻堂留學日本時，與梁啟超相遇，激發了追求臺灣民主自治的想法。
5. 表現日治時代臺灣人民的辛勤努力，以及受到的壓抑。
6. 表現傳統階級制度中丫嬛下女的辛酸。

（四）《火金姑來照路》（以下簡稱《火金姑》，或「火」）

故事大要

國二學生張弘朋透過姊夫的催眠進入幻境，看見了前世係歌仔生涯的種種事蹟。

寫作意圖

1. 介紹蘭陽歌仔戲歷史人物，以及日治時代躲避美機轟炸的經歷。
2. 介紹當今蘭陽人物與文化活動。
3. 反映現代催眠與靈媒活動，解釋「象由心生」的現象。

4. 反映傳統民間輪迴世轉觀念，以及因果相報的思想。

5. 探討青少年偶發的「青春期身心激盪症候群」。

（五）《頭城狂人》（以下簡稱《頭城》，或「頭」）

故事大要

國中生李弘寬與家人花一年的時間尋找失蹤的四伯公。

寫作意圖

1. 透過尋找，揭開四伯公的生活史。

2. 反映臺灣老年人的安養問題。

3. 反映臺灣社會邊緣人物的困境。

4. 反映臺灣忙碌的生活中，對家中老少成員的親情與疏離。

5. 烘托傳統社會中對文人、畫家等不事生產職業的態度。

（六）《無言的戰士──林旺與我》（以下簡稱《林旺》，或「林」）

故事大要

作者答應為瘦林旺撰寫傳記的經過，兼及動物園裡大象胖林旺的神奇遭遇。

寫作意圖

1. 以孫立人將軍軼事為藍本，寫出抗日末期、來臺初期的一段歷史故事。

2. 在歷史洪濤中所有的戰士，不管是日本軍人、臺籍日兵、國軍弟兄，或甚至是被俘的象群，所有的生靈，都在苦難中生活。

3. 透過故事中人物的姻親瓜連，表現人世間意外的牽連，不可能置身度外。

4. 藉原住民部落中歡樂的求婚儀式與運動會，反襯戰爭無情與無奈。

5. 表現歷史事件的敘述，當事者往往有「選擇記憶」的傾向。

6. 提起兩岸兒童文學作家名姓、寫作主張等，對比戰爭「武」以外的另種「文」的關連。

7. 同名姓，遭遇各殊；辨別名實，或不起分別心，都是人間功課。

8. 表現作者寫作的文學理念、構思、蒐集資料與剪裁過程。

（七）《我們的秘魔岩》（以下簡稱《秘魔岩》，或「秘」）

故事大要

初三學生王阿遠重覆二二八事變父親被殺的現場，試圖為父親之死而報復。

寫作意圖

1. 反映亂離時節，所謂的本省人、外省人都有悲酸的故事，扮演執行迫害者與被害者角色的人，也都百般無奈。

2. 寫出美軍顧問團駐防時代，巴女為生活所迫，與美籍軍人生下混血兒的時代悲劇。

3. 寫出現社會人們面對悲傷往事，在復仇與接納之間所做的選擇。

（八）《少年雲水僧》（以下簡稱《雲水僧》，或「雲」）

故事大要

悟雲小法師與悟水，自南京、上海輾轉來臺的經過。

寫作意圖

1. 以星雲法師年少來臺經驗為藍本，寫出白色恐怖時代，繪聲繪影地拘捕匪諜，造成臺灣百姓生活的緊張與恐慌。
2. 以兩套木魚與銅磬，演出類近間諜、偵探的神祕故事。
3. 寫出布莊少年夥計的伶俐與正義感。

（九）《太平山情事》（以下簡稱《太平山》，或「太」）

故事大要

綽號黑豆的十六歲少年陳世杰，在父親車禍亡故六年之後，重回太平山向塗叔學習駕駛蹦蹦車。

寫作意圖

1. 描寫早期太平山林場開發情形，以及山居人的生活情景。
2. 描寫山林中孩子的生活情形，以及情竇初開的故事。
3. 人間的安危禍福，建構在自信自立上，而非挾怨報復。

（十）《中央山脈的弟兄們》（以下簡稱《中央》，或「中」）

故事大要

為尋找失蹤的哥哥，十七歲的沈俊孝參加寶島文化工作大隊，進入中央山脈橫貫公路工作現場表演，認識了運鈔員、公路段段長、夫人，也認識了小號兵陳日新，原住民小姐沙鴛等人。

寫作意圖

1. 刻畫政府遷臺初期的混亂與危疑不安。
2. 刻畫中部橫貫公路開路工作人員的辛勤與犧牲。

3. 刻畫當年文化工作大隊宣慰表演的行程。

4. 刻畫原住民在山中的生活情形。

5. 刻畫受刑人參與開路以及思家心境。

（十一）《龍門峽的紅葉》（以下簡稱《紅葉》，或「紅」）

故事大要

四十歲的失去名字的我，回憶起當年十三歲代表紅葉隊參加國內少棒比賽，迎擊日本和歌山隊，以及隊員們日後種種事蹟。

寫作意圖

1. 敘述臺東紅葉少棒興衰史。

2. 表明少棒比賽的目的，不在分數勝負，而在努力的過程與友誼。

3. 質問當時棒球比賽充滿了「政治氣氛」，打棒球的孩子成為「國家機器」，意義在哪裡？

（十二）《白蓮社板仔店》（以下簡稱《白蓮社》，或「白」）

故事大要

花蓮中正國小六年級黃瑞祥，在同學棺材店寫功課，驚嚇了母親鴛鴦。因為陰錯陽差，母親被友人擁戴而出，參加地方選舉而獲勝。

寫作意圖

1. 刻畫花蓮某鄉鎮的市民生活結構。各行各業的家長，有各自的政治理念與處世哲學，以及社會中的高階領袖，如督學、議員和校長等嘴臉。

2. 刻畫最後一屆的初中聯考前學生聚集同學家中讀書的景況。

3. 以反諷的手段，刻畫地方議員選舉的荒謬。

（十三）《開麥拉・救生地》（以下簡稱《開麥拉》，或「開」）

故事大要

國中一年級張天宇意外加入拍攝大進村祖先開墾荒地抵抗天災的電影，扮演父母親孩提時代奮鬥求生存的經過。

寫作意圖

1. 介紹國內拍攝拍攝電影過程及林懷民演出先民渡海的舞臺劇。

2. 表現臺灣早期的地震與山洪爆發及先民奮鬥經過。

3. 反映了百餘人居住的大進村生活與經濟現況。

4. 表現苦難中生命的無常與再生的力量。

（十四）《魔弦吉他族》（以下簡稱《魔弦》，或「魔」）

故事大要

小偷們協議金盆洗手，願意把偷取十四把吉他的經過公告周知，請失主自行取回。

寫作意圖

1. 介紹臺灣民歌發展中的重要事蹟與成員。

2. 暗寓民歌發展過程曾經遭受過的壓抑。

3. 儘管是小偷，也是臺灣兒女的一員。多大的寬容！

（十五）《四海武館》（以下簡稱《四海》，或「四」）

故事大要

　　港仔尾少年張家昌重回武館，受阻於參加獅王爭霸賽的資格問題，最後以會外表演做結。

寫作意圖

1. 暗示兩岸政權在國際場合中對壘，壓抑臺灣方面的代表權。
2. 反映臺灣社會成立武館，鍛鍊身體、保衛家園的風俗。
3. 用三個角度的述說，對相同事件卻有不少出入；反映人云亦云，真相永遠不明。
4. 學校要求暑假期間閱讀繁重的課外讀物與日記書寫，來陪襯習武的活動。或許也說明不管是文是武，磨練成材，都要一番努力。
5. 藉水牛、白鷺、狗、猴的出場，來說明武術來源，常從動物身上學習而來。

（十六）《夏日鷺鷥林》（以下簡稱《鷺鷥》，或「鷺」）

故事大要

　　會織毛線的國中數學資優生俊甫，隨同小叔到宜蘭三星鄉觀察鷺鷥結巢經過。

寫作意圖

1. 寫出自然觀察所需的知識、態度與工具。
2. 寫出宜蘭三星鄉三山國王廟附近的居民生活型態與意識。
3. 寫出資優生的教育問題。自然觀察、人生學習應比抽象的數理計算來得重要。

4. 探討生命、永恆、信仰等人生議題。

三　建構歷史的縱深

對於上述的十六本故事寫作意圖，多方敲擊，雖不免掛一漏萬，只期望對讀者有提示作用。如果要進一步，就得叩響李潼企圖建構的歷史縱深。我們將這十六部作品中呈現的「重要時間點」排列如下，或許會有深層的發現。

一八七二年四月，即馬偕登陸的次月，開始向牧童哥學習臺語開始；也讓臺灣的子民認識了西方的宗教與醫學。不論馬偕來臺傳教的動機如何？手段如何？確實有「開啟民智」的功效。（福）

一八九五年，李鴻章與伊藤博文在日本馬關春帆樓上，簽下割讓遼東半島、臺灣、澎湖的辱國條約。（春）這年，霧峰林家面對不可預料的政權轉換，為了保住香火，要求十五歲的林獻堂，率領四十餘位家人赴泉州避難，次年返回。一九一一年，邀請梁啟超來霧峰萊園，成立夏季學校。爾後組成文化協會，追求臺灣自治權。（阿）

一九三八年，第二次世界大戰之中。年輕的頭城人李牧野奉命前往南京紫金山農業實驗部任職，戰後次年被遣回。（頭）一九四四年，美軍在太平洋戰爭採行跳島戰術，開始空襲臺灣。宜蘭歌仔戲名角陳三如不幸在機場被炸死。（火）同年，在緬甸戰場上的臺籍日兵林旺被俘，因為能充當翻譯員，又能照顧大象，跟隨國軍部隊，步行一千多公里到廣州。以政局不穩，一九四七年又渡海來到臺灣鳳山。跟隨其他部隊來臺的，還有金桂枝、司徒先生等人。（林）

一九四七年發生二二八事變，王阿遠的醫生父親蒙難。（秘）一九四九年九月，在撤退臺灣的亂潮中，悟雲、悟水兩個小和尚身陷危疑，救人的宜蘭少年阿文也被捲入。（雲）來自舟山群島的孿生兄弟

沈俊仁、俊孝,在花蓮菜市場被誤為搶匪而被衝散。(中)一九五一
年,十六歲少年陳世杰重返太平山林場,擔任蹦蹦車駕駛。(太)

一九五四年,匪諜案發之前,孫立人將軍將大象林旺送入圓山動
物園。(林)一九五七年,沈俊孝加入寶島文化工作大隊,進入中央
山脈尋找哥哥未果。(中)一九六一年,王阿遠調查父親被害事件。
(秘)一九六四年,沈俊孝與沙鴛結婚,在梨山經營農場。(中)一九
六七年,實施九年國教之前,孩子們無奈地在同學的棺材板店寫功
課,準備初中聯考;而兌巴巴的媽媽意外當選縣議員。(白)次年,
臺東紅葉的少棒隊,打敗了日本來訪的和歌山隊。(紅)宜蘭大進村
此時遭遇山洪吞噬,存活的人開始重建村落。(開)一九七五到一九
八三年,民歌盛行,吉他手當道;新聞局箝制許多文化演出;小偷在
經濟起飛的時刻,似乎斬獲甚多。(魔)一九八二年,瘦林旺及其子
小林律師,要求作者寫傳記未果。一九八六年,大象林旺隨動物園搬
家到木柵。(林)

一九九四年,導演進入大進村,拍攝《沙埔地的春天》。當年災
戶的子女,來演出父母輩難忘的經驗。(開)頭城的老人無故失蹤。
(頭)作者點頭答應為瘦林旺、胖林旺記錄滄桑歷史的一頁。(林)歲
末,頭城老人的家人圍爐,思念四伯公(頭);作者執筆,開始撰寫
兩林旺的傳記(林)。

一九九五年,國二生阿亮寫了《戲演春帆樓》,演出割臺舊事。
一百一十四歲的太祖嬤凋零了。(春)次年,小偷良心發現,退還所
偷吉他。(魔)十六歲的張家昌代表武館舞獅團演出。(四)資優生決
定休學,隨同小叔到宜蘭觀察鷺鷥結巢。(鷺)一九九七年,我國決
定不再派隊參加國際青少棒比賽。(紅)從上述的時間繫連,可以發
現一八七二到一九一一年,李潼試圖以馬偕、林獻堂為文化啟蒙的前
導;而以一八九五年「馬關條約」割臺事件為歷史記憶的傷口。

　　一九三八到一九五四年，一連串的美軍轟炸、二二八事變、白色恐怖，蒼涼的戰爭、迫害與死亡，不管是臺籍人士流落到內地，內地同胞身不由己的遷徙來臺，被羅織叛亂罪名，牽連匪諜案，在臺犧牲或自殺的日本魂靈，都混雜在這段無奈的記憶裡；這段時間之鑰，或許在一九四七年的事變後，光復的喜悅被難以理喻的「衝突」所掩蓋。

　　一九六一到一九六八年，是段生活艱辛的歲月，政府試圖消弭族群矛盾，掙脫國際困局，也在天災威脅中，爬出了泥濘。一九七五到一九八六年，受惠於十項建設的成果，是個比較平靜的時代，李潼著墨不多。

　　一九九二年，對李潼而言，當然就重要了，「臺灣的兒女」寫作計畫開動。這一代的少年郎跳上將被「記憶」的舞臺，他們的學習的能力提高，思想解放，個性活潑，行為不失分寸。孩子的生活學習、升學制度、教育理念，得到多方面的關切。至於老人、社會邊緣人的照顧，信仰的多元化，環保與自然生態等等議題，也間接反映了臺灣社會努力成長的事實。

　　對臺灣人而言，尋找歷史文化感，是無奈的，同時也是奢侈的；一般寫給孩子看的作品，都閃避這樣的沈重議題，而以親情的衝突、生活的困苦，以及校園的滑稽來掩蓋。只有李潼敢犯政治大忌，塗寫成故事的主題或背景，讓孩子提前感受歷史的傷痕、決策的愚昧、族群的分裂，夾在先民的血漬、淚眼和汗水之中，其實是可以得到進一步的寬解和原諒。

四　嵌印臺灣兒女的足跡

　　在國內少年小說的寫作中，能夠鮮明突出故事的背景，應屬李潼。從洪建全得獎作品《天鷹翱翔》起，他把宜蘭五結鄉的河床，幻

變為滑翔機起降的跑道。《順風耳的新香爐》,所借用的媽祖廟事實上是座落在南方澳漁港的中心,而順風耳夜觀漁港的峽灣,則在南安國小的舊址上。[7]不過書中的河床、漁港、媽祖廟,略嫌概念化,如果移植到其他的地方並不突兀。從《再見天人菊》開始,有了新的局面。離開澎湖,天人菊無法「存活」;離開吉貝沙灘,沒有大量的宋代陶磁破片等待科學家撿拾。而《少年噶瑪蘭》的故事,拉出了很長的動線,從羅東火車站出發,經過大里天公廟、頭城搶孤場地、長滿水仙的龜山島、蘇澳地區的先民村落,再回到天公廟,落實在真正的地理上。挾著這樣優勢的景物描寫能力,這十六部作品的背景,就應該清晰可尋了。

打開臺灣地圖來佐證。大部分的故事都與「宜蘭」脫不了關係。從臺北進入宜蘭的第一站頭城,《頭城狂人》李牧野(真名李榮春)的故事展開了,老家在「開蘭第一街──和平老街」上,老先生跑步的海水浴場,做禮拜的教堂、禪修的募善堂,以及老尼姑出家的靈山寺,都有密切的地緣關係。李牧野外地隱遁,書中只提及瑞芳九份的八番坑口。《四海》的武館在哪兒?李潼去吃拜拜的礁溪鄉玉田村,或許就是故事中洪彩華所說的港仔尾。《火金姑》,遠及數十年前的「壯三」,而最後一幕催眠的所在地在金六結土地廟旁,以及孩子們讀書的文化中心,都在宜蘭市轄中。演出《春帆樓》戲劇的復興國中,陳列貴夫人火車頭的運動公園,也在宜蘭市。《開麥拉》的現場在寒溪下游,舊名小埤仔的大進村,羅東的西南方。《太平山》蹦蹦車的起點在羅東,至今還留有面積廣大貯木池,池旁還展示著好幾個蹦蹦車頭。《鷺鷥林》在五結鄉安農溪的河床上,俊甫到羅東運動公

---

7 許建崑:〈來自於鄉土與共同的神話意識──試評李潼《順風耳的新香爐》〉,《自立晚報・本土副刊》,1992年11月。

園三山國王廟附近吃拜拜，川又與陳家大兒子摩托車對撞的廣興橋頭，都不離羅東近郊。這七本書主要的故事背景，都設在宜蘭。而故事主人公曾經來過宜蘭的有四：從臺北來大同鄉四季村為孫子提親的《林旺》，要先過羅東找作者當「現成媒人」，再經三星、天送碑，迢迢而往。傳播《福音》的馬偕傳教，經開蘭古道遠至蘇澳的加禮遠社。流落臺北的《雲水僧》，最後隨著賣布疋計阿文到宜蘭避難。而《中央山脈》的沈家兄弟在宜蘭南館市場、舊成北路分散，弟弟躲在宜蘭公園獻馘碑旁的灌叢中免禍。

以花蓮為背景的作品有三篇：《中央山脈》的西側自東勢起，沈俊孝的寶島文化工作隊在馬崙遇運鈔隊，經梨山、日新崗，進入轄屬花蓮的大禹嶺、碧綠，是故事的軸心；又在陳段長的吩咐下，到東側太魯閣阻止陳太太入山。《秘魔岩》的名字是李潼依據胡適的一首詩捏造出來的。但那悲傷的地點，竟在花蓮國際港的西南，可以眺望鯨魚噴水。就讀中正國小、花崗國中的孩子，騎腳踏車跨越美崙溪口的中山橋，登上北濱公園、好漢坡，直抵秘魔岩。卻是個可以推敲出來的地點！《白蓮社》的小主角黃瑞祥，就讀中正國小，國慶集會的地點在花崗山廣場。號稱「洄瀾港婦女界大姊頭」的媽媽受驚時，洄瀾港第二部計程車司機的爸爸，載往花崗山下「省立花蓮醫院」就醫，醫院小姐介紹到玉里去看精神科。兩篇故事的背景幾乎重疊，可以斷定是「花蓮」不假。至於故事中提及荳蘭橋、中美戲院、宛真照相館，還有中華路可以訂做制服的裁縫店，就等大家到花蓮旅遊時去訪尋吧！

以臺東為背景的作品只有一篇：《紅葉》，在臺東龍門谷以柳丁練習打擊；在臺北打敗日本和歌山隊，在嘉義被垂楊隊打敗。中日兩隊的預備隊員城谷暢三與胡武漢，日後還相互造訪故鄉。

寫馬偕淡水（滬尾）傳播福音，漸及於大龍峒、萬華、基隆、金

山、大溪,一直到加禮遠社的《福音》。

臺中霧峰也分得了《阿罩霧》一篇。林獻堂遊走大陸泉州、日本奈良、東京,回到霧峰開設夏日學校,曾在臺中公園參加腳踏車比賽,一生為理想奮鬥。真正臺北為故事背景的,分得《雲水僧》、《林旺》兩篇。小法師悟雲從南京、鎮江、上海,流落到臺北,差點兒纏上冤案。至於《林旺》,主角陪著大象林旺從緬甸南坎經雲南寶山、下關、昆明,貴州盤縣、安龍,廣西南寧,在廣州市轉往臺灣岡山、臺中,定居臺北。真是個世紀長征呢!

最後一本是《魔弦》。小偷偷東西,民歌手彈吉他,因地制宜。所以呢?這本書的背景跳躍在臺北、永和、宜蘭、花蓮、左營之間。

與十六本書中,還有許多瓜連的地方。有來自澎湖的作家,寫下歌詞〈外婆的澎湖灣〉(魔140);有家住臺南養雞過日子的陳段長夫人(中203);家住屏東潮州的運鈔隊長(中93);還有埔里地理中心碑旁賣甘蔗汁的陳日新的媽媽(中265);有來自福建漳州,住過西螺,死在港仔尾的拳師祖老鷹師(四48);有來自福建泉州的丫嬛芳如(阿92);自湖南長沙來的歐陽情報官(秘176);在嘉義經營旅館、東港養殖斑節蝦,血本無歸逃往羅東正佶的爸爸(鷺128)。這些附屬人物的家居、籍貫,還一時無法列舉。

綜觀這十六本書的人物集散輻輳線,與宜蘭相關連的有十二本;其次為臺北,有七本;其次是花蓮,有六本之多。其他的臺東紅葉、臺中霧峰,算是紅花綠葉的點綴吧!

五　勾勒臺灣兒女的形象

一下子寫上十六本書,故事中的角色會不會重疊難分呢?讀者會不會生厭呢?要了解真相,不如直接探索書中的角色。一般少年小說

的角色，小主人翁是不可少的，不管男生或女生；同儕或跟班的小
孩，也少不了。能夠影響主人翁的思維、情緒、判斷、行動，較高
年紀的大哥哥或者叔叔型人物，或者教師，來扮演啟示者，值得注
意。[8]作為父母，當然是孩子最好的支持、供養、協助者，但因為一
般中學孩子正處叛逆時期，及所謂「青春期身心激盪症候群（火）」，
父母對孩子「愛之深，責之切」的要求所造成的壓力，都半退居為
「愛在心裡口難開」的緘默者。然而李潼筆下，似乎也建構了新的合
理的父子關係。

（一）故事中的小主角

不論小主人翁是否主導了故事的進行，至少他可以「第一人稱副
角我」來觀察。李潼喜歡把這樣的任務交給「男生」，然後把聰明決
策的任務交給「女生」，這就是李潼腦海中的「男女分工」法則吧！

有關「男生」的年齡，所面對的問題，李潼分為四組。

第一組，年約十二歲，國小六年級。《紅葉》的胡武漢，全隊唯
一年齡合格的選手，名字借給主投手，自己當預備隊員，快樂的撿
球，結交日本隊同樣命運的球員，為全隊隊員烘烤比賽制服。他的成
長要在球賽以後，看見了勝利背後的痛苦；在多位隊員凋零後，獨自
在吊橋接住落下的楓紅。《福音》裡牧童阿同，雖然有些花心，迷戀
戲班的阿英，但他可以得意的教授馬偕臺語，保衛馬偕的安危。花蓮
中正國小六年級黃瑞祥最快樂了，不守教室規矩，與四個死黨玩得不
亦樂乎，但對於賄選一事，深惡痛絕！樂觀、正直、勇敢，是這階段
孩子的特性！

---

8 叔叔型人物是少年崇拜學習的對象，表現出「兒童反兒童化」的鮮明行為。見班
　馬：《前藝術思想——中國當代少年文學藝術論》（福州市：福建少兒社，1996年10
　月），頁539-540。

　　第二組，年紀十四歲，國中二年級。《火金姑》的張弘朋有成長
的焦慮，在意女生李菊寬的批評，接受姑丈催眠，探討前世因果。
《開麥拉》的張天宇，有點臭屁，喜歡隔岸觀火，不過演戲的任務下
來，就一改前態完全投入。《頭城》的李弘寬，對小六張晨婉的情緒
反應有點「木頭」，發現四伯公失蹤後，隨同爸爸抽絲剝繭，尋訪真
相。《春帆樓》的導演，康樂股長阿亮，成績雖不如女班長，被激將
以後，發狠的採訪、編劇、上演，可圈可點。《鷺鷥林》的資優生俊
甫，忽然對生命的價值有了疑惑，要求休學，卻在鷺鷥的觀察活動
中，了悟人生意義。這五個孩子，對自我認同、生命寄託開始質疑，
追求答案，在意於自己的表現。

　　第三組，年紀十五到十七歲，算是小大人了。《秘魔岩》的王阿
遠為父親的死而憤怒，訪求兇手，湧出報復的念頭。《阿罩霧》的阿
琛，敢於接受任務，隻身領隊四十餘人前往福建泉州避難。《太平
山》的陳世杰，回到山上繼承父親的工作。《四海》的張家昌逃不過
被「叮咬」的現狀，轉身投入舞獅團的表現，令人讚許。而《雲水
僧》悟雲，接受命運的捉弄，千里流寓。《中央》的沈俊孝尋訪失蹤
的哥哥，跟著工作隊翻山越嶺，毫不叫苦。這七個孩子，接受了現實
的捉弄和艱辛的任務，卻是越做越起勁。

　　我們可以發現，這是李潼在《天鷹翱翔》阿龍、《順風耳的新香
爐》順風耳、《噶瑪蘭》潘新格人物身上，塑造頑皮、易感、價值混
亂，又能接受刺激、自發成長的形象之外，又多了「冷靜觀察、忍辱
負重」的特性。

　　有關「女生」的角色，大都是健康、大方，能言善道，比男孩子
識時務，果決力強，常在緊急時做正確的決定。在感情表現上，不會
像男孩般愣頭愣腦，早熟、善嫉妒，喜歡察言觀色。《頭城》的小學
六年級張晨婉參加四伯公的搜尋，是為被辜負青春的阿嬤探詢原因。

她還會扮演「暗夜飛車女俠」（頭76）嚇人，可是「有時候又像日本的阿信那樣多禮嫻淑」（頭77）。《春帆樓》的班長林靜慧，記憶力一等一，背誦歷史條文清清楚楚，功課極佳；一旦受命編寫劇本，或扮演其中角色，也是清新亮麗。《開麥拉》的陳雨雯，長得漂亮，善於交談，一下子就讓張天宇的媽媽窩心。張媽媽留她家中居住，又以團體活動不宜為由，冷靜而理性的拒絕了，更讓人疼愛。《火金姑》的李菊蘭，是張弘朋的小學同學，很管弘朋，「從降生到這個地球以來，還沒給過我一次好臉色」（火73）；「專出餿主意」（火132），可是在文化中心圖書館翻倒汽水的事件，又處理得可圈可點，讓管理員化怒為喜。《秘魔岩》的樓婷，是王阿遠的小學同學，算是「青梅竹馬」（秘93），同時也當過「攔路女劫匪」（秘80），阿遠眼中的她：「不算太外向的人，但腦筋清楚，做事有條理，口才好，能兇悍也能溫柔。」（秘92）《四海》中有對十六歲的孿生姊妹，開了家便利商店。二十二歲的陳明威看上了姊姊洪彩華，「是一位做事很能幹，個性很開朗的女孩，將來誰有福氣娶到她，等於淨賺一千萬。因為像她這款女孩，在家是賢妻良母，對外是開創事業的好幫手」（四72）。而妹妹洪翠華在張家昌練武過後，都會準備補給品，「這樣的特約管理人」（四166），還能嫌什麼呢？

吃醋、談男女情愛的八卦，也應該是女孩的專利吧！《太平山》兩個女孩為了來山裡的黑豆兄明爭暗鬥，十四歲的彩雲溫和體貼，十五歲的「飛天女俠」（太87）阿惠積極進取，有很好的對比。《福音》裡的蔥仔，「人如其名，白蔥蔥，但是很有主張，個性很強」（福90），她第一次見到阿同，就和他提到曾經演過鐵扇公主的戲班阿英，說：「那個阿英我熟識，很乖巧的女孩。你不必害怕，有戲就去看，但你阿娘很生氣，你自己多小心」（福89）；她威脅阿同的方法是：「下次戲班來，我就告訴鐵扇公主」（福148）。

　　《中央山脈》的泰雅族女子沙鴦很有個性，不如她意，就要叫山豬撞人、山貓咬腳（中82），只是遇見俊孝哥就不同了。俊孝的山林巧遇，看著「沙鴦的長相、膚色和穿著，和沈家門的姑娘完全不同，雖然沙鴦也有少女的羞怯，但終究比她們大方活潑。似乎也更可愛些」（中109）。原住民女孩的活潑大方，敢愛敢恨，似乎更合李潼的審美品味。《少年噶瑪蘭》中的春天，不也是這樣的形象？

　　《阿罩霧》裡有三個十來歲的女孩：婉巧、芳如、楊水心。楊水心是真實人物，林獻堂明媒正娶的妻子[9]，綁了小腳，有傳統婦德，也參加教育方面的公眾事務，但就是不放心獻堂的感情寄託。

　　芳如與婉巧，卻是虛擬人物。芳如，泉州陳家的丫嬛，相處不到一年，怎麼會跟著獻堂來臺呢？她愛得激烈，卻又壓抑，每天「躲躲閃閃，鬼鬼祟祟，有時候見到三少爺在迴廊迎面走來，她整個人靠在牆角僵直住。這模樣能看嗎？」（阿128）她後來出家，還是私奔他去？（阿188）情愛的得失，讓她迷失了。

　　故事中愛得最苦、最深的是婉巧。她在林家的地位，宛如《紅樓夢》裡襲人之於賈寶玉。「能天天守在阿罩霧林家，見三少爺裡外奔走，又準時返家，能分擔他關心的一些事務，能見到他和水心夫人和樂偕老，能親眼見到孩子們一個個健康長大，我怎該還有怨懟？」（阿173）婉巧的心事，誰能了解？李潼虛構這兩個丫嬛，是有意識地為身分卑下而勞苦的女孩透口氣！

　　有關「小男孩、小女孩」的描寫，小主人翁的弟弟或妹妹，十六

9　楊水心（1887-1957），彰化楊晏然之長女。十七歲與林獻堂（1881-1956）結婚，生攀龍、猶龍、關關、雲龍。羅太夫人過世後，成為林家之中心人物。性仁厚，恤貧濟困，不佞佛，喜吸收新文化，有日記三本傳世，享年七十四歲。參見林獻堂先生紀念集編輯委員會編：《林獻堂先生紀念集》（臺中市：同會，1960年），總頁21；林獻堂原著、許雪姬主編：《灌園先生日記（一）》，頁26-27。

本書中並不多見。《太平山》中，彩雲的大妹彩霞，也是個直性子的人，她對張天送的吹牛不打草稿，表示嫌惡；么妹，沒有名字，幾乎也沒有描述。被稱為「孫悟空」（太87）的張天送，喜歡學大人講話，流裡流氣，崇拜大哥哥黑豆，卻喜歡招惹彩霞責罵。《鶯鶯林》裡有個幼稚園大班模樣的小男孩，川七伯的孫子，對望遠鏡有興趣，喜歡吃香腸，人家叫他「香腸太郎」（鶯141），他也言辭反擊。《開麥拉》裡的男童星方正，調皮，連續闖禍，受了傷不能演出，雖然與主人翁的年齡相仿，個性上似乎被李潼壓抑成「小小孩」。頑皮、搗蛋、有喜感，有時候會壞事，大概就是副角「小小孩」的特質。

有關「同學」的描寫，因為要襯托主角，一般的個性設定不免以懶惰、多嘴、好吃的負面形象為主。《火金姑》的賴皮彬、黑輪王，邀張弘朋、李菊蘭去文化中心圖書館讀書，讓汽水爆出來而惹事生非。《白蓮社》的板仔林大吉、板擦、彈珠王鍾、阿美族山胞瓦歷斯與主角阿遠，被老師罰站在走廊上。但違逆這種「常規」，也有三組之多。《紅葉》的隊員古進、阿江、達聖、春光在小說中並沒有表現的空間，可是為了看余宏開在威廉波特第二場比賽，與主角胡武漢聯袂走到臺東市街看電視轉播。書中說他們「走得很快，五個小時就到了」（紅120）；站在百貨公司店前看轉播，老闆舀了一碗仙草冰來，五個人合吃，沒有人認出他們是去年的棒球小英雄。那碗仙草冰，真是淚水的仙草冰！《春帆樓》也值得讚許，主角阿亮與靜慧、育達、治平四人，為了劇本，共同採訪、撰寫、扮演，到了「四眾一心」的地步。最突出的要算是《秘魔岩》，故事中主角阿遠和毛毛、歐陽、樓婷，各有各難言的身世背景，能夠一同哭泣，一同尋訪，相互脫解仇恨的包袱；這樣的「同學」，是不是才屬於「健康」的少年小說基本型態？

（二）故事中的啟示者

誰可以讓我們半大不大的孩子，接受建言，改變作為，接受成長的任務？父母、教師，還是叔叔或大哥哥？

有關「父母」的角色，在貧困、亂離時節，對孩子有哪些助力？《福音》裡阿同賣牛的父親陳根本，在萬華以「武力」拯救了阿同和馬偕的安危，而阿同的母親則用滾燙的熱水潑走信徒。《雲水僧》的父親死於南京大屠殺，小主角悟雲離開了外婆、母親，投入空門，也投入了千里流浪的行列。《中央》的沈氏兄弟在母親的叮嚀下，流亡到臺灣，哥哥遭致不幸，弟弟千方百計去尋訪。《開麥拉》的長輩在地震、山洪以後死去，孩子們只有靠自己努力成長。《太平山》黑豆與彩雲的父親都死於蹦蹦車的意外事件，靠著母親們打工而養家活口。《秘魔岩》的父親王明鏡醫師被二二八事件牽連，阿遠只有靠助產士的母親過活；而毛毛找不到自己的黑人父親，歐陽為精神異常的父親所苦惱；三個孩子有三種「失親」的痛苦。承平時節，日子比較好過，孩子有了困難，容易得到父母的諒解和奧援。《開麥拉》的父親張萬青開農場，可以關懷村落，給孩子隨機教育。《頭城》的四伯公失蹤了，爸爸可以帶著孩子來尋找，讓孩子也學著關懷家庭成員。《鷺鷥林》的俊甫決定休學，父母並沒有強制不准；正佶的父親生意失敗，一家人共同努力，在羅東又重新站起。《火金姑》的父親是「日本警察」投胎轉世，或許也可以說明這家子的「父子關係」吧。

有關「叔叔」的角色，李潼也善於使用。《鷺鷥林》的小叔帶著俊甫觀察鷺鷥結巢，對人與自然的秩序，馬上得到啟發。《秘魔岩》宛真照相館的林攝影師，給阿遠的啟示，超過了學校或母親的教導。《太平山》的塗叔，還是黑豆最好的師父。《春帆樓》的代課劉鴻章老師，全心投入課外的「戲劇」指導，為學生樹立了模範。比主角年

紀稍大的「大哥哥」，也有啟示作用。《鷺鷥林》的正佶，隨父親流落羅東，做了川七伯搭鷹架的助手，善於素描，也善於理事，給了俊甫很好的榜樣。《福音》的阿和，能和馬偕論辯天主與真理，接受基督的信仰，是個成熟的知識份子。《火金姑》的藝術總監阿鏗，專注於戲劇的愛好。《四海》的陳明威，能文能武，雖然有些固執的念頭，仍然值得崇敬。《春帆樓》的籃球明星阿三哥，是模範校友，支持學弟妹的創作演出。

（三）故事中有待談論的角色

　　還有許多精彩靈活的角色可以介紹。如《鷺鷥林》裡的川七伯，他販賣顯像照片，推銷靈骨位，身兼算命師、氣功師、建築師、建材行老闆各職，他的生存哲學看起來邪魔外道；如果能了解他學氣功是為了治癒弟弟和對撞的陳家兒子；他毒打偷盜建材正佶的父親，卻又收留正佶為徒，以改善他們家計；這些傻勁，也真讓人動容。《頭城》裡的畫家王萬益，是四伯公農業義勇團的同僚，戰後踩三輪腳踏車維生。贊助沉迷寫作的四伯公，共同夢想得到諾貝爾文學獎。在四伯公的小說中，他的名字叫作康顯坤，但為了逃避偵防，躲在九份山上，而冒稱阿麟伯，有時候，作者又稱他石墩老人，真是個百變人物。他與四伯公、陳尤塵、姑婆等人，可以合稱四老，歷經了世事變遷，嚐盡人生滋味，都值得讀者們反覆來「咀嚼」。

　　限於篇幅，無法多談其他的角色。但有兩本書的人物，卻不能不談。《白蓮社》是以「荒謬喜劇」構成，用了反諷的手法來處理人物，不可以「常態」視之。黃瑞祥之父明發，係計程車司機，熱衷政治的助選員，偏愛發發選舉財。母親陳鴛鴦是洄瀾港赤查某，被么壽阿塗驚嚇，又經姊妹淘力拱，貪圖婦女保障名額，結果在鍾議員中風死亡之後，接收了地方票源，遞補了職位。棺木店的老闆塗仔，在店

裡的棺木中午睡,以圖清淨?把紮給死人的花燈,送到國慶遊行行列中使用,何等光怪!在學校裡的校長、教導、導師,與外來的督學、議員,構成一個掩耳盜鈴、自欺欺人的教育體系。在詭異的情節中,所有的角色被誇張化、丑角化,自然不能當「真理」來談論。

而《魔弦》是以十三個小偷撰寫偷盜經歷的公告,交代十三把吉他的來龍去脈,組構成書。小偷是虛設的,只設忠、孝、仁、愛等代號,偷盜的過程也是幻設的,目的在敘述當年的民歌演唱的實景、實人。書上「苦主的特徵」都可以「對號入座」。一連串的民歌手,陳輝雄、游仁條、許苣裳、月美、月珠、楊弦、李雙澤、蘇來、李壽全、陳小霞、蔡琴、許乃勝、李建復,就請自動入席吧!

(四)故事內外真實的人物

《紅樓夢》中說:「假作真時真亦假,無為有是有還無。」李潼深知這個道理。他故事中的人物,穿梭在「真假虛實」之間。比如《阿罩霧》裡的林獻堂先生、梁啟超先生、甘得中祕書、王受祿醫師、水心夫人、辜顯榮先生,甚至叫婉巧為「婉姨」的林攀龍少爺,都是歷史人物。可是貼心的婉巧、芳如,喚做虎子的花貓,都是虛構的。《火金姑》的張弘朋家人、同學,當然是虛構的;但前世的歌仔戲大家,陳三如、黃茂琳、陸登科,以及蘭陽戲劇團藝術總監阿鏗,又真有其人。《林旺》的故事人物姓名或許隱去,把大象林旺送抵圓山動物園的孫立人將軍也隱去,但作者李潼我卻現身了,宏達旅行社尤正國、動物園長王光平,花蓮刻印師傅珠明,兒童文學界的朋友:曹文軒、沈石溪、班馬、劉克襄、許建崑,卻又列名其中。到底什麼是真?什麼是假?小說和生活,什麼時候被李潼雜揉不分?

還不僅如此,李潼還請了張子樟教授等四個人來寫「導讀」,潘人木先生等十七個人來寫「我所知道的李潼」。這十七個人分屬藝術

總監、總編輯、編輯、作曲家、作家、副教授、火車站副站長、小
學教師、弟弟和家庭醫師，與書中出現過的廣告企劃師（火）、宏碁
電腦工程師（鷺）、鯖魚罐頭工廠作業員（太）、菸酒公賣局洗瓶廠作
業員（白）、律師、長庚醫院護士、香菇批發商、羅東鎮公所停車管
理員、木柵動物園推廣組員（林）等等職位，得了一個「真假虛實」
呼應。

六　多重組構的剪裁、敘事、對比、象徵與語調處理

（一）嘗試保有「真假虛實」距離的剪裁

　　為了要玩弄「真假虛實」，讓小說的虛構與生活的真實混淆，也
為了處理十六本各自不同題材的故事，李潼故意做「不完全」的剪
裁。譬如《頭城》中真實人物李榮春的情感生活，在上海認識了紹興
姑娘，與童養媳的婚姻生活被刪略了，增加「在九份的半年，有個女
孩和一個寡婦對他有意思（頭148）。序中言：「一九九四年採訪李榮
春，一個月後，我們永遠失去了他的音訊」（頭21），已經暗示他的死
亡；故事中卻以「失蹤」處理，讓李弘寬家人努力找四伯公一年，也
因此衍生出「老人安養問題」，在報紙上刊登「尋人啟示」，結果接到
八通以上的協尋電話，把孤獨老人的世界凸顯出來；為了豐富主角的
經歷與文學，拼貼李榮春自述體的作品，「真實」的氛圍就濃厚了；
至於四伯公的羅曼史，在主題的取捨中漸漸被淡化。

　　《中央》的取材與剪裁，就更有意思了。序中仍言：「一九九四
年晚春，我和陳廉多、林多幸夫婦，以及黃金臣先生和幾位接應的工
程朋友，來到臺灣東西橫貫公路碧綠段的愚公峭壁」（中13），這四天
三夜的旅程聽他們談開闢的歷史，許多昔日人物都被提起。據說曾勸

服一個逃獄犯回靳珩段長處，十五年後某天在臺北亞士都飯店門口重遇，表示了感激之情。黃金臣也說當年運鈔袋破了，錢掉進溪谷，總共少了二十三張十元鈔票。[10]李潼也曾表示書中沈俊孝就是歌星張羽生的父親。他將這些素材排列再三，也廢稿過數次，終於敲定了最後的版本。失去的鈔票改成七十七張，合於「七七事變」的記憶；提供逃獄犯一個好名字「陳日新」，也安排情節，讓他把委屈說給當時的行政院長蔣經國聽，最後讓他死在長春祠的地震山崩的現場，以求悲壯之感，或者暗示沈俊孝的哥哥俊仁九死一生，也有相同的命運。至於張羽生的身世，就處理在書後的〈後記備忘〉（中296），寫道：「觀眾戲稱小寶哥」，讓細心的讀者有個驚喜。

《林旺》剪裁的後設意圖，更加明確。序中提到李潼曾經參訪法國龐畢度文化中心，看見「彷如施工中」的現場，「肌理裸露、結構袒裎」（林16），參觀者因為動線不同，興趣不同，對所看的東西「解讀」不同，造成「多面貌的生動有趣」。這本書做了相似的設計，二次大戰的緬甸戰場，大象千里遷徙的經歷，臺灣早期的白色恐怖與政爭，各自落地繁衍生成子嗣的瓜連，各說各話的戰爭記憶，臺北動物園的遷徙，臺灣政治交替的現況，兒童文學界諸友對文學理念、創作素材的詮釋，作者蒐羅題材準備寫作的過程，四季村歡樂的運動會，不同時、不同地的不同人表現出不同的生活態度等等，有說不完的「糾結」，讓讀者慢慢地抽絲剝繭，細細體會。

（二）敘事觀點的使用與變化

如果是單篇作品，設定觀點人物，來述說故事，應該是容易的選

---

10 李潼：〈穿山越嶺找題材──《中央山脈的弟兄們》和《龍門峽的紅葉》背景〉，《李潼的兒童文學筆記》，頁42-57。

擇。大抵來說，用第一人稱觀點我，容易引發情緒感染力，讓讀者熱情地參與其間；第三人稱觀點他，注重冷靜描繪，讓讀者「觀前顧後」，了解事情的來龍去脈，有理性探討事情真相的好處；如果選擇實驗性質較強的第二人稱觀點你，讀者初讀頗不舒服，到了故事中段，接受作者強迫賦予的「角色」，便把故事中的「衝突」當作自身的問題，達到深入思考事件因果的意義。李潼當然懂得這些道理，但他更在意創作人透過作品表現自己的「認知觀點，也就是思維面、感情面焦急的人生觀照，對特定文本的投射」[11]，他也試圖將「口傳說書」的魅力，融入文字書寫之中。[12]這樣的認知，讓李潼的作品「虎虎生風」，但也因此「作者常常情自禁的跳出來」，破壞了敘事語境的完整。

在十六部作品中，李潼如何變化敘事觀點，來使各篇作品風格獨異呢？第一人稱「我」的使用，共有八部之多。我張弘朋接受催眠探訪前世（火）；我張天宇參加電影拍攝（開）；我李弘寬尋找四伯公（頭）；我王阿遠追查父親死因（秘）；我胡武漢述說當年紅葉隊（紅）；我黃瑞祥述說學校與村鎮事件（白）；我張家昌代表四海參加舞獅表演（四）；作者我來記錄林旺家族的故事（林）。其中有三部變體：《頭城》，為了讓四伯公「發音」，插入大篇幅四伯公的文章；《四海》的張家昌自說自話，用第三者洪彩華、第四者陳明威來戳破張家昌的「汽球」，提供多角度的看法；《林旺》中的作者我，為了蒐集原始資料或徵信大眾，有時候邀請受訪問者以「我」來發音，雖然也是各說各話，未必可靠。

有兩部使用「我」的變形觀點，以「我們」來敘述。《阿罩霧》

---

11 李潼：《少年小說創作坊》（臺北市：幼獅文化事業公司，1999年6月），頁100。
12 李潼：〈來自口傳說書的靈感〉，《李潼的兒童文學筆記》，頁89-93。

是個眾聲喧嘩的音樂童話舞臺,跳上臺的誰,都可以用「我」來說話。所以三少爺、婉巧、芳如、羅太夫人、水心夫人、甘得中以外,還有楊桃、花斑虎子、宮保第門口的石獅、純銀懷爐、內褲,也爭著來述說所見。《魔弦》裡十三個小偷用「信函」的第一人稱方式,來交代每把吉他被偷的經歷。

以第三人稱全知觀點寫作的有三部。《太平山》的陳世杰他、彩雲她、阿惠她等人,都有分別或同時被李潼「附身使喚」的時候。

《福音》的阿同、阿和、馬偕、蔥仔;《雲水僧》的悟雲、悟水、阿布、侍從兵,都曾經負責過觀察與敘述。

《中央》則屬於「限制的全知觀點」,唯獨透過沈俊孝來觀察述說。

用第二人稱敘述的,題材上都屬學生的學習與成長。《鷺鷥林》的俊甫你,《春帆樓》的阿亮你,都被李潼盯上了,只有專心做「功課」的份了。

要安排這十六部作品的敘事方法,真容易嗎?

(三)對比設計

如果不談李潼在敘事技巧上的對比設計,就有點買櫝還珠了。讓整部作品「豐滿」起來,具有高低張力,而不徒具情節骨架,就得注意對比設計。

就這十六部作品來分析,對比設計是處處可見。《開麥拉》主角張天宇的認真與男童星方正的隨性,媽媽童年的苦難與女童星陳雨雯此刻的幸福;《火金姑》的日本警察與陳三如的關係,來對比父親與張弘朋的關係,晶姑與兩世不同丈夫的關係;《紅葉》的胡武漢與日人城谷的關係,敵隊卻同是預備隊員,日後又是好朋友;《頭城》祖與父、父與子間親情的對比;好友與親人之間情感的份量比重;《太

平山》兩位媽媽對失去丈夫後不同的反應，兩位年輕女孩對新來少年郎相同的情愛反應；《魔弦》的小偷與吉他手的對立與和解；《秘魔岩》樓伯伯尋找寶石與阿遠尋找父親遺物的對比，阿遠、毛毛與歐陽各有不同形式的失去父親；《雲水僧》悟雲與悟水，和尚與賣布夥計，兩組不同的木魚與銅磬；《白蓮社》荒謬的校園風情與荒謬的選舉風情。

以「今昔對比」，造成今人體驗古人的經驗，有八部之多。《開麥拉》通過年輕人的扮演，體驗三十年前長輩們的災難；《春帆樓》讓孩子演出祖先喪失臺灣的歷史經驗；《火金姑》的催眠活動，讓孩子感受並了解日據時代的生活，以及蘭陽歌仔戲的老師傅；《紅葉》，讓四十歲的球員回憶二十八年曾有的一段經歷；《頭城》父子在四伯公的衣物行當中，找出蛛絲馬跡，拼湊了四伯公早年的形象、事蹟；《太平山》的黑豆兒重新上山，去繼承父親的工作；《魔弦》的小偷痛改昔日之非，願意在今日金盆洗手；《林旺》在戰爭的流離傷害之後，也到了孫子輩成家的時候，達成安家的願望。

要舉出各書中「主題對比」較為強烈的地方，可以列舉如下：《開麥拉》訴說苦難與重生；《春帆樓》談歷史與戲劇，真實與假設；《火金姑》觸探科學與迷信，情愛與關連；《紅葉》探討永恆與暫時，光榮與悲傷；《頭城》檢視孤獨與親情，孤僻與執著，忍情與摯愛；《太平山》情愛與仇恨，生存與競爭，碩大與渺小；《魔弦》談禁制與自由；《中央》談遠親與近情，桎梏與自由；《雲水僧》談命運與無知，苦難與恩賜；《福音》談醫藥與信仰，無知與教養；《鷺鷥林》探尋生存與利害，升學與生活，教育與框架；《阿罩霧》試探政治與人情，傳統與踰越，順服與反叛；《四海》對比文學與武藝，競爭與合作；《秘魔岩》談報復與情愛，拒絕與接納；《林旺》談戰爭與和平，分離與聚合，苦難與再生；《白蓮社》的荒謬情調，讓讀者思考

真誠與虛偽，背離或改造。

（四）象徵物的設計

用對比的方法烘托主題，如果能加上象徵物的運用，可以有畫龍點睛的功效。這也是李潼的「絕活」之一。

檢視作品，舉例來說：《紅葉》裡的紅葉，故事主角頻頻問人如何保存紅葉的顏色？（紅32）其實是想說少棒隊那段滄桑史已經褪色了。主角在臺北球場撿了五十二頂「帽子」，是「珍貴的收穫」（紅61），卻在嘉義球場把自己紅葉隊的帽子送給一個哭泣的小孩（紅163），代表他決心離開球隊了。《開麥拉》的麻油雞，如果搬到三十年前，阿嬤生下小阿姨的時候，不知道多好？可是阿嬤當時等待的是死亡的召喚。《中央》道路上記憶池、遺忘池，明顯的象徵運用；小號兵陳日新的小號角，似乎有吹奏生命樂章的意義。《秘魔岩》那個沒有上漆的木盒，潔淨，木紋清晰，有木材清香，攝影師保留著，裝著阿遠父親的眼鏡架、懷錶（秘118），與《頭城》四伯公的巧克力鐵盒裝著泛黃照片、十字架項鍊、菩提子佛珠和三枚勳章（頭119），都是極私密的東西，在歲月洪濤中被忽視，這不是蒲島太郎從海龍宮所攜回的歲月之盒嗎？《秘魔岩》中貯木池，也是成功的象徵設計，池裡有滾動的浮木，跌入的人無法伸出頭來呼吸，曾經淹死了小孩，阿遠與樓婷在那兒談話時，又遇地震，危險不言而喻，象徵了二二八事變的夢魘，造成孩子們的傷害。《阿罩霧》設計了許多貼近三少爺物品，純銀懷爐、內褲貼著三少爺身體，有「內視鏡」般的作用。「東南風」暗示人們的風言風語，吹奏八卦的樂章。什麼八卦呢？花斑貓虎子，到泉州開元寺帶回母貓，又生了一籠筐的小貓，是否暗指三少爺之於芳如的舊事？

《太平山》的竹笛、山貓、紅檜、紅柿，是組精彩的設計。竹笛

吹出了少年的情韻，連山貓也可以俯首聽音；護子心切的山貓，代表不可捉摸的危機，問題是誰會來啟動？紅檜碩大，種子卻小如芝麻，難以發現；摘紅柿，象徵太平盛世，齊白石不是曾經畫過「五顆柿子」，象徵「眼看五世」嗎？

與動物相關的象徵有哪些？《福音》裡四散奔跑的牛，是指向那些尚未洗禮粗魯蠻力的民眾？《火金姑》幻境中所見的螢火蟲，是否乙烯膽胺的作用，使被催眠者腦部異常放電？《四海》的張家昌打拳的模樣，是否像防衛蜜蜂的叮咬？只要舞動，蜜蜂就來「拜訪」，像極了兩岸目前在國際舞臺上的架式。牛、鷺鷥、庫洛狗、毛猴也出現文中，人類的拳法招式不是向牠們學習得來？《鷺鷥林》觀察鷺鷥家庭與正佶家庭當年來到蘭陽的辛苦，如出一轍；養蛇在盒子裡，身上的顏色盡失，不是說明關在教室裡的學生，也會一樣的蒼白？《林旺》大象呢？同名不同命，書中好多人物，也是這麼處理的。最後談《頭城》的壽翁雞，在書中與鴿子、鴨子都做了比較（頭124），四伯公何以獨鍾「公雞」，連連飼養了六隻呢？他獨來獨往，矻矻營營於文學寫作，像不像咁咁發聲的獨行公雞？當小主角看見四伯公在觀景台塔頂抱著雞飛上天的景象，又像「風信雞」轉動著，是不是在訴說人間所追求的親情訊息？

（五）語調的切入

一篇作品，不看筆跡，不問作者姓名，熟練的閱讀者或書評家翻閱其中內容，馬上可以分辨作者的真實身分。作品的風格、調子，自然流露作者的語文使用習慣、關懷的主題和人生態度。李潼的認知大約若此，但對於少年小說的寫作，有商榷的餘地。他說：「將作者本人的氣質性格無意識的投射，似乎有待斟酌。主要的原因有兩個，第一，它的讀者是青少年，何種調子的文章，能讓他們感興趣也同時有

益。第二，小說中的人物較之其他文學形式，如詩和散文，要求眾多，作者若不揣摩各種不同年齡、身分、性別與性格，做有意識的『性格』控制和運用，恐怕人物無法各有其貌，難以鮮活生動。」[13] 在這樣「有意識」的抉擇中，李潼寫出他特有的文字風格。

「溫暖有情」是他最炫的語調；《阿罩霧》的有情，掩蓋了歷史事件的殘酷、散漫和乏味；《中央》的有情，把沈俊孝尋訪哥哥的情、原住民女孩豪放的性情、長官對開路隊員的關心、陳段長夫人尋夫之情、救助逃犯陳日新的不忍人之情、在天災之後人溺己溺之情，面對人生苦難的記憶與遺忘抉擇，有哪個人敢不動容？為了要區別每本書語調的異同，李潼將《阿罩霧》的情處理得「死心塌地」；《中央》的有情，壓抑而不外露；《太平山》的有情，自然而輕快；《紅葉》的有情，悲傷而感慨；《頭城》的有情，幽邈而久遠；《秘魔岩》的有情，激烈而勇敢。

「熱鬧緊湊」是少年小說必備的節奏感。開端就顯得緊張，《四海》的練武招惹蜜蜂，《秘魔岩》初知真相的憤怒，《太平山》的危險山路，《頭城》的老人失蹤等等，馬上切進故事的主軸。「危疑驚悚」也可以抓住讀者的心：《雲水僧》逃躲、被抓，反覆數次；《秘魔岩》偵查兇手，似是而非；《開麥拉》，面臨受傷、危險，甚或喪生。「遲滯延宕」，吊足讀者胃口：《頭城》、《魔弦》、《林旺》長篇鋪寫與故事動線無關的「資料」，延遲事件的進行。

「主題陳說」是閱讀中的「營養成份」，李潼可不馬虎。從馬偕傳教、割讓臺灣、族群裂痕、天災人禍、生態觀察、社會觀察，哪項不是認真的述說鋪演？

「誇張俏皮」可以逗樂讀者，是李潼獨有的幽默表現，但也比較

---

13 李潼：〈少年小說的調子〉，《李潼的兒童文學筆記》，頁103-108。

會引起爭議。他的口頭禪：「我輸給你」，書中屢屢可見。描寫小男女主角的初遇，旁人就要說：「誰娶到她是福氣！」（四72、頭130、開65）《雲水僧》的外婆房子被日本兵燒了，說：「我傷心，但不怕，帶著鍋子往江邊跑，好歹那兒清涼些，可以洗把臉」（雲91）；悟雲被訊問，軍官說：「一條條給我說清楚，遇見一條狗，都別漏說」（雲125）。太幽默了吧！

　　總體來看，李潼的表現還是成功的。十六本書，像光譜，像雲霓，像孔雀的尾巴，就這麼自然地展開。他刻劃臺灣的歷史、地理和子民，肯定曾經有過的努力；但也對「臺灣子民在移墾中累積的功利、投機、一窩蜂的習性」（各本8），提出了告誡。他期望審慎的認知，將要造就我們個別的或集體的命運。面對現狀，努力學習，並具備反省的能力，才可以持續成長，走上康莊大道。

七　陷圍的旗手：偉大的抱負與無可如何的僵局

　　對於寫「小說」這個行當，李潼有絕對的自信。他決心要「玩」遍所有可能的題材、結構形式、主題意念，才能滿足。除了寫作以外，他試圖建構自己的文學理論，檢驗自己的作品，或者在演講場合中，讓聽眾共同來分享創作的樂趣，提昇讀者的文學教育，並且關懷臺灣兒女的前途與未來。他把這些稿子結集為《李潼的兒童文學筆記》、《少年小說創作坊》二書，來擴大影響力。儘管他有這樣偉大的抱負，但對於創作的瓶頸，或者出版的困境，也有無可如何的感慨。從他完成的作品來看，個人獨特的風格強烈，已經出現了過於雷同的人物組合，與個人喜愛使用的語言語與調子。為了避免跌入因襲的窠臼，所以在形式結構上講求變化，有些是成功了，有些不免有瑕疵。當然，還有外在的出版因素，讓他的作品或期待中的讀者並沒有如願

達到。先談談他作品本身的坎陷。

（一）作品本身的坎陷

1 陷入習而不察的人物組合

從《火金姑》或《頭城》來看，小主角的家庭父母是忙碌的，對家中長輩較為疏忽照顧。小男主角是好奇的，願意探密問實。小女主角是潑辣的，愛管男生，在自己心儀的男生前，卻能顯出溫柔的另一面。

《四海》、《春帆樓》、《鷺鷥林》中，父母對主角的影響力是有限的，但他們充份給了故事小主角一個自由成長的空間。《開麥拉》的現代父母給孩子健康努力的榜樣。有沒有特殊的家庭，父母和子女的溝通有問題？有沒有孩子能影響父母，甚至做了父母行事的榜樣？有沒有讓小女主角「領銜主演」，用她來探討情感以外的議題？還是她得窩在迷糊的、反應遲鈍的男孩身邊，在發生問題的時候，才有好表現。

以老奶奶為主的故事呢？譬如，一個媽媽帶著九個孩子到英屬沙巴州去打工求生的故事呢？還是傳統臺灣的社會中，無法提供女孩主導的舞臺？嚴格的說，在李潼的作品中，缺乏以陰柔為主體的書寫。

2 陷入習用的語調泥淖

李潼明知道應該隱藏作者的影子，可是每次在故事的節骨眼上，就呼嚨的跑出來。《開麥拉》的媽媽對天宇說：「老媽慎重告訴你，這樣的女孩是天上掉下來的，要是你能好好認識一下，是你前世做了善事，積陰德。」（開65）這老媽像「兄弟」般的講話，真有些粗魯；這樣的缺點可能是作者向讀者「聊天」，過度的忘情所致。傳統章回小

說的述說形式，作者跳脫故事，與讀者直接對談，往往忽略了角色應有的說話態度或語氣，如《西遊記》，觀世音菩薩、唐玄奘都有多次脫口「粗話」的記錄，流露說書者的語氣。

李潼去玉田村吃拜拜，述說當時同桌情景：「和我們同桌的朋友，老中青俱全，職業類別幾不重要，有退除役老農、胖壯麵包師、精瘦裝潢工、五短身材的農會倉庫管理員、健談的資深養鴨農和兩位青春痘國中生，外加一個自備碗箸試嘗各桌菜色的小女孩。」（四15）這段文字，從創作者的角度，具有鮮明的個人特色；但從習慣的語法使用來看，破壞了既定規則，逗號的運用、詞句的組合、用詞的唐突，實驗性極強，但讀者能接受的程度如何，就很難說。

國、臺語混合使用，造成寫作困難，是寫作者共同的問題吧！「誰都不准黑白起狂」（福39），頗為暢意！「誰」該寫作「啥人」嗎？「舌頭」打死結（福58），是否該用「嘴舌」？「丟人現眼」（福95），是否該說「失面水」？「喊眠」（阿141）或應寫成「醒眠」，不知何種為適當？

3 陷入文學技巧的實驗與琢磨

這十六作品知中，佳作甚多。但為了講求形式技巧的變化，有些不得不「作怪」。《春帆樓》是好作品，但是孩子們最後演出的綜合版，是無法在半小時演完的。半小時只是獨幕劇，如何換場景，拼湊四個不同結局的劇本呢？《福音》和《雲水僧》的描寫，受限於教徒們的期望，缺少發揮的空間。《魔弦》利用小偷自述，夾入民歌歌詞，對不熟悉民歌史的讀者，還是乏味。篇幅甚鉅，要表現「龐畢度」藝術精神的《林旺》，企圖心很大，李潼試圖以此書來建構十六本書的軸心地位，暴露他的寫作主張。但是一般的讀者耐心不夠，無法找到「完整的故事」，讀不上半本，就要廢書興嘆！以上談，還不算是

「問題」。《四海》、《火金姑》、《白蓮社》的結構，可能有問題了。

《四海》在張家昌自述後，夾入洪彩華、陳明威的來信，這樣的技巧，在一九九三年海峽兩岸少年小說創作比賽時，李潼撰寫〈鞦韆上的鸚鵡〉，已經嘗試過了。故事中的作家洛卡在報上發表小說，而小說中的小主角馬上傳真信函，和作者對談。這次呢？張家昌的自述是虛構「小說」的本體，而洪彩華的投書是「現實」，她指出作者把「現實」的七星武館寫成「小說」的四海武館，把「現實」的港仔尾寫成「小說」中的拳頭莊。接著，彩華的朋友陳明威也來函了，他怎麼可以看到彩華早一刻的來函，而且指責作者沒有接受洪彩華的意見，把港仔尾的「現實」名稱，改正為「小說」的內文。在陳明威的意識中，七星武館才是「現實」的，嘴巴裡會說出四海、青龍的人應該是小說中的阿炮，而非阿炮的本尊陳明威。非常好玩的連環套遊戲，不知道李潼要不要重新再玩一次？在結束的時候，彩華邀作者來玩，應該說：「有機會歡迎你到七星武館見，就是你小說中說的四海武館啦！」

《火金姑》含有一組「虛構人物」，通過催眠過程，窺探「真實的歌仔戲前輩」。如果信催眠為真，看見的歷史前輩當然是真，也讓讀者接受「前世今生」的輪迴觀念。如果疑催眠不實，「探訪前人」的活動不被接受，讀者又如何讀下這個「不被接受」的故事？李潼「坐實」了輪迴觀。有幾個慧眼的讀者可以察覺虛假的小說，了解李潼的玩笑？

《白蓮社》的故事根本就是「荒謬喜劇」，小人物巧妙地躲過命運的捉弄，而獲致一個意想不到的成功；作者邀請讀者「坐高高，看馬相踢」，對人物的成功鄙夷而不認同。你瞧，赤查某媽媽被稱做女俠，拿雞毛撢子來找小主角，反而被棺材店老闆嚇昏了。吞食老闆口水，可以治癒。學校師長陰奉陽違搞參考書教育，督學、議員共同掛

勾。為了國慶遊行，剝削學生家長提供花燈，乾脆借棺材店燒給死人的「禮物」改裝，遊行中又發生火燒車。鍾議員選舉中中風暴斃，媽媽贏得議員席位。多好笑的故事，告訴我們「升學主義」和「政治遊戲」，是多麼卑鄙可恥！但李潼並沒有堅持這樣的語調，末段改變成「社會譴責」的口氣。孩子們拒絕校園賄選，連帶地破壞大人的賄選安排，刺破倉庫的屋頂，讓味素、肥皂「泡湯」。最後媽媽的努力「光榮」當選。破壞手段的拙劣，也缺乏可信度。李潼認為要給孩子一個希望，不要繼續使用發酸的語調到故事完結，反而跌回一般小說「事件虛假、主題嚴正」的窠臼裡。我個人覺得現代的孩子不傻，讀得出開玩笑的語調；同時要讓孩子對「政治」有個理性的了解，才可能在未來建構一個「理想」而公平、公正的世界。

（二）作品出版外在環境的坎坷

　　好的作品，也要有好的出版、行銷，好的閱讀文化，才可以使這個「四百年歷史、三萬六千平方公里、兩千三百萬人口」的臺灣，有個嶄新而有自覺的文化意識，而不會沈溺在無謂的情緒中，甚至失去了生存的意識。面對國內文化機制的缺失，像「臺灣的兒女」這樣一套十六本的鉅著出版，卻沒有引起讀者們熱烈的回應，或許該檢討下列的議題：

1 陷入不當的出版策略與時機

　　這套書寫作的計畫，從一九九二年簽約，預定兩年後完稿，因寫作進度展延兩年。李潼一邊寫，一邊在國內的媒體上連載發表。受限於每天見報的篇幅長度，以混合時序進行的故事情節，往往造成讀者「看不懂」的困擾；倒是在《明道文藝》分上、下兩次刊出的《福音》，得到較佳的迴響。圓神出版社並未同步處理編輯事務，拿到稿

件以後，交給陳光達、馬世芳兩位文字編輯，每人分到八部書，負責製作書後的〈歷史景觀窗〉，他們應用了大學、研究所中所學得的史學方法，搭配目前臺灣主流的批判意識，完成了精美的後製作業。但是呢？從來沒有人教他們認識「兒童文學」觀點，所以在「景觀窗」裡，歷史的傷痕重新流血，政治迫害的議題多於親近文化的議題，廟會節慶活動報導蓋過純粹的宗教認識。

其次，出版社考量出版的檔期，希望要躲開聖誕節「歡樂採購而不買書」的危機，接著閃避「政治選舉熱潮疏忽買書」的衝擊，只得一延再延。李潼興沖沖的集結了四方親友所寫的導讀、「認識李潼」等文字，被冷凍一年有餘，早已成為「歷史」；而李潼四年來為了「孵育」這十六本書，在出版界也成了「急凍人」，不見生息。書本拖到一九九九年十二月，終於面世。原本為每書製作一項「童玩」的計畫告吹了，可能是成本考量，還是製作工廠難以掌握，最後改成「日治時代臺灣地圖拼圖」，一張介紹鳥類生態的VCD，十六個畫有故事人物的尪仔標，定價四千八百元。「童玩」的策略是不實際的，後來所附的贈品也沒有「價值」，無法增添閱讀的樂趣，徒然加重出版成本。據李潼說，第一版印行一萬本，現在賣了五、六千。如果是真的，圓神就應該有更仔細、更有效的行銷策略。以推廣文化教育，提供社會讀物的立場，四萬字篇幅的書本不用「張揚」成單價三百元的書籍。每本書開端都附有全套書的總序，讀者需要重複閱讀十六次總序嗎？或許做若干縮版，減少冊數，減輕印刷成本，因此可以加惠讀者了。

2 陷入國內不良的出版環境

國內在全球經濟發展遲滯的時刻，兒童文學出版業似乎影響不大。原因很多，市場初起，成本低廉，作家稿費少，編輯薪水極低，

家長樂意購買，所以上萬元的套書不乏出版社投資。在這樣的情形底下，優良的稿子在哪裡？出版社乾脆去買外國的圖書版權，國內能寫少年小說的，只有少數人有出版管道與銷售市場。

編輯呢？三萬元不到的資薪，要他們熱衷本業，努力奉獻，還真不易；如何去思考後製作的總總契機？中文直式、橫式的排列，有哪個單位教他們一個正確的規則？這套書的封面、扉頁、作者簡介、版權頁、封底，五頁的橫式排列，如何去將近兩百頁的直式內文？

編輯上的缺失，還有若干。《春帆樓》頁166，阿亮在太祖嬤的床前合十說話，說了什麼？漏植了。《秘魔岩》頁199-120，阿遠和樓婷在貯木池時，中間夾雜阿遠三劍客曾經有過的經歷，應該用空行的方法處理，讓敘述的場景「割開」。《火金姑》張弘朋、阿鏗、晶姑受催眠入夢的情景，在書中頁36-39、67-68、87-91、104-106、108、146-156、163-168 等處，如果能夠變換字體來表示，相信有助於讀者閱讀。

3 陷入國內不良的閱讀環境

部份讀者的毛病，其實比編輯更多。只要專心，自然可以察覺編輯的疏失，自行調整，而不受影響。想嘛！用腦筋想嘛！

其實，閱讀的樂趣，在於進入作者幻設的世界，去體會作者創作技巧，試圖分享對談的議題。這才是快樂的事！讀者如果快速地想知道故事中的情節，讀出書中「偉大而正確的教訓」，或者在乎自己閱讀能力的高低，都是枝微末節了。少年小說屬「兒童文學」，自然也屬於「文學」的一環。以「孩子看得懂」的條件來要求作者，顯然矮化了少年小說的藝術性、深沈意旨，也看不起孩子們的文學涵養。能讀少年小說的大人，才是真正的大人，因為他們的偉大情操，願意和孩子們分享人生情愛，而不在個人的生死、名利與情慾之間打轉。

什麼時候國人寫的少年小說，能夠上暢銷排行榜？這是個社會成熟的另項指標吧！

4 陷入國內保守評論者的包圍

如本文前述，「臺灣的兒女」上市以來，得到多少教育單位、文化媒體的迴響？答案是有限的，評論者往往成為書商的代言人，純欣賞，只讚美，而不肯與作者在紙上對談，而不敢去影響「買書如割肉」的讀者，或者去告訴忙於政治競賽的大人，來閱讀真正屬於自己文化的、歷史意識的議題，也因此學會放下成見，甘心去聽「人民」的心聲，或甚至是「敵人」的聲音。

這無可如何的僵局如何打破呢？但願時代的腳步向前，有這麼一天，李潼的執著，天真的想望，忽然實現了。國人也因為閱讀而分享智慧，堅信文學的力量可以救濟政治的忍情，改變國人因循苟且忍受陋規的毛病。有那麼一天，「臺灣兒女的溫度與反省力」就不再是口號了。

——2001年11月發表於臺東大學兒文所「華文世界兒童文學學術研討會」上；刊於《兒童文學學刊》第六集（臺北市：天衛文化圖書公司，2001年11月），頁22-61。

文學研究叢書·現代文學叢刊 0806007

自覺、探索與開拓：少年小說論集

作　　　者	許建崑
責任編輯	吳家嘉
特約校稿	林秋芬

發 行 人	陳滿銘
總 經 理	梁錦興
總 編 輯	陳滿銘
副總編輯	張晏瑞
編 輯 所	萬卷樓圖書股份有限公司
排 版	林曉敏
印 刷	百通科技股份有限公司
封面設計	斐類設計工作室

發　　　行　萬卷樓圖書股份有限公司
　　　　　臺北市羅斯福路二段 41 號 6 樓之 3
　　　　　電話 (02)23216565
　　　　　傳真 (02)23218698
　　　　　電郵 SERVICE@WANJUAN.COM.TW
大陸經銷　廈門外圖臺灣書店有限公司
　　　　　電郵 JKB188@188.COM
香港經銷　香港聯合書刊物流有限公司
　　　　　電話 (852)21502100
　　　　　傳真 (852)23560735

ISBN 978-986-478-051-8

2016 年 11 月初版
定價：新臺幣 480 元

如何購買本書：

1. 劃撥購書，請透過以下郵政劃撥帳號：
　　帳號：15624015
　　戶名：萬卷樓圖書股份有限公司
2. 轉帳購書，請透過以下帳戶
　　合作金庫銀行 古亭分行
　　戶名：萬卷樓圖書股份有限公司
　　帳號：0877717092596
3. 網路購書，請透過萬卷樓網站
　　網址 WWW.WANJUAN.COM.TW

大量購書，請直接聯繫我們，將有專人為您服務。客服：(02)23216565 分機 10

如有缺頁、破損或裝訂錯誤，請寄回更換
版權所有·翻印必究

Copyright©2014 by WanJuanLou Books CO., Ltd.
All Right Reserved　　　　　**Printed in Taiwan**

國家圖書館出版品預行編目資料

自覺、探索與開拓：少年小說論集 /
許建崑著. -- 初版. -- 臺北市：萬卷樓,
2016.11
　　面 ；　　公分. -- (文學研究叢書)
ISBN 978-986-478-051-8(平裝)
1.中國小說 2.青少年讀物 3.文學評論
859.6　　　　　　　　　105020333